BASTEI
LÜBBE
TASCHENBUCH

Weitere Titel der Autorin:

Mit euch an meiner Seite
Eine Liebe auf Guernsey

Über die Autorin:

Pippa Watson, Jahrgang 1969, lebt in Nordrhein-Westfalen auf dem Land, ist aber seit ihrer Kindheit innig mit Großbritannien verbunden. So oft wie möglich streift sie mit ihren Hunden durch die Landschaft der romantisch rauen Küsten und traumhaften Gärten. Besonders die Herzlichkeit und die große Tierliebe der Briten nehmen die Autorin immer wieder für die Menschen dort ein. Und so liebt sie es, die Welt zwischen Cream Tea und Linksverkehr auch in ihren Romanen lebendig werden zu lassen.

PIPPA WATSON

Der Zauber von Somerset

ROMAN

BASTEI LÜBBE TASCHENBUCH

BASTEI LÜBBE TASCHENBUCH
Band 17819

Dieser Titel ist auch als E-Book erschienen

MIX
Papier aus verantwortungsvollen Quellen
FSC® C083411
FSC
www.fsc.org

Originalausgabe

Lektorat: Daniela Jarzynka
Umschlaggestaltung: Kirstin Osenau unter Verwendung eines Motivs
von © shutterstock: Roman Rudyak | majeczka | AXL | Triff |
Gallinago_media | schankz | Anna Grigorjeva | Kazakov Maksim;
© hundefotografie-workshops.de: Nele Goetz;
© incamerastock: Alamy Stock Foto
Satz: two-up, Düsseldorf
Gesetzt aus der Garamond
Druck und Verarbeitung: CPI books GmbH, Leck – Germany
ISBN 978-3-404-17819-3

1 3 5 4 2

Sie finden uns im Internet unter www.luebbe.de
Bitte beachten Sie auch: www.lesejury.de

1. Amber

Ich habe davon gehört, von diesem Spruch, dass man weggehen muss, um anzukommen.

Aber ernsthaft darüber nachgedacht habe ich nie.

Weil es einfach nicht infrage gekommen wäre.

Wie sollte das denn auch funktionieren? Du kannst nicht weggehen, wenn da jemand ist, mit dem du dich so eng verbunden fühlst wie über eine Nabelschnur. Jemand, der dich braucht. Den du brauchst.

Ich lege den fünften Gang ein und fahre vom Beschleunigungsstreifen auf die Autobahn.

So früh am Morgen bin ich dem dicksten Londoner Verkehr entkommen, ehe er in seiner üblichen Gewohnheit zur lärmenden, stinkenden Zeitfressmaschine heranwachsen kann, in der man nur schrittweise vorwärtskommt. Alle behaupten immer, wer in London lebt, besitzt kein Auto. Ich frage mich aber jeden Morgen, wenn ich aus meiner Wohnung den Weg zur Tube-Station gehe, wer denn dann um Himmels willen Tag für Tag unsere Straßen verstopft. Das können doch nicht *alles* Touristen sein!

Obwohl ich eine der Londonerinnen bin, die tatsächlich kein Auto besitzt, bin ich jetzt gerade ziemlich froh darüber, dass meine kleine Schwester Phoebe mir für die nächsten drei Monate ihren Mini Cooper geborgt hat.

Als ich ihr vor drei Wochen von meinem Plan erzählte,

den Sommer in Somerset zu verbringen, bot sie mir sofort ihren fahrbaren Untersatz an, als könne sie durch diesen Vorschlag meine Abreise beschleunigen. Was nicht bedeutet, dass sie mich dringend loswerden wollte. Eher zeugt es von ihrer Verzweiflung darüber, dass sie selbst wohl nicht mehr weiß, wie sie mir helfen könnte.

Phoebe und ich verstehen uns wirklich gut. Obwohl – oder vielleicht auch *weil* – ich schon neun Jahre alt war, als sie vor sechsunddreißig Jahren zur Welt kam. Seitdem sind wir beste Freundinnen, und ich liebe ihre Kinder Jacob und Evie und schätze meinen Schwager Logan sehr.

Weil wir uns so eng verbunden fühlen, vermute ich, dass Phoebe in den letzten Monaten mehr oder weniger das Herz gebrochen ist, wann immer sie aus Kingston zu mir heraufkam und gesehen hat, wie es mir ging. Daher war sie begeistert, als ich endlich wieder etwas Initiative zeigte und von der Reise sprach.

In den letzten Tagen hat mich auch tatsächlich so etwas wie ein vorfreudiges Kribbeln ergriffen, das jetzt immer noch in meinem Magen sitzt. Die Stadt für eine Weile zu verlassen fällt mir wirklich nicht schwer. Mein Herz hängt nicht an überfüllten Tube-Stations, hippen Bars und Tourischwärmen im St James's Park.

Phoebe hat es richtig gemacht, sie ist in Kingston geblieben, wo wir aufgewachsen sind, und wohnt nur einen Steinwurf von Mum und Dad entfernt. Kingston ist nah genug am Zentrum der großen Stadt und doch ein wenig ländlich, kleiner, beschaulicher, und beinahe ohne den Fluglärm, den die Maschinen veranstalten, die alle paar Minuten in Heathrow landen.

Während ich Phoebes Mini beschleunige und über die

Kraft staune, die unter der kleinen, niedlich anmutenden Motorhaube vibriert, frage ich mich, wieso ich selbst nicht einfach wieder dorthin zurückgekehrt bin – nach meiner Ausbildung zur Steuerberaterin.

Aber dann taucht ein Paar blauer Augen vor mir auf, lächelt mich verschmitzt an.

Wie hätte ich denn weggehen können?

Ich schalte das Radio ein, um mich auf andere Gedanken zu bringen.

In der Talksendung am Morgen wird dem Unterschied zwischen preiswürdiger Literatur und sogenannter Konsumbelletristik auf den Grund gegangen.

Die Moderatorin bemüht sich wirklich um wertfreies Vorgehen, aber der Literaturprofessor aus Oxford, den ihr der zuständige Redakteur vor die Nase gesetzt hat, zerschlägt ihre Anstrengungen mühelos mit blasiertem Gefasel.

»Bleiben wir noch einmal bei der bereits zitierten Mary-Anne Price«, schlägt sie gerade vor. »Die große Fangemeinde ihrer Liebesromane zeugt davon, dass fiktive Storys mit Happy End heutzutage gefragter sind als je zuvor. Die Themenhintergründe in ihren Büchern sind durchaus sorgfältig recherchiert. Die Figuren besitzen Tiefe und dürfen sich entwickeln …«

»Genau das ist es ja, was die Konsumbelletristik ausmacht«, fällt ihr der Professor ins Wort, als sei er mindestens ein katholischer Erzbischof und Unterhaltungsromane seien nichts anderes als die Saat des Teufels. »Es spiegelt eben nicht das reale Leben wieder.«

»Ist das der Anspruch der Literatur?«, hält die Moderatorin tapfer dagegen. »Macht Qualität sich fest an der Spiegelung der Realität?«

»Ich bitte Sie!«, antwortet er mit einem dünnen Lachen, bei dem sich mir automatisch die Hände ums Lenkrad krampfen. »Wenn Mary-Anne Price selbst von der Qualität ihrer Publikationen überzeugt wäre, würde sie doch unter ihrem Klarnamen veröffentlichen und nicht unter diesem geheimnisvollen und bestens gehüteten Pseudonym. Das zeigt doch nur …«

Ich schalte um.

In der Steuerkanzlei hatte ich drei oder vier Klienten, die genau dem Typ dieses Professors entsprechen. Unerträgliche Besserwisser, die keine andere Meinung gelten lassen als ihre eigene – selbst, wenn sie von neuen Steuergesetzen weniger Ahnung haben als eine Kuh vom Stricken.

Auch ein Grund, warum ich meinen Job gekündigt habe und nun mit dem Gedanken spiele, mich nach meiner Rückkehr selbstständig zu machen. Denn dann könnte ich mir meine Klienten selbst aussuchen. Diese Selbstständigkeit ist etwas, womit mir Phoebe schon seit Jahren in den Ohren liegt. Sie meint, allein mit ihren Freunden und Bekannten könnte ich mir einen wunderbaren Stamm an Klienten aufbauen, die alle heilfroh darüber wären, wenn ihre Steuerberaterin klar verständlich mit ihnen redet und nicht automatisch den höchst möglichen Vergütungssatz berechnet.

Aber auch darüber will ich jetzt nicht nachdenken. Vor mir liegen drei Monate Auszeit. Die will ich nicht damit beginnen, bereits Pläne für die Zeit danach zu schmieden.

Der nächste Sender spielt Musik aus den Neunzigern. Wer hätte gedacht, dass ich die Songtexte noch auswendig kenne? Laut schmettere ich *Zombie* von The Cranberries und *What is love?* von Haddaway mit.

Nachdem ich Basingstoke passiert habe, wechsle ich von der M3 auf die A303. Jetzt muss ich nur noch stur geradeaus Richtung Westen fahren, die Morgensonne im Rückspiegel.

Es dauert nicht lange, bis die Gegend, durch die die Autobahn mich führt, immer ländlicher wird. Ich fahre mitten durch Andover, lasse Salisbury südlich liegen und wechsle auf die A36. In Somerset ist es sogar schön, über die Autobahnen zu fahren. Links und rechts, so weit das Auge reicht, liegt die wunderbare Landschaft dieser Region Südenglands.

Es gibt Felder, auf denen jetzt, Ende Mai, bereits das Korn hochsteht und sich im Wind wiegt, der vom Bristolkanal herunterweht. Auf den saftig grünen Wiesen, eingegrenzt durch die typisch englischen Hecken, grasen Kühe, Pferde und Schafe. Sogar ein paar Rehe haben den Weg aus den mit Laubbäumen bewaldeten Hängen der sanften Hügel gefunden.

Irgendwann schalte ich das Radio aus. Versuche, die Stille zu ertragen.

»Weißt du, wenn man erst mal gelernt hat, die Stille auszuhalten«, hat Eddy neulich noch gesagt, die blauen Augen unverwandt in eine Ferne gerichtet, in die ich ihm nicht folgen konnte, »dann ist sie ein großes Geschenk.«

Seitdem habe ich mich oft gefragt, was genau er damit gemeint hat. Ich habe es immer mal wieder ausprobiert, so wie jetzt. Aber ich kann darin kein Geschenk entdecken. Mich macht Schweigen eher nervös. Daher bin ich regelrecht erleichtert, als mein Handy sich über die Freisprechanlage meldet.

»Phoebe, hast du etwa Angst um dein Auto?«, begrüße ich meine kleine Schwester lachend.

»Wie fährt er sich?«, will sie wissen.

»Erste Sahne!«

»Wunderbar! Ich wusste, dass ihr gut miteinander auskommen würdet!«

»Vermisst ihr den Wagen schon?«, frage ich, und es regt sich ein kleines schlechtes Gewissen, weil sie mir zuliebe auf ihr heiß geliebtes Auto verzichtet.

»Ich nicht die Bohne!«, kommt es ohne Zögern. »Ich baue es in meinen Diätplan ein – Bewegung ist dabei das A und O.«

»Und die Kids?«

»Ach, Evie und Jacob tut es gut, mal nicht zur Schule, zum Gitarrenunterricht oder zu den Pfadfindern chauffiert zu werden. So können sie endlich selbstständig werden.«

»Sie sind acht und zehn Jahre alt«, werfe ich kichernd ein.

»Alt genug«, entgegnet sie betont kaltherzig.

»Du bist eine wunderbare Mutter!«

»Im Ernst, wo bist du gerade, Amber?«

Genau in diesem Augenblick passiere ich ein Ortseingangsschild.

»Glastonbury.«

»Geil!«, quietscht Phoebe.

»Du stehst auf eine ehemalige Hippiehochburg, in der auch heute noch lauter verrückte Leute leben, die behaupten, ihr Ort sei das damalige Avalon und im Park der ehemals gewaltigen Abbey sei König Artus begraben?«

Sie grunzt. »Ich stehe auf das alljährliche Musikfestival, Schwesterchen.«

»Oh, daran habe ich gar nicht gedacht.«

»Wie immer absolut hip unterwegs.«

»Danke.«

»Hast du dir schon überlegt, was du unternehmen willst?«

»Phoebe, ich bin noch gar nicht angekommen«, sage ich lachend.

Wie kann es nur sein, dass meine neun Jahre jüngere Schwester derartig temperamentvoll ist, während ich so ruhig und eher beschaulich durchs Leben gehe?

»Jaaa. Aber hast du denn gar nichts geplant? Sogar du musst aufgeregt sein vor einem dreimonatigen Urlaub!«

In dem Moment verlasse ich den Ort in westlicher Richtung, und mir fällt ein Hinweisschild auf.

»Ich werde ganz sicher Hestercombe Gardens besuchen«, sage ich schnell. »Darüber hab ich jede Menge gelesen. Rund um das große Herrenhaus sind fantastisch angelegte Gartenanlagen zu besichtigen, ein wahrer Besuchermagnet. Um diese Jahreszeit blühen die Rosen und wahrscheinlich Hunderte anderer Blumen, die dort kultiviert werden.«

»Und wer weiß, vielleicht findest du da ja auch die eine oder andere Anregung?«

Damit spielt sie darauf an, dass das Ferienhaus, in dem ich die kommenden drei Monate verbringen werde, einen kleinen Haken hat. Na ja, wahrscheinlich ist es nicht fair, von einem *Haken* zu sprechen. Das Häuschen liegt nämlich nicht nur wunderbar eingebettet in die herrliche südenglische Landschaft, einsam an einem idyllischen Bachlauf, sondern ist auch noch zu einem spottbilligen Mietpreis zu haben. Ist es da nicht verständlich, dass der Besitzer dafür eine Gegenleistung erwartet?

Die besteht darin, dass ich mich als Mieterin um den kleinen Garten kümmere, Unkraut jäte, notfalls wässere, Stauden stütze, Obst und Gemüse ernte, eben alles, was man so in einem Garten auf dem Land tun muss.

»Du meinst, weil ich gesagt habe, ich verfüge über *massig Gartenbegeisterung*, sollte das mehr enthalten als rudimentäre Erinnerungen an Mums kleinen Küchenacker?«

Ja, könnte sein, dass ich ein wenig geschwindelt habe, als ich für das Häuschen angefragt habe …

»Hm. Genauso, wie man das Jahr deiner Reitstunden, die du mit zwölf nehmen durftest, wohl nicht als *Pferdeerfahrung* bezeichnen kann«, setzt Phoebe, wahrscheinlich breit grinsend, hinzu.

Okay. Jetzt hat sie es geschafft. Wenn ich mich in den letzten Tagen anlässlich meiner Reise angenehm kribbelig gefühlt habe, setzt sich nun echte Aufregung durch.

Die von ihr angesprochene *Pferdeerfahrung* sollte ich nämlich auch vorweisen, darauf hatte der Verwalter des Häuschens, Mr. Rogers, mich aufmerksam gemacht. Denn ebenso wie die Pflege des Gartens würde auch die Versorgung des einzigen, zum Haus gehörenden Pferdes zu meinen Aufgaben zählen.

Mr. Rogers hatte am Telefon berichtet, das kleine Cottage gehöre zum ehemaligen großen Landsitz einer verarmten Adelsfamilie, die früher große agile Irish-Hunter-Pferde für die Jagd züchtete. Der einzige noch verbliebene Sprössling der Sippe lebt heute als Jurist in London und stattet dem Anwesen offenbar nur wenige, kurze Besuche im Jahr ab. Aus purer Sentimentalität hat er sich vor Jahren zu der Anständigkeit durchgerungen, den alten Pferden der Zucht das Gnadenbrot zu gewähren. Nun ist nur noch eines übrig, mit dessen Dahinscheiden hoffentlich nicht ausgerechnet in den nächsten drei Monaten zu rechnen ist.

»Mr. Rogers hat mir versichert, dass der alte Wallach unkompliziert ist«, sage ich. »Das Tier verbringt den Sommer einfach auf den Weiden rund ums Haus. Ich muss nur die Wasserversorgung kontrollieren und das Pferd alle vier Wochen von einer umzäunten Wiese zur nächsten bringen. Das wird ja wohl zu schaffen sein.«

Zittert meine Stimme etwa ein wenig?

Meine Schwester hat es wohl auch gehört.

»Natürlich, Liebes«, antwortet Phoebe, plötzlich ernst. »Lass dich von mir bloß nicht aufziehen. Du kannst *alles* schaffen, was du willst. Nach dem, was du die letzten Monate geleistet hast, steht das außer Frage. Ich mache mir nur ein bisschen Sorgen, ob du … ob du auch klarkommen wirst, weißt du?!«

Ich muss schlucken.

»Hey, wenn du sehen könntest, was ich gerade sehe, würdest du das nicht sagen«, erwidere ich möglichst heiter. »Ich werde die nächsten drei Monate in dieser traumhaft schönen Landschaft verbringen!«

»Und das hast du dir mehr als verdient!«, sagt Phoebe, die meinen Versuch, das Gespräch auf ein anderes Thema zu lenken, natürlich durchschaut, aber so lieb ist, einfach darauf einzugehen. »Schick mir Fotos! Machst du?«

»Logisch!«

»Ich hab dich lieb!«

»Und ich dich!«

Wir legen auf.

Ich schalte das Radio erneut ein und suche einen Klassiksender. Die Musik, die Eddys Meinung nach seiner heiligen Stille am nächsten kommt.

Mit irgendeiner Sonate von Beethoven im Ohr fahre ich durch Bridgwater, die kleine Stadt, zu der das Dörfchen Aisholt gehört.

Und das leise aufgeregte Kribbeln macht sich wieder bemerkbar.

Da das Navi ab jetzt versagen würde, wie Mr. Rogers mir nach Erfahrung diverser Feriengäste geweissagt hat, blicke ich immer wieder auf den kleinen Zettel mit der Wegbeschreibung, den ich während unseres letzten Telefonats bekritzelt habe.

Ich lenke den Wagen am eigentlichen Dorf vorbei, um ein kleines Eichenwäldchen herum. Dann überquere ich auf einer urig wirkenden Steinbrücke den Bachlauf und fahre am dreistöckigen, mit Zinnen und Erkern versehenen Herrenhaus vorbei, das ganz offensichtlich schon bessere Tage gesehen hat.

Noch eine Kurve, und da liegt es vor mir, genauso idyllisch wie auf den Bildern im Netz: Meadows Cottage. Ein wunderschönes, kleines Häuschen aus sandfarbenem Bruchstein samt reetgedecktem Dach, das sich so weit herunterzieht, dass es das hübsche Gebäude zu beschützen scheint. Ein idyllisch wirkender Staketenzaun, an den sich hohe Stockrosen und Buschmalven lehnen, trennt den reich blühenden Garten von den angrenzenden Wiesen.

Ja, der Name *Meadows Cottage*, das Haus in den Weiden, passt wirklich haargenau zu diesem zauberhaften Ort.

Ich halte im Kies vor der Tür, steige aus und bewundere mein Zuhause für die nächsten Monate, während ich mich ausgiebig strecke.

Die weißen Fenster des eingeschossigen Häuschens sind mit Sprossen unterteilt. Der aus roten Ziegeln gemauerte Kamin leuchtet im Sonnenschein. Eine wunderschöne alte Rotbuche beschattet momentan die Terrasse, die sich ums Haus herumzieht. Ein paar Birken verbreiten weiter hinten im Garten neben all dem bunten Blühen flirrende Partystimmung.

Ich hole tief Atem, so traumhaft schön ist es. Dann lache ich. Einfach so.

Und kann es kaum erwarten, das Haus zu betreten.

Mich nach allen Seiten umschauend, gehe ich raschen Schrittes hinüber zu dem kleinen Gartenschuppen. Darin, so hat Mr. Rogers mir erklärt, findet sich neben allen notwendigen Arbeitsgeräten auch der Schlüssel für das Cottage.

Eigentlich habe ich das Häuschen erst ab morgen gebucht. Doch Mr. Rogers, der im fünfundzwanzig Minuten entfernten Taunton lebt, hat mir vor ein paar Tagen per E-Mail versichert, es sei vollkommen in Ordnung, wenn *wir* spontan entschieden, schon heute, am Donnerstag, anzureisen – bevor rund um London der Wochenendverkehr losbricht. Nur leider sei er beruflich verhindert und könne *uns* dann nicht persönlich in Empfang nehmen.

Wir. Uns. Na, sicher geht er davon aus, dass ich nicht allein anreise. Wer bucht schon für zwölf Wochen ein Ferienhaus und kommt dann allein?

Den Schlüssel fest in der Hand, eile ich zum Haus hinüber, schließe auf. Einen Moment lang halte ich inne. Beinahe feierlich ist mir zumute, als ich den ersten Schritt hinein mache.

Obwohl es zur frühen Mittagszeit draußen vor der Tür schon sommerlich heiß ist, ist der Flur angenehm kühl. Die Wände sind rau verputzt und in hellen Gelbtönen gestrichen.

Links und rechts liegen die beiden Schlafzimmer hinter massiven Holztüren.

Die Räume sind in etwa gleich geschnitten und verfügen

jeweils über ein eigenes Bad. Ich entscheide mich für das Zimmer, dessen Fenster nach Westen geht. Dann werde ich morgens nicht so zeitig von den ersten Sonnenstrahlen geweckt. Und auf die leuchtend roten Sonnenuntergänge hier freue ich mich jetzt schon.

Der Flur läuft auf eine Wand mit einem großen Spiegel zu.

Hey, was ist das denn? Ich lächle ja!

Fast ein bisschen verlegen halte ich inne und zupfe an der ärmellosen Bluse, die ich heute über meiner Jeans trage. Meine milchkaffeebraunen Arme ragen heraus, ein wenig dünn vielleicht, derzeit. Nun, das wird sich schon wieder regeln. Mein schwarzes Haar wird im Nacken in einem losen Zopf zusammengehalten. Ich habe mir beim Biofriseur tatsächlich noch Farbe besorgt, um hier in aller Muße die verdächtig vielen silbern schimmernden Härchen zu überdecken, die ich in den letzten Monaten einfach übersehen habe. Meine dunkelbraunen Augen schimmern unter den dichten Wimpern hervor.

Phoebes und meine Urgroßmutter, die Oma unserer Mum, war Inderin. Mum war immer traurig darüber, dass sie selbst die rothaarigen Gene unseres Opas geerbt hatte. So sah sie echt englisch aus, anstatt schick exotisch zu wirken. Was für eine Überraschung war es da, als ihre erste Tochter zur Welt kam und aussah wie eine zarte Mokkabohne. Phoebe hingegen sieht Dad sehr ähnlich: groß, mittelblond und ein wenig grobknochig. Kein Wunder, dass unser unterschiedliches Aussehen in der Nachbarschaft anfangs für ein paar Spekulationen sorgte.

Ich zwinkere mir im Spiegel zu, wende mich nach links und lande in der kleinen, praktikabel eingerichteten Küche.

Der Herd und die Spüle liegen unter einem großen Fenster, vor dem ein Fliegengitter gespannt ist und das auf eine der umliegenden Weiden hinausgeht. Hinter mir befindet sich eine Anrichte, hinter der wiederum der Esstisch mit vier Stühlen seinen Platz gefunden hat. Die Möbel und Schränke sind offenbar alt, aber mit weißer Farbe neu gestrichen worden. Auf den Stühlen liegen bunte Sitzkissen, und auf dem Tisch ist eine hübsche Decke, auf die jemand eine Vase mit Rosen aus dem Garten gestellt hat.

Hinter dem Essbereich befindet sich das Wohnzimmer, ausgestattet mit zwei großen Sofas und einem flauschigen Teppich. Durch die doppelflügelige Terrassentür und das große Fenster hat man einen wunderschönen Blick hinaus in den Garten.

Von der Küche aus führen eine weitere Tür und drei Stufen hinunter in einen Wintergarten, in dem zwei uralte Eisengitterbetten mit einem Haufen Kissen zu kuscheligem Gelage einladen. An der Wand zum Haus, der einzigen unverglasten des schmucken Raumes, zieht sich ein großes Bücherregal vom Boden bis zur Decke. Es ist vollgestopft mit Taschenbüchern der Marke *Sie lieben und sie kriegen sich.* Was wohl der Literaturprofessor aus Oxford dazu sagen würde? Ein Regal ist jedoch Sachbüchern zum Thema Pferdehaltung und -training vorbehalten.

Ich trete hinaus in den Garten.

Die Dutzenden von Blüten am alten Rosenstamm, der sich an die Hauswand lehnt, duften betörend. Die Blätter der Buche über mir rauschen sanft.

Von dem Pferd, das sich doch angeblich irgendwo auf den Weiden am Haus aufhalten soll, ist weit und breit nichts zu sehen. Dafür mache ich in der Entfernung bläulich schimmernde Hügel aus. Das sind bestimmt die Quantock Hills, die sich bis zum Bristolkanal erstrecken.

Das Haus, der Garten, die Düfte, das Licht und der laue Wind, das alles ist so atemberaubend, dass ich ganz automatisch nach meinem Handy in der Jeanstasche fingere.

Doch dann fällt es mir wieder ein.

Ich sinke auf die niedrige Steinmauer, die die Terrasse vom Garten trennt. Mit einem Schlag ist meine freudige Aufregung vollkommen verschwunden.

Stille umfängt mich. Und mir wird plötzlich klar, dass ich sie bisher gar nicht kannte. Meine Stille war immer begleitet von Motorendröhnen, Flugzeugen, den Geräuschen der Nachbarn nebenan oder den Menschen unten auf der Straße. Doch dies hier ist wahre Stille.

»Wenn du erst mal gelernt hast, sie zu ertragen …«, hat Eddy gesagt. Und mir wird klar, dass ich davon weit entfernt bin.

Ja, nun bin ich also weggegangen. Aber ich bezweifle, dass ich hier, dass ich *irgendwo* werde ankommen können. Denn der einzige Ort, an dem ich das so gern wollte, existiert nicht mehr.

Ich lehne das Gesicht in meine Hände und beginne zu weinen.

2. Finian

»Finian, wo ist das Happy End?« Norman sieht mich mit einer Mischung aus Vorwurf und Besorgnis im Blick an.

»Mir war nicht danach«, antworte ich.

Wir sitzen in Normans Büro, wo wir beinahe in den beiden exorbitanten Ledersofas versinken. Wieso muss das Büro eines Verlegers aussehen, als wolle er seine Autoren in Polstermöbel verschwinden lassen?

Gott sei Dank kenne ich Norman Young, der seit zwanzig Jahren hier in London mein Verleger und mittlerweile auch bester Freund ist, so gut, dass ich sicher sein kann: Ihm liegt nichts ferner, als mich von einer Couch verschlucken zu lassen. Schließlich bin ich sein bestes Pferd im Stall, wie er immer behauptet.

Er seufzt tief und legt seine Hand auf das Manuskript, das zwischen unseren Sitzplätzen auf dem niedrigen Tisch liegt.

»Ich verstehe dich, ich verstehe dich wirklich, das weißt du. Ich war auch ein ganzes Jahr lang nicht ich selbst, als Uma und ich uns damals trennten …«

»Es steht noch gar nicht hundertprozentig fest, dass wir uns wirklich endgültig trennen«, unterbreche ich ihn.

Norman hebt eine Braue. »Ich dachte, das würde es bedeuten, wenn die eigene Ehefrau sich einen Scheidungsanwalt nimmt?«

»Ja, na ja, weißt du, Madeleine hat genauso hohe Moralvorstellungen wie ich. Treue in der Ehe und so, das gehörte für uns ganz selbstverständlich dazu. Eine Affäre kam nie infrage. Wir waren immer der Meinung, wenn einer von uns mal was mit jemand anderem anfängt, dann haben wir uns schon so weit voneinander entfernt, dass wir uns auf jeden Fall trennen würden.«

»Aber das siehst du heute anders?«, fragt er skeptisch.

Damit nimmt er mir den Wind aus den Segeln, denn in Wahrheit sehe ich es immer noch ganz genauso.

»Siehst du«, sagt er, als hätte ich meine Gedanken laut ausgesprochen. »Deine Hoffnung auf Madeleines Einsicht und Rückkehr in Ehren, Finian, aber du kannst eben doch nicht aus deiner Haut.«

»Und genau deswegen hat das neue Manuskript kein Happy End.«

Der Punkt ging nun wohl an mich, denn Norman seufzt ergeben.

Dann beugt er sich vor und sagt empathisch: »Du steckst in jedes deiner Bücher einen Teil von dir. Und genau das schätze ich so. Deine Leserinnen lieben diese Authentizität, die man beim Lesen spürt. Das Auf und Ab, das das Leben eben so mit sich bringt. Sie lieben die Höhen und Tiefen, die kleinen und … ja, auch die großen Dramen, die deine Figuren durchleben. Aber …« Er macht eine Pause, um seinen Worten mehr Nachdruck zu verleihen. »… sie wollen ein *Happy End.*«

»Tut mir leid. Geht grad nicht.«

Norman betrachtet mich genauer.

Ich weiß, was er sieht.

Einen Kerl, der früher stets rausgeputzt in feinen Anzügen und glatt rasiert wie ein Babypopo daherkam und nun ein zerknautschtes Jackett und einen ungepflegten Dreitagebart trägt. Dessen braune Haare bereits über den Hemdkragen zu wachsen drohen und dessen hellgrüne Augen in der letzten Zeit hin und wieder unnatürlich gerötet sind.

Wahrscheinlich kann er als mein bester Freund auch in mich hineinsehen. Erkennt in mir die Verwunderung und zunehmende Resignation darüber, dass die Frau, von der ich bei unserer Heirat vor fünfzehn Jahren glaubte, ich würde mit ihr den Rest meines Lebens verbringen, mir in den letzten Jahren immer fremder wurde.

Und selbstverständlich weiß er als mein Verleger auch um die Schreibblockade, die mich in der letzten Zeit lediglich um meinen Laptop herumschleichen lässt, über dessen Tasten üblicherweise meine Finger fliegen.

»Und was hast du vor, um diese Pattsituation zu beenden?«, will er schließlich wissen.

»Darüber habe ich die letzten Wochen gründlich nachgedacht. Dabei kam mir immer wieder dieser Spruch in den Sinn: ›Wenn du jemanden liebst, lass ihn frei. Wenn er zu dir zurückkommt, gehört er wirklich zu dir.‹ Du weißt schon.«

»Aber …?«

»Das Problem bei der Sache ist, dass es mit dem Loslassen nicht so einfach ist, wenn deine Irgendwie-nicht-mehr-so-ganz-aber-hoffentlich-bald-wieder-richtig-Ehefrau mit dem muskelprotzigen Leiter des bekanntesten Fitnessstudios der Stadt gleich nebenan wohnt. Du siehst sie gemeinsam das Haus verlassen. Du siehst sie im Garten bei einer Grillparty mit einer fröhlichen Schar von Gästen: seine Gewichtheber-Kumpels, engste Shopping-Freundinnen deiner Frau und eine erschreckend große Anzahl von Menschen, von denen du bisher angenommen hattest, sie seien eigentlich auch *deine* Freunde. Die ehemalige Ehefrau tatsächlich loszulassen, das funktioniert nicht, wenn man so dicht beieinander wohnt und sich täglich sieht. Deswegen gehe ich für eine Weile weg.«

»Du willst verreisen?«, ruft Norman begeistert aus.

Er selbst ist ein wahrer Weltenbummler. Wann immer bei ihm irgendwas im Argen liegt, packt er seine Koffer und fliegt nach Südfrankreich, Venedig oder Vancouver, nach Kapstadt, Melbourne und Stockholm. Wenn er zurückkehrt ist er wie ausgewechselt, voller Energie und Tatkraft. Für mich wären diese Reisen an immer andere, weit entfernte Orte die reinste Folter. Ich bin in meinen Büchern so viel unterwegs, dass ich in meinem Leben einen Ort brauche, an dem ich mich zu Hause fühlen kann.

Da Norman das genauso gut weiß wie ich, ist ihm sein Erstaunen anzusehen, als ich antworte: »Du wirst lachen, aber genau das werde ich morgen tatsächlich tun!«

Er reißt die Augen auf. »Wohin geht's? Nein, warte, sag nichts, lass mich raten!«

Er legt den Finger an die Nasenspitze und überlegt.

»San Francisco!«, sagt er dann und liest an meiner Miene umgehend das Entsetzen ab. »Nein, nein, warte, du bist ziemlich blass – na ja, kein Wunder nach dieser Geschichte –, jedenfalls würde dir Sonne guttun … Die Kanaren!«

Ich starre ihn an.

»Nein? Sizilien!«

Ich schüttle den Kopf.

»Auch nicht? Oh, ich weiß, du bist diesmal mutig! Nigeria!«

»Somerset«, werfe ich ein, ehe er noch abstrusere Reiseziele für mich in den Raum wirft.

Normans Mund bleibt einen Moment lang offen stehen. »Somerset!?«, wiederholt er dann ungläubig.

»Ja, auf dem Land, vollkommen ungestört. Ich werde tagelang niemanden sehen und mich voll und ganz auf mein neues Buch konzentrieren können.«

Norman schaut mich noch immer an, als zweifle er insgeheim an meinem Verstand.

Dann sagt er schulterzuckend: »Finian, als dein bester Freund muss ich mich wirklich wundern. Südengland? Nur drei, vier Autostunden entfernt? Mein Gott, wie langweilig! Aber als dein Verleger stimme ich dir zu. Abgeschiedenheit. Ruhe. Keinerlei Ablenkung. Großartige Idee! Wo sonst sollst du Ideen für ein neues Buch finden, wenn nicht in … Somerset! – Diesmal aber bitte wieder mit Happy End!«

»Das kann ich dir nicht versprechen«, sage ich und setze rasch hinzu, als ich das aufblitzende Entsetzen in seinen Augen sehe: »War ein Scherz.«

Er atmet auf.

»Du machst dich also für ein paar Wochen aus dem Staub, in der Hoffnung, dass Madeleine dann zur Besinnung kommt, sobald sie kapiert, dass du nicht mehr zur Verfügung stehst?«

»Drei Monate, um genau zu sein. Und ja, irgendwie schwelt bei mir im Hinterkopf wohl auch dieser Gedanke. Der angenehme Nebeneffekt wird aber sein, dass ich bei meiner Auszeit auf dem Land, mitten in der Pampa, auch Madeleines Geturtel mit unserem Nachbarn nicht länger ertragen muss. Ich meine, warum um Himmels willen konnte sie sich nicht wenigstens jemanden suchen, der ein paar Straßen weiter wohnt und dem ich nicht ins Schlafzimmerfenster schauen kann«, sage ich. »Stell dir vor, dieser Kerl behauptet, der Charakter eines Mannes lasse sich an der PS-Zahl seines Autos erkennen. Und ich habe noch nicht mal ein Auto! Es ist irre, in London ein Auto zu besitzen. Aber was bedeutet das für meinen Charakter, frage ich dich?«

Norman lacht. »Finian, ich bin erleichtert, dass du über all dem deinen Humor nicht verloren hast.«

»Das war kein Witz«, erwidere ich.

Als wir uns an der Tür verabschieden, dauert Normans Umarmung ein wenig länger als üblich. Er klopft mir auf die Schulter und entlässt mich aus der vertrauten Polsterlandschaft seines Büros, in dem wir schon so viele Geschichten und Figuren besprochen haben, in mein reales, momentan leider ziemlich verkorkstes Leben.

Ich durchquere sein Vorzimmer.

Als ich am Schreibtisch seiner neuen Sekretärin vorbeikomme, bemerke ich ihr leichtes Zucken. So, als wolle sie etwas sagen, schrecke aber im letzten Augenblick doch zurück.

Ich bleibe stehen und schaue sie an.

»Wie geht's Ihnen, Kathy?«, frage ich sie und lese die Überraschung in ihren haselnussbraunen Augen.

Sie hat nicht damit gerechnet, dass ich ihren Namen noch weiß. Sie ist erst seit ein paar Monaten bei Norman angestellt, und wir haben uns vielleicht zwei- oder dreimal gesehen.

»Mr. Anderson?«, setzt sie mit einem kleinen Kieksen in der hellen Stimme an. »Würden Sie vielleicht …?«

Unter ihrem Tisch hervor zieht sie meinen zuletzt erschienenen Roman und hält ihn mir zusammen mit einem Kugelschreiber hin.

»Oh, Sie haben die Probezeit überlebt und bestanden!«, stelle ich fest.

Denn nur wessen Vertrauen Norman sich absolut sicher sein kann, bringt diese Bücher und mich miteinander in Verbindung.

»Herzlichen Glückwunsch!«

»Danke.«

Sie lächelt schüchtern – sie ist noch jung, vielleicht Ende zwanzig –, doch da blitzt etwas in ihren Augen auf. Rasch schlägt sie die Lider nieder.

Während sie mir das Buch zuschiebt, murmelt sie: »Es ist … für eine Freundin.«

»Wie heißt Ihre Freundin?«, erkundige ich mich und greife nach dem Stift, der in ihrer Hand ein wenig zittert.

Sie zögert.

Aha. Verstehe.

Ich schreibe: *Für eine, die meine Geschichten zu schätzen weiß.*

Und setze die üblichen Initialen darunter.

»Okay so?«

»Es ist … perfekt!«, haucht Kathy.

Sie greift nach dem Buch, als sei es etwas Kostbares. Wieder dieser Blick von unten herauf.

Ich kenne das. Manchmal sehen mich Frauen, wenn sie über mein *Geheimnis* Bescheid wissen und meine Bücher mögen, genau so an. Sie sehen in mir den Romantiker, den Beschützer, den leidenschaftlichen Liebhaber, von dem sie gerade noch zwischen den Buchdeckeln gelesen haben. Sie denken, ich bin genau wie meine männlichen Helden.

Wenn ich jetzt etwas sagen würde. Wenn ich ihr meine private Nummer geben würde. Wenn ich vorgeben würde, jemanden zu suchen, mit dem ich den Lunch einnehmen kann …

»Wiedersehen!«, sage ich rasch und ergreife die Flucht.

Unten auf der Straße stürze ich aus dem Verlagshaus *Young Books* und überquere eilig die Sloane Street zur Knightsbridge Tube-Station, die man über das Erdgeschoss eines hübschen Altbauhauses erreicht, das den Krieg überlebt hat.

Als ich auf dem Bahnsteig ankomme, fährt gerade ein Zug der Piccadilly Line ein. Ich steige ein und schiebe mich durch die stehenden Fahrgäste zur anderen Wagenseite.

Ich bin umgeben von so vielen Gesichtern. Weißen, schwarzen, braunen. Männer und Frauen, Alte und Kinder. Ein Mädchen mit Burka sitzt zwei kichernden Punks gegenüber. Ein Anzugträger unterhält sich mit einem Jungen in Jogginghosen.

Das ist London. Meine Stadt. Mein Herzschlag.

Wenigstens dachte ich das immer. Doch in den letzten Wochen, seit Madeleines überraschender *Bekanntmachung*, scheint mir das alles irgendwie zu viel. Zu viele Menschen. Zu viele Stimmen. Zu viele Reklametafeln. Zu viel Lärm.

Ich schaffe es nicht mehr, meine Gedanken zum Schweigen zu bringen. Fortwährend bombardieren sie mich mit Fragen. Besonders mit dieser einen, alles umfassenden.

So kann ich aber nicht arbeiten. So kann ich nicht eintauchen in ferne Welten, in fremde Köpfe und vor allem nicht in andere Herzen.

Deswegen die Idee mit Somerset. Auch wenn es bestimmt seltsam sein wird, so ganz allein irgendwo auf dem

Land. Ich hoffe, mir fällt nicht schon nach zwei Tagen die Decke auf den Kopf.

Als ich kurze Zeit später in die kleine Einfahrt zu unserem Haus einbiege, fällt mein Blick sofort auf die beiden Koffer, die vor der angelehnten Tür stehen.

Ich halte abrupt inne und werfe einen Blick auf die Uhr.

Verdammt, das ist mal wieder typisch. Wir hatten abgemacht, dass sie um diese Uhrzeit schon wieder fort ist.

In dem Augenblick wird die Tür ganz geöffnet, und Madeleine kommt heraus.

Sie ist wie immer tadellos gekleidet, in einen weich fallenden taubenblauen Hosenanzug, der die Farbe ihrer Augen unterstreicht. Die Bluse trägt sie lässig, ein Stückchen aufgeknöpft. Die blonden Haare fallen in weichen Wellen auf ihre Schultern.

Sie sieht mich hier stehen und zögert.

»Bin ich zu spät dran?«, fragt sie.

Ihre Stimme klingt fremd. Hoch und angespannt.

»Im vertrauten Rahmen«, antworte ich und kann selbst hören, wie staubig meine Kehle ist.

»Na ja, ich bin jedenfalls fertig. Bin schon wieder weg«, sagt sie und greift nach den Koffern.

Mir entgeht jedoch nicht, dass ihr Blick rasch über die niedrige Hecke zur Haustür des Nachbarhauses huscht.

»Okay.«

Die Koffer scheinen schwer zu sein. Madeleine ist zwar groß, hungert sich aber stets an der gerade noch zulässigen Gewichtsuntergrenze entlang und ist daher nicht besonders kräftig, sie muss sich anstrengen. Eine Sekunde lang zucken meine Finger, aber gerade noch rechtzeitig fällt mir ein, wie sie vor acht Wochen vor mir stand.

»Dieses ewige Gentlemangehabe«, hatte sie gezischt. »Weißt du, wie sehr mich das ankotzt?!«

Mit der Erinnerung an diese Worte schaffe ich es, sie einfach vorbeigehen zu lassen, ohne ihr meine Hilfe anzubieten.

Ich will schon weiter, die Tür hinter mir zuschlagen, denn in mir regt sich bereits wieder die inzwischen bekannte Wut – oh ja, die kenne ich neben all dem Schrecken und der Resignation durchaus auch! –, als sie kurz den Kopf wendet und sagt: »Danke, Fin, dass ich kurz ins Haus konnte.«

Ihre leise Stimme, wie sie die Kurzform meines Namens ausspricht, so wie immer, entwaffnet mich vollkommen. Vielleicht, weil darin zum ersten Mal seit unserer Trennung wieder ein Gefühl mitschwingt, das nichts mit Enttäuschung und Zorn zu tun hat.

Ich starre sie an, doch sie geht schnell an mir vorbei, ohne mir einen weiteren Blick zu schenken. Eine feine Wolke Parfüm weht ihr nach, als sie das schwere Gepäck aus der einen Einfahrt hinaus- und in die nächste hineinschleppt.

Warum bewege ich mich nicht? Ich sollte einfach weitergehen. Brauche nicht mal nach dem Schlüssel zu kramen. Die Tür steht noch halb offen.

Als Madeleine gerade die Tür des Nachbarhauses erreicht, wird die von innen aufgerissen.

»Ich sag doch, ich mach das«, brummt der Klotz von einem Mann namens Dustin.

Madeleine wirft einen Blick zu mir herüber.

Ich stehe immer noch wie angewurzelt.

Auch Dustin sieht her.

»Ach so«, knurrt er. »Na, dann komm rein, Schatz!«

Er nimmt die Koffer, als seien sie mit Daunen gefüllt, und schiebt Madeleine ins Haus.

Erst als die Tür zufällt, bin ich wieder fähig, mich zu rühren.

Meine Wut ist verraucht, umhüllt mich nur noch wie ein dünner Schleier.

Ich gehe ins Haus, schließe die Tür und atme im Flur den vertrauten Geruch ein.

Wie lange habe ich ihn als selbstverständlich betrachtet, ohne das geringste Kribbeln im Bauch, die Vorfreude, sie zu sehen, zu umarmen, zu lieben?

Doch keine Zeit für weitere traurige Gedanken, ich muss packen! Wenn ich morgen früh loswill, bevor hier das Verkehrschaos vor dem Wochenende ausbricht, sollte ich schon alles vorbereitet haben. Der Mietwagen wird noch heute Abend hergebracht. Ich habe geplant, mein Gepäck gleich reisefertig darin zu verstauen – dann kann ich morgen früh aus dem Bett fallen und sofort losfahren.

Während ich die Stufen in die erste Etage nehme und im Ankleidezimmer die neuen Koffer öffne, die ich extra für diese Reise gekauft habe, herrscht in meinem Kopf aber alles andere als planvolle Ordnung.

Diese eine Frage, die mir seit sechs Wochen nicht aus dem Kopf geht, die meine verletzte Eitelkeit stets wieder zur Seite schiebt und die doch nicht loszuwerden ist, stellt sich plötzlich hartnäckiger denn je. Dabei liegt die Antwort doch auf der Hand. Ich will es nur nicht wahrhaben.

Die Frage lautet: Wenn ich es monatelang nicht merke, dass meine Frau mich betrügt, zeigt das nicht, dass ich zumindest die Hälfte der Schuld daran selbst trage?

3. Amber

Nachdem ich die Koffer ausgepackt und die Inhalte der Küchenschränke überprüft habe, sollte ich wohl meinen ersten Pflichtbesuch bei dem Pferd antreten, das ich in den kommenden drei Monaten versorgen werde.

Ein Blick in den Ausdruck der letzten Mail von Mr. Rogers. Aha, *Brandon* heißt der Wallach. Und weiter heißt es dort, dass das Großpferd sich auf den Weiden und im großen Stall frei bewegen kann.

Ich spähe in alle Himmelsrichtungen über die Wiesen, die sich sowohl den sanften Hügel hinauf bis zum Waldrand ziehen als auch abfallen in Richtung Bachlauf im Tal, doch es ist kein Pferd in Sicht. Also verschiebe ich den Spaziergang rund um die umliegenden Weiden auf später und marschiere erst einmal festen Schrittes zum Stallgebäude hinüber.

Auf dem Weg dorthin sehe ich, dass alle der sechs riesigen Koppeln über streckenweise schmale Wege einen Zugang zum Stall haben. Auf diese Weise kann das Pferd sich also problemlos unterstellen, wenn es mal regnen sollte oder der englische Süden ausnahmsweise eine Hitzeperiode erlebt, vermute ich. Die Tränke befindet sich auch hier. Ich muss nur täglich nachschauen, ob sie intakt ist. Für den Fall, dass sie ausfällt, hängt am Kühlschrank ein Zettel mit der Nummer eines Klempners. Ganz leicht zu bewerkstelligen also.

In den Bäumen, die rund um das alte Stallgebäude Schatten spenden, sitzen ein paar Krähen und krächzen sich gegenseitig zu. Die Blätter rascheln leise in der sanften Brise. Eine muntere Gruppe Sperlinge hüpft tschilpend auf dem Boden herum. Schwalben sausen mit hohen Schreien durch die Luft und immer wieder zum großen Scheunentor, das halb aufsteht, hinein und wieder hinaus.

Man kann nicht behaupten, dass dies eine enorme Geräuschkulisse ist. Und doch fällt mir sofort die Stille auf, die mich augenblicklich umgibt, als ich die Stallgasse betrete.

Nur meine Schritte sind auf dem sauber gefegten, leicht staubigen Boden zu hören, während ich zwischen den Dutzenden rechts und links liegenden, leeren Boxen hindurchgehe.

Plötzlich kann ich mir vorstellen, dass hier früher etliche Pferde ihr Zuhause hatten. Der Geruch ihrer warmen Körper erfüllte bestimmt die Luft, in der kleine Staubpartikel in den durch die Oberlichter hereinfallenden Sonnenstrahlen tanzten. Man hörte ganz sicher ihr Schnauben, das Mahlen ihrer großen Kiefer, nachdem sie Heu aus der Raufe gerupft hatten. Wenn hier jemand entlangging, gab es bestimmt etliche neugierige Augen, die diesem Menschen folgten, immer in der Hoffnung auf eine Leckerei oder einen Spazierritt.

Jetzt aber regt sich nichts. Es herrscht eine irgendwie gespenstische Atmosphäre.

Meine Schritte verlangsamen sich ganz von allein. Noch ein letzter Blick in den großen, offenen Bereich des Stalles am Ende der Gasse. Ich gehe ein paar Schritte hinein.

Hm, nein, hier ist das Pferd auch nicht. Vielleicht ist es hinunter an den Bach gegangen? Den Bereich kann ich vom Haus aus nicht sehen. Mit diesem Gedanken im Kopf erschrecke ich umso mehr, als ich mich umdrehe und ein paar Meter hinter mir ein dunkler Schatten an der Wand lehnt.

Der kleine Schreckenslaut, der mir entfährt, lässt das Pferd den Kopf wenden.

Der Wallach ist groß. Viel größer, als ich dachte. Vielleicht kommt mir das aber auch nur so vor, weil er so dicht vor mir steht.

Es ist ein Brauner mit schwarzer Mähne und Schweif, einem sternförmigen, weißen Fleck auf der Stirn und weißen Socken an dreien seiner Beine, nichts Besonderes also.

Als ich erfuhr, dass es ein Irish-Hunter-Pferd sein würde, um das ich mich kümmern müsste, hatte ich im Internet ein bisschen recherchiert, denn die Rasse war mir unbekannt.

Doch dieses Pferd hier hat nichts gemein mit den Bildern von seinen stolzen, auf Hochglanz polierten Artgenossen, deren Fell in der Sonne glänzt, die in wilden Galoppsprüngen über Gräben setzen oder in einer ganzen Herde über eine Wiese galoppieren. Dieses Pferd hier trauert. Das ist mir mit erstaunlicher Gewissheit und gleich darauf einsetzender Bestürzung sofort klar.

Als ich zögernd die Hand ausstrecke, wendet es mit leicht zurückgelegten Ohren den Kopf wieder ab.

»Hallo Brandon«, sage ich und komme mir verflixt dumm vor.

Dieses Pferd kennt seinen Namen wahrscheinlich nicht. Und meine Begrüßung scheint den Wallach auch nicht die Bohne zu interessieren.

Warum ist er nur so traurig?

Denn dass er traurig ist, steht außer Frage, oder irre ich mich?

Sein Rücken hängt durch. Der Blick aus seinen braunen

Augen ist stumpf. Sein ganzer Körper, die Rippen sind unter dem glanzlosen Fell deutlich zu erkennen, drückt Hoffnungslosigkeit aus. Ihn umgibt eine Aura von Resignation und Fügung in eine ausweglose Situation.

Oder ist dieses Pferd einfach nur furchtbar alt, vielleicht auch krank, und ich bin gerade dabei, meine eigene Lage in schönster Psychomanier auf das Tier zu projizieren?

Ich schneide mich an seinem Anblick hier im dunklen Stall, mit hängendem Kopf und ohne einen Funken Lebensfreude, wie an einer Glasscherbe, die ich unachtsam aufgehoben habe.

Ehe ich michs versehe, haben meine Beine mich aus der Tür getragen, in raschem Tempo die Stallgasse entlang, an der ehemaligen Sattelkammer vorbei und hinaus. Hinaus ins Sonnenlicht.

Als ich um die Ecke des Ziegelsteingebäudes schieße, das mir gerade noch so idyllisch und nostalgisch erschienen war, sehe ich einen Mann von der anderen Seite her über den Hof schlurfen.

Bei meinem Anblick bleibt er kurz verwundert stehen, setzt seinen Weg dann fort. An einem groben Strick führt er einen mittelgroßen Hund mit unglaublich langem Fell, der geduckt neben ihm herschleicht und sich beständig nach allen Seiten umsieht, sodass ihm das beigebraune Fell um die Ohren fliegt.

Als der Mann bis auf ein paar Meter heran ist, zieht er kurz seine abgetragene Tweedmütze vom Kopf und nickt kantig.

»Tag auch, Madam, sind Sie die neue Mieterin vom Cottage?«

Ich nicke ebenfalls.

Dieser Mann in den abgenutzten Arbeitssachen eines Farmers ist mir auf Anhieb unsympathisch. Vielleicht ist es der leicht verschlagene Blick aus den wässrig blauen Augen. Oder es sind die dunklen Adern, die seine gerötete, knollenartige Nase überziehen.

»Cox«, stellt er sich mir vor und reicht mir eine schwielige Hand mit dreckigen Fingernägeln, die unangenehm fest zugreift, als ich meine hineinlege.

Als er die Hand endlich zurückzieht, weicht der Hund an seiner Seite so weit nach hinten wie der Strick es eben zulässt. Angstvoll blickt er zwischen seinem Herrn und mir hin und her. Mr. Cox rückt die Schirmmütze auf seinem verbliebenen Haarkranz auf dem Kopf zurecht.

»Bin Ihr nächster Nachbar hier.« Er nickt vage Richtung Osten.

Erst jetzt fällt mir der Trecker auf, der vor der Hofeinfahrt steht.

»Amber Reed«, erwidere ich und reibe mir heimlich die Finger.

»Tja, Mrs. Reed, dachte, Sie kämen erst morgen an. Da wollt ich nach dem Rechten sehen«, brummt er. »Mach ich immer, wenn kein Mieter im Cottage ist. Einer muss sich ja um den Klepper kümmern. Alles okay mit dem?«

Ich brauche ein paar Sekunden, um zu verstehen, dass er das Pferd meint. Er ist also derjenige, der den alten Wallach versorgt, wenn sonst niemand hier ist.

»Ja«, sage ich schnell. »Alles bestens.«

Obwohl ich mir da ja wirklich nicht sicher bin. Aber irgendwie habe ich das Bedürfnis, Mr. Cox so schnell es geht wieder loszuwerden. Etwas an der Art und Weise, wie er mich so unverhohlen mustert, gefällt mir überhaupt nicht.

Der Hund, der geduckt und wie erstarrt hinter ihm steht, scheint ihn nicht zu kümmern. Er scheint aber auf ein Schwätzchen aus zu sein, denn er schaut zum klarblauen Himmel hinauf und scharrt mit einem Fuß im Staub.

»Haben Sie sich ja 'n feines Wetter ausgesucht für Ihre Ankunft«, floskelt er. »Wie lange bleiben Sie denn?«

»Eine ganze Weile«, antworte ich ausweichend.

»Sie kommen wohl aus der Stadt, hm? Mal bisschen Auszeit vom hektischen London nehmen?«

»Genau.«

Mir entgeht nicht, dass sein Blick neugierig über mein Gesicht wandert. Als könne er anhand meines Aussehens erkennen, wer ich bin. Doch die Gene meiner Urgroßmutter haben schon viele getäuscht. Hin und wieder ist es mir passiert, dass Männer bei meinem Anblick etwas Exotisches erwarten und verwundert sind, wenn sie nur eine typische Engländerin kennenlernen. Oje, ich hoffe doch, dass mein nächster Nachbar nicht auf einen Flirt mit dem Sommergast aus ist!?

»Entschuldigen Sie, aber ich wollte gerade …«, sage ich und deute zum Cottage hinüber.

»Nur zu! Nur zu!«, sagt er und winkt mich großzügig hinüber. »Und wenn mal was sein sollte mit dem Ollen, kommen Sie rüber. Ich wohn gleich da drüben.«

Gleich da drüben würde in London bedeuten: hinter der nächsten Wohnungstür, im übernächsten Haus, ganz sicher aber in derselben Straße. Hier jedoch erkenne ich in der angedeuteten Richtung nur den leicht ansteigenden Hügel mit dem Eichenwäldchen darauf. Er muss die Farm meinen, an der ich auf dem Hinweg vorbeigekommen bin.

»Vielen Dank für das Angebot. Sehr freundlich!«, sage

ich und versuche ein besonders herzliches Lächeln, um meine Wortkargheit wieder wettzumachen.

Mr. Cox tippt sich an die Mütze und geht breitbeinig zum Traktor hinüber, den sich sträubenden Hund mehr oder weniger hinter sich herziehend.

Ohne ihm länger nachzusehen, eile ich zum Cottage, schlüpfe durch das Törchen im Gartenzaun und verschwinde hinter der Hausecke. Ich kann hören, wie der Motor gestartet wird und der Traktor sich entfernt.

Ich hole tief Luft.

Na, toll. Ich werde mich nun drei Monate um ein Pferd kümmern müssen, das wirkt wie ein Traumaopfer, und mein nächster Nachbar ist ein saufnasiger Farmer, der wenig Verständnis für das Tier zu haben scheint und stattdessen weibliche Touristen mit glasigem Blick anstiert.

»Oh, Eddy«, seufze ich.

Jetzt ein Anruf bei ihm, das wäre schön.

Ich gehe über die Terrasse ins Haus, verlaufe mich auf dem Weg ins Schlafzimmer noch kurz. Doch schließlich stehe ich vor der kleinen, hübsch aufgearbeiteten Kommode, in die ich vor einer Stunde noch meine Wäsche geräumt habe.

Ich ziehe die oberste Schublade auf und sehe hinein.

Neben meinen BHs liegt ein leuchtend blauer Briefumschlag. Eddys Farbe. Die Farbe seiner Augen.

Ich nehme den Umschlag heraus und halte ihn einen Augenblick in der Hand.

In Eddys krakeliger Handschrift – katastrophal zu lesen, aber eben Eddys Schrift – steht dort *Am* mit schwarzer Tinte geschrieben. Sein Name für mich.

Das Kuvert ist noch fest verschlossen.

Ich schiebe die Spitze meines Zeigefingers in die kleine Lücke. Doch dann entscheide ich mich um, reiße ihn nicht auf. Stehe einfach nur hier und starre auf meinen Finger, der ein wenig im Blau verschwindet.

Den Brief zu lesen wäre nicht dasselbe, wie mit ihm zu sprechen.

Ich könnte ihm nichts erzählen. Nicht von der kribbelig aufregenden Fahrt hierher, nicht von dem wunderschönen Häuschen, den duftenden Blumen in allen Beeten, den Bäumen, den Vögeln. Auch nichts von dem katatonischen Pferd, zu dem er bestimmt sofort alles Mögliche googeln, von dem unsympathischen Nachbarn, über den er Witze reißen würde, sodass wir gemeinsam darüber lachen könnten. Eddy zu erzählen, was immer mir wiederfährt, hat von Anfang an alle Dinge noch schöner, noch bunter, noch lebendiger gemacht, hat allem Traurigen die Dunkelheit, allem Schmerzlichen die Schärfe genommen.

Einen Brief zu lesen wird nicht dasselbe sein.

Vorsichtig ziehe ich meinen Finger zurück aus dem Umschlag.

Ich streiche den Knick glatt, den ich verursacht habe, und lege das Kuvert zurück in die Schublade.

Nicht jetzt.

Nicht heute.

Vielleicht irgendwann, während ich hier sein werde.

Ich werde den rechten Augenblick schon erkennen.

*

In meiner ersten Nacht im Haus in den Weiden kann ich nicht gut einschlafen. Zu still ist es um das kleine Cottage herum. Kein Autolärm, keine Nachbarsstimmen, nicht einmal Flugzeuge am Himmel.

Ich schließe die Vorhänge nicht, so kann ich vom Bett aus hinauf in den sternenklaren Himmel schauen. Einmal fliegt ein großer Vogel vorbei. Es wirkt, als habe er keinen Kopf, das muss eine Eule sein.

Ein paar Mal ist ein seltsam klagendes Geräusch zu hören. Es erinnert mich an die Krimiabende mit Phoebe, bei denen wir uns über die abstrusen Mordfälle in *Midsomer Murders* amüsiert haben. Inspector Barnaby löst skurrile Fälle, und in jeder Folge bellt irgendwann einmal ein Fuchs. Das ist genau das Geräusch, was ich nun auch höre. Aber hier kommt es sicher nicht vom Tonband. Hier gibt es Füchse. Sicher gibt es hier Füchse. Es kommt mir sonderbar vor, dass ich im Vorfeld nicht daran gedacht habe.

Irgendwann, zwei Uhr ist bestimmt schon vorüber, schlafe ich schließlich ein.

Keine Träume, an die ich mich erinnern kann.

*

Helligkeit draußen vor dem Fenster.

Ein Blick auf die Uhr. Ein leichter Schreck. Schon neun.

Aber dann folgt der herrlich genüssliche Moment, in dem mir einfällt: Ich bin im Urlaub! Ich darf bis neun schlafen, und wenn ich will, sogar noch länger. Niemand ist hier, der meine Faulenzerei bemerken könnte.

Ich strecke und recke mich, blinzele hinaus.

Blauer Himmel. Hoch oben die Schwalben und Mauersegler, die ihre Bahnen ziehen. Wunderbar!

Nach einer ausgiebigen Dusche schlüpfe ich in meine

Jeans von gestern und eine kurzärmlige Bluse und inspiziere die Lebensmittel, die ich in zwei großen Kartons mitgeschleppt habe. Phoebe hatte sich darüber lustig gemacht.

»Glaubst du etwa, in Somerset gibt es keine Läden, in denen du einkaufen kannst, Amber?«, hatte sie grinsend gespottet.

Aber jetzt bin ich froh, dass ich so viele Vorräte dabeihabe. So kann ich mir ein herrliches Frühstück zaubern, ohne auch nur einen Fuß aus der Tür zu setzen.

Ich koche Kaffee und mache Toast, stelle Marmeladen und herzhafte Aufstriche auf ein Tablett und trage alles hinaus auf die Terrasse, wo ich den Tisch mit einer bunten Decke versehe und alles hübsch arrangiere.

Einen Augenblick spiele ich mit dem Gedanken, auch die Vase mit den Rosen mit hinauszunehmen. Aber als ich draußen Platz nehme, erscheint mir das typisch städtisch. Denn hier habe ich doch schon unendlich viele Blumen um mich herum.

Während ich mich umsehe, spüre ich eine angenehme Leichtigkeit und denke, dass mein Start gestern vielleicht nicht der idealste war. Viel zu viel Schwere hatte ich im Gepäck, und Brandon und Mr. Cox haben das Ganze nicht einfacher gemacht.

Ab heute wird alles anders. Heute wird ein guter Tag! Das spüre ich. In mir fühlt es sich hell und optimistisch an.

Das Krachen des Toasts, als ich in die erste Scheibe mit Aufstrich beiße, klingt göttlich, und genau so schmeckt es.

Ja, hier ist ein guter Ort! Hier werde ich mich rundherum wohlfühlen.

»Entschuldigen Sie.«

Ich fahre herum.

Der Toast fliegt mir aus der Hand und segelt mitten in die Staudenrabatte neben der Terrasse.

»Oh, nein, genau das wollte ich nicht«, sagt der Mann, der an der Hausecke steht, betreten. »Ich wollte Sie auf keinen Fall erschrecken. Sie wirkten so … Das mit Ihrem Toast tut mir leid.«

Er macht allen Ernstes Anstalten, die Brotscheibe aus dem Beet zu angeln, muss aber einsehen, dass er wahrscheinlich ein paar Stauden zertreten würde, und lässt davon ab. Verlegen zupft er an einem Hemdzipfel, der ihm aus der zerknautschten Anzughose hängt, die gebügelt sicher sehr schick aussehen würde. Er trägt einen Bartschatten, der aber nicht lässig, sondern eher irgendwie unbeholfen wirkt, und müsste mal wieder zum Friseur.

»Wer sind Sie?«, bringe ich schließlich heraus.

Mein Herz rast immer noch wie kurz vor einem Infarkt.

Sofort richtet er sich kerzengerade auf.

Er ist groß, sehr schlank, mit braunen, ziemlich wirren Haaren und ebenso verwirrtem hellen Blick.

»Verzeihen Sie«, entschuldigt er sich ein drittes Mal. »Mein Name ist Anderson. Finian Anderson. Ich bin der neue Mieter hier im Cottage.«

4. Finian

In meinem Kopf geht es drunter und drüber.

Ich bin zu früh! Ich habe mich im Tag oder zumindest in der Uhrzeit geirrt. Ansonsten wäre meine Vorgängerin doch sicher schon ausgezogen und nicht gerade mitten beim Frühstück.

Die Fremde, ich schätze sie etwa auf mein Alter, obwohl ihr gertenschlanker Körper jünger und ihre tiefdunklen Augen älter aussehen, starrt mich fassungslos an.

»Das …«, sagt sie schließlich und würgt den Rest ihres Bissens hinunter. »… kann unmöglich sein.«

»Nicht?«, wiederhole ich und ziehe verwirrt den Zettel mit der Adresse aus meiner Hosentasche. »Ist hier denn nicht Meadows Cottage, Aisholt, Somerset?«

Sie nickt.

»Zugegeben«, fahre ich fort, da sie offenbar nicht gewillt ist, mehr zu sagen. »Das Navi war auf den letzten Kilometern ziemlich aufgeschmissen. Ich wollte mich durchfragen. Aber natürlich habe ich niemanden getroffen, den ich hätte fragen können. Die Brücke hab ich eigentlich eher zufällig genommen, und dann sah ich das Schild vorn am Tor.«

Was ist mit ihr los? Warum sagt sie nichts mehr?

Ich schaue sie kurz fragend an, dann blicke ich auf meine Schuhe.

»Nein«, sagt sie nach einer Weile, die mir wie eine Ewigkeit vorkommt, und erhebt sich, als wäre es ihr unangenehm, weiter zu sitzen, während ich stehe. »Nein, das ist schon die richtige Adresse, meine ich. Aber Sie können unmöglich der neue Mieter des Cottage sein. Denn das bin schon *ich.*«

Jetzt ist es an mir zu starren.

»Sie?«, wiederhole ich dümmlich. »Aber …?«

»Ich bin gestern angekommen und habe das Haus für die kommenden drei Monate gemietet«, erklärt sie mir.

»Etwa auch bis Ende August?«, frage ich.

Die Verwirrung, die ich selbst empfinde, steht ihr ins Gesicht geschrieben.

»Ja. Genau.«

»Das ist ja ein Ding«, bringe ich heraus, weil mir nicht einfällt, was ich sonst sagen könnte.

Schweigend stehen wir einen Moment voreinander.

»Hat Mr. Rogers …?«, setzt sie an, als ich gerade: »Ist Mr. Rogers …?«, sage.

Wir brechen beide ab und lachen verlegen.

»Mr. Rogers ist uns also beiden bekannt«, stellt meine Gegenüber mit ratlosem Gesichtsausdruck fest.

»Vielleicht wäre es eine gute Idee, ihn zu kontaktieren und zu fragen, was hier schiefgelaufen ist?«, schlage ich vor.

»Natürlich. Machen wir das«, erwidert sie ein wenig scheu.

Ihr Blick irrt auf dem Tisch herum. Vielleicht sucht sie ein Telefon?

Ich zücke mein Handy, scrolle zur Nummer des Verwalters und rufe an.

»Rogers?«, meldet sich eine genervt klingende Frauenstimme.

Im Hintergrund höre ich Kindergeschrei.

»Hallo, Mrs. Rogers, mein Name ist Anderson. Ich hätte gern Ihren Mann gesprochen«, rufe ich gegen den Lärm an.

»Mein Mann?«, wiederholt sie und donnert dann: »Könnt ihr jetzt mal kurz still sein! Ich verstehe ja kein Wort!«

Im Hintergrund bricht das Geschrei kurz ab, um sofort erneut auszubrechen. Sie seufzt.

»Mein Mann ist unterwegs. Und hat natürlich sein Handy hier vergessen. Kann ich ihm was ausrichten?«

»Ja, sagen Sie ihm bitte«, ich erhebe die Stimme noch ein bisschen mehr, was mir peinlich ist, denn ich schreie nicht gerne, und meine neue Bekanntschaft sieht bereits so aus, als wolle sie gern ein wenig Distanz zwischen uns bringen. »Sagen Sie ihm, er möchte sich bitte bei Finian Anderson melden. Der neue Mieter …«

Über den schwarzen Augen mir gegenüber erscheint eine steile Stirnfalte.

Ich räuspere mich. »Also, ich bin gerade im Meadows Cottage, das er verwaltet, und es scheint irgendwas mit der Buchung schiefgelaufen zu sein.«

Die Falte verschwindet. In den dunklen Augen erscheint ein kleines Fragezeichen.

»Das können Sie ihm gleich selbst sagen«, ruft Mr. Rogers, während sich das Geschrei hinter ihr zu infernalischem Gebrüll steigert. »Er ist auf dem Weg dorthin!«

»Sehr gut!«, schreie ich.

»Wiederhören!«, brüllt Mrs. Rogers und legt auf.

Ich wische die Nummer auf dem Display fort und lasse das Handy in meine Hosentasche gleiten.

»Er … ehm … wird wohl gleich hier sein«, teile ich meiner Gegenüber mit und bemühe mich um eine leise und angenehme Stimmlage. »Das war gerade Mrs. Rogers und … ehm … ich vermute, seine mindestens sechs Kinder.«

Plötzlich erscheint ein spontanes und leicht überraschtes Lächeln auf dem Gesicht der Fremden.

»Ich heiße Amber Reed«, sagt sie und streckt mir die Hand entgegen.

Ich nehme sie. Ihre Haut ist warm, weich und trocken. Ihre Hand so schmal, dass sie fast in meiner verschwindet, und das, obwohl ich schlanke Hände habe.

»Hallo, Mrs. Reed. Es freut mich, Ihre Bekanntschaft zu machen«, sage ich und lasse ihre Hand rasch wieder los, weil ich plötzlich das Gefühl habe, sie zu lange festgehalten zu haben.

Einen Moment lang sehen wir uns verlegen an. Was für eine verrückte, was für eine dumme Situation aber auch!

Mein Blick fällt auf die Scheibe Toast im Blumenbeet.

»Haben Sie schon gefrühstückt?«, will sie wissen, da ihr das offenbar nicht entgangen ist. »Möchten Sie sich vielleicht setzen?«

Sie deutet auf den kleinen Tisch, der eindeutig für nur eine Person gedeckt ist.

Ach je, sie ist eine von diesen Höflichen, die jede noch so abstruse Situation für die anderen möglichst angenehm gestalten wollen. Ich kenn das, ich bin nämlich auch so.

Und deswegen antworte ich genau das, was ich mir in so einer Situation von meinem Gegenüber wünschen würde: »Oh, vielen Dank, aber ich hatte schon Frühstück. Genießen Sie nur die Ruhe hier. Ich gehe noch mal zum Auto und erledige ein paar Telefonate. Es sind ja nur etwas über zwanzig Minuten von Taunton hierher, Mr. Rogers trifft bestimmt bald ein.«

Sie sieht erleichtert aus, dass ich ihr Angebot ausschlage. Also drehe ich auf dem Absatz um und gehe am Haus entlang zum Gartentörchen, durch das ich gekommen bin.

Gut, dass ich mein Gepäck noch im Mietwagen gelassen habe. So, wie es aussieht, könnte es sein, dass ich es gar nicht auspacken werde.

*

Als Mr. Rogers, ein nervös wirkender, sehniger Mann mit dem Aussehen eines Windhundes, ankommt, lässt sich die konfuse Lage recht schnell aufklären.

Beim Blick in seine Unterlagen, die er mit fahrigen Fingern durchblättert, stellt sich heraus, dass Mrs. Reed und ich aus purem Zufall am selben Tag für exakt denselben Zeitraum für das Haus angefragt hatten. Da wir beide aus London kommen, war Mr. Rogers davon ausgegangen, dass es sich bei uns um ein Paar handeln musste, das leider nicht deutlich genug miteinander abgesprochen hatte, wer denn nun das Ferienhaus für den Sommer buchen soll.

Jetzt, da das Missverständnis aufgeklärt ist, windet er sich vor Verlegenheit. Sein Gesicht mit der langen Nase und dem spitzen Kinn ist vor Aufregung von einer feinen Röte überzogen.

»Und jetzt?«, fragt Amber Reed und verschränkt die braunhäutigen Arme vor der Brust. »Wie regeln wir das jetzt? Werfen wir eine Münze oder so?«

»Keine Frage«, antworte ich schnell, ehe der beschämte Mr. Rogers den Mund aufmachen kann. »Ich werde mir eine andere Bleibe suchen.«

Mrs. Reed sieht mich mit einer Mischung aus Verwunderung und Erleichterung an. Doch so, wie ich sie nach ihrem Frühstücksangebot einschätze, kann sie das nicht einfach so stehen lassen.

Und richtig, da kommt es schon: »Wenn es ist, weil ich mich schon eingerichtet habe«, sagt sie zögernd. »Meine Koffer sind auch schnell wieder gepackt.«

»Aber nein.« Ich schüttele den Kopf. »Das Prinzip *Wer zuerst kommt, mahlt zuerst* mochte ich noch nie. Nein, deswegen ist es sicher nicht.«

»Warum dann?«, will sie wissen.

»Nun«, ich sehe Mr. Rogers an, der auf meine Antwort jedoch ebenso gespannt zu sein scheint, »nun, Sie sind *die Lady*«, bringe ich schließlich heraus.

Für einen Augenblick bleibt Amber Reed der schön geschwungene Mund offen stehen.

»Ein Gentleman!«, ruft Mr. Rogers betont begeistert, offenbar heilfroh, so unkompliziert seinen Kopf aus der Schuldiger-Verwalter-Schlinge ziehen zu können.

»Sie haben da in Ihrem Ordner nicht zufällig noch andere Ferienhäuser?«, wende ich mich an ihn.

Jetzt verzieht er das Gesicht erneut. »Doch, sicher. Aber die sind alle belegt. Die meisten Häuser werden auch nicht für einen so langen Zeitraum gemietet.«

Die Situation ist ihm grenzenlos unangenehm, das ist ihm anzusehen.

Ich reibe die Handflächen aneinander. »Okay. Dann werde ich mich im Netz mal umschauen. Nach London zurück will ich jedenfalls nicht. Es wird bestimmt etwas zu finden sein. Gibt es hier in der Nähe eine Pension, in der ich so lange unterkommen kann? Einen Pub mit Fremdenzimmer?«

»Hier?«, entgegnet Mr. Rogers vielsagend, was Antwort genug ist. »In Taunton könnten Sie Glück haben.«

»In Ordnung, dann werde ich mich mal auf den Weg machen«, beschließe ich und reiche Amber Reed die Hand. »War schön, Sie kennenzulernen. Achten Sie auf Ihren Toast!«

Ich zwinkere ihr zu, um ihr die Situation leichter zu machen.

Doch Mrs. Reed erwidert meinen Gruß nicht, sondern bohrt die Hände in die Gesäßtaschen ihrer Jeans und tritt von einem Bein auf das andere.

»Hören Sie, ich …«, beginnt sie und räuspert sich. »Sie können auch für ein, zwei Nächte hier wohnen, bis Sie etwas anderes Hübsches gefunden haben. Die beiden Schlafzimmer haben jeweils ein eigenes Bad.«

War ja klar, dass sie so etwas vorschlägt. Verrückt, aber schon nach unserer so kurzen Bekanntschaft hätte ich sie genauso eingeschätzt.

»Oh, nein, das kommt nicht infrage. Es ist *Ihr* Cottage. *Ihr* Urlaub«, antworte ich sofort.

»Seien Sie nicht albern«, erwidert sie, beinahe ein wenig unwirsch. »Es ist furchtbar nett von Ihnen, dass Sie mir das Häuschen überlassen wollen. Da ist es doch das Mindeste, dass Sie hier in Ruhe nach etwas anderem suchen können.«

Ich sehe zu Mr. Rogers. Der hebt die Hände.

»Das müssen Sie entscheiden. Ich kann nichts anderes tun, als mich vielmals bei Ihnen für diese Misere zu entschuldigen.«

Mein Blick wandert zurück zu Amber Reed. Sie hat unglaublich dichte schwarze Wimpern, die ihre Augen sehr ausdrucksstark machen. Aber irgendwie sehen die traurig aus.

»Es wäre lieb, wenn Sie das Schlafzimmer nach Osten nehmen könnten. In dem anderen habe ich mich schon breitgemacht«, sagt sie, als hätte ich bereits zugesagt.

Sosehr sie sich also um andere kümmert und sorgt, sie ist es auch gewohnt, Entscheidungen zu treffen und anzufassen.

Ich stelle mir kurz vor, in Taunton durch die Stadt zu fahren und nach einem angenehmen Bed & Breakfast Ausschau zu halten. Straßen. Autos. Natürlich nicht London. Aber auch nicht … Ich sehe mich um. Die reich blühenden Beete im Garten, in der Sonne oder im Schatten der Bäume. Die saftigen Weiden, die bewaldeten Hügel. Es ist so wunderbar still. Genau das, was ich gesucht habe. Genau das, was ich brauche.

»In Ordnung«, sage ich und nicke.

»Wunderbar«, erwidert sie mit einem Lächeln.

Einen Augenblick lang kommt es mir so vor, als würde sie sich wirklich darüber freuen, dass ich bleibe.

»Die Tür ist offen, ich hab sie nicht abgeschlossen«, sagt sie und wendet sich dann an Mr. Rogers. »Haben Sie vielleicht noch ein paar Minuten? Es geht um das Pferd, Brandon.«

»Was ist mit ihm?«

»Vielleicht können Sie einen kurzen Blick auf ihn werfen und mir sagen, ob es ihm auch wirklich gut geht. Er kommt mir doch recht … lethargisch vor.«

»Oh, ja, er ist ziemlich alt, wissen Sie.«

»Nur sicherheitshalber.«

»Selbstverständlich.«

Wahrscheinlich würde Mr. Rogers heute noch einiges andere für Mrs. Reed und für mich tun – wenn er nur nicht für seinen Fauxpas belangt wird.

Die beiden gehen über den Hof und verschwinden in dem großen Stallgebäude aus rotem Ziegel, das im Sonnenlicht leuchtet.

Ich sehe ihnen nachdenklich nach.

In meinem Leben hat es immer mal Begegnungen gegeben, bei denen mir gleich klar war, dass sie etwas für mich, für mein Leben bedeuten würden. Natürlich kann man jetzt mutmaßen, dass ich selbst es doch bin, der dann den weiteren Verlauf dieser Bekanntschaften steuert und ihnen somit auch entsprechendes Gewicht zu verleihen vermag. Doch als jetzt die schmale Gestalt Amber Reeds vom Schatten des Stalls verschluckt wird, ist mir plötzlich so, als hätte ich ihr begegnen sollen.

Vollkommen verrückt. Denn schließlich werde ich morgen, spätestens übermorgen wieder abreisen und sie wahrscheinlich nie wiedersehen.

Kopfschüttelnd öffne ich den Kofferraum des Mietwagens und greife nach dem Gepäck.

*

Den ganzen Nachmittag sitze ich in dem hübsch eingerichteten Schlafzimmer, das nach Osten rausgeht, und surfe im Netz herum. Ab und zu nehme ich mein Telefon dazu und rufe Anbieter oder Vermieter an, um mich nach dem einen oder anderen Ferienhaus zu erkundigen.

Die meisten Cottages sind für den Sommer schon längst ausgebucht. An die wirklich schön gelegenen ist überhaupt kein Herankommen. Ich ziehe die Kreise meiner Suche immer weiter. Frage auch Ferienwohnungen auf Farmen und schließlich sogar Bed & Breakfast-Zimmer an. Doch niemand hat eine behagliche Bleibe für den gesamten Zeitraum für mich. Es ist zum Mäusemelken.

Irgendwann bekomme ich Hunger. Ich öffne vorsichtig meine Tür und spähe in den Flur hinaus. Nichts zu hören oder zu sehen. Ich gehe links um die Ecke – großer Spiegel an der Wand, meine Güte, ich sehe ziemlich zerrupft aus –, hinein in die kleine Küche, die durch eine Theke vom Essbereich getrennt ist.

Jetzt bin ich froh, dass ich zumindest einige, wenige Lebensmittel aus London mitgenommen habe.

Ich schneide mir dicke Scheiben Salami, Käse und Brot ab, schnappe mir einen Apfel und gehe zur offen stehenden Terrassentür hinaus.

Dabei fällt mir auf, dass ich meine Schritte mit Bedacht setze, mich bemühe, leise zu sein. Ich will Mrs. Reed nicht stören, wo sie doch so nett ist, mich hier für ein, zwei Tage wohnen zu lassen. Aber so viel Rücksicht hätte ich gar nicht nehmen müssen.

In der Rosenlaube im Garten entdecke ich einen bequem wirkenden Liegestuhl, auf dem ein aufgeschlagenes Buch liegt – doch von Amber Reed selbst ist weit und breit nichts zu sehen. Ich schaffe es, meine Neugierde zu zügeln und nicht kurz hinüberzugehen, um einen Blick auf ihre Lektüre zu werfen. Vermutlich ist sie ein Krimi- und Thrillertyp.

Im Stehen schlinge ich alles hinunter, was ich in den Händen halte, und sehe mich um. Über meiner intensiven Suche im Internet ist es Abend geworden. Die Sonne geht bereits unter.

Vor meinen Augen flimmert es. Bestimmt eine Reaktion auf die vielen Stunden im Netz. Komisch, solche Beschwerden habe ich nie, wenn ich an einem Buch schreibe. Wenn ich schreibe, bin ich so auf meine eigenen, inneren Bilder konzentriert, dass ich die Schrift auf dem Monitor meines Laptops kaum wahrnehme. Das kann ich stundenlang tun, ohne wirklich müde zu werden. Aufhören tue ich erst, wenn mein Kopf sich irgendwann angenehm leer anfühlt. So, als hätte ich alles herausgeschrieben, was hinausdrängte.

Ich schiebe die Hände in die Hosentaschen und schlendere über den Hof. Dabei fällt mir das Pferd ein, dessen Versorgung zu den Aufgaben des Mieters dieses Cottage gehört. Den Apfelbutzen in der Hand, umrunde ich das Stallgebäude und finde den Braunen an der Ostseite, wo jetzt lange Schatten liegen.

Das Tier sieht ziemlich zerlumpt aus – wenn man das von einem Pferd so sagen kann. Struppiges Fell, verfilzte Mähne.

Ich habe nicht wirklich Ahnung von Pferden – da habe ich bei der Anfrage des Cottage ein wenig geschummelt –, aber bis ich vierzehn wurde, habe ich oft die Ferien bei meinen Großeltern in Schottland verbracht. Sie hatten eine kleine Farm, auf der auch ein paar Ponys der Nachbarskinder untergebracht waren. Zu meinen Kindersommern gehörte es, mit einer wilden Truppe dreckiger Jungen und Mädchen auf ungesattelten Pferdchen durch die Gegend zu ziehen und Indianer zu spielen. Diese schottischen Highland-Ponys waren gewiss keine glatt gestriegelten Turnierreitpferde, aber trotzdem sahen sie kernig, gesund und fröhlich aus. Ganz anders als dieses Pferd hier.

Ich schlüpfe durch die Bretter des Koppelzauns und gehe zu ihm hinüber.

Als ich nur noch wenige Schritte entfernt bin, hebt der Wallach den Kopf und sieht mir entgegen. Etwas in seinem Blick lässt mich innehalten.

Nicht, dass ich glaube, das Tier sei bösartig oder gar gefährlich. Nein, ich habe nur irgendwie das Gefühl, in seine Privatsphäre einzudringen. Etwas, das ich nie gern tue, weil meine eigene mir so heilig ist.

Deswegen strecke ich erst einmal nur meine Hand mit dem Apfelrest aus, ihm entgegen.

Der Wallach, Brandon heißt er, hat Amber Reed vorhin gesagt, beäugt meine Handfläche, kommt aber nicht näher.

Ich mache einen Schritt auf ihn zu. Er hebt den Kopf ein Stückchen.

Noch ein Schritt. Die Ohren richten sich nach mir aus.

Noch ein Schritt. Er verlagert das Gewicht nach hinten, als wolle er den Großteil seines Körpers vor mir in Sicherheit bringen, ohne sich selbst richtig zu bewegen.

Ich halte ihm den Apfelbutzen unters Maul. Er bläht die Nüstern. Vorsichtig bewegen sich seine Lippen über meine Handfläche.

Sofort bin ich wieder acht Jahre alt und bewundere fasziniert die Weichheit dieses Maules. Auch der Geruch ist mir immer noch vertraut. Schnuppernd atme ich ihn ein.

Brandon kaut den Apfelrest. Dann sieht er mich an.

»Das war es, Kumpel«, sage ich zu ihm und hebe schon eine Hand, um ihm den Hals zu klopfen.

Aber dann tue ich es doch nicht. Irgendwie habe ich das Gefühl, er könnte es missverstehen.

Ich drehe um und entferne mich von ihm.

Bevor ich zwischen den Zaunbrettern durchschlüpfe,

schaue ich mich noch einmal um. Der Wallach steht immer noch am selben Fleck und starrt vor sich hin.

Statt zum Haus zurückzugehen, wende ich mich in Richtung der Weiden und laufe auf dem Feldweg entlang, auf dem breite Reifenspuren davon zeugen, dass hier hin und wieder landwirtschaftliche Maschinen fahren.

Ich folge dem Weg bis auf den Hügel hinauf, wo uralte Eichen und Rotbuchen stehen, die nun lange Schatten auf die Wiesen werfen. Die Vögel veranstalten ihr Abendkonzert. Ihr Zwitschern und Tirilieren erfüllt die Luft. Und mich.

Hier ist es so friedlich. So ruhig.

Nach der Enttäuschung in Sachen Doppelbuchung, dem Nachmittag vor dem Rechner, habe ich nicht mehr damit gerechnet, aber es geschieht: Der seit Wochen tosende Lärm in mir verstummt.

Und plötzlich ist da ein Bild vor meinem inneren Auge.

Madeleine vor knapp fünfzehn Jahren.

Wie lange habe ich daran nicht mehr gedacht?!

Wir hatten im Holland Park, der ein wenig abseits der City, noch hinter Kensington Gardens, liegt, ein Picknick veranstaltet. Damals lebten wir in einer winzigen Wohnung in Notting Hill, nur einen Katzensprung von dort entfernt.

Meine Bücher liefen schon sehr gut, doch der große Durchbruch, der den seitdem nicht wieder versiegenden Strom an Geld brachte, lag noch vor mir.

Madeleine, die von ihrem Bürojob müde gewesen war, hatte erst keine Lust gehabt, mit mir noch einmal hinauszugehen und den Abend im Park zu genießen. Doch als wir dort angekommen waren, hatte sie sich auf der mitgebrachten Decke ausgestreckt, die von mir vorbereiteten Sandwichs gegessen und von innen heraus irgendwie geleuchtet.

»Du hattest recht!«, hatte sie geseufzt und mich angelächelt.

Sie war schon immer eine atemberaubend schöne Frau und mit damals Anfang dreißig bereits mit einem Anflug von faszinierender Reife beschenkt.

»Es ist hier so viel besser als in unserer kleinen Bude. Ach, Finian, wäre es nicht wunderbar, wenn wir irgendwann immer so leben könnten? Auf dem Land, meine ich. Mitten in der Natur. Wir hätten einen Hund, ich könnte Hühner halten und du endliche deine Katze, die den ganzen Tag draußen ihre Freiheit genießen könnte, ohne dass ich ständig niesen müsste. Unsere Kinder könnten frei herumrennen, ohne dass man Angst haben müsste, sie werden von einem Auto überfahren.«

Glückselig hatte ich ihr gelauscht. Die Zukunftsvision, die sie da malte, klang so ganz anders als sonst. In Madeleines Leben spielten Partys, Shopping und Klatsch mit der unüberschaubaren Schar ihrer Freundinnen eine große Rolle. Nie zuvor hatte sie davon gesprochen, aufs Land zu ziehen. Wir redeten noch lange darüber, stellten uns ein kleines Cottage auf dem Land vor, den Garten, die einsamen Abende, fröhliches Kindergeschrei, das niemanden stören würde.

An diesem Abend fragte ich sie, ob sie mich heiraten wolle. Und sie hatte, ohne zu zögern, *Ja* gesagt.

Was nur war dann falsch gelaufen?

War es der plötzliche, massive Erfolg? Das Geld, das wir innerhalb von wenigen Jahren im Überfluss hatten? Zugegeben, anfangs war ich viel zu beschäftigt gewesen, im Rausch meiner Arbeit, um unseren damals gefassten Plan weiterzuverfolgen. Doch als ich mich dann daran erinnerte, wollte

Madeleine davon nichts mehr wissen. Nun, da ihr so viele Möglichkeiten in der Stadt offenstanden – Partys, Veranstaltungen, Zerstreuung jeder Art, ein betuchter Bekanntenkreis –, wollte sie auf nichts davon verzichten.

Nachdenklich trete ich aus dem Wald heraus und folge dem Weg in einem großen Bogen durch die Felder. Immer ist da der Blick auf das kleine Haus, das in den Weiden liegt wie hineingekuschelt. Ich schaue nicht allzu oft hin, denn der Anblick löst einen feinen, undefinierbaren Schmerz in mir aus.

Am Wegesrand stehen knorrige Apfelbäume, die im Frühjahr bestimmt die gesamte Landschaft mit ihrer rosaweißen Blütenpracht überrauscht haben und nun bereits viele kleine, noch unreife Früchte tragen.

Den schönsten Baum jedoch sehe ich auf der Hügelkuppe. Dort lässt eine riesige Trauerweide ihre Zweige melancholisch auf den Wiesensaum des Feldes hängen. Jemand hat darunter eine hübsche Bank aufgestellt, in deren Lehne ein Metallschild geschraubt ist. Auf dem verwitterten Material ist eingraviert: *In Erinnerung an FAYE, die mich oft über diesen Weg getragen hat, treu und unvergessen.*

Einen Augenblick brauche ich, bis ich kapiere, dass es sich bei Faye wahrscheinlich um ein Pferd gehandelt haben muss. Womöglich eine der Stuten, die hier auf dem Gestüt gelebt haben. Es berührt mich, dass jemand sich die Mühe gemacht hat, dem Tier hier ein kleines Denkmal zu setzen.

Ich lasse mich auf der Bank nieder und den Blick über die weite, herrliche Landschaft schweifen. Nur das kleine Cottage mit dem Reetdach versuche ich auszuklammern.

Da sehe ich in der Ferne auf einem von hohen Hecken eingegrenzten Weg eine Gestalt, die dort entlangschlendert.

Ganz ähnlich wie ich gerade noch bleibt sie hin und wieder stehen, schaut in den Himmel, beobachtet die Lerche über dem Feld, blickt lange zum Horizont. Ich bin mir fast sicher, dass es Amber Reed ist. Und frage mich, was sie dazu getrieben hat, das wunderhübsche, aber eben doch sehr einsam gelegene Haus ganz allein für drei Monate zu mieten.

Als ich schließlich doch zu Meadows Cottage hinüberschaue, wird mir plötzlich klar, warum sein Anblick mich so schmerzlich berührt:

Der eine Tag hier an diesem herrlichen Platz erscheint mir wie eine Metapher für meine Ehe. Ein Ort, an dem ich angekommen zu sein glaubte, zu schön, um wahr zu sein – und deswegen wird er mir wahrscheinlich wieder genommen.

5. Amber

Mr. Anderson ist ein höchst angenehmer Mitbewohner für ein, zwei Tage. Erst lässt er sich stundenlang nicht blicken. Dann sehe ich ihn abends bei einem Spaziergang zwischen den Wiesen – ein Zeichen dafür, dass er die Landschaft hier wohl ebenso zu schätzen weiß wie ich. Aber als ich wieder im Häuschen angekommen bin, ist er bereits in seinem Zimmer verschwunden und taucht nicht mehr auf.

Ich bin zufrieden.

Ob er es ernst gemeint hat, als er sagte, er wolle mir das Cottage überlassen, weil ich *die Lady* bin? Derart *old fashioned* kam er mir gar nicht vor …

Am liebsten würde ich den ganzen Abend im Garten sitzen und die Sterne betrachten. Doch es ist auch ein seltsames Gefühl, zu wissen, dass noch jemand im Haus ist, der jederzeit auftauchen könnte.

Deswegen gehe ich früher in mein Zimmer, als ich es eigentlich möchte, um zu lesen.

Es wäre mir nicht richtig vorgekommen, ihn wieder auf die Straße zu jagen. Daher bin ich froh, dass ich ihm durch meinen Vorschlag immerhin ermöglicht habe, in aller Ruhe nach einer Alternative zu Meadows Cottage zu suchen.

Ich schließe die Tür hinter mir ab. Sicher ist sicher.

*

Am nächsten Morgen schlafe ich wieder lange, lasse mir Zeit beim Duschen und Anziehen. Wäre ich ganz allein, würde ich mein Haar nicht föhnen, sondern eine Weile mit einem Handtuchturban herumlaufen, um es schließlich an der Luft trocknen zu lassen. Aber ich finde den Gedanken, so unfertig vor meinem Mitbewohner aufzutauchen, irgendwie unpassend. Also föhnen.

Als ich anschließend hinaus in den Flur spähe, ist von Finian Anderson nichts zu sehen. Ich kann ihn jedoch in seinem Zimmer telefonieren hören.

Seine Stimme ist dunkel, aber angenehm, wenn er spricht. Das Geschrei gestern am Telefon mit Mrs. Rogers … Nun, ich musste mir echt auf die Zunge beißen, um nicht zu lachen.

Ich schmunzele ein bisschen, während ich das Frühstückstablett bestücke.

Dann passiert mir etwas, das mir wieder mal den Boden unter den Füßen wegzureißen droht: Nachdem ich das Tablett hinaus auf die Terrasse getragen habe, gehe ich erneut hinein, um den Kaffee aus der Maschine in eine Thermoskanne zu füllen. Als ich nach der Glaskanne greife, halte ich abrupt inne. Ich habe viel zu viel Kaffee gekocht. Es ist so viel dunkles Gebräu, als wäre es für zwei gedacht, von denen einer geradezu koffeinsüchtig ist. Bestürzt starre ich auf die volle Kanne in der Maschine. Mein Magen zieht sich schmerzhaft zusammen. Dass mir das immer mal wieder passiert. Als würde ich es einfach vergessen.

Ich spiele kurz mit dem Gedanken, die Hälfte der heißen dunklen Flüssigkeit einfach in den Ausguss zu schütten, um nicht länger mit meinem Fauxpas konfrontiert zu sein. Doch die sparsame Steuerberaterin in mir sträubt sich. Also krame ich eine weitere Thermoskanne aus dem gut sortierten Schrank und schütte sie stattdessen dorthinein.

Als ich vom Frühstück im Garten wieder hereinkomme, steht die Kanne noch unberührt auf der Arbeitsfläche, und von Finian Anderson ist nichts zu sehen.

Ich räume mein Frühstücktablett ab, stelle stattdessen eine saubere Tasse, die zweite, noch volle Thermoskanne, Zucker und Hafermilch darauf und balanciere alles in den Flur.

Vor der Schlafzimmertür, die meiner gegenüberliegt, bleibe ich lauschend stehen.

Drinnen ist es still.

Kurz überlege ich zu klopfen, doch dann überkommt mich plötzlich wieder meine übliche Menschenscheu. Ich stelle das Tablett leise vor der Tür ab und verlasse das Haus Richtung Stall.

Wahrscheinlich wird es das Beste sein, wenn ich meinen kleinen Kontrollgang zum Pferd jeweils morgens mache. Dann kann ich sicherstellen, dass die Wasserversorgung für den Tag gewährleistet ist. Und ich selbst habe die Chance, den deprimierenden Anblick des Tieres rasch wieder durch andere Eindrücke zu überdecken.

Heute Morgen ist das Pferd, Brandon, allerdings nicht in dem offenen Stallbereich, in dem es gestern stand.

Ich gehe wieder hinaus und werfe einen Blick über die Weide.

In zweihundert Metern Entfernung steht der Wallach unter einem Apfelbaum. Wieder lässt er den Kopf hängen.

Sein Anblick tut mir weh. Davon darf ich Phoebe keinesfalls erzählen. Sonst meckert sie wieder rum, dass ich mich nicht für alles und jeden verantwortlich fühlen darf.

Vielleicht kann ich Brandon ja mit ein paar Möhren aufmuntern? Die Pferde im Reitstall damals liebten Karotten. Ich nehme mir vor, bei meinem ersten hier anstehenden Einkauf einen ganzen Sack mitzubringen.

Die Tränke funktioniert tadellos. Mein Job ist also schon erledigt.

Wieder im Haus, fällt mir sofort auf, dass das Tablett aus dem Flur verschwunden ist.

Finians Tür steht einen Spalt auf. Klopfen oder vorbeischleichen?

Während ich hier unschlüssig rumstehe, höre ich zufällig, wie er sagt:

»Ich wollte es ja auch erst nicht glauben, Norman, aber es ist tatsächlich nichts zu machen. Bei manchen könnte ich zwei oder drei Wochen bleiben. Ich habe versucht, einen Plan aufzustellen, willst du den hören? Also, zwei Wochen in der Nähe von Bath, dann eine Woche in Glastonbury, zehn Tage nahe Salisbury, erneut zwei Wochen Bath …« Er bricht ab, lauscht. »Ja, du hast recht. Das wird nicht funktionieren. Wie soll ich da arbeiten können, bei diesem ganzen Koffergepacke und Herumgeziehe?! Mir wird ja schon ganz schwindelig, wenn ich drüber nachdenke.«

Er seufzt.

Dann lauscht er offenbar dem, was sein Gesprächspartner zu sagen hat.

Ich sollte jetzt wirklich gehen.

»Ins Ausland? Ich?«, höre ich ihn sagen.

Offenbar kennt dieser Norman ihn so gut, dass so eine einfache Aussage reicht, um die Idee als indiskutabel beiseitezulegen.

»Wahrscheinlich ist es am besten, ich komme wieder zurück nach London«, sagt Finian Anderson. »Ich setze ein paar Makler auf die Suche nach einer neuen Wohnung an, und vielleicht habe ich ja Glück, und es geht schnell über die Bühne.«

Pause.

»Nein, Schreiben werde ich dann wahrscheinlich nicht können. Aber auch das geht vorbei, oder?«

Pause.

»Ja«, sagt er dann ganz schlicht, aber mit einem tiefen, geradezu wohligen Ausatmen, das diesem kleinen Wörtchen aus nur zwei Buchstaben ein enormes Gewicht verleiht.

Ich ahne schon, was es bedeutet, denn auch ich habe mich nach solch einem *Ja* gefühlt, als ich vorgestern hier ankam, als ich das Meadows Cottage in Besitz nahm und als ich gestern Abend zwischen den Feldern spazieren ging.

»Ja, es ist wirklich wunderschön hier. Der ideale Ort zum Arbeiten. Bin mir ziemlich sicher, dass ich hier tolle Ideen haben könnte. Aber …«

Er wird offenbar unterbrochen. Lauscht.

Ich auch. *Mein Gott, ich lausche! Nun geh schon, Amber!*

Da bricht es plötzlich aus Finian Anderson heraus: »Auf keinen Fall, Norman! Mrs. Reed würde es wahrscheinlich sogar tun, so, wie ich sie einschätze. Aber das kommt überhaupt nicht infrage. Irgendwie habe ich das Gefühl, dass sie die Ferien hier noch mehr braucht als ich einen ruhigen Platz zum Arbeiten.«

Wieder Schweigen.

»Lach nicht!«

Hier draußen vor der Zimmertür bin ich zur Salzsäule erstarrt.

Mein Name, so unerwartet dort drinnen im Raum, zwischen Finian Anderson und einem vollkommen Fremden gefallen, erschreckt mich.

Wie er mich *einschätzt?* Bin ich so leicht für jemanden zu durchschauen, der nur eine so kurze Zeit mit mir verbracht, der zufällig unter demselben Dach genächtigt hat?

Ich zwinge mich, mich aus der Schreckstarre zu lösen. Auf leisen Sohlen schleiche ich davon, ehe ich noch mehr hören kann, das mich verstören würde.

Ohne dass man mir das sagen müsste, weiß ich, was der unbekannte Norman am anderen Ende der Leitung vorgeschlagen und was Finian Anderson so rigoros abgelehnt hat: dass er mich fragen soll, ob ich ihm nicht doch Meadows Cottage überlassen will.

Was mich so schockiert, ist nicht die Tatsache, dass ein vollkommen Fremder so etwas vorschlägt – ich wette, Phoebe würde es auch tun, wenn die Umstände anders lägen und *ich* als Zweite mit entsprechend weniger Anspruch hier angereist wäre –, sondern die unumstößliche Gewissheit, mit der Finian Anderson davon ausgeht, dass ich ihm diesen Gefallen wahrscheinlich tun würde. Das gibt mir das Gefühl, dass er mich auf eine freundliche, aber gerade deswegen auch beschämende Weise durchschauen kann. Denn Tatsache ist: Ich *würde* einer solchen Bitte nachkommen.

Jetzt erst recht. Denn bisher bin ich davon ausgegangen, dass er, genau wie ich, hier einfach Urlaub machen will. Aber so wie es gerade klang, scheint er dringend an etwas arbeiten, irgendetwas schreiben zu müssen und hat hierfür einen ruhigen Ort außerhalb Londons gesucht.

Den ganzen Tag geht mir nicht aus dem Sinn, was ich da unfreiwillig mitangehört habe. Wie konnte ich nur so dumm sein und an einer angelehnten Tür lauschen?! Diese innere Unruhe habe ich mir selbst eingebrockt. Immer mal wieder ertappe ich mich dabei, dass ich darüber nachdenke, wie ich es regeln könnte.

Meine kleine Wohnung in London habe ich für drei Monate an eine Austauschstudentin untervermietet. Dorthin könnte ich nicht zurück.

Aber bei Mum und Dad in meinem Elternhaus in Kingston ist das Gästezimmer immer bezugsfertig. Auch bei Phoebe und ihrer lustigen, temperamentvollen Familie wäre ich stets willkommen. Mal stelle ich mir das eine, dann das andere vor. Aber ich sehe dann auch ihre Gesichter vor mir. Die Gesichter der Menschen, die mir am meisten bedeuten, die mich am besten kennen, die in meiner Miene unentwegt nach Anzeichen des Schmerzes suchen. Und das würde mir das Vergessen noch schwerer machen, als es so schon ist.

Der Tag vergeht seltsam schleichend. Vielleicht weil ich nichts zu tun, nichts dringend zu erledigen habe.

Ich sitze mit einem Buch im Garten, sauge den Duft der Rosen ein, lese, döse. Immer wieder lausche ich zum Haus hin. Einmal höre ich Schritte. Aber sie verklingen wieder. Die Haustür fällt ins Schloss. Offenbar legt mein temporärer Mitbewohner ebenso viel Wert auf seine Individualdistanz wie ich.

Als ich Mr. Anderson auch am Abend nicht einmal zu Gesicht bekommen habe, lunze ich um die Hausecke, um nachzuschauen, ob sein Wagen überhaupt noch auf der Kiesauffahrt steht.

Ja, er scheint noch da zu sein.

Ich koche eine Gemüsepfanne, jetzt passe ich auf, alles wirklich nur für eine Person zu portionieren.

Mit dem Teller setze ich mich wieder hinaus.

Die Abenddämmerung senkt sich bereits über die Hügel. Es herrscht die wunderbare Stimmung zwischen Tag und Nacht, die singende Vögel, vorbeimarschierende Igel und uns Menschen gleichermaßen zu verzaubern scheint. Erste Sterne glimmen am azurblauen Himmel auf, der dann rasch an Farbe verliert, während der Horizont mit feinstem Apricot protzt. Die Bäume werden zu schwarzen Silhouetten vor dem silbrigen Spiel der Farben.

Diesmal lasse ich mich nicht von meinen eigenen Befürchtungen ins Haus treiben. Diese Sommernacht Anfang Juni ist viel zu schön, um sie freiwillig in einem geschlossenen Raum zu verbringen.

Ich zünde eine Kerze in der bereitstehenden Laterne beim Sitzplatz in der Rosenlaube an und genieße das harmonische Flackern der Flamme, während rund um mich herum nach und nach alles in samtene Dunkelheit getaucht wird.

Irgendwann fällt ein schwacher Lichtschein vom Haus her auf den Rasen und in die Beete. Ich höre Schritte auf der Terrasse. Die Gestalt von Finian Anderson zeichnet sich gegen die große Glasfront des Wintergartens ab. Er sieht den Kerzenschein. Und kommt herüber.

Als er schließlich vor mir steht, bin ich wieder über die Diskrepanz zwischen seinem eigentlichen Auftreten und seiner Kleidung verwundert. Er ist schlank, wahrscheinlich deutlich über eins achtzig groß und hält sich sehr aufrecht. Und so erweckt er auf den ersten Blick einen beinahe aristokratischen Eindruck. Doch seine dunklen Haare, die gestern schon wirr aussahen, locken sich über einem zerknautscht wirkenden Hemdkragen und stehen in alle Richtungen vom Kopf, als sei er sich unentwegt hindurchgefahren.

»Mrs. Reed«, sagt er leise, fast, als wolle er mich in meiner andächtigen Abendstimmung nicht stören. »Ich hoffe, Sie hatten einen schönen Tag?«

»Ja, danke, es ist wirklich toll hier«, antworte ich.

»Das ist es.« Er nickt und steckt die Hände in die Taschen seiner zerknitterten Anzugshose. »Ich wollte Ihnen nur kurz mitteilen, dass Sie mich morgen früh wieder los sind.«

»Oh«, entfährt es mir ein bisschen dünnstimmig. Die Gedanken und Überlegungen des Tages stürmen wieder an mir vorbei, obwohl ich sie alle verworfen hatte. »Haben Sie eine neue Bleibe gefunden?«

Er schüttelt den Kopf. »Nein, ich habe beschlossen, wieder nach London zu fahren. Die Arbeit ruft sehr laut nach mir.« Er lacht leise.

»Was machen Sie?«, habe ich schon gefragt, ehe mir klar wird, dass das neugierig wirken wird.

Schließlich werden wir uns nicht wiedersehen. Was interessiert es mich da, was er beruflich macht? Die Sache ist nur die: Es interessiert mich wirklich.

Er zögert kurz. Dann geht ein kleiner Ruck durch ihn. »Ich bin Autor. Ich schreibe Romane.«

»Wow«, stoße ich aus.

Ich bin wirklich beeindruckt. Ein Buch zu schreiben ist doch irgendwie ein Traum eines jeden leidenschaftlichen Lesers, oder? Und ich lese für mein Leben gern. Am liebsten Krimis oder andere schrecklich spannende Geschichten, die man kaum aus der Hand legen will. Eddy sagt immer …

In mir hält alles inne.

»Mrs. Reed?«

Ich blinzele.

»Sie schreiben Romane«, wiederhole ich lahm. »Was denn für welche?«

»Oh, dies und das«, antwortete er ausweichend. »Aber die Sache ist die, dass es an der Zeit wäre, ein neues Manuskript zu beginnen. Mein Verleger steht mir quasi auf den Füßen deswegen.«

Aha, das erklärt das Telefonat vom Morgen. Aber das kann ich schlecht erwähnen. Dann wüsste er, dass ich gelauscht habe, und das wäre ja wohl mehr als peinlich.

»Ich werde also morgen in aller Frühe wieder ins Auto steigen und nach Hause fahren. Wollte mich nur noch bei Ihnen bedanken, dass Sie mir gestattet haben, für diese Zeit hier Quartier zu beziehen. Das war sehr freundlich von Ihnen.«

Da ist ein Kloß in meinem Hals, so groß und so sperrig wie ein Tennisball.

»Sie hätten das Gleiche für mich getan«, erwidere ich rau.

Er starrt mich an. Ich kann den Ausdruck auf seinem Gesicht im Dämmerlicht nicht erkennen.

Dann sagt er: »Auf Wiedersehen, Amber Reed.«

Dass er meinen Vornamen ausspricht, statt *Mrs.* zu sagen, wirft mich ein wenig aus der Bahn.

Ich nehme seine ausgestreckte Hand. Und wie schon bei der Begrüßung ist sein Händedruck angenehm. Sanft, warm, irgendwie geschmeidig, als würde er Klavier spielen.

Ohne dass ich etwas erwidert habe, lässt er meine Hand wieder los und wendet sich zum Gehen.

Er ist schon ein paar Schritte fort, als ich mich plötzlich sagen höre: »Wie wäre es …?«

Ich breche ab. Warte auf das einsetzende Entsetzen, das mich doch eigentlich überwältigen müsste angesichts meines spontanen Entschlusses. Doch es bleibt aus. Es fühlt sich richtig an.

Er ist stehen geblieben und hat sich zu mir umgewandt.

»Wie wäre es«, wiederhole ich, »wenn Sie einfach hierblieben?«

Sein Kopf ruckt. Er öffnet den Mund.

»Ich meine nicht *an meiner Stelle*«, stelle ich rasch richtig. »Ich meine *mit mir zusammen.*«

»Aber …?«, setzt er verwirrt an und fährt sich mit gespreizten Fingern durchs Haar.

Aha, das ist die Geste, die seine Frisur modelliert.

»Denken Sie drüber nach«, schlage ich vor. »Ich finde, wir haben es in diesen zwei Tagen hervorragend hinbekommen, uns nicht gegenseitig zu stören. Sie wollen arbeiten. Ich möchte einfach nur entspannen. Das heißt, wir brauchen beide Ruhe und Stille, werden keine lauten Partys feiern oder so was. Ich denke, wir würden uns nicht ins Gehege kommen. Wir könnten uns ja absprechen, wer wann die Küche benutzt oder den Wintergarten oder welchen Bereich des Gartens? Ich meine, das Grundstück ist groß genug, nicht wahr?«

Was da alles aus mir heraussprudelt, überrascht mich selbst. Ich hatte keine Ahnung, dass all diese Ideen in mir herumvagabundierten, um jetzt unangekündigt herauszuplatzen.

Finian Anderson steht unbeweglich vor mir. Das Licht des Hauses im Rücken, seine Miene für mich absolut nicht zu lesen.

»Ich dachte …«, beginnt er dann zögerlich. »Ich dachte, Sie wollten hier allein für sich sein.«

So, wie ich sie einschätze, höre ich wieder seine Stimme im erlauschten Telefonat heute Morgen. Und er hat recht: Ich *wollte* allein für mich sein. Umso verwunderlicher ist es, dass ich plötzlich auf solche Ideen komme und einem wildfremden Mann anbiete, sich für drei Monate mit mir ein Haus zu teilen.

»Ich wollte nur weg von zu Hause«, höre ich mich da zu meinem eigenen Entsetzen sagen.

Es klingt so kläglich, so wehleidig, so ganz und gar, wie ich mich wirklich fühle.

Meine Güte, was wird er jetzt von mir denken? Natürlich sollte mir das egal sein, wir sind Fremde, aber dummerweise ist es mir nie egal, was jemand über mich denkt, selbst wenn es sich um einen vollkommen Unbekannten handelt.

Die Stille zwischen uns breitet sich aus wie ein Stoff aus Samt. Ich versuche, sie auszuhalten, so wie Eddy es immer sagt. Aber schon nach wenigen Sekunden ist in mir alles zum Zerreißen gespannt. Ich frage mich, was er jetzt antworten wird. Mir schießen alle möglichen Ideen durch den Kopf. Von einem unangenehm berührten Räuspern und einfachem Überspielen meiner Worte bis hin zu einer höflichen Ablehnung meines Angebotes angesichts meines Geständnisses.

Doch auf die zwei Worte, die er dann sagt, bin ich nicht vorbereitet.

Er sagt: »Ich auch.« Und setzt leiser hinzu: »Meine Frau und ich, also, wir haben eine schwierige Phase.« Er verstummt.

Danach sind wir beide offenbar vollkommen verblüfft darüber, dass wir uns diese simple Wahrheit einfach so anvertraut haben, und starren uns an.

Mir entfährt ein kurzes Lachen, das zuerst ein bisschen hysterisch klingt, aber gleich entspannter wirkt, als er einfällt.

»Scheint so, als hätten sich die beiden Richtigen getroffen«, sagt er dann.

Ich kann das Schmunzeln in seiner Stimme hören.

»Ja, scheint wirklich so.« Erleichterung durchflutet mich plötzlich. »Wie sind Sie so in Gartenarbeit?«, frage ich dann.

»Ich würde sagen, auf einer Skala von eins bis zehn … eine sieben. Und Sie?«

Es macht keinen Sinn, ihn anzulügen.

»Eine zwei?«, sage ich verschämt, bevor ich schnell hinzusetze: »Aber ich bin willig zu lernen.«

»Was ist mit dem Pferd? Da kennen Sie sich gut aus, oder?«, will er hoffnungsvoll wissen.

»Mit vierzehn hatte ich mal Reitstunden«, gestehe ich.

»Und ich durfte mit den Ponys spielen, die auf der Farm meiner Großeltern lebten«, erwidert er.

Wieder müssen wir lachen. Diesmal klingt es aber befreit und fröhlich.

»Wir sind ein super Team, hm?«, sagt er.

»Heißt das, Sie bleiben?«

Er legt den Kopf schief und betrachtet mich.

»Ich schlage eine Woche Probezeit vor«, verkündet er dann in betont geschäftlichem Ton. »*Sie* entscheiden am Ende der Woche, ob Sie nicht doch lieber allein hier sein wollen. Und ich muss Sie warnen: Ich werde es merken, wenn Sie diesbezüglich nicht ehrlich sind. Abgemacht?«

Seine Warnung glaube ich ihm aufs Wort.

»Abgemacht.«

Er verbeugt sich vor mir wie ein Kavalier aus einem Jane-Austen-Roman.

»Herzlichen Dank, Mrs. Reed«, sagt er dann. »Haben Sie noch einen schönen Abend!«

Ich sehe ihm nach, wie er mit großen Schritten zum Haus hinübergeht und durch den Wintergarten darin verschwindet.

Mir fällt auf, dass er diesmal nicht meinen ganzen Namen ausgesprochen hat, und empfinde darüber ein leises Bedauern.

6. Finian

Am nächsten Morgen rufe ich noch mal beim Verwalter Mr. Rogers an und habe diesmal das Glück, direkt mit ihm persönlich zu sprechen – ohne seine segensreiche, stimmgewaltige Kinderschar im Hintergrund. Er ist mit der vorgeschlagenen Regelung natürlich sehr einverstanden und spürbar erleichtert, dass er von mir nicht in Regress genommen wird. Zumal er selbst eine Urlaubsreise antreten will und für die nächsten drei Wochen nicht erreichbar sein wird.

Mit einiger Verblüffung, die sie mir hoffentlich nicht angemerkt hat, durfte ich feststellen, dass es Mrs. Reed mit der Absprache zur Küchen- und Gartennutzung durchaus ernst war. Ich tippe auf einen Bürojob. Mit Stechuhr. Und grenzüberschreitenden Kollegen oder Kunden, denen sie unentwegt Einhalt gebieten muss.

Amber Reed und ich haben alles genau festgelegt: Da ich Frühaufsteher bin, gehört die Küche bis um acht Uhr mir. Danach hat Mrs. Reed, die sich auf rührend vergebliche Weise bemühte, ihre Freude über den Vorwand zum Ausschlafen zu verbergen, die Frühstückshoheit. Ich esse gern mittags warm, während sie das lieber abends tut – sodass wir uns auch beim Kochen nicht auf den Füßen stehen werden. Großzügig hat sie mir angeboten, dass ich den Wintergarten zum Arbeiten haben dürfe, was ideal ist, denn dort bin ich von Grün und Natur umgeben, ohne wirklich draußen zu sein. Solange ich mich mit dem Rücken zu dem gewaltigen, verlockend vollgestopften Bücherregal setze, lenkt nichts mich ab. Es ist wie eine kleine Welt für sich. Im Gegenzug dazu möchte sie den Bereich des Gartens mit der Rosenlaube gern für sich haben. Was soll ich sagen? Ich kann ihren Wunsch verstehen, denn der Platz steht ihr ausgezeichnet! Die tiefroten Blüten harmonieren auf faszinierende Weise mit ihrer milchkaffeefarbenen Haut.

Bei der Versorgung des Pferdes, falls man das Kontrollieren der Tränke und einen kurzen prüfenden Blick auf Brandon so nennen kann, wollen wir uns abwechseln.

Es ist also alles wunderbar geregelt. Jetzt könnte ich loslegen.

Doch der erste Tag und auch der zweite gehen dahin, ohne dass ich etwas Brauchbares niedergeschrieben habe. Wie denn auch, wenn mir die grundlegende Idee, das tragende Gerüst, das komplette Skelett fehlt?

In meinem Laptop befindet sich eine *Schatzkiste*. So heißt der Ordner, in der ich Dateien mit Ideen zu neuen Geschichten speichere. Mit dem Schreiben ist es nämlich so: Wenn es einen erst mal richtig gepackt hat, wenn man zwei, drei vorzeigbare Romane beendet hat, dann scheint es so, als müsse man sich nicht mehr auf die Suche nach neuen Ideen begeben. Stattdessen kommen sie zu einem, wie herrenlose Haustiere, denen man mal etwas Futter hingestellt hat und die sich deswegen immer öfter blicken lassen, bis sie im Frühjahr auch ihre Jungen mitbringen und die wiederum ihre und so weiter.

Manchmal springen Geschichten mich regelrecht an, obwohl ich gerade gar keine freie Zeit, keinen klaren Kopf für sie habe. Sie drängen sich selbstbewusst und willensstark auf. Wie nervige, kleine Kinder zupfen sie an meinem Ärmel oder stellen sich mir in den Weg, egal, wohin ich schaue. Dann muss ich ihnen den Gefallen tun und sie skizzieren. Oft sind es nur Stichwörter, die ich dort sammle. Manchmal aber auch vierzig, fünfzig Seiten, weil eine Figur mehr von mir will, als nur in Spiegelstrichen für eine zukünftige Story festgehalten zu werden.

Habe ich ein Manuskript beendet und es auf den Weg zum Verlag geschickt, wo es sich im Lektorat durch die Pubertät quälen muss, um schließlich erwachsen und zu einem echten Buch zu werden, schaue ich bereits in meine Schatzkiste.

Häufig finde ich dort genau das Thema und exakt die Figur, die nun als nächste an der Reihe sein sollen.

Doch diesmal funktioniert mein sonst so perfektes System nicht.

Keine der skizzierten Storys schreit: »Hier! Nimm mich!«

Keine der fiktiven Figuren wird plötzlich lebendig. Sie alle ziehen sich von mir zurück, bleiben blass und undeutlich. Sie flüstern mir zu, es sei noch nicht ihre Zeit.

Anstatt einer fiktiven Geschichte auf die Spur zu kommen, ergehe ich mich manchmal viertelstundenlang in Erinnerung an die schönen Jahre mit Madeleine. Oder ich grübele darüber nach, wann sich unsere Liebe geändert hat, wo genau die Voraussetzungen dafür geschaffen wurden, dass sie mich eines Tages eiskalt hintergehen würde. Und ich frage mich immer und immer wieder, ob es wirklich schlau war fortzugehen. Was, wenn meine Theorie vom Loslassen und Zurückkommen doch nicht funktioniert?

Denn wenn mir etwas klar wird, hier im wunderschönen Somerset, dann ist es die Gewissheit, dass ich genau dies will: Ich will, dass sie zurückkommt zu mir. Ich will, dass damit klar sein wird, dass wir wirklich füreinander bestimmt sind. Und es fühlt sich paradox an, sie sehenden Auges zurückzulassen, bei diesem testosteronstrotzenden Kerl, der sich wahrscheinlich ins Fäustchen lacht, weil ich ihm freie Bahn lasse.

Als ich am vierten Tag nach meiner Anreise die komplette Schatzkiste durchgegangen bin und nichts gefunden habe, was sich für mein nächstes Buch anbietet, geht mir leider auch der Optimismus aus. Norman gegenüber habe ich behauptet, an diesem schönen Ort würde mir ganz sicher etwas einfallen. Doch allmählich beginne ich zu zweifeln.

Das Wetter spiegelt meine Stimmung wider. Die Sonne, die uns nun tagelang verwöhnt hat, lässt sich nicht blicken. Statt ihrer sind dicke Wolken am Himmel aufgetaucht, die den ganzen Tag unheilvoll vor den Quantock Hills herumhängen wie pubertäre Jungs auf ihren Bikes am Dorfpub.

Nachdem ich weitere Stunden mit dem weißen Monitor meines Laptops das Wer-zuerst-blinzelt-hat-verloren-Spiel gespielt habe, bin ich regelrecht froh, als sich das Unwetter am Abend anscheinend genau über Meadows Cottage entlädt.

Ich stehe lange mit einem Glas Wein in der Hand an der großen Glasfront und schaue den Naturgewalten zu.

Die Wipfel der umstehenden Bäume biegen sich mal in die eine, dann in die andere Richtung. Blätter und abgerissene Blüten werden über den Rasen und hoch in die Luft gewirbelt. Alles fühlt sich echter an als in London. Als würde ich mittendrin statt nur als Zuschauer dabeistehen.

Wahre Wassermassen stürzen in Sekunden vom Himmel,

sammeln sich in großen Pfützen auf der Terrasse, strömen als Bach von dort hinunter in die angrenzenden Beete, beschweren die vollen Blüten der Rosen, sodass sie in kurzer Zeit ihre herrlichen Köpfe hängen lassen.

Das Spektakel wird begleitet von rasch hintereinander folgendem Blitz und Donner. Ich muss sagen, hier bekommt man wirklich einiges geboten.

Von Amber Reed dringt nicht mal ein schwacher Lichtschein unter der Tür ihres Zimmers in den Flur. Ich glaube kaum, dass sie dieses Spektakel da draußen verschläft. Eher tippe ich darauf, dass sie zu den Menschen gehört, die sich vor Gewittern fürchten.

Angst vor einer Naturgewalt bedeutet so viel wie Angst vor dem Leben.

Vor zwei Monaten hätte ich diesen Gedanken noch gutmütig belächelt, aber nun frage ich mich, ob diejenigen mit ihrer Überzeugung nicht recht haben.

*

Am nächsten Morgen scheint die Sonne wieder, als sei sie nie fortgewesen.

Wie immer wache ich früh auf, dusche, überlege kurz, ob ich mich rasieren soll, lasse es dann aber bleiben. Madeleine steht neuerdings auf den männlichen Look. Und obwohl sie mich hier nicht sehen kann, fühle ich mich ihr auf diese Weise ein wenig näher.

Während ich mein Frühstück zubereite, schaue ich aus dem Küchenfenster und stelle fest, dass einer der alten Apfelbäume am Rande der Koppel das Unwetter nicht überlebt hat. Der Stamm ist abgebrochen und ragt wie ein zersplitterter weißer Knochen in den Himmel. Die Krone liegt wie ein gewaltiger, grünblättriger Pompon daneben. Brandon steht dort und tut sich am Laub gütlich.

Dort befindet er sich auch noch, als ich eine halbe Stunde später über die Weide auf ihn zugehe. Mit der Tränke ist alles in Ordnung. Auch der Zaun scheint im Sturm nirgendwo Schaden genommen zu haben.

Wie der braune Wallach so dasteht und die Blätter von den Zweigen reißt, muss ich lächeln. Es ist das erste Mal, dass ich ihn irgendetwas mit deutlichem Genuss tun sehe.

Doch als ich näher komme, gefriert mir das Grinsen auf dem Gesicht.

An seiner weißen, hinteren Fessel befindet sich eine leuchtend rote Stelle. Als er ein paar Schritte weitergeht, sehe ich, dass er lahmt. Ich umkreise ihn, um mir das Problem näher anzusehen. Er hebt kurz den Kopf und schaut mich fragend an. Doch dann rupft er weiter Blätter von den Zweigen.

Verdammt, es ist tatsächlich eine etwa zehn Zentimeter lange, blutende Wunde. Sieht aus wie ein Riss. Die Haut ist aufgeschlitzt und klafft an einer Stelle offen. Vielleicht durch einen der hier überall herumliegenden, splitterig abgerissenen Äste verursacht?

Ratlos starre ich darauf. Versuche mich zu erinnern, was Großvater wohl an meiner Stelle getan hätte, der sich mit Pferden so gut auskannte und mir als Kind so einiges beibrachte. Aber es ist so lange her.

»Hey, Kumpel, darf ich mir das mal ansehen?«

Ich nähere mich ihm vorsichtig, lege die flache Hand an seine Schulter. Bei der Berührung läuft ein Zittern durch seinen Körper. Er zerrt an einem Zweig.

Ich lasse meine Hand seinen Rücken und dann die Flanke entlanggleiten. Über die Kruppe streiche ich das Bein hinunter. Ich berühre die Wunde nicht, aber als ich mich ihr nähere, wendet Brandon sein Hinterteil mit überraschender Behändigkeit von mir fort.

»Ho, ho, Junge«, versuche ich ihn zu beruhigen.

Ich mache noch einen Versuch, aber diesmal ist er auf der Hut und lässt mich nicht einmal mehr in die Nähe der Verletzung kommen.

»Verflixt! Da muss wohl ein Tierarzt ran«, sage ich leise zu mir selbst und mache mich eilig auf den Weg zurück zum Haus.

Währenddessen überlege ich krampfhaft, ob in der Beschreibung zur Pferdeversorgung auch die Telefonnummer eines Tierarztes angegeben war.

Als ich mich dem Haus nähere, stutze ich. An der Tür des Meadows Cottage steht ein Mann in abgewetzten Arbeitsklamotten, mit einer schief sitzenden Tweedmütze auf dem Kopf und einem langfelligen Hund an der Leine.

Vor ihm, im Türrahmen, steht Amber Reed. Ihre ganze Körperhaltung sagt, dass sie bereut, dem Besucher die Tür geöffnet zu haben.

Obwohl wir uns in den letzten Tagen erfolgreich aus dem Weg gegangen sind, sieht sie nun regelrecht erleichtert aus, als sie mich kommen sieht.

»Guten Morgen!«, rufe ich und hebe die Hand.

»Guten Morgen«, erwidert sie leiser und schaut den Mann auf der Türschwelle an.

Der glotzt nun wiederum mich an.

»Morgen, Finian Anderson«, stelle ich mich ihm vor und will ihm die Hand geben.

Der Hund, den der Farmer an einem Strick hält, springt erschrocken so weit nach hinten, wie seine Fessel zulässt.

»Cox«, erwiderte der Fremde und zerrt den Hund mit beiden Händen wieder zurück an seine Seite. »Bin Ihr Nachbar von drüben. Wollte nur nachfragen, ob alles in Ordnung ist, nach dem Sturm heut Nacht. Ich wusste nicht, dass Sie …« Er schaut zwischen Amber Reed und mir hin und her.

»Oh, wir …«, setze ich an, um unser wahres Verhältnis zu erklären.

Doch sie unterbricht mich blitzschnell, als sei ihr an einer solchen Aufklärung nicht gelegen. »Alles bestens, danke«, antwortet sie ihm betont freundlich, aber ich kann ihr ansehen, dass sie den Kerl nicht mag.

Irgendwie verständlich, schon allein, weil er derart an dem armen Hund herumzergelt. Außerdem haben wir noch keine acht Uhr, und *unser Nachbar* hat sie bestimmt aus dem Bett geholt. Sie trägt eine schlabberige Jogginghose und ein übergroßes T-Shirt. Verlegen fährt sie sich mit der Hand durchs zerzauste Haar.

»Na ja«, sage ich. »Ehrlich gesagt, könnten wir doch einen Tipp gebrauchen.«

Mrs. Reed hebt die Brauen. Das ist wohl so eine Angewohnheit von ihr, die sie trotz ihrer körperlichen Zartheit ziemlich beeindruckend aussehen lässt.

»Brandon scheint sich verletzt zu haben«, erkläre ich daher zuerst ihr.

»Oh?«, macht sie.

»Wahrscheinlich nichts wirklich Schlimmes, aber ich möchte doch einen Tierarzt draufschauen lassen«, wende ich mich an Mr. Cox.

»Da ist Doc Moore Ihr Mann«, sagt er großspurig. »Hat

seine Praxis in Broomfield, auf dem Weg nach Taunton. Kommt auch immer zu meinen Tieren raus. – Verdammtes Vieh, bleibst du jetzt hier!«, herrscht er den Hund an.

»Hübsches Tier«, sage ich mit Blick auf das lange, braunweiße Fell, das dem Hund in die Augen fällt und fast den Boden berührt.

»Pff«, macht Cox und schnalzt mit der Zunge. »Is ne Hündin. Vom Markt in Stanton mitgebracht. Angeblich an den Schafen ein Ass. Aber sie taugt nichts. Hat vor allem Schiss. Nich war, Töle?!« Die letzten Worte brüllt er der Hündin zu.

Sie zuckt zusammen und versucht, sich aus dem engen Strick zu befreien.

Cox lacht schallend. »Werd sie demnächst wohl an einen dieser Touris verkaufen, die hierherkommen, um Kühe zu streicheln und so und sich dann ein Souvenir mitnehmen wollen. Ts, am Ende landet sie dann in einem Londoner Tierheim, wetten?«

Mein Blick streift Mrs. Reeds Gesicht. Sie sieht hin- und hergerissen aus zwischen Unbehagen und Mitgefühl für die Hündin. Ich kann es nachempfinden.

»Also, dieser Doctor Moore in Broomfield«, komme ich auf mein eigentliches Anliegen zurück, »finde ich den im Telefonbuch?«

»Türlich!«, dröhnt Cox. »Ist der einzige Tierarzt hier im Umkreis. Grüßen Sie den alten Schlawiner von mir. Sind befreundet. Treffen uns ein-, zweimal die Woche im Pub, wissen Sie.« Er senkt die Stimme. »Aber wenn Sie anrufen, verlangen Sie auch wirklich Moore. Die sollen Ihnen nicht dieses junge Ding mit seinen modernen Methoden schicken, klar?!«

»In Ordnung.« Ich nicke. »Dann werd ich mal …« Ich quetsche mich an dem grobschlächtigen Mann vorbei.

Amber Reed verzieht ihren Mund zu einem leichten Bogen, den man mit viel gutem Willen als Lächeln deuten könnte.

Cox scheint über jede Menge guten Willen zu verfügen. Er nickt ihr wohlwollend grinsend zu, tippt sich an die Mütze und macht sich mit seiner Hündin davon.

Mrs. Reed und ich stehen uns im Flur kurz gegenüber. Beide müssen wir diese Begegnung wohl erst mal verdauen.

»Tja«, sagt sie dann, »soll ich mal nach der Nummer des Tierarztes schauen?«

»Machen Sie sich keine Mühe. Ich erledige das schon«, biete ich ihr an. »Kommen Sie erst mal im Tag an.«

Sie runzelt die Stirn, will etwas erwidern. Doch dann nickt sie nur und verschwindet in ihrem Zimmer.

Die Telefonnummer habe ich fix herausgefunden, halte mich brav an Mr. Cox' Anweisung und frage nach *Doc Moore, dem alten Schlawiner.*

Er scheint so früh am Tag noch nichts vorzuhaben, denn er verspricht, gleich rüberzukommen. Und tatsächlich rumpelt er zwanzig Minuten später in einem alten Kombi auf den Hof. Ganz anders als der schlurfende Mr. Cox ist Doctor Moore sehr hager, mit einer Adlernase und einem Gang, der wirkt, als müsse er bei jedem Schritt über ein kleines Hindernis steigen. Eines haben die beiden aber gemeinsam: Auch Doctor Moore umweht ein Hauch von Ausdünstung, der typisch ist für einen vorangegangenen bierseligen Abend. Am Rand seiner hervorquellenden Augen befindet sich ein Netz aus feinen roten Adern. Ich bezweifle, dass die Pubbesuche der beiden Kumpel nur ein-, zweimal die Woche stattfinden. In der Hand hält der etwa Siebzigjährige einen abgewetzten Arztkoffer, wie ich ihn noch aus der uralten Verfilmung von *Der Doktor und das liebe Vieh* kenne. Trotz der sommerlichen Temperaturen trägt er einen Pullunder über seinem karierten Hemd, der gewiss ebenfalls aus dieser Zeit stammt.

Mrs. Reed ist inzwischen auch in Jeans und eine lässig fallende Bluse gekleidet und begleitet den Arzt und mich zu Brandon.

Beim Anblick der Wunde wird ihr Mund zu einem schmalen Strich, aber sie zuckt weder zurück, noch lässt sie sich sonst etwas anmerken.

»Och, jo«, macht der Arzt unbeeindruckt. »Das haben wir gleich. Am besten, wir gehen rüber auf festen Boden.«

Damit dreht er um und geht zurück zum Stall.

Amber Reed und ich sehen uns ratlos an.

Da ich das Halfter samt Führstrick in der Hand halte, das wir vom Stall mitgenommen haben, trete ich auf Brandon zu. Ich halte ihm das Halfter kurz hin, damit er weiß, was ich vorhabe – scheint mir irgendwie höflicher, als ihn sofort mit dem Aufhalftern zu überfallen.

Er schnuppert nur kurz.

Also dann.

Nach meiner Erfahrung mit seinem verletzten Bein erwarte ich fast, dass er mir nun ausweicht, vielleicht den Kopf hochreißt oder wegläuft – doch er steht brav still und wartet ab, bis ich den Eingang ins Halfter gefunden habe und es ihm über die Nüstern und die Stirn hinaufziehe.

Ich will schon den Verschluss betätigen, als Amber Reed sagt: »Das Ohr.«

Vorsichtig ziehe ich das zweite Ohr unter dem Halfter durch.

»Ach herrje, du hast mit uns ja was auszuhalten«, murmele ich ihm dabei leise zu.

Nachdem der Karabiner eingerastet ist, folgt Brandon uns gehorsam mit schleppendem Schritt und lahmendem Hinterbein.

Als wir beim Tierarzt ankommen, hat der bereits seine alte Arzttasche auf einem Mauervorsprung abgestellt und nickt in Richtung Stallwand. Dort befinden sich ein paar mehr oder weniger rostige Eisenringe zum Anbinden.

Ich führe den Strick hindurch und schlinge ihn zu einem Knoten. Doch bevor ich ihn festziehen kann, tritt Amber Reed zu mir.

»Darf ich?«, fragt sie und greift sich bereits den Strick.

Sie löst den Knoten und bindet einen neuen. Einen, der zwar hält, sich aber mit einer einzigen Bewegung wieder lösen lässt.

»Zumindest das hab ich aus den Reitstunden noch in Erinnerung«, erklärt sie ein wenig verlegen.

Der Tierarzt kommt heran und greift nach Brandons verletztem Hinterbein.

Als er die Wunde berührt, entzieht Brandon ihm sofort den Huf, genau so, wie er es vorhin bei mir getan hat.

»Na!«, brummt Doctor Moore ruppig. »Muss ich dir erst …« Er greift in den Strick des Halfters und ruckt zweimal sehr heftig daran.

Brandon wirft kurz den Kopf hoch, steht dann jedoch still.

»Na, also«, knurrt der Tierarzt zufrieden.

Die weitere Behandlung lässt der Wallach dann ohne

jede Regung über sich ergehen. Sein Blick geht dabei ins Leere und berührt mich seltsam.

Doctor Moore reinigt die Wunde mit einer antiseptischen Spülung und betupft die Wundränder mit einer Salbe.

Danach wendet er sich einfach ab, packt seine Arzttasche und drückt Amber Reed die Medikamente in die Hand. »Ich komm morgen wieder vorbei.«

Sie nickt.

»Wenn Sie mich fragen, der Earl sollte das Tier zum Abdecker geben. Aber so sind die Adeligen, nicht? Kleinen Spleen haben die ja alle.«

Als wir uns verabschiedet haben, sehen Mrs. Reed und ich uns wieder an. Sie hebt die Hände mit den Medikamenten.

»Offenbar bin ich in Doctor Moores Augen die offizielle Krankenschwester«, sagte sie mit einem schiefen Grinsen.

Ich schüttele den Kopf. »*Doc Moores* Meinung sollte zwischen uns keine Rolle spielen, finde ich, oder? Wie wäre es, wenn wir unser beider umfassende Pferdekenntnis zusammenwerfen und die medizinische Versorgung gemeinsam übernehmen?«

Die Erleichterung ist ihr anzusehen. Diesmal ist es ein echtes Lächeln.

»Machen Sie es den anderen immer möglichst leicht?«, fragt sie. »Oder nur den … Ladys?«

Wenn mich nicht alles täuscht, soll das wohl ein Scherz sein. Ihre dunklen Augen blitzen. Steht ihr wirklich gut.

7. Amber

Habe ich das gerade wirklich gesagt?

Ich sehe den verwunderten Ausdruck in seinen verblüffend hellgrünen Augen, und mir wird klar, dass meine Worte wie ein spöttisches Necken klangen. Erstaunter als ich kann er jedenfalls nicht sein, denn so etwas ist sonst gar nicht meine Art.

Wieder im Haus angekommen, verdrücke ich mich rasch in mein Zimmer.

Die letzten Tage haben Finian Anderson und ich uns kaum gesehen. Es fühlt sich seltsam an, mit jemandem unter einem Dach zu leben, den man nur selten zu Gesicht bekommt, höchstens mal für ein *Hallo* oder *Wunderschöner Tag heute wieder, nicht wahr?*.

Gestern Abend, als ich während des Gewitters zähneklappernd im Bett saß, war ich kurz davor, seine Gesellschaft zu suchen. Nicht, weil es mir um exakt *seine* Gesellschaft gegangen wäre – aber schließlich hilft Ablenkung bei Gewitterangst, die mich jedes Mal bei Unwettern packt.

Heute bin ich froh, nicht zu ihm geschlichen zu sein, denn Mr. Anderson hat in Sachen Brandon einen so aufgeräumten Eindruck gemacht, dass er meine kindische Furcht bestimmt sonderbar gefunden hätte.

Wir halten uns den Tag über genau wie bisher an unsere Absprachen. Zwischendurch telefoniere ich lange mit

Phoebe, die mich in Sachen Gewitter in geradezu mütterlicher Weise bedauert und mit gebührendem Schrecken meinem Pferdebericht lauscht. Ihre Skepsis, was mein Angebot an Mr. Anderson angeht, schwindet zusehends, und sie ist meiner Meinung, dass es in dieser Situation ein großer Vorteil ist, der Aufgabe der Versorgung nicht allein gegenüberzustehen. Es tut gut, ihre Stimme zu hören. Als wir quatschen und plaudern, über ihren neuesten Klatsch lachen, spüre ich, dass ich regelrecht auflebe. Die Einsamkeit zu suchen heißt noch lange nicht, dass man sie aushalten kann. Damit verhält es sich wohl genauso wie mit der Stille.

Gegen Abend, als ich mal wieder mit einem Buch in der Rosenlaube sitze, kommt Finian Anderson den schmalen Weg zwischen den Beeten entlang langsam auf mich zu. Ich kann sehen, wie er links und rechts in die Rabatten schaut und offenbar die Schäden des nächtlichen Unwetters prüft. Er selbst sieht auch aus, als hätte er irgendwie irgendwo Schaden genommen. Ich werde den Verdacht nicht los, dass er wohl ebenso wenig in Bestform ist wie ich. Ganz ähnlich wie das alte Pferd, das hierhergehört. Als wären wir hier eine Art Notgemeinschaft von Versehrten. Aber natürlich geht es mich nichts an, was ihn betrifft.

Als er nur noch etwa zehn Meter entfernt ist, hebt er den Kopf und ruft: »Klopf! Klopf!«

Ich könnte mir vorstellen, dass das typisch ist für ihn: Er ist immer bemüht, meine Grenzen zu wahren.

»Hallo«, erwidere ich und winke ihn heran. »Sie müssen langsam den Eindruck bekommen, dass ich mich von dieser Liege gar nicht wegbewege.«

»Wieso sollten Sie?«, antwortet er ernsthaft, aber seine

Mundwinkel zucken ein wenig. »Die Rosen bieten genau die richtige Kulisse für Sie.«

Da ist es wieder, sein sonderbar veraltetes Gentleman-Gehabe. Und ehrlich gesagt weiß ich gerade nicht, was ich darauf antworten soll.

»Ich weiß nicht, ob es Ihnen aufgefallen ist«, fährt er also ohne eine Erwiderung meinerseits fort, »aber vielleicht sollten wir ein paar Stauden zurückschneiden und andere stützen. Der Regen hat einigen von ihnen ziemlich zugesetzt.«

Ich schaue mich um. Und jetzt, da er es angesprochen hat, fällt es mir auch auf: Einige Blumen sehen zerrupft aus.

»Stimmt!« Ich werfe ihm einen zögernden Blick zu. »Wenn Sie mir vielleicht nur zeigen würden, wie man das genau macht?«

Wieder diese knappe Verbeugung.

»Mach ich gern. Morgen Vormittag?«

»Wunderbar, da steht in meinem Terminkalender noch nichts«, höre ich mich zu meiner eigenen Verwunderung scherzen.

»Dann viel Vergnügen weiterhin heute«, sagt er, dreht sich um und geht zwischen den Beeten davon.

*

Am nächsten Morgen stelle ich mir früh den Wecker und ziehe mich an, um vom Tierarzt nicht überrascht zu werden. Doch er lässt sich nicht blicken.

Mr. Anderson gibt mir eine kurze, fachlich versierte – soweit ich das beurteilen kann – Einweisung in die Staudenpflege und lässt mich dann in meinem Teil des Gartens allein.

Ich beginne zaghaft, mit einer scharfen Gartenschere ein paar Stauden, deren lateinische Namen mein Mitbewohner gerade noch erwähnt hat, die ich aber schon wieder vergessen habe, von abgeknickten Stängeln und zerrupften Blüten zu befreien. Für die besonders hohen Pflanzen hat Mr. Anderson aus dem Geräteschuppen Bambusstangen und andere Stützhilfen geholt.

Als ich die ersten zwei Quadratmeter wieder in Ordnung gebracht habe, stelle ich zu meiner eigenen Verwunderung fest, dass diese Arbeit mir Spaß macht. Na ja, nicht Spaß im Sinne von Jauchzen und Grölen. Vielleicht sollte ich es eher *Freude* nennen.

Der Geruch der feuchten Erde, auf die nun wieder die Sonne scheint, ist eine Wohltat. Und der Umgang mit den Pflanzen hat etwas Beruhigendes, Verwurzelndes, Liebevolles. Je länger ich in den Beeten arbeite, desto deutlicher wird es: Der feste Knoten, der seit Monaten in mir sitzt und sich so festgezogen hat, dass ich den Gedanken an ihn kaum ertrage, lockert sich ein wenig. Natürlich ist er weit davon entfernt, sich komplett aufzulösen. Doch ich spüre ganz klar, dass mein Atem ein kleines bisschen freier fließt.

Mit einem Lächeln sehe ich auf.

Und da ist sie.

An der Grundstücksgrenze, direkt am Holzzaun zur angrenzenden Weide, sitzt die Hündin von Mr. Cox. Ich bin mir ganz sicher, dass sie es ist. Ihr langes sandfarbenes Fell mit der weißen Blesse ist unverwechselbar. Außerdem steht sie sofort nervös auf, als ich in ihre Richtung schaue.

Wie lange hat sie wohl dort gesessen und mir zugeschaut?

»Hallo du«, sage ich sehr leise, denn ich weiß noch, wie empfindlich sie auf Cox' laute Stimme reagiert hat.

Obwohl ihre Ohren im herabhängenden Fell nicht wirklich gut auszumachen sind, kann ich sie zucken sehen.

»Du bist doch hoffentlich nicht ausgebüxt, hm?«, frage ich sie in derselben, sanften Tonlage. »Irgendwie glaube ich nämlich, dass du dann ziemlichen Ärger bekommen würdest, weißt du?«

Sie legt den Kopf schief, was ausgesprochen niedlich aussieht.

Ich richte mich vorsichtig auf und strecke meinen Rücken ein wenig. Sofort weicht sie einen Schritt nach hinten zurück und schaut sich nach einem Fluchtweg um. Doch als ich mich ihr nicht weiter nähere, sondern ihr nur leise erzähle, dass ich gerade zum ersten Mal in meinem Leben richtige Gartenarbeit mache und es wirklich nicht übel finde, beruhigt sie sich schnell. Sie setzt sich wieder hin und lauscht meinen Worten. Und ich greife zu meinem Gartenwerkzeug und fahre mit der Arbeit fort. Ich weiß, es ist spleenig, aber ich erkläre ihr leise, was ich tue. Immer mal wieder schaue ich auf und werfe ihr einen Blick zu. Zuerst sitzt sie eine ganze Weile am Zaun und lauscht aufmerksam. Doch irgendwann erhebt sie sich aus dem Schatten, den die alte Buche auf ihren Teil des Gartens wirft, und kommt geräuschlos ein wenig näher, um sich neben der Rosenlaube in einen Sonnenfleck in der Wiese zu legen.

»Aha«, mache ich, ein wenig amüsiert, »offenbar bin ich doch nicht *so* gefährlich, wie du anfangs dachtest, hm?«

Diesmal weicht sie nicht zurück, sondern schaut mich beinahe provozierend an. Vielleicht meine ich das auch nur, denn die langen Ponyfransen verbergen ihr Gesicht, wirken aber teeangerhaft cool.

Als es auf ein Uhr zugeht, bin ich mit der Arbeit in den

Beeten fertig und sehe mich zufrieden um. Zum ersten Mal seit Langem habe ich mich stundenlang einfach wohlgefühlt.

Ich erhebe mich, strecke meinen Rücken und stelle fest, dass die Hündin irgendwann in den letzten Minuten lautlos verschwunden ist. Schade. Ihre Gesellschaft war angenehm.

Dann suche ich nach Mr. Anderson.

Er arbeitet im hinteren Teil des Gartens auf der anderen Seite des Cottage. Zum ersten Mal sehe ich ihn in Jeans, eine besonders teure Marke. Sie sehen ziemlich abgetragen aus, zum Glück, denn nun sind sie erd- und grasverschmiert. Auch sein T-Shirt hat etwas abbekommen. Seine Haare locken sich im Nacken. Ich kann erkennen, wie die Muskeln seiner Schultern sich unter dem Stoff deutlich abzeichnen, was ich bei seiner eher schmalen Gestalt nicht erwartet hätte.

So vertieft ist er, dass er mich nicht hört. Ich muss mich räuspern.

Er schreckt auf, sieht mich, lächelt halb erfreut, halb überrascht, als habe er nicht erwartet, mich hier zu sehen.

»Mrs. Reed«, sagt er nur und fährt sich mit der einen Hand über die Stirn.

Er hinterlässt dort eine Spur feuchter Erde.

Wie hypnotisiert muss ich darauf starren, während ich sage: »Ich bin ein bisschen unruhig, weil der Tierarzt nicht kommt. Hieß es nicht, die Wunde muss täglich gereinigt werden?«

Er seufzt auf eine ulkige Weise und erhebt sich ächzend.

»Ich habe die letzten zwei Stunden auch mehrmals dran gedacht und immer gehofft, der Kerl taucht endlich auf.« Er reibt sich die erdigen Hände an der Jeans ab. »Aber Sie haben recht. Gehen wir rüber und schauen mal nach Brandon.«

Als wir gerade aus der Haustür treten, rollt ein Kleinwagen auf den Hof. Aus ihm springt eine junge Frau von vielleicht dreißig Jahren mit wippendem rotblonden Pferdeschwanz. Sie winkt uns zu.

»Hi!«, ruft sie. »Tut mir leid, dass ich so spät bin. Doc Moore ist bei einem Schäfer in Bridgewater. Ich bin Harriet.« Sie reißt einen Arztkoffer, diesmal einen modernen, vom Beifahrersitz und ist schon bei uns. »Hallo«, sagt sie noch mal und gibt uns die Hand. »Wo steht er denn?«

Mr. Anderson deutet zum Stall hinüber.

»Sie sind Doctor Moores ... Teilhaberin?«, formuliert er vorsichtig.

Harriet ist ganz eindeutig das *junge Ding*, vor dem Mr. Cox uns so eindringlich gewarnt hat. Ich kann allerdings nichts Abschreckendes an ihr erkennen.

Jetzt lacht sie laut heraus.

»Na, lassen Sie das den alten Knaben mal nicht hören! Teilhaberin! Nein, offiziell bin ich seine Assistenzärztin«, prustet sie, und ich schließe sie augenblicklich in mein Herz.

Phoebe ist auch diese Natürlichkeit eigen, die jeden im Umkreis von einer Meile sofort erobert und die mir mit meiner angeborenen Ernsthaftigkeit eher nicht gegeben ist.

Wir führen Harriet über den Hof.

»Doc Moore meinte, es sei zwar nichts Schlimmes, aber tiefer, als man von außen sieht. Da kann man nicht vorsichtig genug sein. Kann sich leicht infizieren. Heute schau ich noch mal drauf, aber ab morgen können Sie es übernehmen: täglich mit dem Wasserschlauch reinigen, um die Wunde offen zu halten. Es muss von innen heraus heilen«, plaudert sie, als wir den Stall betreten. »Wow! Das ist ja krass hier. Tipptopp in Schuss alles. Muss eine fantastische Zucht gewesen sein, früher, oder? Die Familie war bekannt dafür, dass sie viel Wert auf korrekten Umgang mit den Pferden gelegt hat. Als Pfleger musste man sogar eine Art Prüfung ablegen, das find ich toll. War ja leider vor meiner Zeit. Da wäre ich gern Tierärztin in der Nähe gewesen …«

Wir biegen um die Ecke des offenen Stallbereiches.

Und da wird Harriet auf einen Schlag still.

Die Unterbrechung ihres lustig sprudelnden Redeflusses sagt mehr als tausend Worte. Das leise »Oh«, das ihr entschlüpft, ebenfalls. Ehrlich gesagt kann ich sie verstehen. Auch ich möchte jedes Mal seufzen, wenn ich Brandon sehe.

»Wo sind die anderen?«, will sie wissen.

Mr. Anderson zuckt mit den Schultern. »Er ist allein.«

»Was? Kein anderes Pferd? Keine Ziege, kein Esel? Niemand?«

Mit großen Augen schaut sie uns an. Wir schütteln synchron den Kopf.

Mir fällt auf, dass sie *niemand* gesagt hat, nicht etwa *nichts*, so, wie viele Menschen wahrscheinlich andere Tiere bezeichnet hätten.

Langsam nähert sich Harriet dem Wallach. Er hebt den Kopf und sieht ihr entgegen. Sie bleibt stehen und wendet den Körper deutlich zur Seite. Seine Ohren spielen. Harriet hält nicht weiter auf ihn zu, sondern steuert mit ruhigen Schritten eher die Stallwand hinter seinem Hinterteil an und dreht sich dann langsam in Richtung seiner Schulter. Sie atmet laut aus.

Ihre Annäherung an den Wallach sieht so ganz anders aus als bei ihrem Chef. Während der sich gestern einfach das verletzte Bein gegriffen hat, als handele es sich um den kaputten Teil einer Maschine, zeigt Harriet hier Kommunikation mit einem Lebewesen.

Und als ich dies noch mit einem warmen Gefühl in der Brust registriere, passiert so etwas wie ein kleines Wunder.

Zum ersten Mal, seit ich hier abgekommen bin und Brandon kennengelernt habe, interessiert er sich für einen Menschen. Er biegt den Hals und sieht zu Harriet hin. Dreht sich um, betrachtet sie.

Sie streckt die Hand aus, um ihn an der Außenfläche riechen zu lassen. Dann fährt sie damit sanft an seinem Hals hinunter, bleibt einfach eine Weile so stehen.

Schließlich schnaubt Brandon, hebt den Kopf und schnuppert vorsichtig an Harriets Schulter und ihrem Haar.

»Ich verstehe«, flüstert sie.

Und ich glaube, ich weiß, was sie meint.

*

Eine Stunde später sitzen wir zu dritt im Pub *The Pink Lion* in Broomfield, der Harriets *gutem Freund Benedict* gehört.

Eigentlich hatte ich nicht vorgehabt, zum Essen auszugehen, Mr. Anderson bestimmt auch nicht, aber Harriet hat etwas an sich, dem man sich nicht entziehen kann.

»Wollen wir dreimal das vegane Tagesgericht nehmen?«, schlägt sie jetzt vor, als Benedict höchstpersönlich, eine Mischung aus Justin Timberlake und einem Grizzly, an unserem Tisch die Bestellung aufnimmt.

Ich nicke. Mr. Anderson wirft einen sehnsüchtigen Blick in Richtung der auf der Steakseite aufgeschlagenen Speisekarte, fügt sich dann jedoch und nickt ebenfalls.

»Finian und Amber wohnen im Meadows Cottage«, erklärt Harriet Benedict. »Die Stallungen vom alten Herrenhaus sind der Hammer! Da ist massig Platz.«

Er stutzt.

Sie hebt die Augenbrauen.

Keine Ahnung, was ihm das sagt, aber irgendetwas scheint es zu sein, denn plötzlich betrachtet er uns mit einem neuen, interessierten Ausdruck im bärtigen Gesicht.

»Ich schick 'ne kleine Vorspeise aufs Haus«, sagt er und verschwindet durch eine Schwingtür.

»Wir kennen uns seit der Grundschule«, sagt Harriet, während sie ihm nachschaut. »Er ist ein echter Tierfreund, genau wie ich. Seit er den Laden hier übernommen hat und aus dem ehemals *roten* einen *pinken* Löwen gemacht hat, ist er langsam dabei, hier im Laden die ganze Bewirtung auf vegan umzustellen. Aber auf dem Land braucht das Zeit.«

Mr. Anderson, den Harriet ganz selbstverständlich Finian nennt, so wie sie mich Amber nennt, sieht ratlos aus. Ich nicke wieder.

Harriet sieht sich nach allen Seiten um und beugt sich weiter zu uns herüber.

»Ehrlich gesagt ist Benedict mehr als ein Tierfreund. Eher ein Aktivist, wenn ihr versteht, was ich meine«, flüstert sie. »Wir haben da diese Gruppe … Und wir sind gerade an einer ziemlich fiesen Sache dran. Etwa eine Stunde entfernt von hier gibt es eine kleine Reitanlage, auf die wir hingewiesen worden sind. Den Ponys da geht's richtig dreckig. Dagegen macht euer Brandon wahrscheinlich regelmäßig Luftsprünge.«

Sie wirkt plötzlich ganz anders als bisher, nicht mehr so freundlich oder auch betroffen, sondern regelrecht grimmig.

»Um die zwanzig Pferdchen mit nicht gepflegten Hufen, unzureichender Fütterung, regelmäßiger Überlastung, allen denkbaren Zwangsmitteln, in viel zu kleinen Boxen, es ist ein Trauerspiel.«

»Und was könnt ihr da tun?«, erkundigt sich Finian mit höflichem Interesse.

Harriet mustert erst ihn und dann mich.

Offenbar kommt sie zu dem Schluss, dass sie uns vertrauen kann, denn sie sagt: »Es gibt bessere Plätze für diese Pferde. Versteht ihr?«

»Sicher«, sage ich ein wenig zögernd. »Wenn es ihnen da wirklich so schlecht geht, wäre das doch das Beste für sie.«

Mr. Anderson nickt zustimmend.

»Ich find es toll, dass ihr euch darum kümmert!«, sagt er.

»Tja, und Brandon …«, sagt Harriet und schüttelt den Kopf. »Sein größtes Problem ist definitiv nicht die Verletzung. Ist euch aufgefallen, dass er regelrecht katatonisch wirkt?«

Diesmal nicken wir beide einvernehmlich.

Seltsam, offenbar ist es also uns beiden nicht entgangen, aber darüber gesprochen haben wir nicht.

»Pferde sind Herdentiere! Sie brauchen zum Wohlfühlen mindestens einen Artgenossen. Ein Pferd allein, das ist … Tierquälerei. Ich wusste, dass noch ein paar alte Zuchtpferde vom Earl im Gnadenbrot stehen – aber ich hatte keine Ahnung, dass es mittlerweile nur noch eines ist.«

Sie wirkt immer noch erschüttert, so wie vorhin im Stall.

»Und das bei all dem Platz, der da ist. Der riesige Stall. Aus den Boxen könnte man sicher drei oder vier große Offenställe machen. Die Weiden haben top Qualität. Da fragt man sich, wieso der Earl nicht einfach zwei, drei andere alte Pferde dazustellt, oder?«

Beinahe lauernd schaut sie uns an. Ich werde den Eindruck nicht los, dass sie sich etwas von uns erhofft. Und davon abgesehen, dass es schon merkwürdig ist, dass sie überhaupt irgendwelche Erwartungen an völlig Fremde hegt, fühlt es sich sonderbar an, dass sie Mr. Anderson und mich dabei so selbstverständlich als Einheit sieht.

»Ja, sicher, das wäre eine Möglichkeit. Eine Art Gnadenhof?«, sage ich schließlich.

»Genau!«

Sie freut sich sichtlich über meinen Einwurf.

»Und ihr zwei, auch wenn ihr nicht so wahnsinnig viel Ahnung von Pferdepflege habt …«

Das haben wir ihr gebeichtet, aber sie schien es nicht schlimm zu finden.

»… habt ihr doch das Herz am rechten Fleck, so was merk ich. Was würde es für einen Unterschied für euch machen, ob ihr bei einem, zwei oder vielleicht sogar bei vier Pferden täglich mal kurz nach dem Rechten seht?«

Sie schaut mich und Mr. Anderson erwartungsvoll an.

»Keinen Unterschied«, stimmt er ihr schulterzuckend zu. »Ich meine, das macht ja so gut wie gar keine Arbeit.«

Harriet strahlt.

»Wisst ihr was? Als ich euch vorhin sah, dachte ich gleich, mit euch würd ich gern mal ein Pint trinken gehen.«

Sie hebt ihr Glas und prostet uns zu. Wir lassen unsere Gläser aneinanderstoßen, als hätten wir gerade eine wie auch immer geartete Vereinbarung getroffen.

*

Auf dem Heimweg in Mr. Andersons Auto schweigen wir eine ganze Weile. Es ist kein unangenehmes Schweigen, eher satt und ein wenig müde.

Als wir schließlich über die kleine Steinbrücke kurz vor Meadows Cottage rumpeln, räuspert er sich.

»Haben Sie darüber nachgedacht?«, fragt er.

Ich blinzele verwirrt.

»Meine Probewoche ist morgen um.«

Er verzieht das Gesicht zu einer flehenden Grimasse.

Ich muss lachen.

Vielleicht angesteckt von Harriets fröhlicher Verbindlichkeit sage ich: »Sie können bleiben, vorausgesetzt …«

»Ja?«

»Ich bin Amber«, sage ich.

Er grinst.

»Amber«, wiederholt er.

Er hat eine angenehm tiefe Stimme, ohne dabei so betont kerlig zu wirken.

»Ich bin Finian.«

Auch beim Fahren bekommt er es hin, hinter dem Lenkrad eine seiner kleinen Gentleman-Verbeugungen anzudeuten.

Weil mich das irgendwie immer ein wenig verlegen macht, flüchte ich mich in eine Frage: »Wie klappt es mit der Arbeit, Finian?«

Er zögert.

Dann sagt er: »Leider nicht besonders gut. Manchmal stellt die Muse, die mir die neuen Ideen liefert, sich ziemlich zickig an.«

»Ein Freund von mir …«, beginne ich und halte kurz inne, weil ich nicht fassen kann, dass ich allen Ernstes von

Eddy erzähle, aber nun ist es schon heraus. »… sagt, dass ihm bei kreativen Schaffensblockaden immer Zerstreuung hilft, je verrückter, desto besser.«

»Ihr Freund schreibt auch?«, erkundigt er sich.

»Er malt«, antworte ich.

Als ich es ausspreche, sehe ich Eddy vor mir, wie er in seinem bunt beschmierten Hausmeisterkittel im Atelier steht, die Farbpalette in der Hand, die Hände voller Kleckse und Pinsel und Spachtel.

Dieses Bild in meinem Kopf ist so lebendig, dass mir der Atem stockt und mein Herz sich erst weitet und streckt, wie immer, wenn es um ihn geht, und sich dann schmerzhaft zu einem kleinen, harten Kern zusammenzieht.

Mr. Anderson … Finian biegt auf die Kiesauffahrt ein.

Im Augenwinkel nehme ich eine Bewegung wahr. Etwas kniehohes, sandfarbenes, das rasch zwischen den blühenden Sträuchern verschwindet.

Ob das wieder die Hündin war? Ich starre hin.

Aber es ist nichts mehr zu sehen.

8. Finian

Zerstreuung also. *Je verrückter, desto besser*, hat Amber gesagt.

In den nächsten Tagen probiere ich ein paar Dinge aus.

Beispielsweise gehe ich zum Dart-Turnier in den *Pink Lion*, fahre nach Taunton und schaue mir dort im Kino einen brandaktuellen Horrorfilm an, mache eine Tageswanderung in den Quantock Hills, samt Picknick im Rucksack. Aber außer dass ich gegen diese Landeier an der Dartscheibe haushoch verliere, mich ein paar Abende bei Dunkelheit ein wenig unbehaglich fühle und die Blasen an meinen Füßen pflegen muss, bringen diese Zerstreuungen nichts.

Vielleicht sollte ich mich bei Ambers Freund danach erkundigen, wie genau das mit dem *verrückt* gemeint ist. Amber selbst frage ich nicht danach. Ihre Stimme klang sonderbar, als sie von ihm erzählt hat.

Ich gehe davon aus, dass dieser Freund in ihrem Leben ein ähnliches Chaos angerichtet haben wird wie Madeleine in meinem. Ich bin mir sicher, dass nicht sie ihn verlassen hat, sondern dass es umgekehrt war. Verlassene erkennen einander, das weiß ich inzwischen.

Am Montagmorgen telefoniere ich mit meinem Londoner Anwalt, den ich eher notgedrungen als mit echter Überzeugung zur endgültigen Trennung mit der möglichen Aufteilung des Vermögens beauftragt habe. Er sagt, Madeleine hat nicht sonderlich viele Ansprüche, da die Gewinne aus meinem Büchern gesondert laufen.

»Wissen Sie was?«, sage ich zu ihm, als er vorschlägt, ich soll ihm eine Liste des Hausinventars per E-Mail schicken, Möbel, Gemälde, andere Wertgegenstände. »Schlagen Sie Madeleines Anwalt vor, dass sie das Haus haben kann. Mit allem, was drin ist.«

»Aber Mr. Anderson«, widerspricht er wie erwartet. »Die Wohngegend ist hoch begehrt. Das Haus ist top in Schuss. Der Wert übersteigt bei Weitem …«

»Ich will das Haus nicht«, unterbreche ich ihn, vielleicht ein bisschen zu heftig. »Wenn … *falls* … falls wir uns wirklich trennen, will ich mich auch nicht mehr mit den Dingen umgeben, die wir in unserer Ehe angeschafft haben. Mal im Ernst: Wenn *Ihre* Frau Sie verlassen hätte, möchten Sie dann morgens an dem Tisch frühstücken, den Sie zusammen mit ihr ausgesucht haben?«

Kurzes Schweigen.

»Sind Sie sicher?«, hakt er dann noch mal nach. »Sie könnten das Haus samt Inventar veräußern und das Geld entsprechend aufteilen.«

Ich seufze.

»Wenn ich in diesem Leben etwas im Überfluss habe, von dem ich gelernt habe, dass es nicht glücklich macht, dann ist es Geld.«

Da er selbst am besten weiß, wie hoch sein Honorar ist und dass mich das nicht abgeschreckt hat, ihn auf Normans Tipp hin zu engagieren, gibt er sich geschlagen.

»In Ordnung. Damit sind die Ansprüche Ihrer Frau mehr als abgegolten. Was ist mit dem teuren Wagen, den sie fährt und der auf Sie zugelassen ist?«

»Der war ein Geschenk«, antworte ich.

Zu unserem vorletzten Hochzeitstag, verkneife ich mir zu sagen. Manche Dinge fühlen sich einfach schon gedacht zu demütigend an, da muss ich sie nicht noch aussprechen.

Als das Telefonat beendet ist, stehe ich von den Holzstufen auf, die vom Wintergarten hinauf in die Küche führen und auf denen ich mich zum Telefonat niedergelassen hatte. Dieses ganze Gerede über Geld und Aufteilen und Ansprüche macht mich ganz durcheinander im Kopf.

Es ist so, als würde sich komplett verschieben, worum es bei unserer Trennung wirklich geht. Ein monatelanger Betrug, traumatische Gespräche, Anschreien, Weinen, auch verzweifelte Umarmungen und der Versuch, unser gemeinsames Scheitern mit Sex zu verleugnen, das alles lässt sich doch nicht in Zahlen pressen. Außerdem machen diese sachlichen Entscheidungen etwas sehr viel realer, das ich selbst immer noch nicht so recht glauben kann: dass Madeleine und ich in Zukunft höchstwahrscheinlich vollkommen getrennte Wege gehen werden.

Ich trete an die große Glasfront des Wintergartens und schaue hinaus in den Garten.

Heute versteckt die Sonne sich hinter Wolken, und eine kühle Brise weht. Es ist nicht besonders einladend. Daher stutze ich verwundert, als ich Amber dort draußen sehe.

Amber. Bernstein. Der Name passt zu ihr. Nicht, dass ich viel von Schmuck verstehe, aber von all den Kostbarkeiten wie Gold und Diamanten habe ich die Natürlichkeit von Bernstein immer vorgezogen.

Seit wir Haus und Garten in ihren und meinen Bereich aufgeteilt haben, ist sie hier nicht mehr aufgetaucht. Die zu ihrem Teil des Gartens gehörende Rosenlaube ist von meinem kleinen gläsernen Möchtegern-Schreibbüro aus nicht einzusehen, aber jetzt bewegt sie sich langsam zwischen den Beeten über den Rasen in meine Richtung. Den Blick richtet sie immer mal wieder zurück. Doch meist wendet sie den Kopf zur Seite. Nun ist meine Neugierde geweckt. Genauso sieht sie aus, wenn sie sich nach Harriets Vorbild Brandon nähert. Sie hält etwas in der Hand. Was ist das? Eine kleine, flache Schale aus Aluminium?

Dann hockt sie sich langsam hin und stellt die Schale auf den Rasen, schaut wieder kurz auf, dreht den Kopf überdeutlich zur Seite. Ihre Lippen bewegen sich, aber ihre Bewegungen sind behutsam, beinahe vorsichtig.

Fasziniert beobachte ich sie. Und staune, als plötzlich ein äußerst haariges Gesicht zwischen den Azaleen hervorlugt.

Langsam, Schritt für Schritt, achtsam, aber nicht überängstlich, erscheint die langfellige Hündin unseres Nachbarn Mr. Cox.

Amber zieht sich ein paar Schritte von der Schale am Boden zurück.

Die Hündin nähert sich. Schnuppert an der Schale und beginnt zu fressen.

Amber, nun etwa zwei Meter entfernt, verharrt geduldig. Sie betrachtet die Hündin, lächelt. Wenig später lässt sie sich, ohne Rücksicht auf das feuchte Gras, im Schneidersitz nieder.

Die Hündin hebt alarmiert den Kopf, betrachtet sie. Doch als Amber sich nicht weiter rührt, sondern sie nur freundlich anschaut, frisst sie entspannt weiter.

Es berührt mich, wie diese so kontrolliert wirkende, vielleicht selbst scheue Frau dem ängstlichen Hund Vertrauen einzuflößen versteht.

Amber wartet ruhig ab, bis die Hündin die Schale komplett ausgeschleckt hat. Dann steht sie mit behutsamen Bewegungen auf.

Die Hündin weicht ein wenig zurück, den Kopf jedoch nicht geduckt, sondern interessiert erhoben.

Amber nimmt die Schale in die Hand und verschwindet wieder nach rechts aus meinem Blickfeld. Die Hündin folgt ihr mit wenig Abstand.

Nach ein paar Minuten höre ich leichte Schritte in der Küche.

Entgegen meiner sonstigen Bemühungen, mich möglichst unsichtbar zu machen, gehe ich die Stufen hinauf und öffne die Tür.

»Hallo.«

»Hallo auch«, erwidert Amber, die gerade dabei ist, Einkäufe aus Papiertüten in ihren Vorratsschrank zu räumen.

»Du lächelst«, stelle ich fest. »Und zwar so, als hättest du gerade etwas Schönes erlebt.«

Verblüfft starrt sie mich an.

»Ich hab dich gerade mit der Hündin im Garten gesehen«, gestehe ich.

Jetzt lacht sie, und ich empfinde für ein, zwei Sekunden so etwas wie einen albernen Stolz darüber, dass ich das bewirkt habe. Mir geht auf, wie ernst sie üblicherweise wirkt.

»Mein Gott, ich dachte schon, du kannst hellsehen oder so ähnlich.«

»Ein bisschen kann ich das wirklich«, gebe ich an, lege die Fingerspitzen an meine Schläfen, schließe die Augen und murmele im typischen Hellsehersingsang: »Ich sehe eine Frau. Sie hat ein außergewöhnlich großes Herz. Und ich sehe auch diverse Dosen in einem Schrank. Dosen mit Hundefutter.«

Ich öffne die Augen wieder.

Sie schmunzelt. »Du hast in meinen Schrank geschielt.«

Ich nicke.

»Ich konnte ihr einfach nicht widerstehen«, sagte sie mit einem Schulterzucken.

»Ist die Hündin bei Farmer Cox abgehauen?«

Amber hebt die Hände. »Keine Ahnung. Vielleicht hat er sie auch ihrem Schicksal überlassen? Sie hatte heute Heu im Fell. Vielleicht schläft sie in unserer Scheune? Auf jeden Fall hat sie Hunger. Und weil ich sie füttere, hält sie sich meistens hier in der Nähe auf.«

Ich lege den Kopf schief. »Ich glaube nicht, dass es nur ums Futter geht.«

»Nicht?«

»Nein, ich glaube, sie schätzt deine Gesellschaft.«

Ich kann ihr ansehen, dass meine Worte sie freuen.

Aber sie versucht, es sich nicht anmerken zu lassen, und sagt: »Wenn ich ein Hund und meine Alternative Mr. Cox wäre, würde ich mir auch den Vorzug geben.«

Als sie es ausgesprochen hat, verändert sich plötzlich ihre Miene. Sie schaut ein wenig erschrocken drein.

»Ich wollte damit nicht sagen, dass Mr. Cox ein unangenehmer Mensch ist«, setzt sie hastig hinzu.

»Nein, du hast recht. Das trifft es irgendwie nicht«, stimme ich ihr zu. »Ich würde eher sagen, dass er ein ausgesprochen scheußlicher Typ ist.«

Wieder die kurze Verblüffung, dann das Lachen.

Sie sieht zur offen stehenden Terrassentür, als warte die Hündin direkt dahinter.

»Wir müssen es ihm doch nicht sagen, oder?«, murmelt sie.

»Der Gedanke liegt mir fern.«

Offenbar ist ihr der unschöne Umgang des Farmers mit der Hündin auch aufgefallen.

»Gut.« Sie zögert. »Es macht richtig Spaß mit ihr, weißt du. Am Anfang ist sie immer sofort abgehauen, wenn ich mich nur bewegt habe. Aber jetzt … Ich glaube, sie fasst Vertrauen.«

»Kein Wunder«, sage ich. »Nach Harriets Schnelleinweisung in Sachen *Körpersprache mit dem Pferd* wirst du ja auch mit Brandon immer besser. Und selbst bei mir reagiert er inzwischen. Als ich heute früh kurz bei ihm war, hat er mich angeschaut und kam zu mir, als ich ihm eine Möhre hinhielt.«

»Oh, wie schön!«

Sie freut sich wirklich. Ob für das Pferd oder für mich, ist mir egal.

»Ja, es macht so viel mehr Spaß, wenn ein Lebewesen nicht nur lethargisch vor sich hin starrt, sondern dich anschaut, an deiner Hand schnuppert, mit Genuss einen Apfel annimmt, oder? Und es ist so einfach, ihm deutlich zu zeigen, dass wir ihm nichts Böses tun wollen. Man muss nur wissen, wie.«

Sie nickt.

Und damit ist uns offenbar der Gesprächsstoff ausgegangen.

Verrückt. Wir wohnen hier zusammen. Aber nach ein paar Sätzen wird uns beiden jedes Mal mulmig. Vielleicht, weil wir anfangs sehr betont haben, unsere Ruhe zu brauchen.

Ich weiß, wenn ich jetzt nichts sage, wird sie sich wahrscheinlich mit einem freundlichen, aber reservierten Lächeln zurückziehen.

»Wie willst du sie denn nennen?«, schieße ich das Erstbeste heraus, das mir einfällt.

»Nennen?«

»Na, wir können ja nicht immer *Cox' Hund* zu ihr sagen.«

Ambers dunkelbraune Augen blitzen auf.

»Ehrlich gesagt …«, beginnt sie verlegen.

Aha. Sie hat also auch schon drüber nachgedacht.

»Ja?«

»Da ist diese Bank oben am Hügel, direkt unter der wunderschönen, alten Trauerweide«, sagt sie.

»Fayes Platz.«

Wir sehen uns an. Beide ein wenig verwirrt, als könnten wir es nicht recht fassen, dass dem jeweils anderen dieses Detail auch aufgefallen ist.

»Ja«, sagt sie schließlich. »Faye war bestimmt ein Pferd aus der Zucht hier, oder?«

»Das habe ich mir auch so zusammengereimt.«

»Die Zeilen auf dem Gedenkschild klingen so … liebevoll. Ich dachte, vielleicht wäre es schön, wenn es hier wieder eine Faye geben würde. Auch wenn sie ja nur zu Gast hier ist.«

Ihre gefühlvolle Begründung passt zu ihr.

Ich nicke. »Es klingt sanft.«

»Hm.«

Kleine Pause.

»Ich wollte früher immer einen Hund«, sagt Amber dann, »als Kind, meine ich. Wieso verliert man als erwachsener Mensch solche Dinge irgendwann aus den Augen?«

Ich muss blinzeln.

»Keine Ahnung. Aber … ich wollte immer eine Katze. Und habe auch keine.«

Im Wintergarten dudelt mein Handy los.

Ich seufze, werfe ihr einen entschuldigenden Blick zu, eile die Stufen hinunter.

Es ist noch einmal mein Anwalt, mit einer vollkommen nebensächlichen Frage. Das Telefonat dauert keine zwei Minuten.

Als ich wieder hinauf in die Küche komme, ist Amber verschwunden.

*

Mitten in der Nacht werde ich von einem lauten Rumpeln geweckt. Ich fahre hoch. Mein erster Gedanke ist, dass es wieder gewittert. Doch nach ein paar Sekunden ist mir klar, dass es etwas anderes war.

In Boxershorts tapse ich zur Tür und öffne sie.

Während ich den Flur entlangschaue und lausche, wird die Tür gegenüber geöffnet. Amber lugt heraus.

»Was war das?«, flüstert sie.

Ihre schulterlangen schwarzen Haare, durch die sich schon ein paar silberne Fäden ziehen, liegen kreuz und quer.

Ich will gerade antworten, dass ich auch keine Ahnung habe, als erneut ein Gepolter erklingt. Dazu ein schrilles Geräusch.

»Oh Gott! Brandon!«, entfährt es ihr, und sie schießt aus dem Zimmer zur Haustür.

Ich bin direkt hinter ihr, und im Nullkommanichts stehen wir beide barfuß draußen auf der Kiesauffahrt.

»Hier.« Ich drücke ihr ihre Turnschuhe in die Hand, die ich zusammen mit meinen unter der Garderobe weggerissen habe.

Wir schlüpfen beide hinein, was mich nun komplett wie einen Idioten aussehen lässt – *in meinen Shorts und sonst nichts außer Turnschuhen*. Amber trägt kurze Hosen und ein T-Shirt darüber.

Erfreulicherweise schert sie sich nicht weiter darum, dass ich hier fast nackt neben ihr stehe.

Unser beider Aufmerksamkeit wird von einem großen Transporter in Anspruch genommen, der am Stalleingang geparkt ist. Sein Licht ist ausgeschaltet, doch der Mond spendet heute ausreichend Helligkeit, sodass wir sehen können, dass die Ladeklappe heruntergelassen ist. Zwei Menschen stehen davor. Es sind leise Stimmen zu hören.

Ein paar Meter von ihnen entfernt ist der größte und dickste Hund, den ich je gesehen habe, am Koppelzaun angebunden.

Wieder ertönt das Poltern. Und ein schrilles Wiehern.

Letzteres setzt uns beide in Bewegung.

So entschlossen, wie man in schlabberigen Shorts nur auftreten kann, marschieren wir nebeneinander hinüber. Der Kies knirscht unter unseren Schritten.

Die beiden Männer vor der Laderampe wenden die Köpfe und sehen uns entgegen.

»Was geht denn hier vor?«, frage ich, als wir bis auf ein paar Meter ran sind.

Im selben Moment sagt Amber verwundert: »Hallo Benedict?!«

Ich stutze. Tatsächlich, der eine der beiden großen Kerle ist der Pubbesitzer aus Broomfield.

Jetzt erkenne ich auch, dass der angebundene gewaltige Hund hinter ihm gar kein Hund ist, sondern ein sehr kleines Pferd, ein Shetlandpony. Es steht dort am Zaun und ist mit einem Heunetz beschäftigt, das vor ihm am Pfahl aufgehängt ist.

Ich wende mich wieder an Benedict. »Was machst du denn …?«, beginne ich.

Doch da erscheint in der Öffnung des Laderaums ein ebenfalls bekanntes Gesicht.

»Amber! Finian! Gut, dass ihr wach seid. Wir könnten eure Hilfe gebrauchen«, sagt Harriet.

Mir fällt regelrecht die Kinnlade runter.

Amber verfügt offenbar über eine blitzschnelle Auffassungsgabe, denn sie wirft nur einen Blick in den Innenraum des Transporters und fragt dann: »Sind die aus dem Reitstall, von dem du erzählt hast?«

»Sicher«, antwortet Harriet. »Ich würde euch doch hier nicht irgendwelche Ponys ankarren.« Dann räuspert sie sich. »Na ja, den kleinen Stanley da haben wir ganz legal einem Wanderzirkus abgekauft. Er ist fünfundzwanzig Jahre alt und hat seine Rente auf einer Wiese verdient. Ich dachte, er würde sich auf Dauer gut für euren Brandon als Beistellpony eignen. Ist doch in Ordnung, oder? Wir haben gerade das Problem, dass wir es zu dritt nicht schaffen, die beiden Reitponys vom Hänger zu bringen. Keins will ohne das andere raus. Benedict und Tom müssen aber draußen stehen, um sie anzunehmen, falls sie wegspringen wollen. Könntest du zu mir reinkommen, Amber, und den Schimmel rausführen?«

Amber steht einen Moment wie vom Donner gerührt.

Dann stammelt sie: »Aber, Harriet, was tut ihr denn? Ihr könnt doch nicht einfach …«

Ich verstehe nur Bahnhof.

»Siehst du, ich hab dir doch gleich gesagt, dass du es deutlicher hättest ansprechen müssen«, brummt Benedict Harriet an.

»Heißt das, ihr seid gar nicht einverstanden?«, fragt Harriet erschüttert. »Aber ihr wart doch genau unserer Meinung?!«

»Könnte mich mal jemand aufklären?«, melde ich mich zu Wort. »Was passiert hier gerade?«

Amber sieht Harriet an.

»Na ja«, sagt die, ein wenig kleinlaut. »Ich habe euch neulich im *Pink Lion* doch von unserer Aktivisten-Gruppe erzählt. Und von dem Reitstall, in dem es den Pferden so schlecht geht. Ihr könnt euch ja selbst davon überzeugen …« Sie deutet wieder auf die Ladefläche.

Ich spähe um die Ecke und sehe zwei Pferdehinterteile. Das helle Pferd stampft mit den Hufen. Das war also das Poltern, das uns geweckt hat.

»Und dann haben wir zusammen festgestellt, dass hier am Hof so wahnsinnig viel Platz ist und dass es kaum einen Unterschied macht, ob ihr ein, zwei oder vier Pferde versorgt. Habt ihr doch gesagt, oder?«

»Natürlich haben wir das«, antwortet Amber an meiner Stelle, klingt aber ein wenig ratlos, als sie fortfährt: »Aber … das war doch kein Angebot an euch, bei Nacht und Nebel zwei Ponys zu stehlen und hierherzubringen.«

»Stehlen?«, echoe ich jetzt.

Harriet und Benedict tauschen einen Blick.

»Okay«, sagt er dann an Amber und mich gewandt. »Offenbar liegt ein Missverständnis vor. Natürlich sollt ihr nicht in etwas reingezogen werden, von dem ihr nicht überzeugt seid. Die Sache ist nur die: Wir können mit den Ponys jetzt nicht mehr weiterfahren. Der Fuchs ist ziemlich schwach. Ich glaube nicht, dass wir ihn noch lange transportieren können, ohne dass er zusammenklappt. Seid ihr einverstanden, dass wir die beiden jetzt abladen und bis morgen Abend hier unterstellen, damit sie sich ein bisschen erholen können? Ihr habt sonst nichts damit zu tun, wenn ihr nicht wollt. Wir kümmern uns. Harriet sieht morgen nach ihnen, und am späten Abend sind sie wieder verschwunden. Das Einzige, um das wir euch bitten, ist: Ihr dürft niemandem, wirklich keiner Menschenseele, etwas verraten!«

Amber und ich sehen uns an.

Wir müssen es ihm doch nicht sagen, oder?, hatte sie heute Morgen gefragt, als es um die Hündin Faye ging.

Jetzt schaut sie noch einmal in den Hänger und betrachtet die eingefallene Kruppe des dunkleren Pferdes, das laut und rasselnd atmet.

Ihr Blick sucht meinen. Zwei Fremde in einem Haus. Sollten wir nun schon ein zweites Geheimnis miteinander teilen?

Sie nickt.

»In Ordnung«, sage ich. »Dann zeigt uns jetzt mal, wie wir helfen können.«

9. Amber

Am nächsten Morgen kann ich einfach nicht lange schlafen und bin schon früh auf. Damit ich Finian nicht in seiner Küchenzeit störe, ziehe ich rasch Jeans und T-Shirt über, binde mein grob gebürstetes Haar in einen Zopf und schlendere zum Stall hinüber.

Als ich hineingehe, sehe ich ihn gleich.

Finians schlanke Gestalt lehnt über der Brüstung einer der großen Boxen, die einen zweiten Ausgang hinaus auf den Paddock haben. Dort haben wir heute Nacht die beiden größeren Reitponys untergebracht. Der kleine Shetlandwallach Stanley steht noch zwei Boxen weiter. Die Entfernung sei notwendig, hatte Harriet gesagt, denn die Pferde kennen sich nicht und müssten daher erst mal getrennt stehen.

Beim Geräusch meiner Schritte auf der Stallgasse schaut Finian auf.

Inzwischen ist aus dem Bartschatten, den er hier anfangs trug, ein richtiger kurzer Bart geworden. Er streicht sein Haar zurück, das immer mehr dazu neigt, ihm verwegen in die Stirn zu fallen.

»Guten Morgen, Amber«, sagt er.

Wie immer ist es angenehm, wenn er meinen Namen ausspricht. Es klingt anders als Eddys schlichtes *Am*. Es gefällt mir plötzlich, meinen Namen so komplett zu hören.

Ich gehe auf ihn zu.

In seinen hellen Augen liegt etwas Trauriges. Nicht so verborgen und gehütet wie das Andere, das er versteckt in sich trägt. Dies ist eine neue Traurigkeit, die er uneingeschränkt zutage treten lässt.

Als ich an ihm vorbei in die Box hineinsehe, wird mir klar, woher sie stammt.

Die Ponys, die dort Kopf an Po nebeneinanderstehen, bieten einen schlimmen Anblick.

Sie sind so mager, dass man unter dem struppigen Fell ihre Rippen sehen kann. Der Fuchswallach lässt mit trübem Blick den Kopf einfach hängen, so wie Brandon es auch oft tut.

Die weiße Stute legt die Ohren an, als ich sie genauer betrachte.

»Nun?«, frage ich und weiß selbst nicht genau, was ich von Finian als Antwort erwarte.

Sicher nicht das, was dann kommt.

»Ich habe gerade über den Begriff *Stehlen* nachgedacht«, sagt er ganz ruhig. »Das ist so ein Tick von Autoren, weißt du. Wir zerpflücken gerne Worte, die ja unser Werkzeug sind, um ihrer wahren Bedeutung auf die Schliche zu kommen. So vermeiden wir, aus Versehen ein falsches Wort zu benutzen, wenn wir etwas Bestimmtes ausdrücken wollen.«

»Und was denkst du über den Begriff *Stehlen?*«, will ich wissen, neugierig geworden.

Seine Autorenschaft ist nach wie vor etwas, das mich schwer beeindruckt. Aber es ist auch das Rätselhafte an ihm.

Vor ein paar Tagen habe ich rein aus Interesse bei meiner Suchmaschine Ecosia seinen Namen eingegeben. Als Ergebnis fand ich ein paar Kurzgeschichten und zwei interessant klingende Romane, die allerdings beide schon einige Jahre auf dem Buckel haben und mittlerweile vergriffen sind. Das kann also seine jetzige Arbeit nicht ausmachen, denn davon könnte niemand leben, geschweige denn schicke Anzüge maßschneidern lassen, die er anschließend verwahrlosen lässt. Hat Finian Anderson vor mir angegeben und geht in Wahrheit einem anderen Broterwerb nach, während das Schreiben nur ein Hobby ist? Irgendwie kann ich das nicht glauben. Er ist nicht so der Angebertyp. Eine andere Möglichkeit wäre: Er schreibt unter einem anderen Namen?! Aber weiter als bis zu dieser Überlegung bin ich nicht gekommen.

Jetzt legt er den Kopf schief, was mir neben seinem komischen Gentleman-Gehabe schon öfter an ihm aufgefallen ist und mich nun plötzlich an Faye erinnert.

»Üblicherweise versteht man darunter immer eine Handlung, bei der jemand sich am *wertvollen* Hab und Gut eines anderen *bereichert*. Meist in der Absicht, es selbst zu behalten oder an Dritte zu veräußern, um den eigenen Besitz aufzupolstern.«

Er beißt sich auf die Lippe und betrachtet erneut die beiden Ponys vor uns.

»Nach dieser Definition sind diese beiden Geschöpfe nicht gestohlen worden.«

Ich mag es, wie er das sagt. *Geschöpfe.* Es klingt respektvoll. Anders als offenbar bisher mit ihnen umgegangen worden ist.

»Warst du schon bei Brandon?«, erkundige ich mich.

Seit der Wallach sich verletzt hat, achten wir beide nicht mehr darauf, wer von uns an diesem oder jenem Tag mit der Visite dran ist. Stattdessen gehen wir beide mehrmals am Tag zu ihm, reden mit ihm, kraulen seine Mähne und spendieren ihm Möhren.

»Ja. Er steht an der Tür zum Paddock. Wenn ich sein Verhalten richtig interpretiere, will er raus. Meinst du, wir sollten ihn lassen?«

»Wieso nicht? Von da aus kann er nicht auf die Weiden, da kann ihm eigentlich nichts passieren.«

»Aber …« Finian deutet mit dem Kopf in Richtung der Ponys, hinter denen die obere Hälfte der Paddocktür offen steht, damit Sonne und Luft hereinkommen.

»Ich schätze mal, das ist genau das, was ihn daran so interessiert«, sage ich.

Es stellt sich heraus, dass ich mit meiner Vermutung keinesfalls recht hatte.

Nachdem wir seinen Zugang zum Paddock geöffnet haben, schreitet Brandon ein wenig steifbeinig über den Sandplatz und bleibt in der hinteren Ecke stehen, um den Kopf zwischen den Zaunbrettern hindurchzustrecken und ein bisschen Gras zu rupfen.

»Ob er die anderen noch nicht bemerkt hat?«, überlege ich.

»Wir können ihn ja mal hinführen und sie ihm zeigen«, schlägt Finian vor.

Er klettert geradezu elegant über den Zaun, verschwindet kurz um die Ecke und ist bald mit Brandons Halfter zurück. Er legt es ihm an, und Brandon folgt ihm brav zu den Boxenöffnungen an der Stallseite.

Zuerst versuchen wir es bei der des Shetlandponys Stanley. Brandon scheint jedoch an dem kleinen Artgenossen alles andere als interessiert zu sein. Der im Vergleich zu ihm winzige Wallach drinnen hebt jedoch den Kopf und versucht herauszulunzen.

»Sollen wir?« Ich deute auf die Boxtür.

Finian nickt zustimmend.

Ich öffne die Tür.

Sofort kommt Stanley herausgetrabt, lustig mit dem Kopf wippend. Wir müssen beide lachen, als der Knirps einmal im Kreis läuft, wobei er die Umgebung genau in Augenschein nimmt und seine Mähne fliegen lässt. Der Aufenthalt im Zirkus war für ihn wahrscheinlich nicht artgerecht, doch er macht trotzdem einen munteren Eindruck, nicht zu vergleichen mit den beiden anderen Ponys da drinnen. Dann nähert Stanley sich langsam Brandon. Er streckt den Hals und schnuppert an Brandons Bauch und Schulter. Der steht stocksteif. Doch als der Kleine auch seine Nüstern zu beriechen versucht, wendet Brandon sich einfach ab.

»Diese Gesellschaft scheint ihm nicht sonderlich zu gefallen«, stellt Finian fest.

Er führt Brandon nun direkt zur offenen Klappe der beiden Reitponys hinüber.

Die geben sogleich ihre Kopf-an-Po-Position auf und strecken beide die Köpfe heraus.

Die drei beäugen sich einen Moment lang. Und bevor Brandon auch nur den kleinsten Vorstoß machen kann, einen von ihnen zu beschnuppern, dreht die Schimmelstute sich blitzschnell um.

»Vorsicht!«, rufe ich.

Die Stute pfeffert mit einem schrillen Wiehern die Hinterhufe gegen die Boxtür, die durch die Kraft der Schläge bebt.

Brandon und Finian schrecken gleichermaßen zusammen und weichen zurück.

Nach ein paar weiteren gezielten Schlägen schaut die Stute mit angelegten Ohren über ihre Schulter.

Finian hat Brandon bereits von der Boxtür fortgeführt. Stanley folgt ihnen, als sei er ebenfalls der Meinung, dass mit den beiden in der Box nicht gut Kirschen essen sei.

»Puh«, keucht Finian und blickt zurück. »Was war das denn?«

»Jedenfalls keine freundliche Begrüßung«, sage ich bedauernd.

Ich weiß nicht, was ich erwartet hatte, aber nachdem Harriet gesagt hatte, dass Brandons Einzelhaltung nicht artgerecht sei, hatte ich zumindest mit einer höflichen Annäherung gerechnet – weder mit Aggression noch mit Desinteresse.

»Wäre wohl besser, wenn wir Brandon wieder in den Offenstall bringen«, stellt Finian fest. »Dann kommt es nicht zu weiteren solcher Zankereien.«

Als er ihn hineinführt, witscht Stanley ebenfalls hinein. Der kleine Kerl scheint als Einziger ein Interesse daran zu haben, sich um freundlichen Kontakt zu bemühen, und da Brandon nicht wirkt, als wolle er dem Knirps etwas antun, entscheiden wir, die beiden dort zusammen stehen zu lassen.

Als wir gemeinsam den Stall verlassen, sitzt Faye unter der großen Kastanie und beobachtet uns.

Ich gehe ein paar Schritte auf sie zu, erwarte fast, dass sie die Flucht ergreift, doch sie schaut mich nur aufmerksam an.

»Tut mir leid, Faye, leider habe ich kein Futter dabei«, erkläre ich ihr leise.

Als hätte sie mich verstanden, dreht sie sich um und trabt hinüber zur angrenzenden Scheune, wo sie durchs große Holztor im Inneren verschwindet.

»Aha«, sagt Finian grinsend. »Da hat sie sich also einquartiert.«

»Hauptsache Mr. Cox spürt sie da nicht auf«, antworte ich etwas besorgt. »Ich könnte mir vorstellen, dass er wenig Verständnis für ihren Freiheitsdrang aufbringen würde.«

Als wir um die Ecke des Stallgebäudes biegen, zieht Finian scharf die Luft ein und zischt: »Wenn man vom Teufel spricht …«

Tatsächlich. Da kommt der unbeliebteste Nachbar diesseits der Themse von seinem vor der Einfahrt geparkten Traktor herübergeschlurft.

»Morgen auch!«, ruft er. »Alles okay am Hof?«

»Guten Morgen! Ja, sicher. Und bei Ihnen?«, antwortet Finian.

Ich bin froh, dass er so selbstbewusst und fröhlich klingt, denn ich selbst kann gerade nur an die Ponys denken, die hinter uns im Stall stehen, obwohl sie dort nicht hingehören.

Wir treffen Mr. Cox auf der Hälfte des Weges, und er tippt sich an die Tweedmütze. Sein Blick bleibt wieder an mir hängen und wandert in den heute etwas weiteren Ausschnitt meines T-Shirts.

»Hatte heut Nacht Ärger mit 'ner Kuh und war auf. Da hab ich Scheinwerfer gesehen. Sah aus wie'n Transporter. Da wollt ich bei Ihnen und am Herrenhaus mal nach dem Rechten sehen. Nicht, dass Sie ausgeraubt worden sind. Man hört ja so einiges.«

Ich bin wie erstarrt. Verdammt! Wer hätte gedacht, dass der alte Knochen mitten in der Nacht herumpatrouilliert. Mir fällt nichts ein, was ich jetzt sagen könnte.

Doch Finian lacht gelöst. »Nein, es ist noch viel besser:

Wir gehören einer Schmugglerbande an, die irischen Whiskey über den Bristolkanal schafft. Kostprobe gefällig?«

Mr. Cox stutzt einen Augenblick. Dann lacht er dröhnend los. Dabei läuft er krebsrot an, und die Adern auf seiner Knollennase nehmen einen lila Farbton an.

»Sie sind mir ja welche!«, grölt er schenkelklopfend. »Ja, das waren Zeiten damals, wie? Aber unter uns … der gute alte Irische nimmt es mit dem Schotten alle Male auf, oder etwa nicht?!«

»Ich sag es ja!«, stimmt Finian ihm zu. »Aber jetzt mal ernsthaft …«

Ich beiße die Zähne aufeinander.

Er fährt fort: »Der Transporter von heute Nacht gehört einem Freund. Er hat ihn in Devon gekauft und will ihn rüber aufs Festland bringen, aber … na ja, der Wagen war ein Schnäppchen, verstehen Sie? Muss erst wieder auf Trab gebracht werden, das heißt, so richtig aktuell ist die MOT-Plakette nicht mehr. Puh, das war ein ganz schöner Schrecken für unseren Freund, nicht wahr, Amber?«

Zu meiner eigenen Überraschung nicke ich und stöhne ziemlich überzeugend. »Kann man wohl sagen. Ich meine, wir wissen doch alle, was passiert, wenn die Bullen einen mit 'ner abgelaufenen Plakette erwischen.«

Habe ich wirklich *Bullen* gesagt? Die Männer scheinen das ganz normal zu finden.

Mr. Cox kann von verpassten Prüfterminen offenbar auch ein Lied singen.

»Hören Sie bloß auf! Mich haben se mal angehalten, da war ich nur zwei Wochen über der Frist! Zwei Wochen! Hat mich fünfzig Pfund gekostet!«

»Nein!«, ruft Finian empört. »Dann verstehen Sie doch

bestimmt, dass unser Freund nicht wie ursprünglich geplant bis zum Morgen hier gerastet hat. Besser, man ist im Dunkeln unterwegs.« Er sieht auf die Uhr. »Jetzt müsste der Wagen schon in der Werkstatt stehen.« Er nickt zufrieden und sieht dann Mr. Cox mit scharfem Blick an. »Wir können uns doch auf Ihre Verschwiegenheit verlassen?«

Der hebt die Hand und grinst. »Mein Name ist Hase. Ich werd doch so netten Nachbarn keinen Ärger machen.«

Wieder der Blick in mein Dekolletee.

»Wunderbar! Sehr nett von Ihnen. Schönen Tag noch!«

Finian schafft es, gleichzeitig dankbar zu wirken und das Gespräch eindeutig für beendet zu erklären.

Mr. Cox tippt sich wieder an die Mütze und will schon zu seinem Traktor zurückgehen.

»Ach, noch etwas«, er wendet sich noch einmal kurz um, »Sie haben nicht zufällig meinen Hund gesehen?«

Ich spüre, wie mir heiß wird. Die Sache mit den Ponys ist das eine. Das geht ihn im Grunde ja wirklich nichts an. Aber Faye gehört rechtlich ihm. Ich schaue zu Finian hinüber. Spüre Mr. Cox' fragenden Blick auf meinem Gesicht. Weiß, dass mein Zögern verdammt verdächtig wirken muss.

Finian zieht die Brauen hoch. »Hund?«, wiederholt er, als sei auch mein Blick zu ihm nichts anderes als eine irritierte Frage gewesen.

»Die Bearded-Collie-Hündin«, hilft Cox uns auf die Sprünge.

Mit einem Mal liegt in seiner Stimme eine Spur Misstrauen. Das joviale Grinsen ist verschwunden. Er sieht zwischen Finian und mir hin und her.

»Ach so, die hübsche Hündin!« Finian nickt. »Nein, nichts von ihr gesehen. Du, Amber?«

Ich schüttele den Kopf und bemühe mich um eine unschuldige Miene.

»Ist sie Ihnen abhandengekommen?«

Ich bin nicht ganz so überzeugend wie Finian mit seiner Transportergeschichte und kann geradezu spüren, wie Mr. Cox uns plötzlich nicht mehr vollkommen traut.

»Na, wenn Sie sie sehen, wissen Sie ja, wo Sie mich finden«, brummt er, dreht sich um und geht davon.

Finian und ich sprechen kein Wort, während wir ins Haus gehen.

»Jetzt haben wir uns aber Frühstück verdient!«, bringe ich drinnen im Flur heraus.

Finian sieht auf die Uhr. »Verflixt, es ist schon halb neun, wir befinden uns in *deiner* Küchenzeit.«

Seine in gespielter Verzweiflung gerunzelte Stirn bringt mich zum Lachen.

»Wir sollten den Unsinn lassen«, schlage ich vor.

Er deutet eine kleine Verbeugung an. »Gerne. Aber Ladys first. Du darfst gerne als Erste …«

»Ich meinte eigentlich, wir können doch auch zusammen frühstücken«, unterbreche ich ihn, bevor mich der frisch aufgebrandete Mut dazu wieder verlässt.

»Einverstanden«, antwortet er lächelnd.

In diesem Moment fällt mir auf, dass er sehr schöne Augen hat. Trotz ihres hellen Grüns sind sie warm und freundlich.

Wir gehen zusammen in die Küche und stehen kurz ratlos herum.

»Okay«, sagt er dann. »Was möchtest du? Eier? Toast? Tomaten?«

»Oh, nein, nein«, wehre ich ab, »gemeinsam frühstücken

heißt nicht, dass du für uns beide das Frühstück machst. Lass uns alles aufteilen. Vielleicht bereitest du das Herzhafte zu? Wenn mich nicht alles täuscht, isst du auch Schinken? Den oder Würstchen würde ich als Vegetarierin nicht nehmen, sonst aber alles. Ich übernehme den Kaffee, Toast, Marmeladen und decke den Tisch auf der Terrasse. Okay?«

Ist da ein feines Schmunzeln auf seinem Gesicht, das er in seinem Bart zu verbergen versucht?

»Okay!«

Da wir uns nun beide unseren jeweiligen Aufgaben widmen können, legen wir los, ohne uns gegenseitig im Wege zu stehen.

Nach kurzer Zeit sitzen wir unter der ausgefahrenen Markise auf der Terrasse und machen uns übers Frühstück her.

Er hat es raus mit den Pilzen und den Tomaten, die ich sonst nicht so favorisiere, ihm zuliebe aber probiere und dann mit wahrer Begeisterung futtere. Finian behauptet, nie besseren Kaffee getrunken zu haben, und nimmt auch beim Toast noch mal nach.

Vielleicht schmeckt es einfach so viel besser, wenn man zu zweit all die Leckereien genießt und gleichzeitig inmitten eines wunderschönen Gartens sitzt, mit Blick in die Ferne, auf die Quantock Hills.

Wir haben jede Menge Spaß bei dem Gedanken an die Story, die Finian sich über das nächtliche Auftauchen des Transporters aus den Fingern gesogen hat. Er ist so nett, zu behaupten, dass *der alte Cox*, wie er ihn nennt, auch auf meine Beteuerung in Sachen Faye reingefallen ist.

Und als ob sie gespürt hätte, dass wir über sie sprechen, taucht die Hündin zwischen den Büschen auf. Mit niedlichen kleinen Trippelschritten wagt sie sich über den Rasen zu uns.

Mir fällt auf, dass ihr sonst sicher hübsches sandfarbenes Fell ziemlich zerzaust aussieht. Kein Wunder, wenn niemand es bürstet.

Faye traut sich ganz nah zu uns heran und nimmt ein Würstchen aus meiner Hand, das Finian mir rasch zugesteckt hat. Zufrieden schmatzend lässt sie sich neben mir auf den sonnenbeschienenen, warmen Steinfliesen nieder.

»Siehst du«, sagt Finian mit einem leichten Nicken in ihre Richtung, »sie mag dich einfach.«

Gewohnheitsmäßig will ich schon protestieren und das Würstchen als Argument für ihre Zuneigung anführen. Aber dann lasse ich es. Weil mir selbst klar ist, dass sie den Leckerbissen vielleicht genommen, sich aber gleich wieder zurückgezogen hätte, würde sie mir nicht vertrauen. Weil der Gedanke, dass dieses sanfte *Geschöpf* mich mag, einfach wunderbar ist. Und weil mir plötzlich aufgeht, dass ich mich schon seit Langem nicht mehr so gut gefühlt habe.

10. Finian

An diesem Tag vergesse ich vollkommen, weswegen ich eigentlich hier bin.

Bücher? Wer schreibt schon Bücher? Vor allem, wo es so viel interessanter ist, welche zu studieren.

Nachdem unser gemeinsames Frühstück ziemlich ausgeufert ist – es endete um die Mittagszeit, und ich fragte mich ernsthaft, wo die Zeit geblieben war –, durchforsten Amber und ich die kleine Bibliothek im Wintergarten, in dem sie einige Pferdebücher gesehen zu haben glaubt.

Da gibt es diesen einen Moment, in dem die Situation ein bisschen heikel wird: als wir uns nämlich vor dem Regal aufstellen und die vielen hundert Buchrücken betrachten.

»Meine Güte! Ein Liebesroman am anderen!«, sagt Amber da.

Ich kann ihrer Stimme nicht anhören, ob sie abfällig oder nur amüsiert klingt. Anerkennend jedenfalls nicht, und sofort muss ich an Madeleine denken und wie sie über meine Bücher urteilt. Ein feiner, nadelspitzer Schmerz, vertraut und wohlgehütet.

»Liest du keine Liebesromane?«, erkundige ich mich vorsichtig.

»Selten.«

Sie sieht mich an. Und obwohl wir uns noch nicht lange kennen, bin ich mir sicher, den Ausdruck in ihren braunen

Augen einschätzen zu können: Jeden Augenblick wird sie mich fragen, was genau *ich* schreibe.

»Du bist der Krimityp, wusste ich es doch!«, komme ich ihr rasch zuvor.

Jetzt schaut sie überrascht. Wie immer, wenn ich ihr etwas auf den Kopf zugesagt habe, das für mich irgendwie auf der Hand lag. Kann es sein, dass eine attraktive und kluge Frau wie sie es nicht gewöhnt ist, dass jemand sich die Mühe macht, sie zu lesen?

»Ah, da haben wir sie ja!«, sage ich und trete schnell an das Regal, in dem die Sachbücher über Pferde versammelt sind.

Es sind etwa zwei Dutzend, manche alt, manche neueren Erscheinungsdatums. Wir klauben sie alle aus dem Regal und tragen sie durch den Wintergarten hinüber auf die Terrasse.

Dort sortieren wir sie: die, mit denen wir wahrscheinlich nicht viel anfangen können, und die, die spannend klingen.

Amber blättert sofort in einem Buch, das sich mit der Bodenarbeit mit Pferden beschäftigt, und macht mich auf ein paar Fotos und Trainingsschritte aufmerksam. Ehrlich gesagt hatte ich bisher keine Ahnung, dass die Arbeit mit den Tieren ohne Sattel und Zaumzeug überhaupt ein wichtiger Bestandteil der Ausbildung ist. Irgendwie dachte ich, man müsse sich auf jeden Fall auf ein Pferd draufsetzen, um mit ihm kommunizieren zu können. Schon bald staunen wir beide nicht schlecht, als uns anhand der Bücher klar wird, dass hier eine für uns bisher verborgene Welt vor uns liegt.

Aus diesem Grund sind wir beide wahrscheinlich in der idealen Verfassung, als am frühen Nachmittag Harriet auftaucht und um die Hausecke späht. Ideale Verfassung dafür, wahrscheinlich unkluge, aber ebenso unvermeidliche, weil von Herzen kommende Entscheidungen zu treffen …

»Hi! Ich will nur kurz nach den Pferden sehen. Und fragen, wie ihr unseren nächtlichen Überfall verdaut habt?«, ruft die junge Tierärztin und schlendert zu uns herüber. »Hey, was lest ihr denn da alles? Alfonso Aguilar? Der ist mein Favorit! Immer pro Pferd. Keine Zwangsmittel. Und außerdem ein unheimlich netter Mensch, ich hab ihn mal auf einem Seminar kennengelernt. – Oh, das hier könnt ihr vergessen! Wer setzt denn heute noch Sporen ein, oder?! – Und das hier ist klasse, wenn ihr euch mit alten Pferden beschäftigen wollt. Es zeigt ziemlich gut …«

Sie stockt. Sieht von Amber zu mir und zurück.

»Sagt mal, wieso lest ihr das ganze Zeugs?«

Amber schaut mich an.

Und das ist der Moment der Entscheidung.

Ohne dass wir es abgesprochen haben, weiß ich, dass sie dasselbe denkt wie ich.

»Wir sind wahrscheinlich beide der Meinung, wir sollten ein bisschen mehr über Pferde wissen, wenn wir uns schon die nächste Zeit um gleich vier kümmern werden«, sage ich und hebe in Ambers Richtung fragend meine Brauen.

Sie lächelt.

Harriet bekommt große Augen.

»Heißt das …? Moment mal! Heißt das etwa, dass die Ponys erst mal hierbleiben dürfen?«, will sie beinahe fassungslos wissen.

Wir nicken gleichzeitig.

Harriet quietscht auf und fliegt erst Amber und dann mir um den Hals. Ihrer impulsiven Art kann man sich nicht entziehen, und so lachen wir alle drei.

»Au Mann, das ist super! Ich kann euch gar nicht sagen, was für ein Felsklotz mir vom Herzen fällt! Benedict telefoniert sich die Finger wund. Alle Aufnahmeplätze der Gruppe in der näheren Umgebung sind voll belegt. Und mehrere Stunden auf dem Hänger würde der Fuchs wahrscheinlich gar nicht überstehen. Deswegen ist es *so* toll, dass ihr …«

Sie hat allen Ernstes Tränen in den Augen, als sie uns nun an den Händen nimmt.

»Danke!«, sagt sie nur noch. »Ich geb schnell Benedict Bescheid. Dann gehen wir zusammen rüber, und ich zeig euch, worauf es bei den Ponys ankommt, ja? Vielleicht können wir euren Wallach auch mit dem Shetti zusammenbringen. Das wird vermutlich nicht problematisch, schätze ich. Stanley ist rangniedrig und verträgt sich echt mit jedem. Aber die beiden anderen Alten sind dicke Kumpel, und die Stute hat das Sagen, da klappt eine Vergesellschaftung nicht mehr – gäbe Mord und Totschlag.«

Sie lacht, zückt ihr Handy und verschwindet im hinteren Teil des Gartens, wo wir sie aufgeregt telefonieren hören.

Amber und ich tauschen einen Blick und beschließen wohl ganz ohne Worte, dass wir von unserem Versuch, Brandon und die gestohlenen Ponys einander bekannt zu machen, besser nicht erzählen.

»Hoppla!«, sage ich und muss grinsen.

»Ja. Schwupps, haben wir drei Pferde mehr am Hals«, sagt sie, sieht dabei aber sehr zufrieden aus.

»Wer hätte das gedacht, als wir uns vor zehn Tagen hier getroffen haben?«, überlege ich.

Mit einem Schlag wirkt Amber nachdenklich.

»Zehn Tage erst?«, murmelt sie, wohl eher zu sich selbst als an mich gerichtet.

Da ist wieder dieser Ausdruck auf ihrem Gesicht, der mir mittlerweile schon vertraut ist. Als würde eine unsichtbare Wunde schmerzen, während sie bemüht ist, dieses Leiden vor aller Welt zu verbergen.

Harriet ist schnell wieder bei uns, und wir gehen gemeinsam zum Stall hinüber.

Es stellt sich heraus, dass die vorsichtige Annäherung an die Tiere, die Harriet uns schon an Brandon so wunderbar demonstriert hat, bei den beiden Ponys auch funktioniert. Die Schimmelstute ist noch deutlich misstrauischer als der Fuchs, doch auch sie kann nicht verbergen, dass ein wenig Neugierde in ihr aufkeimt.

Es ist rührend, zu beobachten, wie behutsam und liebevoll Harriet mit ihnen umgeht. Immer ist sie bemüht, nicht zwischen die beiden Ponys zu geraten.

»Ich will ihnen nicht das Gefühl geben, dass wir sie vereinzeln wollen«, erklärt sie Amber und mir. »Unsere Kontaktperson in diesem Reitstall sagt, dass die beiden seit Jahren eine enge Freundschaft verbindet. Sie sind noch gar nicht so wahnsinnig alt, achtzehn, neunzehn Jahre. Kein Alter für ein Pony. Aber sie wurden derart schlecht gehalten, dass sie nun so aussehen … Schaut euch mal die Hufe an, diese langen Risse und Hebel. Die sind seit Monaten nicht versorgt worden. Der Fuchs wurde auch jetzt noch in den Schulbetrieb geschickt, obwohl er deutlich zu dünn ist und Gelenkprobleme hat. Seht ihr die vielen weißen Haare in der Sattellage? Ein klares Zeichen, dass sein Sattel gar nicht passte und enorme Druckstellen verursacht hat. Das schädigt dann die Haut so, dass die Pigmentierung gestört wird. Und dann dieser schlimme Husten. Gegen den müssen wir dringend was tun. Tja, und die Stute … Sie sollte in den nächsten Tagen vom Abdecker abgeholt werden. War als Schulpferd nicht mehr zu gebrauchen. Niemand ist mehr mit ihr klargekommen, sie hat sich gegen die schlechte Behandlung zunehmend gewehrt. Das hätte auch dem Fuchs endgültig das Herz gebrochen. Wir *mussten* einfach etwas tun.«

Dazu gibt es eigentlich nichts weiter zu sagen. Die Sache ist eindeutig. Fast schäme ich mich ein bisschen für meine erste Reaktion in der Nacht, als ich noch nicht über den Begriff *Stehlen* in Kombination mit diesen Lebewesen nachgedacht hatte.

Harriet erklärt uns in ihrer üblichen temperamentvollen Art, wie wir mit den Ponys umgehen sollten, um ihr Vertrauen zu gewinnen. Sie redet und gestikuliert beinahe ununterbrochen. Aus allem, was sie von sich gibt, spricht die ehrliche Begeisterung für und die Anteilnahme am Schicksal dieser Tiere. Sie sprüht nur so vor Energie. Doch sobald sie uns etwas an den Ponys demonstrieren will, wird sie ruhig, langsam und leise. Es ist faszinierend zu beobachten.

Auch die Stute wird deutlich ruhiger und akzeptiert es, von Harriet neben ihrem Pferdefreund über die Stallgasse hinüber in den Offenstall geführt zu werden. Hier haben die beiden viel mehr Platz zum Herumlaufen und Einstreu zum Wälzen.

Nun, da Harriet dabei ist, wagen wir es auch, Brandon und Stanley gemeinsam auf die dem Haus am nächsten liegende Koppel zu lassen.

Brandon senkt sofort den Kopf ins Gras, als habe er die saftige Wiese mächtig vermisst. Langsam entfernt er sich vom Stall. Sein neuer, kleiner Mitbewohner folgt ihm wie eine Miniaturausgabe, frisst ebenfalls, hebt ab und zu den

Kopf und schaut sich um, als sei er durchaus zufrieden mit seinem neuen Aufenthaltsort.

»Ich hab es euch ja gesagt«, sagt Harriet und betrachtet die beiden, ganz offensichtlich glücklich.

»Ist das alles?«, erkundige ich mich. »Ich meine, Brandon scheint nicht gerade schier auszuflippen vor Begeisterung über seinen neuen Schatten.«

Harriet grinst. »Geduld, Geduld! Das kommt schon. Er war schließlich eine ganze Weile allein hier. Da dauert es, bis er Gesellschaft wieder richtig genießen kann. Aber er wehrt Stanley nicht ab, das ist schon mal wunderbar. Und der Kleine ist ziemlich penetrant, wie ihr seht. Beharrlichkeit führt am Ende zum Ziel. Wartet es nur ab.«

»Was geschieht mit Bonnie und Clyde, wenn sie sich etwas erholt haben?«, will Amber mit Blick zum Offenstall hinter uns wissen. »Wo können sie letztendlich bleiben?«

»Bonnie und Clyde?«, wiederhole ich amüsiert.

»Na ja, irgendwie müssen sie doch heißen. Ich finde, sie sollten neue Namen bekommen. Schließlich haben sie ja auch ein komplett anderes Leben vor sich. Wie eine neue Geschichte mit neuen Chancen«, muss ich, der Autor, mir von ihr erklären lassen.

Sie hat vollkommen recht.

»Wir haben hier im Süden ein wirklich gutes Netzwerk entwickelt«, beantwortet Harriet Ambers Frage. »Es gibt diverse Plätze, wo sie unterkommen können. Manchmal sind es große Ställe mit vielköpfigen Herden, in denen ein Gnadenbrotpferd gar nicht auffällt. Manchmal sind es Privatleute, die zu ihrem Reitpferd ein Beistellpferd suchen und auf diese Weise nicht mehr reitbaren Modellen einen würdevollen, schönen Lebensabend ermöglichen. Diese beiden hier –

Bonnie und Clyde …« Sie zwinkert Amber zu. »… müssen natürlich zusammenbleiben. Deswegen ist die Suche nach einer geeigneten Endstelle ein bisschen schwieriger. Umso wunderbarer, dass wir sie hier erst mal aufpäppeln können.«

In meiner Brust sitzt ein sonderbares Gefühl, das sich dort breitmacht, seitdem ich vorhin in Ambers und meinem Namen diese beiden Pferdchen hier willkommen geheißen habe.

Bei Harriets Worten wird mir klar, was es ist: Ich bin auf eine seltsam zurückhaltende Art stolz. Es ist nicht dieser Stolz, den man unbedingt nach außen tragen, in die Welt hinausschreien will. Er ist zarter und weicher. Schmiegt sich in die Winkel meines Körpers. Vielleicht ist es der Stolz darüber, dass ich daran beteiligt bin, Geschöpfen, denen Schlechtes widerfahren ist, endlich zu Gerechtigkeit zu verhelfen.

Als sie sich nach einer Stunde wieder auf den Weg macht, sagt Harriet: »Übrigens bin ich heute offiziell natürlich hier, um nach Brandon zu schauen. Morgen wird Sara euch besuchen. Sie ist meine Freundin. Ihr Auto kennt hier keiner, und die alten Herren kriegen den Kontext zwischen ihr und mir sowieso nicht klar auf die Reihe, versteht ihr?! Wir müssen ein bisschen vorsichtig sein, wer alles mitbekommt, dass ich öfter als nötig hier auftauche. Mein Chef und dieser Cox hängen gern zusammen ab.«

Ich muss ein Schmunzeln unterdrücken. Irgendwie ist es schwer vorstellbar, wie die beiden alten Landmänner *zusammen abhängen.*

»Sara kennt sich super aus mit Pferden, keine Bange. Ich gebe ihr die nötigen Medikamente mit. Vor allem das Cobactan gegen Clydes Husten ist wichtig, ein Antibiotikum, das kühl gelagert werden muss. Übermorgen schmuggle ich mich dann im Fußraum von Saras Wagen zu euch. Dann bringen wir den Hufschmied unseres Vertrauens mit. Das ist dringend notwendig. Wenn da nicht schnell was passiert, gibt's Hufrehe, und dann ist ganz fix zappenduster. Falls zwischendurch was sein sollte, habt ihr ja meine Nummer.«

Wie ein kleiner Tornado wirbelt sie über die Kiesauffahrt, hüpft ins Auto und ist schon auf der Landstraße verschwunden.

»Meine Schwester Phoebe und mein Dad sind auch so«, sagt Amber, während sie der Staubwolke nachschaut, die sich zwischen den Feldern entfernt. »Manchmal frage ich mich, wie es wohl ist, in so einer Haut zu stecken.«

»Oh, bitte probier es nicht aus!«, erwidere ich lachend, meine es aber durchaus ernst. »Ich glaube, das wäre auf Dauer eher anstrengend. So, wie du bist, bist du wunderbar.«

Das kam ganz spontan heraus. Es war gar nicht als Kompliment gemeint. Aber als ich die feine Röte auf Ambers Wangen sehe, wird mir klar, dass sie es durchaus so verstehen könnte. Und warum auch nicht?

»Jetzt bist du den ganzen Tag von der Arbeit abgehalten worden«, sagt sie, statt wie auch immer auf meine mich selbst überraschende kleine Charmeoffensive zu antworten. »Wie wäre es, wenn ich in den Supermarkt fahre, ein paar frische Sachen einkaufe und dann für uns koche? Magst du echtes indisches Curry?«

Ist das etwa die Frau, die vor zehn Tagen noch peinlich genau die Uhrzeiten festlegen wollte, zu denen wir uns jeweils in der Küche aufhalten?

Und mir kommt der Verdacht, dass dies in gewisser

Weise vielleicht doch noch eine Antwort auf mein *So, wie du bist, bist du wunderbar* ist.

»Ehm … ja, sicher. Gern. Aber …«

»Kein Aber!«, entscheidet sie plötzlich sehr energisch. »Du hast zu tun. Und ich habe Lust auf mein wunderbares scharfes Gemüsecurry. Also ab an den Schreibtisch!«

Sie lächelt irgendwie anders. Freier. Vielleicht empfindet sie auch diesen kleinen, wunderbaren Stolz?

Gehorsam gehe ich hinunter in den Wintergarten. Doch ich schließe die Tür nicht ganz hinter mir, lausche ihren raschen, leichten Schritten vom Flur in ihr Zimmer, in die Küche, wo sie in der Ecke mit den Einkaufstaschen kramt.

Die Haustür fällt ins Schloss. Ich höre das Röhren des Mini Coopers, wie er aus der Einfahrt biegt und dann in der Ferne verklingt.

Dann klappe ich den Laptop auf.

Irgendwo in meinem Hinterkopf turnt schon den ganzen Tag ein Satz herum und buhlt um meine Aufmerksamkeit. Keine Ahnung, was ich damit anfangen will. Manchmal setzt sich so ein erster oder letzter Satz derart penetrant fest, dass er mich – wie der Ohrwurm eines schrecklichen Schlagerhits, den man zufällig im Supermarkt gehört hat – einfach nicht loslässt.

Ich öffne eine neue Datei in meinem Schatzkistenordner. Ich nenne sie schlicht: *Zauber*. Überschrift? Habe ich noch nicht. Einen Plot, den ich skizzieren könnte, habe ich noch nicht im Kopf. Nur diesen einen Satz.

Meine Finger fliegen über die flachen Tasten, die ich so liebe, und schreiben:

Mitten in der Nacht werde ich von einem lauten Rumpeln geweckt.

11. Amber

Seltsam, wie der Zufall manchmal spielt. Ich bin hierhergekommen, um Ruhe zu finden, für mich allein zu sein, viel zu schlafen, mich ganz und gar um mich zu kümmern. Doch jetzt, kaum drei Wochen später, stellt sich das alles irgendwie anders dar.

An Ausschlafen ist nicht mehr zu denken. Meist springe ich schon voller Energie zu einer Uhrzeit aus dem Bett, zu der ich mich zu Hause in London nur mit mächtig schlechter Laune aus meinen Decken herausgewühlt hätte. Ich bin einfach viel zu gespannt, was sich wieder zwischen Brandon und Stanley oder mit Bonnie und Clyde abspielen wird.

Auf dem Weg zum Stall treffe ich meist Finian, der auch schon dorthin unterwegs ist. Als geborener Frühaufsteher plaudert er gerne ein bisschen, akzeptiert aber, dass meine Antworten eher einsilbig ausfallen. Trotzdem lässt er sich nicht davon abhalten, mich immer mal wieder zum Lachen zu bringen.

Die Fellpflege, die wir allen vier Pferden angedeihen lassen, macht in den Morgenstunden und zu zweit am meisten Spaß. Wir haben in der alten Sattelkammer einen ganzen Eimer voll mit Bürsten, Kämmen und Striegeln, Hufauskratzern und Abziehern gefunden, sie gemeinsam vom Staub einiger Jahre befreit und nutzen sie nun mit Begeisterung. Die Luft ist morgens noch kühl, und die Vögel tirilieren in den Bäumen, während wir die Pferde bürsten, ihre Mähnen entwirren und kämmen. Nachdem Bonnie sich anfangs konsequent verweigerte, hat sie seit zwei Tagen offenbar ihre eigenen Schlüsse aus dem behaglichem Schnauben und der vor Wonne zitternden Unterlippe ihres besten Freundes Clyde gezogen, wenn Finian und ich ihn mit der Bürste massieren und an schwer zugänglichen Stellen wie zwischen den Vorderbeinen kratzen. Nun ist sie morgens die Erste, die sich zur Verfügung stellt.

Stanley läuft dann schon am Zaun auf und ab, schnaubt und hat es ganz offensichtlich auf die Möhren abgesehen, die wir nach unserer Putzarbeit verteilen.

Es ist etwas in dieser Arbeit, das mich auf eine Weise beruhigt, die ich bisher noch nicht kannte. Die warmen Körper vor mir. Das leise Schnauben. Wie mit einem Mal ein Kopf gedreht und an meinem Haar geschnuppert wird. Um keinen Preis würde ich eine weitere Stunde im – zugegebenermaßen gemütlichen – Bett dem hier vorziehen.

Nach dem Putzen der Pferde lassen wir Bonnie und Clyde auf eine der beiden Weiden, die vom Hof oder gar von Cox' Farm drüben aus nicht einzusehen sind. Den umgestürzten Apfelbaum haben wir inzwischen mit Harriets und Saras Hilfe zersägt und zum Brennholzlager geschafft. Brandon und der legal erstandene Stanley dürfen auf einer anderen Koppel grasen, die sich bis an den Bachlauf hinunter erstreckt, der sich an einer Stelle zu einem Teich staut.

»Das ist ein echt hübscher Platz da unten«, sagt Finian. »Warst du schon dort?«

Ich schüttele den Kopf.

»Na, dann komm mal mit. Es ist ähnlich schön wie Fayes Platz unter der Weide oben am Hügel.«

Er geht nicht einfach voraus, wie es viele Männer tun würden, sondern lädt mich mit einer Handbewegung an seine Seite ein.

Wir gehen gemeinsam über die Wiese den Hang hinunter. Und nach etwa zehn Metern wende ich mich erstaunt um. Hinter uns folgen Brandon und dicht neben ihm Stanley.

»Sie kommen mit!«, stelle ich verblüfft fest.

Finian lächelt ebenso erfreut, wie ich mich fühle.

»Das hat Harriet doch erwähnt. Man kann mit ihnen auch einfach spazieren gehen. Weißt du noch?«

»Ja.« Ich nicke. »Aber dass sie es einfach so freiwillig tun.«

»Vielleicht gefällt ihnen mein neuer Lieblingsplatz auch?«, mutmaßt er verschmitzt grinsend.

Wenn das so sein sollte, kann ich meinen Mitbewohnern nur zustimmen.

Dieser Platz ist tatsächlich wunderbar, mit dem munter dahinströmenden, über die großen Steine im Bachbett murmelnden Wasser, dem manchmal seichten, manchmal einen Meter hohen Wiesenufer, an dem Grillen zirpen und Zaunkönige und Heckenbraunellen im hohen Gras herumhuschen wie Mäuse.

Brandon beginnt sofort, das saftige Gras zu rupfen. Stanley dagegen beugt am Teichufer den Hals und trinkt. Dann prustet er ins Wasser. Und plötzlich hebt er ein Vorderbein und schlägt mit dem Huf auf die Wasseroberfläche. Silbrig glitzernde Tropfen spritzen in alle Richtungen. Doch er erschreckt nicht, sondern tut es wieder und wieder, wippt dabei vergnügt mit dem Kopf. Er hat richtig Spaß.

Wir lachen über den Knirps, was ihn noch mehr anzuspornen scheint. Sogar Brandon schaut interessiert zu.

Kommt es mir nur so vor, oder ist er heute schon ein bisschen weniger abweisend zu dem kleinen, zugegebenermaßen vielleicht etwas penetrant an ihm klebenden Neuzugang?

Als wir schließlich die Steigung wieder hinaufgehen, die Pferde unten am Bach zurücklassend, frage ich mich kurz, wieso ich nicht jeden Morgen so verbringen kann.

Oben am Weidegatter steht Faye und schaut uns entgegen.

»Meine ich das nur, oder guckt sie anklagend?«, fragt Finian schmunzelnd.

»Das kommt davon, wenn man sich zur Hundefrühstückszeit nicht blicken lässt«, sage ich zu ihr. »Dann bekommt man eben später das erste Futter des Tages. Und danach … frühstücken wir gemeinsam?«

Mittlerweile habe ich mich an unsere kleinen Frühstücksgelage so gewöhnt, dass ich mich schon beim Aufwachen darauf freue. Der Gedanke lässt mich stutzen. Kann es sein, dass es hier im Meadows Cottage inzwischen ziemlich viele Dinge gibt, die mir Freude bereiten?

Doch Finian schüttelt bedauernd den Kopf. »Heute leider mal nicht.«

Bin ich enttäuscht?

Verflixt, ja, bin ich.

Ob er mir das ansehen kann?

Da setzt er schon hinzu: »Leider habe ich bei dem Friseur in Taunton, den Harriet empfohlen hat, nur einen der frühen Termine bekommen. Und da sollte ich mich dringend blicken lassen. Aber wenn es dir recht ist, kaufe ich im Anschluss ein paar Sachen ein und versuche mich heute auch mal als Koch. Ein paar vegetarische Gerichte habe auch ich drauf.«

Wie peinlich. Mit Sicherheit hat er mir meine spontane Reaktion auf seine Absage angesehen!

Aber mir fällt nichts ein, was ich anderes sagen könnte außer: »Ja, gerne.«

Finian hockt sich kurz zu Faye, die mittlerweile auch ihm Vertrauen entgegenbringt. Wenn wir uns ihr vorsichtig nähern, ergreift sie nicht mehr die Flucht und lässt sich sogar anfassen. Jetzt genießt sie die kleine Ohrmassage sichtlich, die Finian ihr angedeihen lässt.

Wenn allerdings jemand anderer am Cottage auftaucht, ist sie unsichtbar. Egal, ob es Harriet, ihre kurzhaarige Partnerin Sara oder der kleine, muskelbepackte Hufschmied Will ist. Eigentlich ist mir das ganz recht. Denn so kann ich sichergehen, dass niemandem ihr Aufenthaltsort in einem Gespräch mit ihrem unsympathischen Besitzer herausrutscht.

Faye trabt fröhlich mit uns zum Haus hinüber, wo in der Küche inzwischen ein Futter- und ein Wassernapf ihren festen Platz haben.

Als Finian sich ein paar Minuten später verabschiedet, diesmal in Anzughosen und Hemd, wendet Faye sich kurz vom Napf ab und schaut ihm verwundert nach. Während ich Faye zusehe, wie sie in Ruhe weiterfrisst, lausche ich auf die Autotür, wie der Motor gestartet wird, sich entfernt.

Dann bereite ich mir mein Frühstück und esse auf der Terrasse. Jeden Tag sieht der Garten ein wenig anders aus. Manche Blüten vergehen, andere erscheinen neu. Es ist faszinierend, dabei zuzusehen, wie das Gesicht dieses kleinen Fleckchens Erde sich immer wieder zu wandeln versteht.

Was für ein Sommer beschert uns dieses Jahr!

Automatisch fällt mir Eddy ein. Wie er im letzten Dezember fragte: »Am, welches große Ziel hast du?«, und ich gar nichts zu antworten wusste.

»Soll ich dir eins aussuchen?«, schlug er vor.

Ich nickte nur. Wahrscheinlich hatte ich wieder diesen fetten Kloß im Hals, den ich immer dort spürte, wenn er solche Dinge tat oder sagte.

»Der nächste Sommer!«, sagte er dann entschieden.

Und hier bin ich. Mittendrin. Wer hätte das damals gedacht? Ich selbst sicher nicht.

Heute Morgen schmeckt der Toast lange nicht so gut wie sonst. Früher als nun üblich trage ich das Tablett wieder hinein, räume die Küche auf, putze mein Badezimmer und das Wohnzimmer gründlich. Alles, was man so tut, wenn man irgendwie nicht so recht weiß, wohin mit sich selbst.

Faye hat sich drinnen auf den Fliesen ausgestreckt und schaut immer auf, wenn ich vorbeigehe. Dabei fällt mir auf, dass ihr Fell inzwischen ziemlich verwahrlost aussieht.

Während ich sie genauer betrachte, erwidert sie interessiert meinen Blick.

»Was meinst du, würdest du mich mal mit Kamm und Bürste an dein Fell lassen?«, frage ich sie.

Sie legt den Kopf schief und sieht dabei so niedlich aus, dass ich sie sofort knuddeln könnte.

Auf der Terrasse liegen noch ein paar Pferdepflegeutensilien herum, die von unserer Säuberungsaktion zurückgeblieben sind. Ich setze mich mit einer weichen Bürste und einem grobzahnigen Kamm auf die sonnenbeschienenen Steinplatten, und tatsächlich kommt Faye zu mir, um neugierig zu bestaunen, was ich hier habe.

Ich lasse sie die Sachen beschnuppern und streichele sie dabei ein wenig. Dann beginne ich mit der weichen Bürste und fahre damit langsam über ihre Seite und den Rücken. Als sie keine Einwände erhebt, nehme ich auch den Kamm dazu und rücke vorsichtig ein paar Knoten im Fell zu Leibe.

Die behutsame Art, mit der wir uns den Pferden mit dem Putzzeug nähern, hilft auch bei ihr. Und genau wie die Pferde lässt Faye ihre anfängliche Skepsis fahren und genießt die sanfte Behandlung. Erst setzt, dann legt sie sich vor mich und reckt mir dabei eine Vorderpfote entgegen.

Ich bürste ihr Fell an den Flanken und Beinen. Als sie sich vor mir gänzlich auf den Rücken rollt, stutze ich. Zart fahre ich mit der flachen Hand über ihren Bauch. Der kommt mir ziemlich … nun, dick vor. Das ist mir bei ihrem langen, beinahe bodenlangen Fell noch gar nicht aufgefallen.

Faye ist ein eher schmaler Hund. Dieser kleine Kugelbauch passt irgendwie nicht ins Bild. Andererseits habe ich nun wirklich kaum Ahnung von Hunden und kann es wahrscheinlich nicht beurteilen.

Während ich noch mit der Hand über ihren im unteren Bereich nur spärlich behaarten Bauch fahre, ertönt von der Hausecke her plötzlich eine männliche Stimme: »Hallooho, ist jemand zu Hause?«

Faye und ich erschrecken beide gleichermaßen. Ich zucke zusammen. Sie springt auf und ist in nur einer Sekunde zwischen den Büschen des Gartens verschwunden. Ich erhebe mich etwas weniger behände und gehe um die Hausecke herum Richtung Gartentor.

Dort steht in blauer Shorts und Shirt der Postbote und wedelt mit ein paar Umschlägen.

Bisher ist hier erst zweimal Post angekommen, an Finian adressierte offiziell wirkende Schreiben.

»Mrs. Reed?«, fragt der Postbote.

»Ja.«

Ich trete zu ihm ans Törchen und nehme einen Umschlag entgegen, der in der steilen Handschrift meiner Mutter an mich adressiert ist.

Mum beherrscht zwar mittlerweile das Googlen, weigert sich aber standhaft, eine E-Mail als eine adäquate Alternative zu einem handschriftlichen Brief zu betrachten. Ehrlich gesagt liebe ich sie für diesen kleinen Spleen nur noch mehr, denn ich bin eine begeisterte Briefempfängerin. Sie weiß das und schreibt mir regelmäßig – offenbar auch in den Urlaub.

»Der hier ist für Mr. Anderson«, sagt der Postbote und drückt mir ein weiteres Kuvert in die Hand.

Wieder so ein offiziell anmutendes Schreiben. Mein Blick fällt kurz auf den Absender einer Londoner Anwaltskanzlei.

Der Postbote schaut auf den letzten verbliebenen, großen Umschlag.

»Und wohnt hier außerdem eine Mrs. Price?«

»Nein.« Ich schüttele den Kopf.

»Mary-Anne Price?«, wiederholt er. »Hier steht ganz deutlich die richtige Adresse drauf. Mit dem Zusatz: *Meadows Cottage*.«

Irgendwo ganz weit hinten in meinem Kopf klingelt etwas. Aber ich bekomme es nicht zu fassen.

»Nein, wir sind nur zu zweit. Mr. Anderson und ich. Vielleicht war das die Mieterin vor uns?«, überlege ich.

Er wirkt fast ein bisschen in seiner Ehre getroffen und erwidert entrüstet: »Das wüsste ich doch. Sagt Ihnen der Absender auch nichts? *Young Books* in London?«

Auch da kann ich nur mit den Schultern zucken.

»Na gut, wohl ein Versehen. Dann schicke ich ihn wieder zurück«, sagt er und kramt einen Formularblock heraus, um den entsprechenden Zettel auszufüllen.

In diesem Moment biegt Finians Wagen in die Einfahrt und rollt im Kies vor dem Haus aus.

Er steigt aus und winkt mir fröhlich zu. Während er zu uns herüberkommt, kann ich nicht anders, als ihn anzustarren.

Er hat sich nicht nur die Haare schneiden lassen, was ihm ausgezeichnet steht, sondern auch der Bart ist verschwunden. Er ist glatt rasiert. Und seine hohen Wagenknochen in Kombination mit seiner aufrechten Haltung im maßgeschneiderten Anzug lassen ihn nun komplett wie einen Adeligen aus einer modernen Jane-Austen-Verfilmung erscheinen.

Als er uns erreicht, ist mir mein Starren so peinlich, dass ich plappere: »Wir haben beide Post bekommen. Meine Mum hat mir geschrieben. Sie scheint zu denken, ich langweilige mich hier in meiner Kinderferienzeit ganz schrecklich.«

Finian tut mir den Gefallen, lacht über den schlechten Scherz und lässt sich nicht im Geringsten anmerken, dass ich ihn gerade noch angeglotzt habe wie eine Kuh, wenn's donnert.

»Und mein Brief ist auch von meiner Mum?«, erkundigt er sich, nimmt den Umschlag von mir entgegen und steckt ihn nach einem kurzen Blick darauf in seine Hosentasche.

Und dann sieht er den großen Umschlag, von dem der Postbote gerade die Absenderadresse ins Formular überträgt.

Meine ich das nur, oder weicht tatsächlich plötzlich alle Farbe aus seinem Gesicht?

»Oh«, sagt er und räuspert sich. »Da hat Mary-Anne sich wohl wieder einen Scherz erlaubt.«

Der Postbote schaut auf. »Mary-Anne Price? Sie kennen die Dame?«

»Eine ganz reizende Kollegin«, sagt Finian und nickt.

Aber in seinem Gesicht ist irgendetwas seltsam. Oder meine ich es nur, weil er durch den Friseurbesuch so anders aussieht?

»Und sie hat einen ziemlich merkwürdigen Humor. Sie findet es lustig, mir immer mal wieder ihre Fanpost zuschicken zu lassen. Soll ich sie für sie entgegennehmen?«

Er streckt die Hand nach dem Umschlag aus.

Wenn da wirklich Fanpost drin ist, bekommt diese Mrs. Price jede Menge davon. Der Umschlag ist dick.

Der Postbote zögert.

»Mary-Anne ist eine Freundin«, sagt Finian, zuckt mit den Schultern und zieht die Hand zurück.

Das scheint den Postboten zu überzeugen. Außerdem ist er offensichtlich erleichtert, die lästige Formulargeschichte nicht erledigen zu müssen.

»Sie lassen ihr die Sendung zukommen?«

»Mache ich.«

Der Umschlag wechselt zu Finian.

»Dann einen schönen Tag noch!«

Der Postangestellte verschwindet in seinem kleinen Wagen und braust davon.

Wir zwei stehen weiter am Gartentörchen, sehen beide auf die Post in seiner Hand und dann einander an.

Mir liegt schon eine Bemerkung auf der Zunge. *Das scheint ja eine lustige Kollegin zu sein!*, beispielsweise. Oder auch: *Was sollst du denn mit dieser Fanpost anfangen?*

Doch so, wie er sich verhält, irgendwie geheimniskrämerisch, aber auch ein wenig verlegen, kommt mir plötzlich der Verdacht, dass ihn mit dieser Mary-Anne Price vielleicht mehr verbindet als nur eine Freundschaft unter Autorenkollegen. Ob sie womöglich der Grund für die schwierige Phase in Finians Ehe ist?

Mir ist aufgefallen, dass der weiße Streifen, der anfangs an seinem Ringfinger zu sehen war, weil dort früher wohl ein Ring seinen Platz hatte, mittlerweile unter Finians Sommerbräune verblasst ist.

Nachhaken kommt jetzt natürlich nicht infrage – Finians Privatleben geht mich schließlich nichts an.

Aber selbst, wenn es mit dieser Mary-Anne etwas Amouröses auf sich hat, erklärt das noch nicht, wieso sie ihm Post schickt, die an sie selbst adressiert ist.

Meine Güte, wieso interessiert mich das alles eigentlich?

»Ich …«, beginne ich und will ihm eigentlich erzählen, dass ich gerade Faye gebürstet habe.

Doch er unterbricht mich rasch, als fürchte er eine neugierige Frage.

»Beim Friseur habe ich einen Prospekt von Hestercombe Gardens entdeckt«, sagt er und tastet in seiner Hosentasche danach, zieht das Anwaltsschreiben heraus, sieht irritiert darauf, steckt es wieder weg und findet schließlich den Prospekt im Jackett. »Hier. Schau es dir mal an. Vielleicht hast du Lust, morgen hinzufahren? Ein bisschen Gartenschule?«

Er zwinkert mir zu. Doch er kann nicht verhehlen, dass er aus irgendeinem Grund beunruhigt ist.

Ich nehme den bunten Prospekt entgegen.

»Ja, sicher, gern. Da wollte ich auf jeden Fall mal hin.«

»Tja, dann … sind wir also verabredet«, sagt Finian.

Den dicken Umschlag an Mary-Anne Price unter den Arm geklemmt, kommt er zum Törchen herein und erzählt beinahe wasserfallartig von der Stadt Taunton, dem schwulen Friseur Mike, einem uralten schneeweißen Hotel, in dem man eine ganze Banoffee Pie kaufen kann. Fast wirkt es so, als möchte er mich die Situation gerade vergessen lassen. Und natürlich tue ich ihm den Gefallen und gehe auf sein Geplauder ein.

Sein Privatleben geht mich nun wirklich nichts an.

12. Finian

Scheibenkleister. Das ist gerade noch mal gut gegangen!

Es war Amber deutlich anzumerken, dass sie sich mehr als nur einen Gedanken zu dieser Postsendung aus London gemacht hat.

Nachdem ich mit dem Umschlag im Wintergarten verschwunden bin, die Tür sorgfältig hinter mir geschlossen, muss ich erst mal durchatmen.

Wäre es klüger gewesen, einfach zu leugnen, etwas über Mary-Anne Price zu wissen?

Ich zücke mein Handy und tippe auf den Kontakt zum Verlag.

Die weibliche Stimme, die sich meldet, klingt jung, kommt mir aber nicht bekannt vor.

»Finian Anderson hier«, antworte ich zögerlich. »Sind Sie es, Kathy?«

Kurze Stille.

»Nein, mein Name ist Uma. Meine Kollegin ist schon seit ein paar Tagen krank. Ich bin hier zur Vertretung«, antwortet sie dann höflich. »Möchten Sie Mr. Young sprechen, Mr. Anderson?«

Ich weiß, dass mein Name auf der Liste derer steht, die das Vorzimmer ohne Nachfrage direkt an Norman durchstellen soll.

Trotzdem hätte ich fast abgelehnt. Doch gerade rechtzeitig fällt mir ein, was das für einen Eindruck machen würde. Ich kann mich nicht nach einer Sekretärin erkundigen und dann wieder auflegen, nur weil sie nicht am Apparat ist.

»Ja, ist er im Haus?«

»Er ist da, aber er telefoniert gerade. Soll er Sie zurückrufen?«

»Nein. Ich versuche es lieber später selbst noch mal.«

»Wie Sie möchten.«

Nach einer höflichen Verabschiedung legen wir auf.

Jetzt weiß ich also wenigstens, warum dieser kleine Fauxpas passiert ist: Normans eingeweihte Sekretärin Kathy ist krank, muss aber irgendwo meine aktuelle Anschrift notiert haben. Die Vertretung hat keine Ahnung, dass alle Fanpost, die Mary-Anne Price von begeisterten Leserinnen ihrer Erfolgsromane erhält, weiterzuleiten ist an: Finian Anderson.

Denn das ist das große Geheimnis der Bestsellerautorin Mary-Anne Price, deren Liebesromane in allen Buchhandlungen vertreten sind: Hinter den romantischen Geschichten steckt ein Mann.

Ich.

Anfangs war es nur ein Versuch. Norman hatte die Idee, als ich nach den beiden ersten unter meinem richtigen Namen veröffentlichten, eher mäßig laufenden Romanen mit einer dramatischen Liebesgeschichte im Großen Krieg zu ihm kam.

»Ein fantastischer Frauenroman!«, hatte er geschwärmt, nachdem er das Manuskript gelesen hatte. »Es ist alles drin, was unsere Leserinnen haben wollen. Und dazu auf einem Niveau, das bestimmt auch die Kritiker begeistern wird.«

Bei solchem Lob schlägt das Herz eines jeden Schriftstellers höher, so damals auch meins.

Doch dann setzte er hinzu: »Das Buch hat nur einen einzigen Haken: Du bist ein Mann.«

»Das lässt sich schwer ändern«, wandte ich ein.

Doch er sah mich nachdenklich an.

»Eigentlich nicht. Das Einzige, was wir brauchen, ist ein guter Name, ein paar nette biografische Informationen und die Gewissheit, dass alle Eingeweihten dichthalten.«

Er war schon lange im Geschäft und kannte seine Leserschaft gut, wobei er stets betonte, dass er seinen Wohlstand in erster Linie den weiblichen Leserinnen verdankte, die nicht nur deutlich mehr lasen, sondern auch bereit waren, für den Besitz eines Buches wesentlich mehr Geld auszugeben als der durchschnittliche Mann.

»Frauen«, sagte er ehrlich begeistert, »verfügen über die Fähigkeit, sich ganz und gar in eine Geschichte fallen zu lassen.«

Und das, so zeigte seine Erfahrung, gelang umso besser, wenn sie glaubten, in der Autorin eine Seelenverwandte zu erkennen, eine andere Frau eben.

Und so entstand das Pseudonym *Mary-Anne Price*.

Von Anfang an achteten wir streng darauf, dass nur ein winziger Kreis über den Zusammenhang zwischen den sensationell besprochenen Bestsellern der neuen Erfolgsautorin und dem guten Freund des Verlegers, Finian Anderson, Bescheid wusste.

Allerdings ist es jetzt wahrscheinlich nur noch eine Frage der Zeit, bis irgendwo etwas durchsickert. Denn sicher hat Madeleine, die natürlich eingeweiht ist, ihrem Macho-Dustin verraten, dass unsere offizielle Version von gut angelegten Aktien und Investitionen, die unser Vermögen gegenüber Fremden oder etwa neuen Nachbarn erklären soll, nur vorgeschoben ist. Ich kann mir gut vorstellen, wie die beiden sich besonders gefühlvolle Stellen aus meinen Büchern gegenseitig mit verstellten Stimmen vorlesen und sich dann über das *Weichei Finian* scheckiglachen, während Dustin Madeleine mit einer Hand über seinem Kopf balanciert oder was auch immer ganze Kerle mit ihren verheirateten Geliebten üblicherweise tun.

Norman sollte recht behalten: Der erste Mary-Anne-Price-Roman vor fünfzehn Jahren schlug mächtig ein und verkaufte sich fantastisch. Und das war erst der Anfang. Die Fangemeinde lechzte nach immer neuen Büchern, ein Ende ist auch heute nicht abzusehen.

Madeleine war zunächst begeistert, denn schon bald lebten wir wie Lord und Lady, weit über den früheren Verhältnissen. Doch mit jedem Titel, der erschien, mit jedem Buch, das ich unter meinem Pseudonym veröffentlichte, schien es Madeleine weniger zu behagen, dass ich unser Geld im Namen einer Frau verdiente und Liebesromane schrieb.

Irgendwann wollte sie meine Manuskripte nicht mehr *als Erste überhaupt* lesen. Sie rührte sie auch nicht an, wenn sie schließlich veröffentlicht waren und jeweils ein Exemplar in unser Bücherregal Einzug hielt. Vielmehr lagen auf ihrem Nachttisch nun Thriller oder blutige Historiendramen, natürlich geschrieben von männlichen Autoren, deren *echte Namen* auf dem Cover prangten. Sie spornte mich an, es mit *so etwas* zu versuchen.

»Ich möchte doch auch mal stolz auf dich sein können«, schnurrte sie. »Vor meinen Freundinnen ein bisschen mit dir angeben.«

Das machte mich natürlich stutzig. Wenn jemand wie ich Tag für Tag stundenlang Geschichten und Figuren erfindet, an Sätzen feilt, Schauplätze ausmalt, über kniffligen Plots schwitzt und letztendlich mit dem Ergebnis großen Erfolg hat, sollte das alles doch Grund genug sein, Stolz auf denjenigen zu empfinden, oder?

Madeleine fühlte keinen Stolz. Mary-Anne Price war ihr zunehmend peinlich. Und das veränderte etwas zwischen uns. Nein, es veränderte *alles* zwischen uns. Sie wollte keine romantischen Wochenenden mehr mit mir in einem Landhaus verbringen, bei Kerzenschein und Dinner für zwei. Auch die Chelsea Flower Show konnte sie nicht mehr reizen. Stattdessen wollte sie, dass ich mit einem unserer neuen Bekannten auf dessen Landsitz jagen ging oder mit einem anderen ins Fußballstadion oder doch wenigstens angeln.

Sie wollte, dass ich *anders* war, auf eine Art und Weise männlich, die ich selbst eher als lästig empfand.

Letztendlich war es also dieser Knackpunkt, der meine Frau, sehnsüchtig nach zur Schau getragenem Testosteron, in die Arme eines anderen trieb.

Ist es da nicht verständlich, dass ich nicht will, dass Amber Bescheid weiß?

Plötzlich kommt mir ein bestürzender Gedanke. Mir geht nämlich mit einem Male auf, *wie* enorm wichtig es mir ist, dass Amber die wahren Zusammenhänge nicht erfährt.

Diese Erkenntnis erschreckt mich.

Weil sie etwas darüber aussagt, in welchem Licht ich selbst Amber Reed inzwischen sehe – und zwar ohne, dass es mir so recht bewusst geworden ist.

*

Am Abend kümmern wir uns gemeinsam um die Pferde, während Faye träge bei uns herumhängt. Amber hat sie gebürstet, und nun glänzt ihr langes Fell, als wäre es geölt worden.

Wenn ich anfangs ein bisschen befangen war, so löst sich das schnell. Amber ist ganz wie immer. Mit keinem Wort kommt sie auf die Postsendung für Mary-Anne Price zurück. Und so entspanne auch ich mich wieder.

Das gemeinsame Essen, die Verabschiedung zur Nacht, unser Besuch bei den Pferden am kommenden Morgen, alles verläuft ganz wie gewohnt. Nur ich selbst bin wahrscheinlich ein wenig verändert.

Die Erkenntnis des gestrigen Tages spukt in mir herum.

Da wir früh bei Hestercombe Gardens ankommen wollen, verschieben wir das Putzen der Pferde auf den Abend.

Amber schlägt vor, dass sie uns in dem sportlichen Mini Cooper dorthin fährt.

Und schon im Wagen fallen mir plötzlich Dinge auf, die ich bisher nicht bewusst wahrgenommen habe. Als wäre in mir ein Schalter umgelegt worden …

Ihr hübsches Profil, während sie konzentriert auf die hier ziemlich engen Straßen schaut.

Der Anblick ihrer zierlichen Hand, die auf dem Schaltknüppel liegt, ganz ohne Ringe, aber mit einem bunten Armband am Gelenk, an dem ein paar Anhänger baumeln.

Wie sie sich eine aus dem schlichten Zopf verirrte Strähne hinters Ohr streicht. In ihrem Haar sind ein paar silbrig graue Strähnen zu sehen. Nie im Leben würde Madeleine so etwas zulassen. Sie wäre schneller beim Friseur, als ich *Mark Woolley* aussprechen könnte, dessen Stundensatz fürs Strähnchenfärben wahrscheinlich dem Wochenlohn einer No-Name-Friseurin entspricht. Plötzlich finde ich es außerordentlich sympathisch, dass Amber dieses kleine Anzeichen für die überschrittene Vierzig nicht krampfhaft zu überdecken versucht. Und im nächsten Moment bin ich vollkommen verwirrt, dass ich überhaupt einen Vergleich zwischen ihr und meiner Ehefrau anstelle.

Als hätte sie gespürt, dass ich mir wie auch immer geartete Gedanken zu ihr mache, wendet sie plötzlich den Kopf und schaut mich fragend an.

Der Blick aus ihren dunkelbraunen Augen löst in meinem Zwerchfell ein leises Vibrieren aus. Ach du meine Güte. Ich lächele sie an und schaue dann schnell aus dem Seitenfenster.

Schlagartig erscheint Madeleines Gesicht vor meinem inneren Auge. Ich kann mir gut vorstellen, wie sie schauen würde, wenn sie von diesem leisen Flattern wüsste.

Hat es bei ihr auch so begonnen? Eine kleine, feine Aufgeregtheit in Gegenwart eines anderen Menschen, der nicht *ich* war?

Meine Güte, in welche Richtung denke ich hier?!

Als wir auf den mit Schotter befestigten Parkplatz des wunderschönen Herrenhauses Hestercombe fahren, ist uns klar, dass wir vielleicht nicht gerade einen Samstag für unseren Ausflug hätten wählen sollen. Obwohl es noch früh am Tag ist, der Garten öffnet gerade erst, stehen schon etliche Autos hier. Ein, zwei Familien sind mit ihren Kindern unterwegs. Meist ist das Publikum aber älter. Ein ganzer Trupp grauhaariger Landladys zieht schwatzend und lachend an uns vorbei.

In England ist *Gardening* ein hoch angesehenes Hobby. Das Interesse an fantastisch angelegten Gärten wie diesem alten, denkmalgeschützten Exemplar hier ist entsprechend groß.

Das trifft Gott sei Dank auch auf das Gelände hinter dem beeindruckenden Gebäude zu. Auf etwa sechzehn Hektar sind gleich mehrere Gartenstile zu bewundern.

Wir schlendern zunächst auf verschlungenen Pfaden durch den georgianischen Landschaftsgarten nördlich vom Herrenhaus, betrachten die kleinen Tempelgebäude, das Mausoleum und den Kaskadenwasserfall. An einem der vielen Sitzplätze am kleinen See, über den eine hübsch geschwungene Holzbrücke führt, legen wir eine Pause ein. Als wir uns für einen kleinen Imbiss auf einer Bank mit klassisch geschwungener Rückenlehne niederlassen, watscheln sofort ein paar Enten auf uns zu, um uns hemmungslos um unsere Sandwichkrusten anzuschnorren.

»Das vertragt ihr nicht, ihr Wichte!«, sagt Amber zu ihnen und zieht aus ihrer Tasche eine Tüte mit gepresstem Grünfutter. »Hier, das ist auf jeden Fall gesünder für euch.«

Großzügig verteilt sie die mitgebrachten Pellets, und die Vögel machen sich begeistert schnatternd darüber her.

»Kein Brot für Enten?«, erkundige ich mich neugierig.

Wenn ich in London im St. James's Park spazieren gehe, habe ich immer ein paar alte Brotkanten dabei, die auch gerne vom geflügelten Volk genommen werden.

»Oh, nein.« Sie schüttelt den Kopf. »Hab ich früher auch nicht gewusst. Eddy hat lauter solche Sachen von seinem Großvater gelernt. Der war Zoologe, mit Spezialgebiet Wasservögel.«

Sie hält inne, wirkt verwirrt. Dann greift sie rasch in die Tüte und wirft den Enten noch mehr Futter hin.

Hm. Da ist er wieder, der Zerstreuung preisende Eddy.

Die Art und Weise, wie sie seinen Namen auf der Zunge rollt, spricht Bände.

»Und Eddy ist … wer genau?«, frage ich, ehe ich darüber nachdenken kann.

Ambers Lider flattern kurz.

Oh, nein, Mist! Wusste ich doch, dass auch sie mit etwas zu kämpfen hat.

»Mein …«, beginnt sie leise, »ein Freund.«

An der Stelle in mir, wo vorhin bei ihrem Blick im Auto etwas aufgeregt vibriert hat, zieht sich nun genau dasselbe Etwas dumpf zusammen.

»Wollte er nicht mit hierherkommen?«, erkundige ich mich, möglichst locker.

Jetzt schluckt Amber und schüttelt den Kopf.

Aha, Liebeskummer der schlimmsten Sorte, nämlich der, über den man nicht einmal zu sprechen wagt. Es ist dieser Schockzustand, in dem sich eine große Glasglocke über dich stülpt und von der Außenwelt abschottet. Ein Gefühl wie unter Wasser. Nichts dringt zu dir, nichts kannst du herauslassen. Dieser Stillstand von Zeit und Empfindung lähmt dich für eine Weile und wird dann langsam abgelöst vom Gefühl des Realitätsverlustes. Die Verleugnungsphase. Die hält manchmal ziemlich lange an, so wie bei mir.

»Er weiß nicht, was ihm hier entgeht, oder?«, sage ich lächelnd, stehe von der Bank auf und klopfe meine Hose ab, obwohl sie nicht dreckig ist.

Ich will Amber einfach die Chance geben, sich zu fangen und auf meinen flapsigen Tonfall einzugehen. Denn noch schlimmer als Liebeskummer, über den man nicht sprechen will, ist Liebeskummer, den jemand anderer durchschaut hat, obwohl man nicht darüber gesprochen hat.

Doch sie antwortet nicht darauf. Steht aber ebenfalls auf, leert die letzten Krümel aus der Tüte vor den Enten und geht mir voraus auf den Weg.

Als ich bei ihr angekommen bin, wendet sie mir ihr Gesicht zu. Ihr Lächeln ist bemüht.

»Jetzt würde ich gern die berühmte Pergola ansehen«, sagt sie.

»Dein Wunsch ist mein Befehl«, sage ich und salutiere knapp.

Das zaubert tatsächlich ein echtes Lächeln auf ihr Gesicht.

Beim wunderschönen Laubengang angekommen, der sich quer durch die Sichtachse des Hauses in die weite Landschaft Südenglands zieht, wird mir klar, dass Bilder im Internet manchmal nur eine Ahnung davon bieten können, wie schön ein Ort sein kann.

Lange stehen wir nebeneinander am Eingang der Pergola und bestaunen dieses kleine Wunder an Gartenkunst.

»Gertrude Jeckyll und Edwin Lutyens waren echte Künstler«, stellt Amber mit einem Seufzen schließlich fest. »Sie als Gärtnerin und er als Architekt. Dass Pflanzen und Architektur so gut harmonieren können, ist mir noch nie so bewusst geworden wie hier.«

»Ja, unfassbar, dass es schon über hundert Jahre her ist, dass sie das hier angelegt haben.«

Die massiven Holzbögen über unseren Köpfen sind über und über mit rosafarbenen, betörend duftenden Rosen bewachsen, auch Blauregen ergießt sich blaulilafarben auf den glatten Natursteinweg. Ich bewundere diese Eingebung der Gärtner. Denn die leuchtende Farbe korrespondiert wunderbar mit den Rosen. Der am Boden großzügig gepflanzte Lavendel wird erst später im Jahr mit derselben Farbe aufwarten. Am Rande der Pergola blühen unterschiedlichste Akeleien in Rosa, Weiß, Blau und sogar Schwarz, und Lerchensporn gedeiht zwischen Spanischen Gänseblümchen, die wie ein zartrosa überhauchter, lebendiger Teppich wirken.

Immer wieder gibt der Laubengang den Blick frei hinüber zum Herrenhaus oder in die andere Richtung, von wo aus sich ein grandioser Ausblick bis hinüber nach Taunton bietet.

Zwischen dem Gebäude und uns liegt der sorgfältig in Karrees und Dreiecken angelegte formale Senkgarten, in dem Trillionen von filigranen Porzellanblümchen ihre zarten Blüten über den großen Blättern der Bergenien tanzen lassen.

Als echter Fan des Gardening kann ich mich an all dem gar nicht sattsehen.

Ambers Blick jedoch wird in diesem wunderbaren Teil der Gartenanlage immer wieder magnetisch von einer bestimmten Stelle angezogen: dem oval gemauerten Loch in der Mauer am Ende der Pergola.

»Eine tolle Idee, den Gang nicht einfach vor der Wand enden zu lassen, sondern den Besucher durch diesen kleinen Ausblick neugierig zu machen auf das, was dahinter liegt, oder?«, spreche ich es an, als ihr Blick wieder dorthin wandert.

Wenn man durch diesen bewusst gewählten Ausschnitt schaut, erkennt man dahinter die Weite dieser Landschaft, in der ein Solitärbaum, eine sicher uralte Eiche, ihre gewaltige Krone majestätisch in den Himmel streckt.

»Es ist wie ein Blick in die Zukunft«, stellt Amber beinahe verwundert fest.

»Und das fasziniert dich? Warum?«

Sie denkt über meine Frage nach. Schließlich sieht sie mich an.

»Weil mir gerade klar geworden ist, dass ich das schon sehr lange nicht mehr getan habe … in die Zukunft geschaut.«

Nun blicken wir beide in die Richtung.

Fast scheint es, als würde der alte Baum uns auf weise, wissende Art zuwinken.

Ich weiß genau, was sie meint.

*

Wir sind beide eher in ruhiger, besinnlicher Stimmung, als wir zwei Stunden später wieder in die Einfahrt zu Meadows Cottage einbiegen.

Harriets Wagen steht dort. Sie selbst kommt gerade aus Richtung Stall und winkt uns mit dem einen Arm zu, den anderen voller Medikamentenpackungen.

»Juhu!«, ruft sie und ist schon bei uns angekommen. »Ihr kommt gerade richtig! Ich hab für Clyde wieder das Antibiotikum aus der Praxis mitgebracht, um ihn ein bisschen aufzupäppeln. Alles offiziell abgerechnet für Brandon und von mir bezahlt.« Sie zwinkert uns zu. »Muss aber kühl gelagert werden.«

»Komm rein«, bietet Amber ihr sofort an. »Wir räumen im Kühlschrank was frei.«

Sie blüht immer regelrecht auf, wenn Harriet da ist. Vielleicht vermisst sie ihre Schwester, die offenbar auch so ein Wirbelwind ist und mit der sie wohl regelmäßig Kontakt hat, wenn sie zu Hause ist.

Plötzlich erscheint ein Bild vor meinem inneren Auge, wie Amber zusammen mit Phoebe, deren Mann und jenem geheimnisvollen Eddy zusammen um die Häuser zieht. Ich schüttele sacht den Kopf, um den Gedanken loszuwerden.

Wir gehen hinein, und während ich kurz in meinem Zimmer verschwinde, gehen die beiden Frauen schon mal in die Küche, um die Medikamente unterzubringen.

Als ich wieder zu ihnen stoße, ist Harriets fröhliches Geplauder verstummt.

Sie starrt mich an, als würde sie mich zum ersten Mal sehen.

Amber sieht verlegen aus und verzieht kurz den Mund zu einer lustigen Grimasse.

»Ist was?«, will ich wissen.

Ich war doch nur zwei Minuten weg. Was kann passiert sein?

»Da liegt ein Steak in deinem Kühlschrankfach«, stellt Harriet mit schmalen Lippen fest.

»Das ist richtig«, erwidere ich verdutzt.

»Da draußen im Stall stehen vier Tiere, die an einem anderen Ort ebenfalls zu Steaks verarbeitet würden«, fährt Harriet fort.

»Ehm …«, mache ich.

Mir schwant, woher der Wind weht. Und ganz ernsthaft … plötzlich wird mir heiß in meinem Hemd.

Doch anstatt mich einzustielen, wie ich es von einer echten Tierschützerin wie Harriet nun eigentlich erwartet hätte, streckt sie nur den Zeigefinger aus und deutet auf meine Brust.

»Ihr zwei seid zum Essen eingeladen«, knurrt sie.

Sodass mir vor Verblüffung fast der Mund offen stehen

bleibt. »Montagabend. Sara und ich haben ein paar Gäste. Da passt ihr super dazu. Sieben Uhr. Hier …« Sie sieht sich in der Küche um, entdeckt den Zettelblock für die Einkäufe und kritzelt etwas darauf. »… ist unsere Adresse.«

Sie lächelt Amber wie immer herzlich an. Doch als sie sich wieder an mich wendet, verdüstert sich ihre Miene erneut.

»Wehe, du kommst nicht«, sagt sie.

In ihren Augen blitzt es. Und ich weiß nicht, ob ich lachen oder Angst haben soll.

13. Amber

Noch keine vier Wochen dauert mein Aufenthalt in Meadows Cottage nun an. Kaum zu fassen, denn mittlerweile ist mir alles am und ums Haus herum so vertraut, als würde ich es schon immer kennen.

Am Montag möchte ich vor dem Essen bei Harriet und Sara noch ein bisschen Stadtluft schnuppern und ein paar Besorgungen machen. Gegen London ist Taunton selbstverständlich winzig, aber trotzdem bietet es einige gute Einkaufsmöglichkeiten und ein wenig Zerstreuung, wenn man sonst nur Weiden und Pferde zu Gesicht bekommt.

Finian bleibt im Cottage, um zu arbeiten. Abgesehen von der Zeit, die wir täglich gemeinsam bei den Pferden verbringen, und unseren Mahlzeiten, steckt er nun ununterbrochen in seinem Wintergarten. Manchmal, wenn er die Tür nur angelehnt hat, kann ich das leise Tappern seiner Finger auf der Tastatur hören. Das Zickengehabe seiner Muse scheint wohl beseitigt zu sein.

Als ich gestern mit Faye im Garten Bällchen gespielt habe, was ihr einen Heidenspaß gemacht hat, habe ich mal einen Blick zu ihm hineingeworfen.

Er saß sehr aufrecht und mit konzentriertem Gesichtsausdruck vor seinem Laptop. Seine Finger flogen über die Tasten, als würden sie sie kaum berühren. Ich glaube, ich habe noch nie einen Mann so schnell schreiben sehen.

Obwohl ich keine fünf Meter von ihm entfernt stand und Faye kurz vorher noch begeistert gekläfft hatte, bemerkte er uns nicht, sondern schien vollkommen gefangen von dem Bildschirm vor ihm – als würden sich dort nicht Zeilen aneinanderreihen, die er sich doch selbst ausdachte, sondern eher, als würde ein fesselnder Spielfilm ablaufen.

Vielleicht ist es ja so, wenn man selbst Bücher schreibt, überlege ich jetzt, als ich mit Phoebes Mini in Taunton auf einen Parkplatz fahre. Vielleicht muss man in seinem Kopf einen Film sehen, der *nur noch* niedergeschrieben werden muss? Für Finian ist es ganz offensichtlich so.

Allerdings verstehe ich immer noch nicht, wie er seinen Lebensunterhalt mit so wenigen Veröffentlichungen bestreiten kann. Er scheint nicht gerade knapp bei Kasse zu sein. Unser Ferienhäuschen ist wegen der besonderen Umstände zwar ein Schnäppchen, aber er fährt einen luxuriösen Mietwagen, trägt maßgeschneiderte Anzüge oder Jeans und T-Shirts von Marken, nach denen ich immer nur neidisch schielen kann. Wie macht er das nur?

Und … kann es sein, dass ich in den letzten Tagen ganz schön viel über ihn nachdenke?

Womöglich ist das aber auch kein Wunder, wenn man es mit einem Mann zu tun bekommt, der auf vielfache Weise irgendwie außergewöhnlich erscheint.

Er ist sicher kein *leicht zu dominierendes Weichei*, wie Phoebe spöttisch gemutmaßt hat, als ich ihr von Harriets Vegetarierattacke auf ihn erzählt habe und davon, wie kleinlaut er reagiert hat. Ich glaube eher, dass Harriet bei ihm einen wunden Punkt getroffen hat, etwas, worüber er schon von sich aus nachgedacht hat. Dass Finian das Steak gestern klammheimlich an Faye verfüttert hat, habe ich im Telefonat mit Phoebe erst gar nicht erwähnt. Denn irgendwie fand ich diese Geste rührend und will nicht, dass meine temperamentvolle Schwester sich darüber lustig macht.

Hoffentlich muss Finian sich nachher beim Essen nicht vor einer ganzen Truppe von Tierschützern rechtfertigen, die finden, dass jemand, der Pferde mag, auch kein Rind oder Schwein essen sollte. Ich selbst esse zwar auch kein Fleisch, aus genau diesen Gründen, aber ich finde, diese Entscheidung sollte jedem selbst überlassen bleiben. Gegen Aufklärung habe ich nichts, nur gegen Missionszwang.

In solche Gedanken vertieft, komme ich am Bath Place an. *Old Brewery Buildings* nennt sich die Ansammlung verschiedener Läden, die alle in den Gebäuden der alten Brauerei untergebracht sind.

Ich stehe lange vor dem Schaufenster einer Boutique, in dem ein wunderschönes Sommerkleid ausgestellt ist. Es ist mohnrot, aus einem weichen, fließenden Stoff mit einem knielangen Rock, der bestimmt herrlich um die Beine schwingt, wenn man geht oder sich dreht. Ein Kleid, in dem man eigentlich tanzen müsste.

Tanzen. Das habe ich so lange nicht getan, dass die Erinnerung daran nun wie aus einem Nebel aufsteigt. Besonders jene an diesen einen Abend, als Eddy und ich …

Ich wende mich ab und schlendere weiter.

Nach ein paar Metern bleibe ich verblüfft stehen. Ich bin vor einer kleinen Buchhandlung gelandet.

Natürlich gibt es auch in Taunton Filialen größerer Buchhandelsketten. Doch ich habe schon seit jeher ein Faible für kleine, inhabergeführte Buchläden. Und genau so eine habe ich hier vor mir. Es ist eine schmale Ladenfront aus cremeweißem Holz mit zwei in drei Einzelfenster unterteilten Schaufenstern und einer doppelflügeligen Eingangstür in der Mitte.

Was mich aber so staunen lässt, ist der Name, der in weißen, geschwungenen Schriftzügen auf den dunkelgrünen Markisen über den Schaufenstern steht: *Brendon Books & Maps.*

Der Name erscheint mir wie ein Fingerzeig, und ich gehe hinein.

Hinter dem Verkaufstresen steht ein etwas kauzig wirkender älterer Herr, vielleicht Brendon, und nickt mir freundlich zu.

»Sagen Sie Bescheid, wenn Sie Hilfe brauchen«, sagt er und vertieft sich wieder in einen Katalog vor ihm.

Hilfe brauche ich allerdings nicht. Der Laden ist gut sortiert, führt nicht nur neue und gebrauchte Bücher, sondern außerdem Karten aus aller Welt, aber auch aus der näheren Umgebung.

Heute Morgen erst haben Finian und ich überlegt, ob wir es mal wagen sollen, Brandon und Stanley auf einen Spaziergang in die umliegenden Wälder oder hinauf in die Quantock Hills mitzunehmen. In den Sachbüchern, die wir beide immer noch verschlingen, steht, dass auch alte Pferde solche gemeinsamen Gänge sehr schätzen, sofern sie nicht zu ängstlich sind. Es regt sie an und stärkt ihre Muskulatur und Bänder. Vielleicht würde den beiden alten Herren etwas Abwechslung gefallen? Dann wäre es toll, eine detaillierte Karte dabeizuhaben.

Eine halbe Stunde lang schlendere ich zwischen den Regalen herum und trete schließlich mit ein paar neuen Büchern und zwei Wanderkarten der näheren Umgebung und der Quantock Hills zum Tresen.

Dort ist Mr. Brendon, wie ich ihn heimlich nenne, gerade mit einer alten Kundin beschäftigt, die sich zwischen zwei Geschenkbüchern zur Taufe eines Kleinkindes nicht entscheiden kann. Es gefällt mir, mit welcher Ernsthaftigkeit der Buchhändler Argumente für das eine und für das andere vorbringt und seiner betagten Kundin die notwendige Zeit für die folgenschwere Entscheidung lässt.

Da ich bis zum anberaumten Essen noch massig Zeit habe, warte ich entspannt ab, wie das Drama ausgehen wird, und schaue mich währenddessen noch ein wenig um.

Plötzlich stutze ich.

Auf einem Verkaufstisch in Kassennähe liegen ein paar Stapel verschiedener Bücher aus. Und einer besteht aus Büchern von *Mary-Anne Price*. Hoppla! Hätte nicht gedacht, dass ich dem Namen so schnell wieder begegne.

Ich trete an den Tisch und nehme eines der dicken Taschenbücher in die Hand. *Der Garten des Musikers.*

Auf dem Cover ist ein kleines Gebäude zu sehen inmitten eines reich blühenden Gartens. Auf einem Weg aus feinem Sand zeichnen sich schmale Fußspuren ab, die bis zur offen stehenden Glastür des Häuschens führen, als sei gerade jemand hineingegangen. An der Wand lehnt eine schlichte Gitarre.

Ehrlich gesagt würde ich nach diesem Buch normalerweise nicht greifen. Weder Titel noch Cover entsprechen meinem üblichen Bücher-Beuteschema. Der Klappentext weist auf eine wahrscheinlich komplizierte Liebesgeschichte hin. Und die meide ich schon seit Jahren aus gutem Grund.

Trotzdem blättere ich im Buch, lese – ja, ich bin eine von denen, die das tun – den Schluss. Der ist weit weniger schnulzig, als ich auf den ersten Blick vermutet hätte.

Ich blättere zum Anfang und lese ein paar Zeilen. Eine Seite. Mehrere Seiten.

»Von der neuen Price sind alle Kunden restlos begeistert«, sagt da plötzlich Mr. Brendon.

Ich schaue auf und stelle verwundert fest, dass die alte Dame den Laden bereits verlassen hat.

»Ja, ich glaube, ich nehme es auch mit«, sage ich und trete mit meiner Ausbeute an den Tresen. »Ich kenne die Autorin noch nicht. Und eigentlich bin ich nicht der Liebesgeschichten-Typ.«

»Oh, wenn es Ihnen gelingt, sich ein bisschen einzulassen, wird das Buch Ihnen bestimmt gefallen«, beteuert Mr. Brendon. »Ich bin selbst ein Fan von Mrs. Price. Sie ist eine andere Klasse als der übliche Herzschmerzramsch. Da können die allwissenden Literaturkritiker sagen, was sie wollen.«

Energisch, als sei er vom Fehlurteil der Fachleute selbst beleidigt worden, tippt er die Beträge in die Kasse ein.

Beim Stichwort »Literaturkritiker« fällt mir ein, dass Mary-Anne Price mir schon auf dem Weg zu Meadows Cottage begegnet ist: in dem Interview zum Thema *Preiswürdige Literatur contra Konsumbelletristik*, in dem mir der von sich selbst zu sehr eingenommene Professor so unangenehm aufgefallen war.

Mr. Brendon ist ein Buchhändler mit Herz und Seele. Er kommentiert kurz jedes von mir ausgesuchte Buch und hat auch in Sachen Wanderungen ein paar Tipps auf Lager.

Höchst zufrieden verlasse ich den Buchladen mit einer umweltfreundlichen Papiertasche, auf der auch noch steht: *Wer liest, sieht besser aus!*

Ich schlendere noch an ein paar Schaufenstern vorbei,

gehe dann zwischen den Häusern hindurch, überquere die Upper High Street und bin schon im Vivary Park.

Jede Stadt in Südengland, die etwas auf sich hält, verfügt über mindestens einen Park, der für die Bewohner und Touristen im Sommer meist den ganzen Tag geöffnet ist. Jetzt, um halb sechs am Abend, ist der Park natürlich längst nicht so okkupiert, wie er es gewiss bei schönem Wetter am Wochenende sein wird. Es sind einige Paare, alte Menschen, allein oder in Gruppen, mit oder ohne Hund, Mütter mit Kinderwagen und kleinen Kindern unterwegs. Vom Spielplatz her kräht und lacht es.

Ich schlage die andere Richtung ein und finde eine hübsche Bank in der Abendsonne, auf der jemand eine zusammengelegte Tageszeitung zurückgelassen hat. Die freundliche Geste an jeden, der zufällig vorbeikommen und ebenfalls Lust auf Zeitungslesen haben könnte, entlockt mir ein Lächeln. Ich lege die Zeitung auf die benachbarte, ebenfalls nicht besetzte Bank und spähe in meine Büchertasche.

Eigentlich habe ich vor, mir eine der Wanderkarten genauer anzuschauen. Vielleicht kann ich ja schon eine kleine Route für den morgigen Tag ausarbeiten? Aber dann gerät mir irgendwie der Roman von Mary-Anne Price zwischen die Finger, obwohl der doch ganz unten lag.

Die Sonne scheint warm auf mich herab. Eine junge Frau joggt auf dem leise knirschenden Sandweg an mir vorbei. Ein paar Meter hinter ihr galoppiert ein hübscher Hund, der normalerweise offenbar über wesentlich mehr Fell verfügt, nun aber kurz geschoren ist. Die Zunge flattert ihm fröhlich ums Gesicht.

Ich sehe den beiden noch kurz hinterher, dann schlage

ich den Roman dort auf, wo Mr. Brendon mich vorhin unterbrochen hat.

Anfangs bin ich noch ein wenig zurückhaltend, das spüre ich.

Zu sehr geistert mir die Frage im Kopf herum, in welchem Verhältnis Finian, mit dem ich jeden Morgen *unsere* Pferde putze und mit dem zusammen ich mittlerweile alle Mahlzeiten des Tages einnehme, zu der Frau steht, die sich diese Liebesgeschichte ausgedacht hat.

Doch nach ein paar Seiten verdünnen sich alle Gedanken wie Frühnebel im Sonnenlicht. Ich tauche in die Geschichte ein. Und je mehr ich lese, desto gefesselter bin ich.

Die Figuren, die ich in diesem Buch kennenlerne, sind keine glatten, jungknackigen Alleskönner, die nur noch irgendwie zueinander finden müssen. Sie sind nicht mehr taufrisch, nämlich etwa so alt wie ich, haben ihre Macken und tragen unsichtbare Narben von Geschehnissen in der Vergangenheit. Obwohl sie mir sympathisch sind, haben sie Ecken und Kanten. Ihre Leben wirken echt, nicht wie in einer Liebesromanpuppenstube.

Immer wieder stoße ich auf Zeilen, die sehr poetisch sind. Zunehmend fühle ich mich berührt von der hier aufgezeigten Sicht auf dieses große Gefühl, nach dem wir uns alle so verzweifelt sehnen, das uns manchmal Glück und wahrscheinlich sehr viel öfter Kummer und Schmerz beschert: die Liebe.

Irgendwann kreischt plötzlich ein Kleinkind vergnügt auf, das an der Hand seiner Mutter an mir vorbeihüpft, und ich schrecke aus dem Buch auf.

Rasch schaue ich auf die Uhr.

Es ist kurz vor sieben.

Zur Wohnung von Harriet und Sara werde ich etwa zehn Minuten Fußweg brauchen.

Bis zum Kapitelende sind es nur noch wenige Zeilen.

Inzwischen haben der Musiker des Titels und die von ihm engagierte Gärtnerin sich kennengelernt. Aber sie gehen vorerst wenig enthusiastisch miteinander um, weil sie auf den ersten Blick so unterschiedlich scheinen.

Am Ende des Kapitels jedoch nähern sie sich zum ersten Mal ein wenig an. Indem der Musiker der Gartenfachfrau den Zutritt zu seinem Heiligtum, dem Kompositionshaus im verwilderten Garten, gestattet. Sie soll den Raum *mit mehr Leben füllen*, so wünscht er es sich.

»Und Sie denken, das fällt mir leichter als Ihnen, obwohl es doch Ihr *ganz persönlicher Raum ist?«, erkundigte die Gärtnerin sich erstaunt.*

Ich hätte das an ihrer Stelle auch gefragt.

»Wieso wollen Sie mir das überlassen? Nur weil ich Gärtnerin bin?«

Der Musiker zögerte. Doch dann schüttelte er den Kopf.

»Deswegen nicht«, sagte er schließlich, beinahe ein bisschen verlegen.

»Warum dann?«

»Nun, weil Sie … die Lady sind«, antwortete er.

Ich erstarre.

Es ist, als würden die Zeilen vor meinen Augen explodieren.

Ich lese die Stelle noch einmal.

Und noch mal.

Wie blöd kann man denn sein?!, frage ich mich dann. Wie konnte ich das nicht sofort erkennen, nicht augenblicklich auf diesen Gedanken kommen?

Nun, es hat etwas gedauert, aber jetzt bin ich sicher, dass ich weiß, wieso besagte Fanpost zum Meadows Cottage geschickt worden ist und wieso es Finian so am Herzen lag, sie rasch mit einer fadenscheinigen Begründung verschwinden zu lassen.

Jetzt ist mir klar, in welchem Verhältnis er zu *Mary-Anne Price* steht.

*

Irgendwie hatte ich erwartet, in Harriets und Saras urgemütlichem kleinen Häuschen ein paar bekannte Gesichter zu treffen. Vielleicht Benedict aus dem *Pink Lion* oder den Hufschmied Will. Außerdem hatte ich mit einer ganzen Truppe von lustigen Leuten gerechnet, mindestens zwanzig oder so. Doch als ich als Letzte und ein wenig atemlos ankomme, sind neben den beiden reizenden Gastgeberinnen und Finian nur noch zwei weitere Paare anwesend. Dafür wuseln jedoch gleich ein, zwei, drei, vier … *fünf* Hunde um uns herum. Einer davon riesig groß und nur auf drei Beinen. Die anderen sind kleinere Ausgaben, und einer von ihnen könnte locker mit Fayes Fellvolumen konkurrieren.

Finian scheint auch erst gerade angekommen zu sein. Er trägt ein leichtes Sommerjackett über dem Arm und sieht, frisch rasiert und sorgfältig gekleidet, außerhalb von Meadows Cottage plötzlich ganz verändert und fremd aus. Vielleicht liegt es auch an der Erkenntnis, die mir gerade erst im Park gekommen ist, meinem eigenen, veränderten Blick auf ihn?

Wir sehen uns einen Moment lang an, und mein Herz schlägt mir plötzlich bis in den Hals.

Seine grünen Augen lächeln ebenso wie sein Mund, doch dann tritt ein fragender Ausdruck in sie. Vielleicht spürt er, dass ich mit einem Mal befangen bin?

Rasch wende ich mich den Hunden zu, die alle miteinander wetteifern, den weiteren Besuch gebührend zu begrüßen. Ich muss mich zu ihnen hocken, lachend immer wieder befellte Köpfe streicheln und mich anstupsen lassen. Wie schön wäre es, wenn Faye auch so ungehemmt sein könnte.

Ich schaue auf, suche lächelnd wieder Finians Blick. Doch in dem liegt mit einem Mal ein seltsamer Ausdruck. Die leise Verwunderung von gerade, aber da ist noch etwas anderes, das mich innerlich geradezu erstarren lässt.

Wir sehen beide schnell wieder fort.

Sara, die zu ihren knallkurzen Haaren ein gepunktetes Minikleid trägt und sich neckisch eine Herrenfliege um den Hals gebunden hat, stellt mir die anderen Gäste vor.

»Amber, das hier sind Kate und Matthew, die auf Guernsey leben und gerade zu einer kleinen Visite in Matthews alter Heimat sind. Zu ihnen gehört die kleine Maggie hier.«

Sie deutet auf ein Hundekind mit langen Ohren und großen braunen Augen, das sich an Matthews Beine schmiegt und gespannt aufblickt, als es seinen Namen hört.

Matthew selbst wirkt mit seinen zerzausten Locken und dem entrückten Blick auf seinen Hund sehr sympathisch. Die Frau an seiner Seite ist ein echter Hingucker. Groß, schlank, weißblond. Aber mein erster Impuls, hinter ihrer nahezu perfekten Fassade eine Zicke zu vermuten, wird von ihr augenblicklich mit einem herzlichen Lächeln entwaffnet.

»Matthew ist Hundetrainer«, fährt Sara fort. »Er hat früher im Hundezentrum Glastonbury gearbeitet, das June gehört.«

»Hi, Amber!« June lächelt mir freundlich zu.

»Dahin gehört auch die restliche Fellbande hier: Heaven, Bo, Cassandra und Millie.«

»Ich gehöre mittlerweile auch dazu«, stellt der Mann neben June klar und legt zärtlich den Arm um ihre Taille.

Er ist eindeutig jünger als die ruhig wirkende June, die ich etwa auf mein Alter schätze.

»Tja, Tobey kennst du ja vielleicht«, setzt Sara grinsend hinzu.

Ich blinzele verwirrt und brauche einen Moment.

»Huch!«, entfährt es mir dann.

Alle lachen.

»Die sympathischste Reaktion auf ein Kennenlernen mit mir, die ich je erlebt habe«, sagt der Popstar Tobey Lambert, den ich nun wirklich nicht hier in Harriets und Saras Wohnzimmer erwartet und deswegen erst mal gar nicht erkannt habe.

»Ich hoffe, du hast auch Hunger mitgebracht?« Harriet reibt sich die Hände. »Wir grillen. Und Salate gibt es auch.«

Nach dieser vielversprechenden Ankündigung lotsen die beiden Frauen uns durch den schmalen Flur und die Küche hinaus in den kleinen Garten, in dem ein Tisch für acht gedeckt ist. Zwischen Tellern und Gläsern stehen bunte Salatschüsseln, Brot und Dips.

Der Grill glüht bereits vor sich hin. Harriet und Sara wechseln sich an seiner Front ab, um jede Menge Grillgut aufs Rost zu werfen, zu wenden und heiß zu servieren.

Meine Befürchtung, dass der arme Finian wegen seiner Ernährungsgewohnheiten von Tierschützern in die Mangel genommen werden könnte, bewahrheitet sich Gott sei Dank nicht. Natürlich sind all die Leckereien Thema, wann immer jemand einen neuen Bissen testet. Aber eher weil das Rezept interessiert, die besondere Zusammensetzung, nicht weil fortwährend betont werden muss, dass alle Gerichte ohne tierische Zutaten sind.

Man sollte meinen, dass ein international gefeierter Musiker samt aufregendem Promileben am Tisch die Unterhaltung bestimmen würde. Doch stattdessen drehen sich die Gespräche in erster Linie um unsere geretteten Pferde, niedliche Hunde und Junes großes Zentrum, in dem sie nicht nur selbst als Trainerin tätig ist, sondern auch diverse Angestellte beschäftigt. Von der Welpenzeit an bis zu diversen Auslastungssportarten sind dort offenbar Hundeteams bestens betreut. Matthew und Kate erzählen von der Golden-Retriever-Hündin Amy, die auf Guernsey Matthews Sohn Alfi als Blindenführhund durch den Alltag begleitet. Sie klingen sehr liebevoll, wenn sie von den beiden sprechen. Klein-Maggie hat sich mittlerweile auf Matthews Schoß zusammengekringelt und schläft.

Der Abend senkt sich über die Stadt. Harriet zündet Laternen und Lampions an. Wein wird entkorkt.

Wann habe ich zuletzt in London in so einer geselligen Runde zusammengesessen?

Ich kann mich nicht erinnern.

Auch Finian wirkt sehr entspannt. Er lacht laut über Matthews Scherze, der ein echter Clown zu sein scheint, und lauscht gelöst den aufregenden Geschichten, die Harriet und Sara von ihrer Tierschutzgruppe zu erzählen haben.

Als Kate sich nach seinem Beruf erkundigt, antwortet er bescheiden und ausweichend. Sie scheint feine Antennen zu haben und hakt nicht weiter nach.

Im Laufe des Abends habe ich mehr und mehr den Eindruck, dass sich zwischen Finian und mir irgendetwas geändert hat.

Vielleicht ist es die schummrige Dunkelheit, von flackerndem Kerzenlicht erhellt, vielleicht die Gesellschaft der anderen, die mich das bemerken lässt: Immer öfter ertappe ich ihn dabei, wie er mich ansieht. Ertappe mich dabei, wie ich seinen Blick erwidere.

Als wir uns weit nach Mitternacht aus der gemütlichen Runde verabschieden und mit einem Taxi ins Cottage fahren, sprechen wir auf der Fahrt nur wenig. Natürlich sind wir beide müde. Aber ich glaube, wir reden auch deswegen nicht, weil wir den ganzen Abend über schon so viel gesagt haben – auch und, vor allem, ohne Worte.

14. Finian

»Finian! Diese Idee ist der Knaller!«, ruft Norman durchs Telefon, sodass mir regelrecht das Ohr klingelt.

»Bist du sicher? Ich meine, ist das nicht zu … na ja, dieser ganze Tierschutzkram und so …«, hake ich nach.

Doch die Begeisterung meines Verlegers ist echt.

»Bist du irre?! Natürlich bin ich sicher! Der neue Blick auf die Nutztiere, gequälte Kreaturen retten, im Einklang mit Mutter Natur leben – das alles ist doch total hip!«

Ich spüre, wie sich in meiner Brust diese warme Kugel auszubreiten beginnt. Wie immer, wenn Norman auf eine neue Buchidee von mir derart euphorisch anspringt. Auch wenn Mary-Anne Price und ich mittlerweile über dreißig Bücher veröffentlicht haben, bin ich jedes Mal nervös, wenn ich ein neues Exposé vorstelle.

»Und die Liebesgeschichte … also, wirklich, Finian, die ist spitze! Ich liebe es, wenn deine Figuren auf den ersten Blick so unterschiedlich sind. Das macht die Annäherung so spannend. Weißt du was, ich finde, wir sollten mal wieder ein großes Presseding mit diesem Buch lostreten! Die letzte Aktion ist schon zwei Jahre her. Du wirst sehen, wenn wir bei diesem Thema die Medien anlocken können, verkauft sich das Buch wie … wie …«

»Junge Katzenbabys?«, schlage ich vor.

»Wer will die denn haben?«, erwidert er staubtrocken,

denn er hat es nicht so mit felligen Vierbeinern, muss dann aber selbst lachen. »Nein, im Ernst, mir muss nur noch eine gute Idee kommen, welcher Aufhänger sich für so etwas eignen würde. Und dann hole ich uns wieder Joline Baker ins Boot.«

Joline ist eine der angesagtesten Klatschkolumnisten Englands, jedermann bekannt aus Funk, Fernsehen und den Printmedien. Vor Jahren hat sie uns mit ihrem sechsten Sinn für derartige Zusammenhänge mal vor der Aufdeckung meines Pseudonyms durch einen ihrer übereifrigen Kollegen gerettet. Seitdem besteht zwischen uns eine gut funktionierende Symbiose: Sie darf exklusiv über Mary-Anne Price, *ihre* neuesten Bücher und *ihre* Lebensumstände berichten – selbstverständlich alles ein wenig verfremdet, über die wahren Begebenheiten schweigt sie klug und beharrlich –, und dafür verhilft sie meinen Büchern mit ihren beliebten Artikeln und Sendebeiträgen zu einer breiten Platzierung in allen Medien.

Wenn Norman eine groß angelegte Pressekampagne mit Joline plant, muss er von meiner neuen Buchidee restlos überzeugt sein. Mann, ich freu mich!

»Dieser Aufhänger muss etwas ganz Besonderes sein. Etwas, bei dem deine Fans ebenso ausflippen wie auch Tierfreunde, die noch nie von Mary-Anne Price gehört haben«, sagt er jetzt. »Hey, wir könnten dadurch einen komplett neuen Leserkreis gewinnen!«

Ich höre ihm an, dass sein Denkapparat bereits auf Hochtouren läuft.

»Du überlegst dir was fürs Marketing, und ich schreibe«, schlage ich vor. »Wenn es weiter so gut vorangeht, hast du dein gewünschtes Happy End schon in ein paar Wochen auf dem Schreibtisch.«

»Yeah!«, jubelt mein Freund so laut, dass es bestimmt bis zum Buckingham Palast zu hören ist.

*

Ich grinse immer noch von einem Ohr zum anderen, als ich ein paar Minuten später in die Küche komme.

Amber ist gerade dabei, für Faye Hundefutter in den Napf zu füllen. Das Hundemädel kommt mittlerweile vertrauensvoll zu uns ins Haus, nimmt ihre Mahlzeiten zu sich und liegt gerne bei Amber, wenn die im Garten liest oder in den Rabatten arbeitet – doch zum Schlafen geht Faye jeden Abend hinüber in die Scheune, in der sie sich wohlzufühlen scheint. Amber spricht gerade mit ihr mit dieser niedlichen Stimme, die sie ausschließlich für die Hündin reserviert hat und die mich auf eine verwirrende Weise jedes Mal entzückt.

»Heute Morgen gibt's mal ein bisschen weniger, Schätzchen«, säuselt sie gerade, während Faye ihr mit schief gelegtem Kopf lauscht. »Ich hab den Eindruck, dass du von unserem guten Futter immer dicker wirst. Hey, aber mach dir nichts draus. Marilyn Monroe hatte auch keine Wespentaille.«

Ich muss lachen.

Da klopft es energisch an die Tür.

Harriet und Sara klopfen nie an, sondern kommen meist direkt ums Haus herum über die Terrasse.

Amber und ich sehen uns fragend an.

Sie stellt Faye den Napf auf den Boden, schleicht zum Wohnzimmerfenster und schaut hinaus auf die Einfahrt.

»Cox«, flüstert sie dann und sieht sich panisch nach einer Versteckmöglichkeit für Faye um.

»Komm«, raune ich und nicke in Richtung Terrassentür.

Die Tür ziehen wir hinter uns zu und sperren damit Faye innen ein, gehen ums Haus herum.

»Ach, guck mal, hatte ich doch recht: Es hat geklopft!«, sage ich dann laut und betont triumphierend, als wir um die Ecke biegen.

Mr. Cox schaut uns mit seinem üblichen, breiten Grinsen entgegen. Auf dem Kopf trägt er wie immer eine Tweedmütze, doch sonst sieht er verändert aus. Keine Spur von seiner üblichen Farmerarbeitskleidung. Er hat sich tatsächlich in einen abgetragenen Cordanzug geschmissen, unter dem er ein kariertes Hemd trägt.

»Mr. Cox, so schick?!«, begrüße ich ihn und tippe mir an die nicht vorhandene Mütze, so wie er es auch bei seiner echten immer tut.

Amber lächelt gequält und überwindet sich zu einem: »Hallo.«

»Tja, für manche Dinge macht man sich eben bisschen fein«, antwortet Cox und reibt sich die knollige Nase. »Bin in offizieller Mission hier, verstehen Sie? Komitee vom Aisholt Tanzabend.«

»Ah, ja? Ich glaube, ich hab ein Plakat dazu gesehen.«

»Richtig! Plakate gibt's auch! Aber ich sag immer«, er beugt sich ein Stück in unsere Richtung, na ja, eher in Ambers, »es geht nichts über den persönlichen Kontakt.«

Er reicht Amber einen Flyer, den er in der Hand hält. Sie nimmt ihn entgegen, und wir schauen beide drauf.

Zu sehen ist ein tanzendes Paar in hübscher, aber nicht pompöser Garderobe vor dem Hintergrund eines gut gefüllten Dorfsaales. Die Frau strahlt in die Kamera.

»Nächsten Samstag im Gemeindehaus«, sagt Cox und

lächelt Amber auf eine Art an, die er wahrscheinlich für gewinnend hält. »Sie müssen mir als Ihrem Nachbarn aber einen Tanz versprechen.«

»Ehm …«, macht sie und sieht mich hilfesuchend an.

»Wir wissen ehrlich gesagt noch nicht …«, versuche ich, sie zu retten.

»Och nein! Kommen Sie mir nicht mit Ausreden! Tanz wird hier bei uns in Bridgwater großgeschrieben. Sie verpassen das Highlight des Jahres, wenn Sie nicht kommen.«

Dabei sieht er wieder Amber an. Ich kann verstehen, dass sich dieser Blick unangenehm für sie anfühlt.

»Wir können es uns ja noch mal überlegen«, sagt sie vage.

»Na, na, na.« Er droht ihr zum Schein mit dem Finger. »Sie werden sich doch nicht drücken?«

In diesem Augenblick, der sowieso schon heikel ist, wiehert hinten auf dem Paddock ein Pferd. Und dann noch eines.

Ich simuliere einen Hustenanfall.

Doch Cox hat bereits verwundert den Kopf gewandt.

Ich schicke ein Stoßgebet gen Himmel, dass Brandon, Stanley, Bonnie und Clyde nicht ausgerechnet jetzt noch mal ihre Spielchen in dieser Lautstärke miteinander austragen.

Offenbar werde ich erhört, denn nun ist wieder alles still.

Gerade will ich erleichtert ausatmen, als Cox sagt: »Tja, und bei der Gelegenheit, wo ich schon mal hier bin … Also, ich will ja nicht lästig sein, aber mein Jagdaufseher hat neulich von den Feldern oben mit dem Fernglas nach Fasanen Ausschau gehalten. Und er meint, er hat meine Hündin hier rumschleichen gesehen.«

Ich kann spüren, wie Amber sich neben mir verkrampft.

Sofort verziehe ich das Gesicht zu einer unschuldigen, ratlosen Miene.

»Also, ich habe sie hier noch nicht gesehen. Du, Amber?«

Sie sieht mich an. In ihren Augen steht so deutlich Panik, dass das Cox auch nicht entgehen kann.

»Nein«, sagt sie und zwingt sich zu einem Lächeln mit Schulterzucken. »Ist sie denn immer noch nicht aufgetaucht?«

Cox schiebt die Hände in die Hosentaschen seines Anzugs.

»Hätten Sie was dagegen, wenn ich mal einen Blick in die Scheune werfe? Nur zur Sicherheit. Jemand aus dem Ort sucht für seine Kinder einen Hund. Da würd ich das Vieh wohl loswerden können, zu dem Preis, zu dem ich sie gekauft hab.«

»In der Scheune war ich gerade eben noch«, sage ich. »Da ist nichts und niemand.«

Vielleicht habe ich das etwas zu schnell hervorgestoßen?

Er betrachtet mich misstrauisch mit seinen blassen Augen.

Plötzlich steht die Situation irgendwie auf des Messers Schneide.

Ich versuche ein aufmunterndes Lächeln. Doch seine Stirn bleibt umwölkt.

»Sagen Sie, diese Tanzveranstaltung …«, beginnt Amber da und wedelt mit dem Flyer in ihrer Hand.

Ganz entgegen ihrer sonstigen Art im Umgang mit Cox wendet sie sich plötzlich mit einem geradezu reizenden Lächeln an ihn.

»… also, die interessiert mich schon, muss ich sagen.

Ich tanze nämlich sehr gern. Da wird doch nicht etwa Live-Musik gespielt?«

Erfreulicherweise fällt Cox prompt auf ihr gespieltes Interesse herein.

»Na, das will ich meinen!«, dröhnt er, sofort wieder gut gelaunt. »Wir haben die *Old Play*, die *Quantocks Singers* und die große Kapelle aus Taunton da. Ist für jeden was dabei, will ich meinen.«

Amber wirkt mit einem Mal vollkommen begeistert.

»Oh, wirklich?! Das klingt fantastisch! Finian, ich glaube, dann sollten wir doch auf jeden Fall hingehen.«

»Das ist ein Wort!«, ruft Cox angetan. Er knufft mich an den Arm. »Na, kommen Sie, tun Sie Ihrer hübschen Freundin den Gefallen.«

Ich sehe Amber an.

Hier läuft gerade irgendwas vollkommen aus dem Ruder. Aber egal.

»Na gut.«

Ich tue so, als würde ich mich geschlagen geben, und Amber hüpft in übertriebener Freude ein paar Mal auf und ab.

Ist das nicht ein bisschen zu viel? Nein, Cox scheint ihr zu glauben, denn er zeigt wieder sein selbstzufriedenes Grinsen. Sein Misstrauen ist verflogen.

»Wusst ich's doch! So was lassen Sie sich nicht entgehen.«

Sie lächelt breit.

»Vielleicht wäre das auch was für unsere Bekannten in Taunton?«, überlegt sie laut, und ich frage mich, worauf sie hinauswill. Doch da kommt es schon: »Haben Sie vielleicht noch mehr Flyer im Wagen?«

Sie deutet mit dem Kopf Richtung Einfahrt, an der Cox' alter Kombi parkt.

»Sicher. Meine Runde hat gerade erst angefangen.«

»Na, dann her damit! Ich kann später ein paar mit in die Stadt nehmen.«

Cox' Gesicht rötet sich vor Aufregung gleich noch ein wenig mehr.

Amber geht mit ihm zum Auto.

Er übergibt ihr ein paar Flyer und beugt sich wieder zu ihr, um ihr noch etwas zuzuraunen. Dabei legt er seine Hand vertraulich an ihre Schulter. Amber lässt ein perlendes Lachen erklingen. Er steigt ein und fährt davon, während sie noch einmal winkt.

Dann dreht sie sich um und kommt mit einer Miene zu mir zurück, die zwischen Lachen und Entsetzen schwankt.

»Bin ich so blass, wie ich mich fühle?«, haucht sie.

Tatsächlich sieht sie trotz ihrer immer braunen Haut ein bisschen fahl aus.

Ich muss grinsen.

»Du weißt ja hoffentlich, dass du mit deinem genialen Schachzug unsere Abendgestaltung am Samstagabend festgelegt hast?«, frage ich schmunzelnd. »Nachdem du derartig begeistert warst, können wir unmöglich *nicht* hingehen.«

»Ist das so schlimm?«, fragt sie und sieht mich mit einem Augenaufschlag an, der mich tatsächlich für einen Moment aus dem Konzept bringt.

Hatte ich tatsächlich recht?! Sie ist irgendwie verändert seit dem gestrigen Tag. Wenn ich es nicht besser wüsste, könnte ich meinen, sie flirte ein bisschen.

»Für mich sicher nicht«, erwidere ich schnell. »*Ich* habe ja unserem Nachbarn keinen Tanz versprochen.«

Amber lacht laut, ein kleines bisschen hysterisch vielleicht. Ich betrachte sie dabei fasziniert. So ganz anders ist sie, als ich sie anfangs kennengelernt habe. Sie wirkt freier, gelöster.

»Aber ernsthaft: Das hast du gerade wirklich geschickt eingefädelt«, stelle ich fest. »Wunderbar, wie du ihn wieder vom Hof katapultiert hast. Und gute Laune hat er jetzt auch noch, weil du so *begeistert* vom Tanz bist.«

Eigentlich hoffe ich, dass sie über meinen Scherz weiterlacht. Doch das Gegenteil ist der Fall, sie wird plötzlich ernst, beinahe nachdenklich.

»Du bist nicht der Einzige, der Ablenkungsmanöver beherrscht«, antwortet sie dann bedeutungsschwanger und geht davon in Richtung Stall.

Was hat sie denn um Himmels willen damit gemeint?

*

Am Samstagabend ist Amber so lange in ihrem Zimmer verschwunden, dass mir langsam der Verdacht kommt, sie habe unsere Verabredung schlicht vergessen. Oder vielleicht war es ihr damit von Anfang an gar nicht ernst?

Gerade will ich mir in meinem schicksten hellgrauen Anzug mit rosafarbenem Hemd und dunkler Krawatte schon reichlich albern vorkommen, wie ich hier im Wohnzimmer auf der Sofakante balanciere, da höre ich ihre Zimmertür gehen. Im Flur ihre leichten Schritte. Ich springe vom Sofa auf. Dann steht sie in der Tür.

Mir stockt schlicht der Atem. Ich muss mich richtig zusammenreißen und nach Luft schnappen, ehe ich ein »Wow!« herausbringe.

Dabei wäre ein *Umwerfend!* oder *Bombastisch!* wesentlich angebrachter.

Das knallrote Sommerkleid mit breiten Trägern und verlockendem Ausschnitt steht ihr ganz ausgezeichnet. Das Oberteil liegt eng an ihrem schlanken Körper und betont jede Rundung. Der Rock schwingt um ihre braunen Beine, die in einem Paar weißer Tanzschuhe enden.

»Ist aus Taunton. Ich musste was Neues kaufen, weil ich für so eine Gelegenheit nichts eingepackt hatte«, sagt sie ein wenig verlegen, weil ich nicht anders kann, als sie immer noch anzustarren, und streicht über den weich fließenden Stoff.

»Die Leute da haben Geschmack«, bringe ich heraus.

Sie lächelt. Ihre Hand fährt an ihre Hochsteckfrisur, in die sie bunte Bänder in Lila, Orange und Grün geflochten hat. Auch dezent geschminkt ist sie, fällt mir auf, als ich näherkomme. Ihr Mund ist genauso rot wie ihr Kleid. Und lässt ihre Zähne noch weißer strahlen.

»Mit einem Schlag bin ich heilfroh, mich rasiert zu haben. Nimmst du mich so mit?« Ich deute an mir herab.

»Keinerlei Beanstandungen«, sagt Amber. »Obwohl …«

Sie betrachtet mich gespielt nachdenklich. Dann bricht sie eine rote Nelke aus dem kleinen Strauß, den sie heute Morgen in die Vase auf dem Couchtisch gestellt hat. Sie steckt die Blume in mein oberstes Knopfloch am Jackett und nickt.

»So ist es perfekt.«

Ich halte ihr den Arm hin, und sie hakt sich ein.

»Immer ganz Gentleman«, sagt sie lächelnd.

Doch ich zucke innerlich zusammen.

Verschwinde, Madeleine, sage ich heimlich zu ihrem Bild

vor meinem inneren Auge, das mich abfällig anschaut. *Heute Abend hast du hier nichts zu suchen!*

*

Bei der Tanzveranstaltung im Gemeindezentrum wirken Amber und ich wie zwei Schleierschwänze im Goldfischbecken.

Der Saal ist bereits gut gefüllt, als wir hereinkommen. Prompt drehen sich diverse Köpfe in unsere Richtung.

»Sind wir overdressed?«, wispert Amber mir zu.

Als ich ihr gerade vor der Tür meinen Arm anbot, hat sie das mit einem amüsierten Schmunzeln kommentiert, und fast rechnete ich schon mit einer weiteren Bemerkung zu meinem Gentleman-Gehabe. Aber jetzt scheint sie froh zu sein, den vielen Blicken nicht allein ausgesetzt zu sein. Denn während ich sie an meinem Arm durch die Menge leite, ist ziemlich deutlich, dass die meisten Blicke ihr gelten.

Auch die Einwohner Bridgwaters und seiner umliegenden Ortschaften haben sich in Schale geworfen. Doch Amber sticht sie alle aus, ohne dabei pompös oder aufgesetzt zu wirken.

Wir setzen uns an einen Tisch mit ein paar deutschen Touristen, die in ihrer Outdoorbekleidung ebenso auffallen wie wir – nur eben in anderer Weise. Und leider wird uns schnell klar, wieso hier noch Plätze frei sind: Als die Musiker die ersten Noten spielen, merken wir, dass wir direkt vor den Verstärkern sitzen.

Ich war schon so lange nicht mehr auf einer dörflichen Tanzveranstaltung, dass ich mich an die Gepflogenheiten kaum noch erinnern kann. Auf alle Fälle bin ich überrascht, dass das Publikum aus Menschen aller Altersklassen zu bestehen scheint.

In den angesagten Londoner Clubs, die Madeleine so liebt, teilt sich das Klientel viel stärker in *wirklich jung, möchte-gern-jung* und *unter-keinen-Umständen-noch-jung-dies-aber-ignorierend* auf. Dort ist es außerdem üblich, dass man erst mal möglichst cool und lässig stundenlang herumsitzt und sich gegenseitig unauffällig begafft, ehe man überhaupt in Erwägung zieht, einen Schritt auf die Tanzfläche zu tun.

Das ist hier jedoch komplett anders. Die Leute hier haben offensichtlich richtig Lust aufs Tanzen. Statt erst einmal mit ein, zwei Songs die Stimmung aufzulockern, legen die Musiker gleich richtig los. Und augenblicklich strömen Paare zu einem schwungvollen Foxtrott in die Saalmitte, in der in Nullkommanichts ein irres Gedränge herrscht.

Ich will gerade eine lustige Bemerkung dazu machen, als Amber sich zu mir beugt.

»Oh Gott, da kommt Cox«, zischt sie mir beinahe panisch aus dem Mundwinkel zu. »Nun mach schon, Finian!«

»Was denn?«, erwidere ich, gespielt begriffsstutzig.

Doch sie ergreift schon meine Hand und zieht mich Richtung Tanzfläche.

Ich sehe noch kurz Cox' enttäuschte Miene, doch dann spricht ihn jemand an, und er schlüpft gleich wieder in die offizielle Rolle als Komitee-Mitglied.

»Eigentlich tanze ich nicht besonders gut«, beichte ich Amber, als sie bereits meine Hand auf ihren Rücken platziert und die andere mit ihrer in die Höhe reißt.

»Macht nichts«, presst sie zwischen den zusammengebissenen Zähnen hindurch. »Tu wenigstens so.«

Ich muss ein Lachen unterdrücken. Doch da die Gelegenheit günstig ist, ziehe ich sie ein wenig enger an mich und wage ein paar Tanzschritte.

Amber lässt sich ein paar Takte mal nach links, mal nach rechts leiten. Doch dann geschieht etwas Merkwürdiges: Ihre rechte Hand umgreift meine linke ein wenig fester. Ihre linke liegt nachdrücklich auf meiner Schulter. Und ehe mir noch ganz klar wird, was hier passiert, führt *sie* mich.

Und zwar deutlich besser, als ich es je draufhatte.

Geschmeidig bahnt sie uns einen Weg durch die schiebende, wankende Menge. Leichtfüßig und geschickt lenkt sie uns im Foxtrott-Takt einmal um den ganzen Saal.

»Wow«, sage ich schließlich. Schon zum zweiten Mal an diesem Abend. »Du kannst ja wirklich gut tanzen.«

Sie hebt mir ihr Gesicht entgegen, und ebenfalls zum zweiten Mal stockt mir der Atem. Da ist ein Strahlen und Leuchten in ihren Augen, das ich dort bisher noch nicht gesehen habe.

»Und du lässt dich wirklich gut führen«, erwidert sie keck.

»Meinst du, es fällt jemandem auf, wer hier von uns beiden den Ton angibt?«, raune ich ihr zu und tue so, als schaute ich mich vorsichtig um.

»Sicher nicht«, antwortet sie. »Die sind alle viel zu sehr mit sich selbst beschäftigt. Die sehen nur, dass wir mächtig Spaß haben …«

Damit leitet sie eine schwungvolle Drehung ein, in der sie sich sanft nach hinten fallen lässt und es bestimmt von außen so aussieht, als würde ich sie geschickt halten.

»Alle Achtung!«, sage ich, während wir weiter den Saal umkreiseln. »Da kommst du erst so sanft und zurückhaltend daher, und dann stellt sich plötzlich raus, dass du eine wahre Führungskraft bist.«

Sie lächelt mit schief gelegtem Kopf.

»Dass nicht immer genau das in den Leuten steckt, was wir auf den ersten Blick zu sehen scheinen, müsstest du doch wissen, Finian Anderson«, sagt sie.

Wieder stutze ich. Will sie mir etwas sagen?

Doch ehe ich nachhaken kann, wechselt die Band zu einem langsamen Walzer, dessen Takt sie sofort mühelos aufnimmt und zu dem sie uns im Dreivierteltakt sicher durch die Menge der Tanzbegeisterten führt.

»Woher kannst du das alles?«, frage ich stattdessen.

»Eddy und ich …«, sagt sie, bricht ab.

Kurz fliegt ein dunkler Schatten über ihre Miene. Doch dann bemüht sie sich um ein erneutes Lächeln, das ihr fast ebenso strahlend gelingt wie gerade noch.

»Wir sind wahnsinnig oft tanzen gegangen. Und wenn der Mann zwei linke Füße hat, muss die Frau eben lernen, das Kommando zu übernehmen.«

Darauf weiß ich irgendwie nichts zu antworten, und so schweigen wir eine Weile.

Die Frau, die hier gerade das Kommando hat, dreht und wirbelt uns elegant im ganzen Saal herum. Die Blicke, die uns vom Rand aus immer noch zufliegen, scheint sie gar nicht mehr zu registrieren.

»Was ist mit deiner Frau? Kann sie tanzen?«, erkundigt Amber sich.

»Oh, Madeleine hat auf jeden Fall ein Gefühl für Musik. Aber sie tanzt lieber Freestyle. Wir gehen öfter in Clubs und so.«

Verflixt. Irgendwie rutscht mir immer noch die Gegenwartsform heraus. Da schwebe ich hier mit meiner entzückenden Mitbewohnerin über die Tanzfläche und rede so, als ob meine Ehefrau und ich noch regelmäßig zusammen ausgehen würden. Dabei haben wir das schon seit Ewigkeiten nicht mehr getan, nicht so richtig, nicht als Paar.

»Aha.«

Ich will nicht länger an Madeleine denken. Deswegen frage ich das Erste, das mir in den Kopf kommt: »Hat Eddy nichts dagegen, dass wir heute Abend hier sind?«, erkundige ich mich und höre selbst, dass meine Frage alles andere als nebensächlich klingt.

Amber sieht mich kurz an. Beinahe erschrocken. Dann wendet sie den Kopf wieder nach links, in ihren Tanzbereich.

»Nein«, sagt sie so leise, dass ich sie kaum verstehen kann. »Eddy und ich, wir sind …«

»Mr. Anderson!«, dröhnt da eine Stimme hinter uns.

Verflixt, wir haben ihn beide nicht kommen sehen!

»Darf ich abklatschen?«

Cox, heute ohne seine Tweedmütze, dafür aber mit einer Fahne, die bis zum Bristolkanal weht, grinst Amber bereits an wie ein Stück Sahnetorte auf seinem Teller.

Ich werfe einen Blick in ihr Gesicht, in dem die Spuren unserer letzten Worte noch zu erkennen sind.

Doch im selben Moment zwingt sie sich schon zu einem aufgesetzt fröhlichen Lachen und sagt: »Wenn Sie mir erlauben zu führen, Mr. Cox?!«

Daraufhin lässt Cox sein dröhnendes Gelächter erschallen und entführt meine bezaubernde Tanzpartnerin ins Gedränge.

Als ich so allein am Rand stehe, schiebt sich von der Seite eine üppige Rothaarige an mich heran.

»Tolle Tänzer sind hier rar gesät«, sagt sie mit einem vielsagenden Lächeln.

»Wem sagen Sie das?«, erwidere ich. »Ich kann es ja selbst nicht.«

»Ach, was! Ich hab sie beobachtet!«, ruft sie und schüttelt kichernd den Kopf.

Ich werfe einen sehnsüchtigen Blick zu unserem Tisch, auf dem ein Pint auf mich wartet. Doch dann siegt meine gute Erziehung.

»Ich kann es Ihnen beweisen. Darf ich bitten?«, sage ich charmant und deute zur Tanzfläche.

Das lässt sie sich nicht zweimal fragen und wirft sich regelrecht an mich. Doch nach dem nächsten Tanz schaut sie mich amüsiert an.

»Sie hatten recht. Tanzen ist wirklich nicht Ihre Stärke«, gibt sie zu. »Aber wenn Sie mal jemanden einfach so zum Ausgehen suchen, gebe ich Ihnen gern meine Nummer.«

»Wir sind nicht lange hier«, erwidere ich, absichtlich im Plural.

»Schade«, sagt sie und seufzt.

Ich geleite sie an ihren Tisch, wo eine Horde Freundinnen mich ehrfurchtsvoll anstarrt, und steuere dann meinen eigenen Platz an.

Dort lässt Amber sich gerade auf ihren Stuhl fallen und setzt ihr Glas an.

»Überstanden?«, erkundige ich mich.

»Finian«, stöhnt sie. »Versprich mir, dass du mich nicht mehr aus den Augen lässt!«

»Okay«, sage ich.

Und merke plötzlich, dass es genau das ist, was ich tun möchte.

*

Für den Rest des Abends bleibe ich von weiteren Konfrontationen mit vollbusigen Rothaarigen verschont. Sobald Cox in unserem Blickfeld auftaucht, machen wir uns aus dem Staub und tauchen in der Menge unter, sodass Amber sich nicht noch einmal von ihm an die stolzgeschwellte Komiteemitgliedsbrust ziehen lassen muss. Auch das Thema »Eddy« schneiden wir nicht mehr an. Dafür tanzen wir so viel, dass ich mir in meinen schicken Schuhen sicher Blasen hole.

Da ich nicht mehr als das eine Bier getrunken habe, fahre ich uns weit nach Mitternacht nach Hause.

Nach Hause. Wie leicht sich so etwas denkt, überlege ich, während die Scheinwerfer meines Mietwagens die schmale Straße vor uns erhellen.

»Du hast heute wieder den ganzen Tag geschrieben, wie?«, erkundigt Amber sich schläfrig.

Als die Musik spielte und wir tanzten, hatte sie verändert gewirkt. Auf eine unerwartete Weise sprühend und voller fröhlicher Energie, herausfordernd, ja sogar flirtend. Jetzt, hier im Auto, ist sie wieder die Amber, die ich in den letzten Wochen kennengelernt habe, sanft und zurückhaltend. Doch da ist plötzlich ein gravierender Unterschied: Ich *weiß* nun, dass all das andere unter dieser stillen Oberfläche verborgen ist.

Sie hatte nichts dagegen, als ich ihr auf dem Weg zum Parkplatz mein Jackett umlegte, und kuschelt sich nun in den bequemen Sitz.

»Ja, das Manuskript entwickelt sich fantastisch. Ich stecke voll in der Geschichte, meine Protagonisten sind mir bereits ans Herz gewachsen, kurz: Es läuft hervorragend!«, beantworte ich ihre Frage, während mir all diese verwirrenden Gedanken durch den Kopf gehen.

»Wie schön für dich!«

Sie freut sich wirklich mit mir. Aber sie fragt nicht weiter. Eigentlich sonderbar. Jemand, der so viel liest wie sie, müsste sich doch eigentlich dafür interessieren, was ihr schriftstellernder Mitbewohner so verzapft. Ich habe mir bereits ein paar haarsträubende Geschichten zurechtgelegt, die ich ihr präsentieren könnte, wenn sie mehr zu meiner Arbeit wissen wollte. Doch sie schweigt.

»Und du scheinst deine freie Zeit sehr zu genießen«, sage ich daher. »Entweder du bist bei den Pferden oder spielst mit Faye im Garten, planst die Route für unsere erste kleine Wanderung mit Brandon und Stanley in die Quantocks hinauf … Und du liest sehr viel, oder?«

Amber zögert einen Moment.

»Ja, stimmt«, sagt sie dann.

»Was denn eigentlich genau?«, forsche ich nach.

»Wieso willst du das wissen?«, entgegnet sie.

Ich schüttele verwirrt den Kopf. »Na ja, vielleicht geht das allen Autoren so, aber bei mir war es schon immer so, dass ich mich Menschen, auf die ich neugierig bin, gern über ihre Lieblingsgeschichten nähere. Nach dem Motto: Sag mir, was du liest, dann weiß ich, wer du bist.«

Die Stille, die sich nach meiner kleinen Erklärung im Wagen ausbreitet, spricht für sich.

Dass ich neugierig auf Amber bin, ist mittlerweile auch den trägsten meiner Hirnzellen klar geworden. Aber nun dürfte es wohl auch ihr aufgegangen sein.

»Sagen wir mal so«, antwortet sie schließlich. »Ich hätte bis vor ein paar Wochen selbst nicht geglaubt, dass ich die Bücher gern lesen würde, die ich gerade regelrecht verschlinge.«

»Das heißt?«

Ihre Stimme klingt verwundert, als sie schließlich antwortet: »Das heißt, ich muss wohl erst noch selbst herausfinden, wer ich bin.«

15. Amber

Verrückte Geschichte. Da muss ich mir erst zufällig mit einem Liebesromanautor ein Ferienhaus teilen, um rauszufinden, dass ich dessen Storys geradezu fressen könnte!

Na ja, ich muss ehrlich sein. Manche von Finians Büchern, die ich nach und nach alle bei *Brendon Books & Maps* bestelle und heimlich in Meadows Cottage lese, sind noch etwas mehr mein Geschmack als andere. Das geht bestimmt jedem so: Sogar vom Lieblingsautor hat man gewisse Lieblingsbücher … Moment mal! *Lieblingsautor?* Ja, wieso eigentlich nicht?! Schließlich gefallen mir alle seine Bücher ausnehmend gut, auch wenn auf deren Titelseite der Name *Mary-Anne Price* prangt.

Die Geschichten sind außergewöhnlich, handeln von Menschen mit Ecken und Kanten, die mir meist schon auf den ersten Seiten – wie hat er es Samstagnacht im Auto so treffend ausgedrückt? – *ans Herz wachsen.* Sie spielen mal in London, mal entführen sie an schöne Orte irgendwo auf dem Land in Irland, Schottland oder Südengland. Vielleicht an Plätze, wo er als Kind die Ferien bei den Großeltern verbracht oder als Erwachsener mal Urlaub gemacht hat?!

Auf den Seiten wabern Gefühle, die mich langsam, aber sicher in einen beständigen Nebel hüllen. So poetisch, so schön ist dort beschrieben, was zwischen Menschen geschieht, die sich ineinander verlieben.

Meist sind es eine Frau und ein Mann, um deren Geschichte sich das Buch dreht. Aber es gibt auch eine wunderschöne Liebesgeschichte zwischen zwei Frauen und eine zwischen zwei Männern. Mary-Anne Price kann sich solche Konstellationen offenbar erlauben. Und ich stelle fest: Ich fiebere bei jeder Geschichte mit. Es macht wirklich keinen Unterschied, für wen die Figuren im Buch entbrennen.

Genau das, was Eddy auch immer sagt.

Eddy.

Ich wüsste zu gern, warum Finian mir bei der Tanzveranstaltung in Bridgwater diese eine gewisse Frage gestellt hat. Kurz bevor Cox auf der Bildfläche erschien und mich in diesen dreiminütigen Albtraum namens Quickstep entführte. Finian hatte beinahe ein bisschen so geklungen, als wolle er auf möglichst harmlose Weise auskundschaften, ob Eddy und ich … Aber das ist natürlich völliger Unsinn. Finian ist schließlich verheiratet. Und wenn seine Bücher, wenn Finians Umgang mit Brandon, Stanley, Bonnie und Clyde, seine Schmuseeinheiten mit Faye mir eines zeigen, dann: dass er nicht der Typ dafür ist, seine Ehefrau zu betrügen. Auch wenn ich mich natürlich frage, wieso er nicht zu Hause am neuen Buch arbeiten kann, sondern sich die dreimonatige Auszeit hier genommen hat. Und wieso er hier den Ring nicht mehr trägt, dessen helle Stelle am Finger mittlerweile ebenso gebräunt ist wie der Rest seiner schlanken Hand.

Was ich mich auch frage, ist, wieso er mir das Geheimnis rund um sein Pseudonym noch nicht anvertraut hat. Ob es eine Klausel in seinem Vertrag gibt, die ihm verbietet, Fremden wie mir die Wahrheit über die Erfolgsautorin Mary-Anne Price zu erzählen? Wahrscheinlich steht zu befürchten, ich könnte losgehen und diese geheime Information weitergeben – an ein Klatschblatt oder gewisse Literaturprofessoren in Oxford.

Mr. Brendon jedenfalls, von dem ich am späten Montagnachmittag mit einem weiteren Arm voller Bücher zurückkehre, hat nicht die geringste Ahnung. Er ist voll des Lobes über die feinsinnige Erzählweise der Autorin und schreibt es sich nun auf die Fahne, in mir einen weiteren Fan für sie gewonnen zu haben.

Ein bisschen umständlich klettere ich vor Meadows Cottage aus meinem Wagen und zerre am vorgeklappten Fahrersitz den Einkaufskorb vom Rücksitz, auf dem die Bücher obenauf liegen.

»Amber, wie gut, dass du wieder da bist!«, ertönt da hinter mir Finians Stimme.

Ich fahre zusammen und schieße herum.

Ihn hatte ich nicht hier erwartet, sondern vermutet, dass er im Wintergarten bei der Arbeit an seinem neuen Buch sitzt.

Hastig verstecke ich den Korb hinter meinen Beinen, die in den Shorts jedoch nur unzureichend Deckung bieten.

Oh Gott, was mache ich, wenn er die Bücher sieht? Wie erkläre ich, dass ich hier vier seiner Romane anschleppe? Und das, nachdem ich vor zwei Tagen auf seine Frage nach meiner aktuellen Lektüre noch so ausweichend geantwortet habe?

Doch zu meiner grenzenlosen Erleichterung interessiert Finian sich nicht die Spur für meine Einkäufe.

»Schmeiß die Sachen schnell rein, und komm zur Scheune!«, sagt er gehetzt.

Erst jetzt fällt mir auf, dass er in der einen Hand einen

Eimer mit dampfendem Wasser und unter dem anderen Arm einen Stapel Handtücher trägt.

»Aber …?«

»Es ist Faye«, unterbricht er mich, und mein Herz rutscht mir mit einem Schlag in den Magen.

Die Aufregung, die er ausstrahlt …

»Oh, Gott! Was ist mit ihr?«, erkundige ich mich mit vor Angst hoher Stimme.

Doch Finian ist schon weitergeeilt, so schnell der volle Wassereimer es gestattet. Er dreht sich im Laufen noch einmal um. Das Gesicht zu einer verblüffenden Mischung aus Schrecken und Freude verzogen.

»Sie bekommt Welpen!«, ruft er.

Und während ich fassungslos hier stehe und ihm nachstarre, ist er schon über den Hof und hinter dem großen Scheunentor verschwunden.

Vor meinen Augen flimmert es.

Faye. Bekommt Welpen.

Natürlich. Deswegen ist sie in der letzten Zeit immer molliger geworden.

Ach du meine Güte!

Ich renne ins Haus, pfeffere die Bücher unter mein Bett, knalle den Einkaufskorb mit den Lebensmitteln in der Küche auf die Arbeitsfläche und bin schon wieder draußen und über den Hof.

Im Dämmerlicht der Scheune biege ich um den größten Stapel Heuballen. Finian hockt an der zwischen weiteren Ballen geschützt liegenden Stelle, an der Faye nachts schläft.

Und da liegt sie, meine kleine Faye.

Ich falle neben den beiden auf die Knie.

Faye hechelt mit erhobenem Kopf und klopft zu meiner Begrüßung mit dem Schwanz sacht auf den Boden.

»Ja, mein Schätzchen, ich bin ja da«, sage ich mit leiser Stimme, lasse sie an meiner Hand schnuppern und kraule ihr das Ohr.

»Wie hast du …? Ich meine, woher wusstest du…?«, stammele ich, während Finian die Handtücher rund um Faye ausbreitet.

Ich vermute, es sind die, die er üblicherweise selbst zum Duschen benutzt. Sie sehen ziemlich edel aus. Aber er zögert nicht eine Sekunde, sondern verteilt die teuren Frotteetücher im Heu. Mir geht das Herz auf.

»Sie kam heute Mittag nicht vorbei, um sich einen Leckerbissen abzuholen. Und dann, vor etwa einer halben Stunde, wollte ich Bonnies Hufe kontrollieren. Da hab ich nach ihr geschaut«, erklärt er.

Zittert seine Stimme ein bisschen?

»Zuerst wusste ich nicht, was los ist. Ich dachte, sie hätte sich verletzt, weil sie so stark hechelte. Aber dann hat sie sich immer wieder geleckt und … Schau dir ihre Zitzen an.«

Vorsichtig klappt er das lange Fell zur Seite. Er hat recht. Fayes Gesäuge ist rot geschwollen und sondert ein wenig Milch ab.

»Au weia …«, stöhne ich. »Und jetzt? Ich meine, weißt du, was man tun muss?«

Finian lächelt panisch. »So richtig nicht. Ich habe versucht, Harriet zu erreichen, aber sie ging nicht ran. Da hab ich erst mal heißes Wasser und Tücher geholt. Sie braucht es doch bestimmt trocken und sauber.«

Faye durchläuft ein Schauder, und sie krümmt sich kurz zusammen. Doch ihr entwischt kein Ton.

Tapferes Mädchen!

Ich zücke mein Handy und tippe rasch auf Harriets Kurzwahltaste. Auch ich lande nur auf der Mailbox.

»Harriet, hier sind Finian und Amber«, sage ich rasch. »Wir brauchen dich hier. Faye … ehm, du kennst sie noch nicht. Sie ist eigentlich die Hündin vom alten Cox. Aber sie ist abgehauen und lebt seit einiger Zeit hier bei uns. Jedenfalls … also, sie bekommt Welpen. Und wir haben beide keinen blassen Schimmer, was wir tun müssen. Bitte melde dich, ja?!«

Finian und ich tauschen einen intensiven Blick.

Für einen Moment ist mir so, als würde ich wieder seine Hand in meiner, seine andere auf meinem Rücken spüren, wie wir uns zur Musik drehen und durch den Saal tanzen.

Doch dann fiept Faye sehr leise, biegt sich und beginnt, intensiv an sich zu schlecken.

Möglichst ruhig beuge ich mich über sie und versuche, freie Sicht zu bekommen.

»Oh, Gott, Finian!«, keuche ich. »Da ist schon das Erste!«

Tatsächlich sehe ich in Fayes Scheidenausgang eine Art Blase. Mit dem nächsten Schaudern, das durch ihren Körper läuft, wird die Blase deutlich größer und schiebt sich heraus. Es ist ein winzig kleiner Hundekopf, bedeckt mit fest gespannter Haut und ein wenig Schleim.

Finians schlanke Hand, bei der ich anfangs immer ans Klavierspielen gedacht habe, die mich nun aber an all die schönen Geschichten erinnert, die er damit schon niedergeschrieben hat, greift vorsichtig nach diesem winzigen Wesen. Er umfasst es zart und streicht mit der anderen Hand über Fayes Bauch. Sie hechelt stärker und presst erneut. Mit einem einzigen Rutsch gleitet der Welpe heraus und wird von Finians Hand sanft auf das dicke Handtuch gebettet.

»Oh nein, warum bewegt es sich nicht?«, flüstere ich angstvoll. »Müssen wir vielleicht die Fruchtblase …?«

Doch da ist schon Fayes Kopf. Ihre Zunge, die über ihr Junges fährt, ihre Zähne, die äußerst behutsam die Haut zerreißen.

Und in diesem Moment streckt das kleine Wesen sich. Es reißt das winzige Mäulchen auf, entrollt eine überraschend lange, rosafarbene Zunge und gibt ein herzberührendes Quäken von sich.

Sofort schleckt Faye es von vorne bis hinten ab, stupst es anschließend mit der Nase auf den Rücken, sodass sie die Unterseite bearbeiten und auch gleich die Nabelschnur durchbeißen kann.

Auf diese Weise sehen wir, dass es ein kleiner, fast schwarzer Rüde ist.

Das Kerlchen protestiert lautstark gegen die etwas ruppige Behandlung seiner Mutter.

»Hey, Faye, nicht so wild«, raune ich ihr zu.

Doch Finian lächelt.

»Ich glaube, sie weiß ziemlich gut, was sie tut. Habe mal gelesen, dass die Jungen das brauchen, damit ihr Kreislauf richtig in Schwung kommt.«

Und das scheint tatsächlich zu funktionieren.

Der Kleine piepst in hohen Tönen und beginnt, sich mit den Hinterbeinchen über das Frottee zu schieben – ganz offensichtlich in Richtung der prallen Zitzen.

»Willst du ihm helfen?«, schlägt Finian vor.

Ich zögere nur kurz. Dann nehme ich den Kleinen – so winzig, so warm, so ganz und gar neu in dieser Welt, dass es mir schier das Herz zerreißt – achtsam in die Hand und lege ihn an eine von Fayes Zitzen.

Augenblicklich dockt das Kerlchen dort an und beginnt zu nuckeln.

»Das Pub ist eröffnet«, sagt Finian schmunzelnd.

Er streicht Fayes langes Fell zur Seite, damit ihr Söhnchen sich nicht darin verfängt. Doch die langen Haare rutschen immer wieder von ihrer Seite herunter.

»Eine Minute!«, sage ich, springe auf und renne zum Haus hinüber.

Die Abenddämmerung senkt sich bereits über das Land.

Von der Weide her sehen mir Brandon und Stanley verwundert zu, wie ich vorbeihetze, während Bonnie und Clyde sich ungerührt über ihr Heunetz hermachen.

Meadows Cottage, der Garten, alles sieht aus wie immer. Und doch scheint es vollkommen unwirklich, weil sich gerade in der Scheune dieses kleine Wunder abspielt, an dem ich Anteil nehmen darf. Faye, *meine* Faye wird Mama! Unglaublich!

Ich eile in die Küche, reiße eine Schublade auf, greife mit zitternden Fingern hinein und bin schon wieder auf dem Weg zurück.

Diesmal wiehert Stanley, als ich vorbeischieße. Er ist es gewohnt, dass ich immer kurz bei ihnen stehen bleibe, um sie zu kraulen oder Möhren zuzustecken.

»Später, Jungs!«, rufe ich den beiden lachend zu.

Lachend, weil alles so schrecklich aufregend ist.

Als ich die Scheune betrete, verlangsame ich meinen Schritt, um Faye nicht zu beunruhigen.

»Ist was passiert in der Zwischenzeit?«, will ich atemlos wissen, während ich mich wieder zu den beiden hocke.

Finian grinst. Auch ihm ist nun, da der erste Welpe ganz problemlos zur Welt gekommen ist, augenscheinlich leichter ums Herz.

»Was soll in fünfundvierzig Sekunden passieren?« Sein Blick fällt auf meine Hand. »Eine Schere?«

»Das hat mir gerade mein gesunder Menschenverstand geflüstert«, sage ich.

Ich halte Faye die Schere kurz hin, damit sie sie beschnuppern kann und sich nicht fürchtet. Sie kennt das Ding von unseren Bürstaktionen, bei denen ich sie damit von allzu hartnäckigen Knoten befreit habe. Dann greife ich in ihr volles Fell am Bauch und an den Seiten, das normalerweise fast bis zum Boden fällt, und beginne, es abzuschneiden.

Der kleine Rüde lässt sich davon nicht stören.

Schon nach wenigen Schnitten mit der Schere sehe ich, dass es so für Fayes Babys gewiss sicherer sein wird – denn wie leicht könnten sie sich beim blinden Herumkrabbeln in den langen Haaren verfangen?!

Als ich fertig bin, betrachten Finian und ich Fayes Bauch. Sieht ziemlich fransig, aber auch extrem niedlich aus.

»Müsste es nicht langsam mal weitergehen?«, überlege ich schließlich.

Meine Erleichterung über den ersten komplikationslos geborenen Welpen macht allmählich einer inneren Unruhe Platz.

Finian macht Anstalten aufzustehen. »Ich gehe kurz ins Haus und lese das schnell im Internet nach. Vielleicht …«

»Nein!«, sage ich rasch und bin selbst überrascht, mit welcher Vehemenz meine eigene Hand nach seinem Arm greift. »Bitte bleib!«

Wir sehen beide auf meine Finger, die seinen angenehm

muskulösen Oberarm festhalten. Ein wenig verlegen lasse ich los. Er lässt sich wieder nieder.

»Okay«, sagt er.

Dann schweigen wir eine Weile.

In mir geht alles drunter und drüber. Ich bin verwirrt. Diese ganze Situation ist aufregend und anstrengend. Aber was war das gerade, als ich ihn festhielt? Dieses Gefühl, als hätte sich zwischen uns eine elektrische Spannung entladen. Das hatte doch nichts mit Faye zu tun … Oder?

»Geht es dir eigentlich auch so, dass …«, beginnt er schließlich nachdenklich und bricht verwirrt ab.

»Was denn?«

Mein Herz klopft hektisch in meiner Brust. Mit dem schnellen Lauf von gerade hängt das aber sicherlich nicht mehr zusammen.

Er winkt ab. »Ach, ich bin ziemlich rührselig angesichts dieses spektakulären Ereignisses hier.«

»Ich doch auch.«

Ich schaue ihn auffordernd an, während ich Faye sanft über den Bauch streiche.

Finian räuspert sich. »Ich glaube, ich wollte darüber sinnieren, wie sehr ich es genieße, mich um die Tiere zu kümmern. Ehrlich gesagt habe ich mir darüber vorher nie Gedanken gemacht. Als Kind wollte ich zwar immer eine Katze, aber meine Frau …«, er hält kurz inne, doch als ich nichts erwidere, fährt er fort, »Madeleine hat eine Katzenhaarallergie. Ganz schlimm. Sobald sie sich auch nur im selben Raum aufhält wie ein Stubentiger, schwillt ihr Hals zur doppelten Dicke an, und ihre Augen tränen wie beim Zwiebelnschneiden.« Er lacht, aber es klingt dünn. »Sie liebt zwar Hunde, aber weil wir beide keinem Hund den Alltag in

London antun wollten, hatten wir nie Vierbeiner. Tja, deswegen bin ich fast ein wenig überrascht, wie viel Freude es mir macht, die Pferde zu versorgen oder Faye dabei zu helfen, ein bisschen weniger Angst zu haben. Ich finde es einfach schön zuzusehen, wie Brandon immer mehr aufblüht, wie er sich endlich freier bewegt und wieder Anteil am Leben nimmt. Oder wie Bonnie ihr Misstrauen uns gegenüber jeden Tag ein bisschen mehr ablegt, wie sie rankommt und gestriegelt werden will. Oder wie sehr Clyde sich über jede Extraleckerei freut. Ich hoffe nur, dass Harriet, Sara und die anderen für Bonnie und Clyde ein gutes Zuhause finden, in dem sie ihr Vertrauen weiter aufbauen können. Und sobald die beiden hier verschwunden sind, können wir unseren Vermieter davon überzeugen, dass Stanley für Brandon das ideale Beistellpony ist. Für mögliche Kosten im Shetlandponyformat komm ich gerne auf, wenn unser alter Kumpel nur weiterhin diese kleine Gesellschaft haben darf.«

Er hat sich warmgeredet und macht plötzlich den Eindruck, als könne er noch stundenlang weiter über *unsere* Schützlinge philosophieren. Vielleicht fällt ihm das auch auf, denn er verstummt, ein wenig verwundert.

»Ich sag ja, rührselig«, setzt er dann schulterzuckend hinzu.

»Finde ich nicht. Ich finde, du klingst einfach wie ein Vater. Oder auch wie eine Mutter. Vielleicht steckt ein bisschen von beidem in dir?«

Verdutzt sieht er auf.

»Ja, ich habe es neulich noch in irgendeiner Zeitschrift gelesen.«

Ich überlege, aber mir fällt nicht ein, in welcher genau.

»Da hieß es, dass Elternsein auch bedeutet, dass Kümmern und Versorgen eine Art eigenes Bedürfnis ist, genauso wie Vertrauen zu schenken. Es ist das Glück darüber, die Entwicklung der Kinder verfolgen zu können, für sie da zu sein, solange sie es brauchen – aber auch loslassen zu können, wenn sie dann ihren eigenen Weg gehen. Im Prinzip klingt das, was du sagst, doch ganz genauso. Auch wenn die Kinder, um die es hier geht, ziemlich haarig sind …« Ich grinse ihn an.

Doch aus irgendeinem Grund sieht Finian plötzlich merkwürdig blass aus.

»Hey«, sage ich lächelnd. »Mit ist schon klar, dass du nicht wirklich eine *Mutter* sein kannst …«

In dem Moment klingelt mein Handy.

Ich reiße es aus der Hosentasche, lasse es fast fallen, jongliere kurz damit, bis ich es zu fassen bekomme und endlich das Gespräch annehmen kann.

»Harriet! Gut, dass du dich meldest. Wir sind hier ziemlich …«, keuche ich.

»Aufgeschmissen?«, hilft sie mir weiter.

»Könnte man so sagen. Ein Welpe ist schon da, ein kleiner Rüde. Aber wir wären trotzdem heilfroh, wenn du kommen könntest, um …«

Sie unterbricht mich mit gesenkter Stimme. »Hör zu, ich bin gar nicht weit von euch. Doc Moore und ich müssen hier beim Cox eine Zwillingskälbchengeburt stemmen. Ich konnte gerade mal schnell rauswitschen.«

»Oh, nein!«, platze ich heraus. »Du kannst jetzt nicht kommen?«

»Gerade bin ich hier unabkömmlich. Tut mir leid.« Jetzt flüstert sie regelrecht. »Der alte Cox hat Lunte gerochen, dass die Hündin bei euch untergeschlüpft ist. Er hat es vorhin dem Doc erzählt. Wäre unklug, ihn jetzt auch noch auf eure Spur zu setzen. Der haut die Welpen doch gegen die Wand.«

Mir entfährt ein kleiner Entsetzensschrei.

»Hey, nur die Ruhe. Ihr zwei schafft das schon«, versucht sie, mich zu beruhigen. »Pass auf, ich sag dir jetzt, worauf es ankommt.«

Das tut sie. Und offenbar gibt es wirklich nicht sehr viel, was wir tun können. Trotzdem merke ich mir alles haargenau.

Schließlich sagt sie: »Und wenn irgendwas schiefläuft, wenn zwischen den Welpen mehr als zwei Stunden liegen oder Faye über die Maßen Schmerzen zeigt, packt ihr sie und die Kleinen ins Auto und rast mit ihr zum Somerset Animal Hospital, und die können wirklich was, wenn es Komplikationen bei Geburten gibt. Alles klar?«

»Ja, okay«, erwidere ich ein wenig kleinlaut.

Die volle Verantwortung für die erste Hundegeburt meines Lebens zu tragen ist gewöhnungsbedürftig. Na ja, ich schaue zu Finian, der Faye gerade mit ruhigen Bewegungen den Bauch massiert, die halbe Verantwortung.

»Dann wünsche ich euch für die Kälbchengeburt auch alles Gute«, sage ich.

Harriet seufzt tief. »Ach, das sieht leider gerade nicht gut aus. Wahrscheinlich verlieren wir die Kuh.«

»Oh, nein!« Weil Fayes Situation mich persönlich so tief berührt, bin ich mit einem Mal betroffen. »Dann haben die Kälbchen ja gar keine Mutter …«

Harriet zögert kurz. Dann sagt sie: »Amber, das hier ist ein Milchkuhbetrieb. Noch dazu mit Anbindehaltung. Die Kälbchen, die hier geboren werden, haben *niemals* eine

Mutter. Sie werden sofort weggebracht. Die Mütter haben nicht mal die Chance, ihre Kinder kurz zu begrüßen.«

Ich muss schlucken.

Sie spürt, dass mich ihre Worte mitnehmen.

»Hey«, sagt sie leise. »Finian und du, ihr seid ein super Team. Ihr schafft das spielend.«

Dann legt sie auf.

Finian sieht mich fragend an.

Ich wiederhole alles, was Harriet uns per Telefon an guten Ratschlägen mit auf den Weg geben konnte. Nur dass er und ich in ihren Augen ein *super Team* sind, lasse ich irgendwie aus.

Auch auf das Thema mit dem Elternsein komme ich nicht wieder zurück. Das schien ihm ja irgendwie unangenehm zu sein.

Wir reden insgesamt nicht sehr viel. Konzentrieren uns ganz auf Faye und das kleine Wunder, das sie uns hier liefert.

Nach einer Dreiviertelstunde wird sie wieder unruhiger. Erneut hechelt sie stark und krümmt sich immer wieder zusammen. Bis schließlich eine zweite kleine Blase erscheint und der nächste Welpe auf die Welt schlüpft.

Wieder macht sie alles so super, dass Finian und ich nur staunend zusehen können.

Es dauert keine zwei Stunden, bis vier Welpen auf der Welt angekommen sind. Der schwarze Rüde, eine cremefarbene Hündin, ein grauer Rüde und ein weiteres, irgendwie geschecktes Mädchen.

Mittlerweile hat sich draußen die Dämmerung übers Land gesenkt. In der Scheune ist es dunkel. Finian hat die Taschenlampe seines Handys eingeschaltet, und sie leuchtet von einem Heuballen herunter auf unsere kleine Familie im Heu.

Faye beleckt alle ihre Jungen immer wieder und sieht uns dann Beifall heischend an, sodass wir trotz der Anspannung lachen müssen. Schließlich streckt sie sich auf der Seite aus und seufzt tief.

»Sie sieht ziemlich entspannt aus«, sagt Finian skeptisch. »Hatte Harriet nicht gesagt, dass es bis zu zehn sein können?«

Die Babys haben bereits alle den ersten Hunger gestillt und sind fest eingeschlafen. Sie sind so winzig und trotzdem schon ganz eigenständige Wesen. Ich kann nicht genug davon bekommen, sie anzusehen. Die kleine helle Hündin hat es mir irgendwie besonders angetan.

Jetzt nicke ich. »Es kann aber wohl auch sein, dass es nur vier oder fünf sind.«

»Woran erkennen wir das?«

»Wir sollen auf unser Bauchgefühl vertrauen.«

Wir grinsen uns schief an.

Faye sieht uns aufmerksam an, als versuche sie herauszufinden, welche Stimmungslage nach der Aufregung der Geburt nun angebracht sei.

Ich schiebe einen Heuballen zurecht und mache es mir der Länge nach dort bequem. Auf der Seite liegend schiebe ich die Hände unter die Wange und gähne verhalten.

Faye beobachtet mich genau. Als ich mich ausstrecke, gähnt auch sie quietschend und legt den Kopf endlich ab.

Finian nimmt eines der großen Duschtücher, die wir bisher nicht gebraucht haben, und breitet es über mir aus. Als er den Zipfel bis hinauf an meine Schultern zieht, treffen sich unsere Blicke. Rasch sehen wir beide wieder fort.

Der Geruch des Heus, das dämmrige Licht, alles ist so herrlich idyllisch.

Ich schließe die Augen. Nur für einen Moment.

Als ich sie wieder öffne, sehe ich als Erstes Finians nachdenkliches Gesicht, das er mit einem verlegenen Lächeln schnell abwendet.

Verwirrt setze ich mich auf.

»Ich bin doch nicht etwa eingeschlafen?«

»Nur kurz.« Er schmunzelt.

Ich sehe auf die Armbanduhr. »Zwei Stunden?!«

»Offenbar macht so eine Geburt nicht nur die Hundemutti furchtbar müde«, sagt er.

»Faye und die Kleinen …?«

»Bei denen ist alles in Ordnung«, beruhigt er mich.

Wir betrachten beide die Familienidylle vor uns.

Faye hebt kurz den Kopf und blinzelt mich an. Dann legt sie sich wieder zurück.

»Geh ruhig ins Bett«, schlägt Finian mir vor. »Ich bin noch nicht müde und bleibe hier bei Faye und ihren Jungen.«

Im ersten Moment will ich widersprechen. Doch dann spüre ich deutlich die Müdigkeit in allen Knochen und empfinde nur noch Dankbarkeit für Finians Angebot.

»Bist du sicher?«

»Vollkommen sicher. Ich wecke dich, wenn irgendwas sein sollte«, verspricht er.

Also stehe ich leise auf und klopfe vorsichtig das Heu von meiner Jeans. Es ist meine beste, die ich am Nachmittag zu meinem Bummel in Taunton angezogen habe. Das scheint nicht nur ein paar Stunden, sondern Ewigkeiten her zu sein. Jetzt sieht die Hose ziemlich lädiert aus.

»Da wirst du Eddy viel zu erzählen haben«, sagt Finian leichthin, als ich mich bereits zum Gehen gewendet habe.

In mir friert etwas ein.

Langsam drehe ich mich um und sehe ihn an.

»Na ja«, sagt er mit einem verlegenen Schulterzucken. »Die erste Hundegeburt und so … Das ist doch eine aufregende Sache, die man gerne den Menschen weitererzählt, die einem nahestehen.«

In meiner Kehle sitzt erneut der Kloß, den ich seit Wochen immer wieder spüre. Nie hätte ich gedacht, dass innerhalb von Sekunden auf das taumelige Glücksgefühl meiner ersten Hundegeburt, auf das wunderbare Gefühl von Geborgenheit unter Finians großem Badetuch dieser inzwischen wohlbekannte Schmerz folgen könnte. Aber er ist da. Dumpf, quälend. Und wie immer glaube ich, nicht ein einziges Wort daran vorbeibringen zu können. Doch Finians Blick macht irgendetwas mit mir. Das helle Grün, das so freundlich und liebevoll aussieht, brennt eine Spur in mich hinein, am Kloß vorbei.

Ich spüre, wie meine Lippen sich öffnen und meine Zunge sich löst.

Dann höre ich mich mit einer fremden Stimme sagen: »Das kann ich leider nicht. Eddy ist vor zwei Monaten gestorben.«

16. Finian

Wer schon einmal eine Nacht durchwacht hat, weiß, wie surreal man sich am nächsten Morgen fühlt.

Als Amber zum Haus hinübergegangen war, hatte auch ich mich zu Faye ins Heu gelegt. Doch der Schlaf hatte sich geweigert, mich aus meinem Gedankenkarussell zu erlösen.

Immerzu hatte ich Ambers Gesicht vor mir gesehen.

Ihre Augen, in denen ein tiefer Schmerz zu glimmen schien, als sie es aussprach.

Eddy ist vor zwei Monaten gestorben.

Der Mann, der mir in den letzten Tagen zunehmend beneidenswert erschien, ist tot.

Was hatte ich mir nur dabei gedacht, Amber derart plump darauf anzusprechen?

War es die Intimität, die ich empfunden hatte, als ich ihr beim Schlafen zusah? Oder die vorangegangenen gemeinsamen Stunden voller Anspannung und Nervosität, ob auch bloß alles gut gehen würde mit Faye und ihren Babys? Vielleicht aber auch dieser gewisse Moment, in dem sie nach meinem Arm griff und *Bitte bleib!* sagte.

Aus irgendeinem Grund war ich davon ausgegangen, dass Amber sich in einer ganz ähnlichen Lage befindet wie ich: betrogen. Vielleicht endgültig verlassen.

Leider hatte ich nicht sofort begriffen, dass Amber doch

viel zu wundervoll ist, um sie einfach eiskalt sitzen zu lassen. Nein, ihr Eddy ist gestorben. Noch dazu erst vor kurzer Zeit.

Sie erzählte nicht viel. Nur, dass er Bauchspeicheldrüsenkrebs hatte, hochaggressiv, er hatte bereits in die Lunge und die Leber gestreut. Vom Tag der Diagnose bis zu seinem Abschied war es nur ein knappes halbes Jahr. Die Art, wie sie diese wenigen Sätze aussprach, erwähnte, dass sie ihn bis zum Schluss gepflegt hat, machte mir klar, dass sie ihn noch nicht losgelassen hat. Vielleicht ebenso wenig wie ich Madeleine? Oder doch irgendwie anders?

Dachte ich nicht über Eddy nach und darüber, was Ambers Trauer für ihre Gefühlswelt bedeuten mag, was wiederum verwirrend eng mit meiner eigenen Gefühlswelt zusammenzuhängen scheint, grübelte ich über etwas anderem.

Amber hatte etwas gesagt, das mich hatte aufhorchen lassen: ihre Worte übers Elternsein.

Ich war mir nicht hundertprozentig sicher, aber ihre Worte kamen mir beängstigend vertraut vor. So beunruhigend bekannt, dass es mich regelrecht in den Fingern juckte, endlich meinen Laptop aufklappen und das Ganze überprüfen zu können.

Das war heute Nacht natürlich nicht möglich.

Aber nun bin ich gerade abgelöst worden. Amber und Harriet kamen gemeinsam in die Scheune geschlichen.

Harriet untersuchte Faye und die Babys, und Amber sah mit beinahe mütterlichem Stolz dabei zu.

Als nach wenigen Sekunden klar war, dass Harriet mit dem Zustand von Mutter und Kindern hochzufrieden war, verdrückte ich mich mit einem genuschelten: »Zähneputzen!«

Und nun stehe ich hier, die Zahnbürste mit mächtig viel Schaum im Mund, im Wintergarten an meinem kleinen, improvisierten Schreibtisch. Mein Laptop fährt hoch.

Ich sause mit der Maus auf dem Pad herum. *Dateien. Veröffentlichte Romane.* Da ist der Titel. Eine Geschichte, in der ein eingefleischter Single-Mann quasi die drei Kinder seiner tödlich verunglückten Schwester *erbt.* Zuerst wehrt er sich mit Händen und Füßen gegen die Verantwortung, er hadert mit seinem Schicksal und will unbedingt eine andere Lösung finden. Doch nach und nach …

Ich öffne das Dokument und scrolle runter. Wo war es denn noch? Relativ weit hinten im Buch, schätze ich.

Auch als hauptberuflicher Autor kenne ich nicht alle meine meist um die vierhundert Seiten starken Veröffentlichungen wortwörtlich auswendig, wie manche Leute glauben.

Daher trage ich noch die Hoffnung in mir, dass es sich einfach um einen großen Zufall handeln könnte. Ich habe noch nie dem Irrglauben angehangen, dass irgendeiner der Gedanken in meinen Büchern ein Premierengedanke der Menschheitsgeschichte sein könnte. Alles ist irgendwann schon einmal gedacht und wahrscheinlich auch niedergeschrieben worden. Warum sollte Amber diese Zusammenhänge nicht irgendwo anders aufgeschnappt haben?

Aber nach ein paar Minuten der Suche, die Zahnpasta in meinem Mund beginnt unangenehm scharf zu schmecken, entdecke ich die Stelle endlich kurz vor Buchende.

»Du bist Mums Bruder, also bist du nicht nur unser neuer Vater, sondern auch ein bisschen unsre Mutter«, stellte James fest, der mit seinen sieben Jahren schon eine Art kleiner Philosoph zu werden schien.

Ich öffnete bereits den Mund, um zu widersprechen. Doch dann ging mir auf, dass mein Neffe recht hatte. Denn was bedeutete Elternschaft? Bedeutete es nicht auch, dass Kümmern und Versorgen eine Art eigenes Bedürfnis war, genauso wie Vertrauen zu schenken? Elternsein war doch das Glück darüber, die Entwicklung der Kinder verfolgen zu können, für sie da zu sein, solange sie es brauchen – aber auch loslassen zu können, wenn sie dann ihren eigenen Weg gehen wollten. Und genau das empfand ich für meine Nichte und meine beiden Neffen. Ich legte den Arm um James und …

Ich sehe auf. Meine Kehle ist plötzlich staubtrocken. Von der Zahnbürste tropft etwas Schaum auf die Fliesen.

Das kann definitiv kein Zufall sein.

»Ich habe es neulich noch irgendwo gelesen«, hat Amber gesagt und dann fast wortwörtlich eine kleine Passage aus einem meiner Bücher zitiert.

Ihre klare Erinnerung an diese Zeilen kann doch nur bedeuten, dass es noch nicht lange zurückliegt, dass sie, die von sich selbst behauptet, nur äußerst selten zu Liebesgeschichten zu greifen, es gelesen hat.

Unser Gespräch im Auto fällt mir wieder ein. Ihr Ausweichen auf meine neugierige Frage hin, welche Lektüre sie momentan derart fesselt. Kann es sein, dass sie geschafft hat, woran viele professionelle Klatschjournalisten bereits seit Jahren scheitern? Hat sie – wie auch immer? – herausgefunden, wer hinter dem Pseudonym der Erfolgsautorin Mary-Anne Price steckt?

Ich schließe die Datei rasch wieder und fahre den Laptop hinunter.

Reichlich verwirrt stürze ich ins Bad, spucke aus und gönne mir eine Katzenwäsche. Dann schlüpfte ich in ein frisches T-Shirt und will gerade wieder hinüber zur Scheune gehen, als der Wagen des Postboten in die Einfahrt biegt.

Bei seinem Anblick klingelt es bei mir.

Die Postsendung!

Amber hat den Namen meiner angeblichen Kollegin zwar nicht mehr erwähnt, aber vergessen hat sie ihn ganz offensichtlich auch nicht. Denn nun liest sie Bücher von *ihr*. Vielleicht weiß sie gar nicht, dass *ich* diese Storys schreibe?

»Hallo, Mr. Anderson!«, ruft der Postbote mir zu und schwenkt ein paar Briefe. »Heute mal etwas mehr Post. Klappt der Nachsendeantrag endlich, wie?«

»Das wurde aber auch Zeit«, erwidere ich ähnlich aufgeräumt und gehe ihm entgegen.

Er drückt mir die Kuverts in die Hand.

»Toller Tag heute wieder, hm?!«, sagt er noch, schon im Abwenden.

Doch da stutzt er, wirft noch einen Blick über die Schulter Richtung Scheune, bleibt stehen.

Ich folge seinem Blick.

Mein Herz bleibt fast stehen.

Da ist Faye.

Unsere hübsche, wundervolle, frischgebackene Mutter Faye. Die Morgensonne steht hinter ihr, und man kann nur ihren Umriss deutlich erkennen. Sie läuft eilig an der Scheunenwand entlang, hockt sich zum Pipimachen kurz ins Gras, dreht um und verschwindet wieder durch das große Scheunentor. Nur wenige Sekunden. Aber leider folgenschwer …

»War das nicht die Hündin vom alten Cox?«, fragt der Postbote und blinzelt immer noch gegen die Sonne, obwohl Faye gar nicht mehr zu sehen ist. »Die, die ihm neulich abgehauen ist?«

»Tatsächlich?«, antworte ich, um einen möglichst unschuldigen Ausdruck bemüht.

»Jo«, erwidert er. »Könnte sie gewesen sein. Bin mir nicht ganz sicher. Seine war doch hell, und der Hund da sah eher dunkel aus, oder? Aber vielleicht hat das Sonnenlicht getäuscht?«

»Also, ich hab diesen *dunklen* Hund hier noch nie gesehen«, entgegne ich entschieden. »Cox' Hündin kenn ich. Aber der gerade sah doch ganz anders aus. Vielleicht ist der einfach auf der Durchreise?«

Unsicher starrt er noch einen Moment lang zum Scheunentor hinüber.

»Tja, dann … schönen Tag noch!«

Er nickt mir freundlich zu, springt in den Wagen und fährt davon.

Leider muss ich wohl jetzt davon ausgehen, dass er nach seiner Tour noch mal bei der Cox-Farm Halt machen wird.

Verflixt.

Schon im Scheunentor kann ich Harriets perlende, helle Stimme und Ambers volles Lachen hören.

Als ich um die Ecke des Heustapels biege, sehen sie auf. Beide sitzen neben Faye und ihren Welpen auf dem Boden.

»Finian«, sagt Amber beim Blick in mein Gesicht. »Ist was passiert?«

Rasch berichte ich von der unliebsamen Begegnung mit dem Postboten, die uns nun jede Menge Ärger einbrocken kann.

»Wir müssen Faye und die Kleinen sofort hier wegbringen!«, sagt Amber entsetzt und steht bereits auf.

»Und wohin?«, will Harriet wissen. »Wenn ihr sie ins Haus bringt, wird er sie eben dort finden. Und dann gibt's richtig Stunk, das kann ich euch versprechen. Wenn sie hier in der Scheune ist, könnt ihr wenigstens noch behaupten, von nichts gewusst zu haben.«

»Aber die Welpen! Du hast gesagt …«

Ambers Augen sind riesig groß.

»Ganz ruhig«, sage ich und greife nach ihren Händen, um sie kurz in meinen zu halten. »Es gibt eine ganz einfache Lösung: Wir schenken Cox reinen Wein ein und bitten ihn, uns Faye samt Nachwuchs zu verkaufen. Das hatte er doch sowieso vor. Was schert es ihn, an welchen trotteligen Touristen er sie loswird?«

Amber atmet tief ein und wieder aus.

»Ja«, sagt sie dann mit einem kleinen Lächeln. »Stimmt. Wieso ist mir das nicht eingefallen?«

Aber dann sehen wir beide zu Harriet, und die sieht alles andere als mutmachend aus.

»Das hätte hingehauen, als Faye gerade bei euch aufgetaucht ist«, sagt sie skeptisch. »Aber inzwischen ist Cox sicher, dass ihr sie wissentlich vor ihm versteckt und ihn angelogen habt, als er nach ihr gefragt hat. Und er ist einer von diesen Typen, die auf so was gar nicht gut können.«

»Aber … das war doch so gar nicht geplant«, stammelt Amber betroffen.

»Schätze mal, es hat auch gar nicht so viel mit Faye zu tun, sondern eher mit gekränkter Eitelkeit«, mutmaße ich. Auf Harriets fragenden Blick hin erkläre ich: »Bei dem Tanzabend letzten Samstag hat er mehrmals versucht, noch einen Tanz mit Amber zu ergattern. Vielleicht war es zu offensichtlich, dass wir ihm jedes Mal ausgewichen sind?«

Harriet rollt mit den Augen. »Das würde zu ihm passen. Aus einer persönlichen Schiene so eine Nummer zu machen.

So, wie er mit dem Doc gesprochen hat, klang er jedenfalls ziemlich angepisst. Hat sogar von Polizei und Durchsuchungsbefehl geredet. Tja, manche Leute macht man sich besser nicht zum Feind.«

»Aber es ging doch nur ums Tanzen …«

Amber sieht hinunter zu Faye und den Kleinen, die bereits wieder fiepend an ihrem Bauch herumkrabbeln und von ihrer Mutter liebevoll beleckt und zärtlich gestupst werden.

»Hey, keine Angst. Das bekommen wir schon wieder hin«, sage ich zu ihr.

Doch ich habe den Eindruck, als würde sie gar nicht richtig zuhören. Ihre Stirn legt sich in Falten, als würde sie angestrengt nachdenken.

»Lasst es uns auf einen Versuch ankommen!«, schlage ich entschieden vor. »Ich opfere mich freiwillig und fahre zu Cox rüber.«

»Damit wartest du besser noch ein bisschen«, sagt Harriet. »Er ist wegen der Geburt mit der Arbeit in Verzug und bestimmt schlecht gelaunt, wenn du ihn jetzt noch abhältst. Du solltest frühestens in einer Stunde dort auftauchen. Was hast du denn vor?«

»Ich werde alles auf meine Kappe nehmen, von wegen, dass ich schon immer einen Hund wollte und Faye erst mal auch vor dir geheim gehalten habe, Amber, weil ich dich erst darauf vorbereiten wollte …«

Harriet sieht ratlos zwischen uns hin und her.

»Wir haben ihn in dem Glauben gelassen, dass wir ein Paar sind«, erkläre ich ihr möglichst sachlich.

Harriet zieht die Brauen hoch und macht »Aha«, was irgendwie alles und nichts bedeuten kann.

Amber reagiert nicht. Immer noch betrachtet sie nachdenklich Faye und ihre Babys.

»Du kannst es versuchen«, sagt Harriet schließlich zögerlich. »Wer weiß. Wenn du jetzt selbst zu ihm kommst und quasi gestehst, hat er vielleicht ein Einsehen. Und für einen Farmer ist Geld immer noch Geld …«

»Kann man hier irgendwo irischen Whisky kaufen?«, erkundige ich mich.

Sie stößt ein kurzes, nervöses Lachen aus.

»Ich sehe schon, du weißt, wie der tickt.« Sie überlegt. »Ich wette, Benedict hat im Pub ein paar Flaschen vorrätig. Soll ich ihn anrufen?«

Ich wende mich an Amber. Doch sie hat anscheinend nur mit halbem Ohr zugehört.

»Amber?«

»Hm? Ja. Ja, klar, können wir versuchen. Aber ich will auf Nummer sicher gehen«, antwortet sie.

Ihr Gesicht, ihre ganze Körperhaltung sehen plötzlich wild entschlossen aus.

»Gib mir zwei Stunden Zeit, okay?«

»Zeit? Für was?«, will ich wissen.

»Lass das meine Sorge sein«, erwidert sie schlicht. »Du holst den Whiskey bei Benedict ab und machst den Kniefall vor Cox. Und ich kümmere mich hier inzwischen darum, dass er selbst nicht mehr wissen wird, ob Faye tatsächlich seine Hündin ist. Dafür ist aber wichtig, dass du ihm Folgendes sagst …«

*

Einige Zeit später lenke ich meinen Mietwagen auf den großen Hof unseres Nachbarn Cox.

Auf meinem Beifahrersitz klingeln zwei Flaschen feinster, irischer Whiskey aneinander, die Benedict mir großzügig überlassen hat.

Ich steige aus und sehe mich auf dem Hof um. Niemand da. Daher gehe ich hinüber zur offen stehenden Stalltür.

Drinnen herrscht dämmriges Licht, das durch die Oberlichter hereinfällt. Das Geräusch von vielen Tieren. Kauen und Schnauben. Intensiver Geruch nach Mist, Futter und warmen Körpern.

Ein paar Meter auf der Gasse brauche ich, damit meine Augen sich an das schummrige Licht gewöhnen.

Dann bleibe ich stehen.

Links und rechts von mir befinden sich jeweils etwa vierzig Kühe. Eng an eng stehen sie, jeweils durch ein schweres Metallgitter getrennt. Um ihre Hälse liegen Ketten, die ihnen nur ermöglichen, ein Stückchen nach vorn und ein Stückchen nach hinten auszuweichen. Einige von ihnen fressen das Heu aus der Futterraufe vor ihnen. Andere käuen wider. Wieder andere scheinen zu dösen.

Ich muss schlucken. Ich habe nicht damit gerechnet, es hier mit solch einem Anblick zu tun zu bekommen.

Mir fällt das Abendessen neulich bei Harriet und Sara ein. Keiner von ihnen hat ein Wort darüber verloren, dass in all dem feinen, leckeren Essen keinerlei Tierprodukte verwertet waren. Aber der köstliche Geschmack, die gemütliche Runde stehen plötzlich in krassestem Gegensatz zu diesem entsetzlichen Anblick hier.

»Hallo?«, ruft da plötzlich die inzwischen schon vertraute Stimme des alten Farmers auf dem Hof.

Nur eine Sekunde später steht er in der Tür.

Ich gehe ihm entgegen. Auch weil ich möglichst schnell wieder hier raus möchte.

»Mr. Cox«, sage ich in einer hoffentlich idealen Mischung aus Zerknirschung und Selbstsicherheit. »Ich muss mit Ihnen reden.«

»So?«, brummt er.

Seine beflissene Freundlichkeit, die er vor allem Amber gegenüber bisher an den Tag gelegt hat, ist verschwunden. Harriet hat recht. Dieser Mann hier ist der Meinung, gekränkt worden zu sein.

Ich trete hinaus ins Sonnenlicht und versuche zu vergessen, was ich gerade gesehen habe, und stattdessen meine Gedanken ganz auf mein Vorhaben zu konzentrieren.

Mit schauspielerisch herausragender Leistung, wie ich finde, trage ich ihm die Geschichte vor, die Amber und ich unter Harriets vorsichtigem Nicken mit heißen Nadeln zusammengestrickt haben: Amber war immer gegen einen Hund. Dann lief mir einer in Meadows Cottage zu. Nein, ich glaube nicht, dass es sein Hund sei. Natürlich kenne ich mich mit Hunden nicht so gut aus, aber er schien mir doch wesentlich dunkler als die entlaufene Hündin. Ich versteckte den Hund vor meiner Verlobten – auf diesen zwischenzeitlichen Titel haben sie und ich uns auch rasch geeinigt, beide betont sachlich – in der Scheune. Und nun hat die Hündin auch noch Junge bekommen. Daraufhin konnte meine Verlobte nicht mehr widerstehen und sagte zu, den Hund samt Nachwuchs aufzunehmen.

»Tja, und da bin ich nun …«, beende ich meine kleine Märchenstunde.

Cox betrachtet mich mit herabhängenden Mundwinkeln.

»Sie wollen mir also weismachen, dass der Hund, den der Jagdaufseher durchs Fernglas gesehen hat, nicht meine Bearded-Collie-Hündin war?«

Ich zucke mit den Schultern. »Ich weiß ja nicht, wie weit das Fernglas vom Jagdaufseher reicht, Mr. Cox. Aber ich bin nun hier, um eventuelle Regressansprüche zu begleichen. Vielleicht hat der Postbote Ihnen gesagt, dass er vorhin meinte, Ihre Hündin bei uns gesehen zu haben?«

»Hm«, knurrt er, was ich als »Ja« werte.

»Na, da dachte ich, es wäre vielleicht das Beste, wenn Sie vorbeikommen und die Hündin anschauen. Falls sie es doch sein sollte, müssen Sie mir nur einen Preis nennen, und dann werde ich …«

»Moment mal!«, unterbricht er mich rüde. »Erst sagen Sie mir, dass der Hund nicht meiner sein kann. Und jetzt sind Sie plötzlich bereit, bares Geld für einen dahergelaufenen Köter zu zahlen?«

Verflixt, ich hätte wissen müssen, dass das eine knifflige Stelle in unserem rasch zusammengestückelten Plan ist. Ich wette, in London wäre ich damit jederzeit durchgekommen. Aber hier in Somerset guckten die Einheimischen ein bisschen anders auf ihre Kröten und werden misstrauisch, wenn jemand damit allzu großzügig umgeht.

»Natürlich nur, wenn es wirklich *Ihre* Hündin sein sollte«, sage ich schnell.

Misstrauisch mustert er mich.

»Ich vertrag's nicht, wenn mich jemand hochnehmen will, verstehen wir uns?!«, murrt er dann verdrießlich.

Ich hebe die Hände, als liege mir nichts ferner als das. In Wahrheit geht mir jetzt ganz schön die Düse. Wäre es nicht doch besser gewesen, ihm reinen Wein einzuschenken und auf sein gutes Herz … ehm … sein Mitgefühl … ehm … auf irgendwas eben zu vertrauen?

»Ich bin gerade auf dem Weg zurück zum Cottage. Soll ich Sie mitnehmen? Ich fahr Sie auch gern wieder her. Dauert ja nur ein paar Minuten«, schlage ich vor.

Der Vorschlag scheint ihn gnädiger zu stimmen. Er sieht an sich herab und klopft notdürftig seine verstaubte und mit Spänen übersäte Hose ab.

»Wenn Sie mich so mitnehmen?«, nuschelt er einlenkend.

»Aber sicher!«

Ich steige in meinen Wagen und öffne ihm von innen die Beifahrertür, bevor ich umständlich die beiden Flaschen vom Sitz in den Fußraum räume.

»Stört Sie doch nicht?«

Er beäugt neugierig die Etiketten, fährt sich mit der Zunge über die Lippen, sagt aber nichts.

Die zwei Meilen zwischen seinem Hof und unserem Cottage sind schnell zurückgelegt.

Als ich den Wagen in der Einfahrt abstelle, bin ich beruhigt, dass Harriets Wagen nicht mehr dort steht. Sie hatte gemeint, dass es wohl besser sei, wenn er sie hier nicht zu Gesicht bekäme. Bei der Kälbchengeburt letzte Nacht müssen sie wegen irgendwas ziemlich aneinandergeraten sein. Ich glaube, es ging um Haltungsbedingungen und Futterzusätze oder ähnliches.

Ich lasse Cox den Vortritt in die Scheune und lenke ihn um den großen Heustapel herum.

Dort sitzt Amber am Boden bei Faye und ihren Jungen. Bei unserem Anblick springt sie auf und kommt uns ein paar Schritte entgegen.

»Guten Morgen, Mr. Cox«, sagt sie und lächelte ihn an. »Was für ein Schlamassel, wie? Finian hat Ihnen sicher schon alles erzählt? Nun, sehen Sie selbst …«

Ich finde, sie schauspielert wirklich gut. Nur ihre Stimme kippelt ein bisschen. Doch das würde sie wahrscheinlich auch, wenn die Geschichte wahr wäre, die wir uns für Cox ausgedacht haben.

Der steht einen Moment nur da und glotzt auf Faye hinunter.

Bei deren Anblick muss ich selbst mich ein wenig zusammenreißen, um nicht überrascht zu blinzeln. Amber hat ganze Arbeit geleistet.

Harriet hat ihr die Schermaschine geliehen, die sie im Auto hatte. Das Fell ist nun sehr viel kürzer am Bauch, Kopf, Schwanz, den Beinen, überall. Und zudem ist es von einem kräftigen, dunklen Kaffeebraun. Ambers Bio-Haarfärbemittel mit ultrakurzer Einwirkzeit. Weil Fayes Fell noch leicht feucht ist, sieht sie ziemlich … nun, mitgenommen aus, sehr viel dünner als üblich und reichlich gerupft.

Während Cox die kleine Hundefamilie betrachtet, verschränkt er die Arme vor dem Latz seiner Hose.

Jetzt ist es aus und vorbei. Natürlich wird er Ambers Täuschungsversuch durchschauen. Zu meinem Schreck fällt mir genau in diesem Augenblick eine lange beige Fellsträhne ins Auge, die sich offenbar an einem Heuballen verfangen hat und von der gewissenhaften Amber übersehen worden ist. Ich trete zwei beherzte Schritte vor und komme genau darauf zu stehen. So, hier werde ich mich nicht wegbewegen, egal, was passiert.

Amber und ich tauschen einen nervösen Blick, während Cox düster das kleine Idyll betrachtet.

»So«, grunzt er dann und sieht mich mit zusammengekniffenen Augen an. »Sie wollen mich wohl für dumm verkaufen? Der Hund ist natürlich geschoren. Als ob ich einen Bearded Collie nicht trotzdem erkennen würde.«

»Und die Farbe?«, piepst Amber.

»Das sollte ich Sie fragen«, knurrt Cox.

Verflixt. Er ist sicher kein Mensch mit Herz. Aber dumm ist er nicht. Und von Haarfärbemittel wird er auch hier im entlegenen Teil von Somerset schon gehört haben.

Mir stockt bereits der Atem. Doch da passiert etwas, womit wohl niemand von uns gerechnet hat.

In dem Moment, in dem Cox einen Schritt tut, »Was haben Sie denn mit ihr …?« murmelt und sich vorbeugt, um Faye näher in Augenschein zu nehmen, hebt die den Kopf.

Bisher hatte sie so eingedreht gelegen, dass ihr Kopf auf ihrem Hinterlauf ruhte und die Welpen an ihrem Bauch verdeckte.

Doch jetzt verändert sich ihre ganze Körperhaltung. Sie wird steif, schaut Cox von unten mit großen Augen an, in denen man das Weiße erkennen kann. Ihre Lefzen ziehen sich hoch und geben den Blick auf zwei Reihen weißer Zähne frei. Aus ihrer Kehle dringt ein überraschend tiefes Knurren.

Cox, der gerade noch einen weiteren Schritt vor tun wollte, hält in der Bewegung inne.

Er wirkt verdutzt.

Überrascht blinzelt er und zieht die Brauen zusammen.

»Na, na!«, brummt er, halb beschwichtigend, halb drohend.

Doch als er sich nur ein paar Zentimeter weiter in ihre Richtung beugt, fletscht Faye derart die Zähne, dass sogar ich Angst vor ihr bekommen könnte. Ihr Nackenhaar sieht aus wie eine gesträubte Mähne.

»Vorsicht«, warne ich unseren Nachbarn und greife nach seinem Arm, um ihn zurückzuziehen.

Tief in mir regt sich so etwas wie Stolz auf unsere kleine Hundemama, die für ihre Babys tapfer über ihren eigenen Schatten springt. Dass sie, indem sie sich gegen ihren alten Herrn richtet, uns damit wunderbar in die Hände spielt, weiß sie natürlich nicht.

»Zu Fremden ist sie ein bisschen abweisend«, sagt Amber geschickterweise.

Cox richtet sich auf. Noch ein Blick auf Faye, dann zu uns.

»Hm«, brummt er. »Das hätt meine sich nicht getraut.«

»Genau das haben wir uns auch gedacht. Ihre Hündin war doch so schüchtern, oder?«, sage ich. »Da bin ich aber froh, dass wir das geklärt haben. Soll ich Sie wieder zurückbringen? Sicher ruft die Arbeit?«

Cox weiß offenbar immer noch nicht, was er von der ganzen Situation halten soll.

Er nickt, tippt sich in Ambers Richtung gewandt an die Mütze, und ich geleite ihn aus der Scheune.

Im Auto ist er schweigsam. Ich plappere alles Mögliche, rede von der Schönheit dieser Landschaft und unserem Besuch in Hestercombe Gardens.

An seinem Hof angekommen, dränge ich ihm wie zufällig eine Flasche Whisky auf. Er ist erfreut, aber nicht so enthusiastisch, wie ich erwartet hätte. Ich hoffe nur, dass wir ihn in Sachen Faye restlos überzeugt haben. Aber mein Bauch brummelt ein bisschen – als ahne er, dass wir aus Cox' Richtung noch Ungutes zu erwarten haben.

17. Amber

»Ich bekomme heute Besuch«, teile ich Finian mit, als wir gemeinsam den Frühstückstisch abräumen. »Phoebe kommt vorbei.«

»Wie, vorbei? Nur für einen einzigen Tag?«, erkundigt er sich. »Das ist ja fast zu schade.«

»Das stört sie nicht. Als ich ihr vor ein paar Tagen von den Welpen erzählt habe, war sie hin und weg. Und jetzt am Wochenende kann nichts sie aufhalten. Allerdings muss sie sich quasi aus dem Haus schleichen. Meine Nichte und mein Neffe sind gerade in diesem sensiblen Alter, wo Hundewelpen über alles gehen. Wenn sie Bescheid wüssten, wäre es vorbei mit deiner Ruhe zum Schreiben an diesem Wochenende.«

Finian verzieht das Gesicht zu einer ehrlich bedauernden Miene, als schrecke ihn diese Vorstellung keineswegs.

Er tut oft solche Sachen. Dinge, die ich von vielen anderen Männern, zum Beispiel Klienten im Steuerbüro, kaum kenne.

Beispielsweise ist er sich nicht zu schade, bei Faye und ihren Jungen für Ordnung und Sauberkeit zu sorgen. Er liebt es genauso wie ich, Brandon und Stanley zu striegeln und sich an ihrem Genuss über die angenehme Zuwendung selbst zu erfreuen oder die stets misstrauische Bonnie zu einer freundlichen Kontaktaufnahme zu überzeugen. Er kann gärtnern und kochen. Und er kennt Gedichte auswendig, wie ich erst gestern Abend beim gemeinsamen Essen erfahren habe – als er nämlich problemlos ein Sonett von Shakespeare rezitieren konnte.

Außerdem hat er etwas an sich, das manchmal ein bisschen antiquiert wirkt, gleichzeitig aber rührend ist. Er setzt sich nie vor mir an den Tisch, hält mir auch am Wagen den Schlag auf, übernimmt wie selbstverständlich unangenehme Aufgaben wie den Kniefall vor Cox und ist immer darum besorgt, meine Privatsphäre nicht zu verletzen.

Diese Kombination in seinem Wesen macht ihn ziemlich einzigartig, schätze ich.

»Wie kommt sie hierher? Du hast doch ihren Wagen.«

»Sie hat eine Mitfahrgelegenheit nach Glastonbury ergattert. Da ist sie ganz scharf drauf. Will unbedingt auf dem Gelände der Abbey das Grab von König Artus ansehen.« Ich lache. »Ich hol sie ab, wir bummeln ein bisschen rum, und dann kommt sie mit her.«

»Glastonbury? Oh, da …« Er bricht ab.

»Ja?«

»Ach, ich wollte nur sagen, dass ich mir den Ort auch gern mal anschauen will. So, wie June und Tobey neulich beim Abendessen davon geschwärmt haben, scheint es ja eine Mischung aus Idylle und Comedy-Kulisse zu sein.«

»Komm doch mit!«, schlage ich vor.

»Wirklich?«

»Sicher. Es sei denn, du möchtest lieber arbeiten?«

»Nein, nein, ich … Und was ist mit den Welpen?«

Ich winke ab. »Faye macht das wunderbar. Kein Grund, warum wir den ganzen Tag Pfötchen halten müssten.«

Er scheint zu überlegen.

»Ich werde mich natürlich absetzen und euch nicht stören, selbst ein bisschen rumstromern und dann einfach zu einer verabredeten Zeit wieder am Wagen sein. Wenn es also wirklich in Ordnung ist?«

»Ist es.«

Kann es sein, dass wir ein bisschen umeinander herumeiern?

»Okay, dann … Wann willst du los?«

Ich schaue auf die Uhr.

»Na ja, also ehrlich gesagt bin ich schon ein wenig spät dran … In ein paar Minuten?«

Er sieht an sich herunter, dann mich an. Er trägt eine verwaschene Jeans und ein dunkles T-Shirt, auf dem ein paar helle Pferdehaare zu sehen sind. Ich selbst hatte mich nach dem morgendlichen Striegeln bereits umgezogen und stecke in einer weißen Hose, über die ich eine bunte Tunika gezogen habe. Manchmal mag ich es, mit meinen indischen Wurzeln anzugeben.

»Das geht schon so«, sage ich.

Er murmelt: »Wenigstens frisches T-Shirt«, verschwindet blitzschnell in seinem Zimmer, ist aber quasi sofort wieder in einem anderen Shirt zur Stelle, sodass wir tatsächlich gleich aufbrechen können.

Auf der Fahrt reden wir fast ausschließlich über die Pferde, Faye und ihre Jungen. Dabei klingen wir tatsächlich wie zwei Eltern, aber ich werde mich hüten, das auszusprechen. Irgendetwas schwelt da zwischen uns. Seit der Nacht neulich habe ich den Eindruck, dass wir beide um etwas herumreden. Aber das Einzige, was mir einfällt, das mir seitdem immer mal wieder im Kopf herumgeistert, ist die Tatsache, dass ich Finian von Eddys Tod erzählt habe.

Wochenlang habe ich mich unbewusst geweigert, es überhaupt auszusprechen. Dass ich es Finian gegenüber plötzlich tat, zeigt mir, dass da mittlerweile mehr zwischen uns ist als nur die lockeren Verbindlichkeiten zweier Ferien-Wohngemeinschaftsgenossen. Aber was?

Immer, wenn ich genauer darüber nachdenke, kommt mir Finians Frau in den Sinn, mit der er gerade … – wie hat er gesagt? – *eine schwierige Phase durchmacht.* Und dann schiebe ich diese Gedanken sicherheitshalber zur Seite.

In einer knappen Stunde haben wir Glastonbury erreicht.

Die Stadt ist winzig und liegt am Fuße des einzigen Hügels im Umkreis, dem Tor, auf dessen höchstem Punkt sich ein altes Bauwerk, eine Art durchgehbarer Turm, erhebt.

»Der Hügel soll angeblich das Avalon aus der Artussage sein«, erzählt Finian, als wir die Main Street hinauffahren. »Ich glaub, ich schau ihn mir mal genauer an.«

»Okay, dann lass ich dich am besten da vorn an der Yoga-Schule raus«, sage ich und setze den Blinker.

Finian legt schon die Hand an die Türverriegelung.

»Wann und wo soll ich wieder zur Abholung bereitstehen?«

»Phoebe müsste mit ihrer Mitfahrgelegenheit gleich ankommen. Ich treffe sie da vorn in der Silver Street. Komm doch einfach dorthin in … hm … zwei Stunden?«

»Aye, aye.«

Er springt an der Straßenecke aus dem Auto und wendet sich in Richtung des erdbefestigten Fußwegs zum Tor hinauf. Als ich zur Weiterfahrt über die Schulter schaue, sehe ich, dass er sich noch einmal umdreht und in meine Richtung blickt. Seine hohe, schlanke Gestalt mit der aufrechten

Haltung, seine gut geschnittenen braunen Haare, der helle Blick, das alles ist mir bereits so vertraut. Ich spüre, wie sich ein Lächeln in meine Mundwinkel legt.

In der Silver Street ist Phoebe bereits angekommen und verabschiedet sich gerade von drei Frauen, die allesamt schwarze Gothic-Klamotten tragen und ansonsten aussehen, als seien sie in feindlichen Beschuss mit Piercings aller Art geraten. Ganz im Gegensatz zu ihrem eher düsteren Outfit ziehen sie nun mit großem Hallo kichernd und fröhlich quatschend über die Sackgasse zu einem Bed & Breakfast hinüber.

Phoebe sieht mich, kreischt: »Amber!«, rennt auf mich zu und umhalst mich, als hätten wir uns mindestens ein Jahr nicht mehr gesehen.

Ich erwidere ihre Umarmung. Meine kleine Schwester, die mich mittlerweile jedoch um gut zehn Zentimeter überragt, ist einer der Menschen, denen ich uneingeschränkt vertraue. Ihre Umarmungen sind wie warme, weiche, duftige Kissen, in die ich mich gern fallen lasse.

Wir plappern und plaudern gleich drauflos. Sie erzählt mir, dass die drei Frauen, die sie mitgenommen haben, heute Abend an einem spektakulären magischen Ritual auf dem Tor teilnehmen wollen. Hexen, Zauberer und genial gute Energien spielen dabei wohl eine entscheidende Rolle.

»Sie übernachten da drüben.«

Sie deutet zu dem kleinen Törchen in einer Backsteinmauer, an dem ein Schild mit der Aufschrift *Haydn House* hängt.

»Ach, das gibt's ja nicht!«, entfährt es mir. »Das *Haydn House* gehört June Harrisons Mutter. June ist dort aufgewachsen. Du weißt doch, ich hab dir von der Hundetrainerin erzählt, die Finian und ich neulich beim Abendessen kennengelernt haben?«

Phoebe sieht mich empört an. »Na, hör mal, ihr Beruf ist doch völlig schnurzegal. Was zählt, ist natürlich, dass sie mit Tobey Lambert zusammen ist! Und das, obwohl sie zehn Jahre älter ist als er. Das hat mich ins Nachdenken gebracht. Meinst du, ich hätte bei einem knackigen Endzwanziger auch noch Chancen?«

Wir lachen beide. Antworten muss ich nicht. Ich weiß, dass meine Schwester ihren Mann Logan über alles liebt und nicht im Traum daran denkt, ihn gegen irgendwen einzutauschen.

»Auf alle Fälle fahren die Mädels morgen wieder zurück nach Kingston und würden mich auch wieder mitnehmen. Das würde meine Heimreise viel einfacher machen als dieses Bahngefahre. Meinst du, dein Mitbewohner hätte was dagegen, wenn ich eine Nacht auf dem Sofa campiere?«

»Sicher nicht. Wir können ihn gleich fragen. Finian ist übrigens mit hergekommen und kraxelt gerade den Berg hoch. Ich hoffe, du willst nicht auch …?«

»Da hoch? Nicht heute. Ich will mir die Abbey ansehen! Der Park liegt direkt hier hinter der Mauer. Komm!«

Phoebe hakt sich bei mir ein und zieht mich mit sich.

Es ist einfach toll, sie bei mir zu haben.

Wir quatschen und kichern wie zwei Teenager. Phoebe ist schwer begeistert von den Ruinen der ehemals größten Abtei Englands. Zwar sind viele Teile längst verfallen, die Steine wurde von den Anwohnern zum Häuserbau genutzt, aber über dem Ort und dem weitläufigen Park hängt eine wunderbare Stimmung. Wir stehen einen Moment ein wenig ratlos vor der Steinplatte, die angeblich das Grab König

Artus' kennzeichnet, und ziehen dann weiter, weil es viel zu viel Schönes zu erleben gibt. Wiesenwege führen durch die Obstplantagen mit uralten Bäumen, unter denen Schafgarbe und Margeriten üppig blühen. Überall zirpen Vögel und Grillen.

Wir machen Rast an einem großen Teich, dessen Umrandung aus Ziegelsteinen gemauert wurde.

Ich habe den Eindruck, als befänden wir uns in einer anderen Welt.

»Herrlich!«, seufze ich glücklich und lasse mich mit geschlossenen Augen zurücksinken.

Als ich die Lider wieder öffne, stelle ich fest, dass Phoebe mich aufmerksam mustert.

»Was ist?«

»Die siehst verändert aus.«

»Du meinst ergraut?«, sage ich und greife an meinen Zopf, den ich wie immer im Nacken gebunden habe. »Du weißt ja, wofür das Färbemittel draufging.«

Wir grinsen beide, denn natürlich habe ich ihr von unserem kleinen Trick erzählt, auf den Cox wohl nicht hereingefallen wäre, wenn Faye bei seinem Besuch nicht zu einer Art Wölfin mutiert wäre.

»Nein, ich meine nicht die Haare. Wobei ich, nebenbei bemerkt, die silbernen Strähnen ziemlich sexy finde. Ich bin ein bisschen neidisch«, sagt meine Schwester, die Blondine. »Es ist eher was, das aus deinem Inneren kommt. Du siehst aus, als würde der Aufenthalt in Meadows Cottage dir guttun.«

Ich kann geradezu spüren, dass mein Lächeln weich und liebevoll wird.

»Das ist auch so, Phoebe. Ich kann's kaum erwarten, dir

Faye und die Welpen zu zeigen. Die Kleinen sind so herzig. Und Faye ist keine Spur mehr scheu vor uns. Ich wette, sie wird dich mögen. Brandon und Stanley auch, wenn wir ein paar Möhren dabeihaben. Stell dir vor, der Knirps ist derart penetrant in seinen Versuchen, mit unserem alten Jagdpferd Freundschaft zu schließen, dass Brandon gestern vollkommen resigniert zugelassen hat, dass der Kleine ihn ein bisschen beknabbert hat. Und dann hat er wohl festgestellt, wie schön das ist. Jedenfalls hat er am Ende auch Stanley ein bisschen am Mähnenkamm geknabbert. Und der stand still wie eine Salzsäule, konnte sein Glück gar nicht fassen …«

»Du müsstest dich hören«, sagt Phoebe, ein wenig amüsiert, aber auch mit Zärtlichkeit im Blick. »Als wären das alle deine Viecher.«

Ich halte kurz inne, lausche selbst ein wenig verwundert meinen Sätzen nach.

»Ja, ein bisschen fühlt es sich auch wirklich so an«, sage ich nachdenklich.

»Du vergisst aber nicht, dass du in ein paar Wochen wieder auf dem Heimweg bist?! Ach, Amber, zieh nicht diese Stirnfalten, das sieht zum Fürchten aus. Ich will dir doch nichts verderben – aber ich will auch nicht, dass du dein Herz zu sehr an etwas hängst, das nicht dir gehört. Du hast doch gerade erst …«

Sie bricht ab.

Ich nicke langsam. »Du meinst, ich habe doch gerade erst jemanden verloren, der mir auch nie wirklich *gehört* hat?«

Phoebe wird tiefrot. Doch sie rudert nicht zurück, sondern hat den Mut, meinen Blick einfach auszuhalten.

»Du hast recht«, murmele ich und sehe wieder über das stille Wasser des Teichs.

»Hast du Eddys Brief gelesen?«, erkundigt Phoebe sich vorsichtig.

Ich muss schlucken.

»Nein. Irgendwie konnte ich es anfangs noch nicht. Und jetzt … Ich habe Angst, dass es mir das Schöne hier zerstören würde.«

Meine Schwester ergreift meine Hand. »Es wird nichts darinstehen, was etwas zerstören könnte, das weiß ich ganz sicher. Er hat dich geliebt, Amber! Er wird dir nichts Schlimmes geschrieben haben.«

»Nein. Ich meine, ja. Ich meine …«

Ich weiß selbst nicht, was ich meine.

Weil ich nicht richtig weiß, was ich sagen soll, werfe ich einen Blick auf die Uhr.

»Oh, schon so spät? Komm, wir müssen zum Auto. Ich hab mit Finian verabredet, dass wir uns da treffen.«

Schweigend schlagen wir einen der Wiesenwege in Richtung Ausgang ein.

Gott sei Dank begegnet uns dort eine kleine Gruppe Touristen, die von einem bärtigen Kerl im historischen Kostüm übers Gelände geführt wird. Der Führer bemüht sich um altertümliche Sprache und Haltung, während die beiden Chavalier King Charles Spaniel der Familie versuchen, ihn mit heiserem Gekläff zu übertönen.

Phoebe und ich müssen lachen. Und so kommen wir doch wieder gelösterer Stimmung am kleinen Parkplatz in der Silver Street an.

»Jetzt haben wir den Ort gar nicht angeschaut«, stelle ich ein wenig bedauernd fest.

»Vielleicht haben wir morgen noch die Zeit dazu, wenn du mich herfährst? Es ist wirklich toll hier, aber jetzt bin ich gespannt auf Meadows Cottage. Ich hab Mum versprochen, ungefähr hundert Fotos zu machen.«

»Es werden mehr werden«, verspreche ich ihr und sehe wieder auf die Uhr.

Und als ob dies sein Stichwort gewesen wäre, biegt Finian hundert Meter weiter aus der Gasse, die direkt zur Main Street führt.

»Ah, da kommt er ja schon.«

Phoebe folgt meinem Blick die kleine Sackgasse entlang.

Ihre Kinnlade sinkt herab, und sie glotzt ihm entgegen.

»*Das* ist dein Mitbewohner?«, haucht sie.

Ich kann ihr blankes Erstaunen durchaus nachvollziehen, denn Finian sieht nicht mehr so aus wie vorhin, als wir uns verabschiedet haben.

Offenbar war er shoppen, denn er schwenkt eine Einkaufstüte hin und her. Seine neuen Errungenschaften trägt er jedoch am Körper: Er ist in einen hellen Leinenanzug gekleidet, der zugleich mächtig lässig und sündhaft teuer aussieht. Auf dem Kopf sitzt der dazu passende helle Hut mit schwarzer Krempe. An den Füßen trägt er nicht mehr seine Turnschuhe von vorhin, sondern schwarz glänzende Derbys.

»Ehm … ja …«, kann ich gerade noch antworten, ehe er schon bei uns angelangt ist.

»Ladys«, sagt er und lüftet seinen Hut.

Dies, in Kombination mit einer formvollendeten Verbeugung, macht Phoebe offenbar haltlos verlegen. Vielleicht fällt ihr auch auf, dass sie ihn anstarrt.

»Tja, also, das hier ist Finian Anderson«, sage ich zu ihr. »Finian, meine Schwester Phoebe.«

Finian reicht Phoebe die Hand. Sie reicht ihm die ihre, und er beugt sich darüber, als wolle er auf ihrem Handrücken einen Handkuss platzieren.

Aber dann richtet er sich doch wieder auf, lächelt sie strahlend an und sagt: »Hocherfreut!«

Phoebe, die normalerweise nicht auf den Mund gefallen ist, piepst: »Ebenfalls.«

Einen Moment stehen wir voreinander wie drei Figuren aus Madame Tussauds Wachsfigurenkabinett. Dann kann ich nicht mehr an mich halten und lache schallend los.

Finian fällt sofort mit ein und nach ein, zwei Schrecksekunden auch Phoebe.

»Ach du Scheiße!«, entfährt es ihr glucksend. »Ich dachte jetzt echt, du seist ein echter Dandy oder so was!«

»Für einen kleinen Moment habe ich das auch selbst geglaubt«, erwidert er grinsend.

»Wo hast du diese Klamotten her?«, will ich immer noch kichernd wissen.

»Es gibt hier Shops, da fallt ihr um!«, antwortet Finian. »Alle Stilrichtungen sind vertreten. Aber nicht nur Kleidung, sondern vor allem auch esoterisches Zeug, von Räucherwerken über Zauberspruchbücher bis hin zu Kristallkugeln. Jane und Tobey hatten recht, es ist ein bisschen wie bei Harry Potter in der Winkelgasse.«

Auf der Fahrt zu Meadows Cottage erzählt Finian uns noch ein wenig mehr von dem, was er auf der Glastonburys Main Street entdeckt hat. Er schwärmt auch von seinem Aufstieg zum Tor, der außergewöhnlichen Atmosphäre dort oben und dem sensationellen Ausblick.

Phoebe berichtet von unserem Ausflug in den herrlichen Park der alten Abbey, und die beiden diskutieren ernsthaft darüber, ob der Artus-Sage nicht doch etwas Wahres anhaftet.

Die Stunde unserer Fahrt verfliegt nur so.

Am Cottage angekommen, bricht Phoebe schon bei der Ankunft in Entzückensquietscher aus.

Finian schickt uns Mädels zum Stall und will in der Zeit was Feines zum Lunch zaubern.

Kaum sind wir außer Hörweite, fällt Phoebe regelrecht über mich her.

»Sag mal, du bist ja verrückt, mich so auf den Arm zu nehmen!«, plustert sie sich auf. »Nach deiner Beschreibung habe ich mir anfangs wirklich Sorgen gemacht, weil ich dachte, du wohnst hier mit einer Art bedürftigem Landstreicher zusammen, der vollkommen verwahrlost ist.«

»Finian? Verwahrlost?«, wiederhole ich verblüfft.

»Ja, du hast gesagt, er trägt nur so zerknitterte Klamotten, rasiert sich nicht, und sein Haar gleiche eher einer Mähne«, beschwert sich meine Schwester.

Ich blinzele ein paar Mal.

»Ja, weißt du, irgendwie war das am Anfang auch so, als wir hier ankamen. Aber irgendwann …«

Wann genau hat Finian eigentlich den Friseurbesuch unternommen und angefangen, wieder mehr Wert auf seine Kleidung zu legen?

»Ich kann es irgendwie nicht wirklich festmachen, wann sich das geändert hat. Irgendwann, als wir uns eben ein bisschen besser kennengelernt hatten.«

»Als ihr euch *ein bisschen besser kennengelernt hattet*, ja?«, echot Phoebe mit einem Augenaufschlag, den sie schon zu Teenagerzeiten draufhatte, wenn sie mich mit einem Jungen aus der Nachbarschaft verkuppeln wollte.

»Das hatte nichts mit *mir* zu tun«, erkläre ich bestimmt.

»So?«

»Nein, Phoebe. Ich habe dir doch gesagt: Er ist verheiratet! Seine Frau heißt Madeleine, und die beiden haben gerade eine schwierige Zeit.«

Sie schweigt einen Moment.

»So ein Jammer«, seufzt sie dann. »Ich würde Einiges dafür geben, wenn Logan seinen Klamottengeschmack hätte und all das andere … Aber du hast recht. Von verheirateten Männern lässt man die Finger. Auch wenn …«

Ich warte eine, zwei, drei Sekunden.

»Auch wenn?«, hake ich dann nach.

»Wenn er der bestaussehende Kerl ist, der mir seit Jahren untergekommen ist«, schließt sie gequält.

Ich will gerade den Mund öffnen, um zu erklären, dass sein gutes Aussehen wirklich nicht die beste seiner Eigenschaften ist, sondern vielmehr seine beständige Liebenswürdigkeit, sein geschickter Umgang mit den Tieren, seine Hilfsbereitschaft und seine Entschlossenheit, denen beizustehen, denen Unrecht getan wird. Doch dann geht mir auf, wie das wirken könnte – nämlich als läge mir weit mehr an meinem Mitbewohner auf Zeit, als es für mein eigenes Gefühlsleben günstig wäre. Also schlucke ich diese Bemerkung hinunter und öffne die Stalltür.

»So, jetzt erst mal zu unseren geretteten Ponys.«

18. Finian

Sonntagmittag. Gerade hat sich Phoebe überschwänglich von mir verabschiedet, und der Mini Cooper rollt mit Amber am Steuer vom Hof. Ich sehe dem Wagen nach, bis er am Ende des Weges um die Kurve biegt. Dann schlendere ich zurück ins Haus. Zeit, um zu arbeiten.

Während ich im Wintergarten den Laptop hochfahre, ertappe ich mich dabei, wie ich durch die angelehnte Tür immer mal wieder ins Wohnzimmer lausche – als könne ich dort Ambers leichten Schritt hören.

Irgendwie kommt mir das Haus ohne sie sehr still vor. Leer.

Es war toll, Phoebe hier im Meadows Cottage zu haben.

Sie brachte wirklich Leben in die Bude. Amber hatte recht gehabt, ihre Schwester war ebenso temperamentvoll wie Harriet, dabei allerdings altersbedingt reifer, was ihren Humor absolut köstlich machte.

Was mich an Phoebe jedoch am meisten beglückte, war der Umstand, dass Amber in ihrer Gegenwart aufblühte. Es war, als würde ein bisschen von Phoebes Quirligkeit auf Amber abfärben, und das stand ihr ganz ausgezeichnet.

Der Samstagabend mit den beiden war grandios. Wir schlemmten, quatschten und lachten. Das Einzige, was mich ein wenig verwunderte, war dieser eine Moment, in dem Phoebe mich nach meinen Büchern fragte und Amber plötzlich einfiel, dass wir noch dringend Clyde mit seiner Medizin versorgen mussten.

Als wir nach dieser abendlichen Aktion und einem langen Spaziergang durch die Felder wieder zurück im Haus waren, hatte Phoebe ihre Frage offenbar vergessen, denn das Thema kam nicht wieder auf.

Nun sitze ich hier, habe unendlich viel Zeit zum Arbeiten. Aber ich fühle mich unbehaglich.

Eigentlich habe ich keine Schwierigkeiten damit, Stille auszuhalten. Nach Madeleines Eröffnung in Sachen Dustin und ihrem überstürzten Wechsel ins Nachbarhaus hatte ich sogar das Alleinsein gesucht. Nur hin und wieder hatte ich mich mit einem Freund getroffen oder Dad besucht. Doch die kerligen Sprüche auf der einen, die vorsichtigen Blicke auf der anderen Seite hatten mir nicht wirklich geholfen. Im Gegenteil. Als Dad gesagt hatte, dass es gut war, dass Mum das nicht mehr erleben musste – da sie doch auf Madeleine immer so große Stücke gehalten hatte –, hatte es meinen Schmerz nur noch verstärkt.

Und so hatte ich es vorgezogen, die Zeit lieber mit mir allein zu verbringen.

Jetzt aber ist mir die Einsamkeit, das Wissen darum, allein hier in Meadows Cottage zu sein, mit einem Male unangenehm. Auch wenn Amber nur eine kurze Zeit außer Haus ist.

Ich lasse den Laptop stehen, wandere zu den Pferden, kraule Brandon und Stanley, die zusammen auf der oberen Weide stehen und einträchtig nebeneinander grasen. Nach einem Besuch bei Faye und ihren Jungen gehe ich eher widerstrebend zurück in den Wintergarten.

Aber irgendwie will es heute einfach nicht so richtig klappen mit dem Schreiben.

Immerzu gehen mir Bilder des gestrigen Tages durch den Kopf. Amber, wie sie über einen Witz von Phoebe derart lacht, dass sie einen Schluckauf bekommt. Amber, wie sie beim Spaziergang die zart duftende Blüte einer wilden Rose pflückt. Amber, wie sie an ihrem Weinglas nippt. Amber, wie sie einfach dasitzt.

Es ist wohl eine dieser weichgezeichneten Erinnerungen, die mir gerade durch den Kopf geht, als am Nachmittag mein Handy klingelt. Deswegen bin ich gar nicht überrascht, als Ambers Name mich anblinkt.

Ich nehme ab.

»Finian, alles okay bei euch?«

»Ja, sicher. Und bei euch? Ich meine, ich freue mich natürlich über deinen Anruf, aber ist etwas …?«

»Ich habe eine Bitte: Meinst du, du könntest heute Abend und morgen früh die Versorgung der Tiere allein übernehmen?«

»Ja, sicher. Aber …?«

»Phoebes Mitfahrgemeinschaft hat beschlossen, eine Nacht dranzuhängen. Wir haben überlegt, uns einfach anzuschließen. In *Haydn House* ist noch ein Zimmer für Phoebe und mich frei. Junes Mutter, Sharon, ist spitze. Wenn das okay wäre, würde ich mit den Mädels hier den Abend verbringen und wäre dann morgen gegen Mittag zurück?«

»Natürlich. Sicher. Völlig in Ordnung!«, beeile ich mich zu sagen.

»Gut.«

Mir ist, als würde ich sie lächeln hören. Ihr ruhiges, wunderbares Amber-Lächeln.

»Bis morgen, Finian.«

»Bis morgen.«

Wir legen auf.

Ich sehe zum Laptop hinüber, der mich von meinem kleinen Schreibtisch aus hämisch anzugrinsen scheint.

Dann klemme ich ihn mir unter den Arm und marschiere kurz entschlossen zur Scheune hinüber.

»Ihr habt doch hoffentlich nichts dagegen?«, erkundige ich mich bei Faye und ihren Welpen.

Die Kleinen sind jetzt eine Woche alt und alle schon deutlich kräftiger geworden. Mit ihrem dichten, glänzenden Fell schieben sie sich fiepend an Fayes Bauch herum wie schlappohrige bunte Maulwürfe.

Neben dieser fünfköpfigen Gesellschaft im Heu richte ich mir einen improvisierten Arbeitsplätz ein. Und während Faye zufrieden grunzt, die Kleinen sich quietschend um die besten Zitzen streiten und die Schwalben beim Herein- und Herausfliegen hoch schreien, kann ich endlich schreiben.

*

Wie habe ich es nur ausgehalten, die letzten Wochen in London ganz allein in unserem Haus zuzubringen? Es fühlt sich einfach so merkwürdig an, allein zu sein.

Ich vermisse Ambers Gegenwart. Mir fehlen unsere Gespräche bei den Mahlzeiten. Und ich glaube, sogar Brandon schaut mich fragend an, als am nächsten Morgen nur ich zu den Pferden komme.

»Ich könnte dir viel erklären«, sage ich zu ihm, während ich seine Mähne kämme. »Aber die Wahrheit ist, dass wir beide uns besser schon jetzt damit abfinden sollten, dass sie nicht immer da sein wird.«

Dieser Gedanke deprimiert mich dermaßen, dass ich beschließe, zur Ablenkung nach Taunton zu fahren, wo ich in einer Buchhandlung ein paar bestellte Rechercheunterlagen abholen will.

Als ich das Haus verlassen will, klingelt mein Telefon.

Amber?

Ich reiße das Handy aus der Jacketttasche und werfe einen Blick aufs Display.

Ein seltsames Gefühl lässt mich für ein, zwei Sekunden regelrecht erstarren. Eine wilde Mischung aus Verblüffung, Schrecken und so etwas wie mich selbst überraschender Freude.

»Hallo Madeleine«, melde ich mich dann mit der dumpfen Ahnung, dass diese verwirrende Freude ganz sicher gleich einen gewaltigen Dämpfer bekommen wird.

Es ist nur … Sie hat mich seit unserer Trennung kein einziges Mal mehr angerufen. Ihr Name im Display ist so vertraut. Beinahe könnte er mir vorgaukeln, alles sei in bester Ordnung, so wie früher.

»Hallo Fin«, sagt sie.

Dann herrscht für ein paar Sekunden Stille.

»Wie geht es dir?«, erkundigt sie sich ein wenig steif.

Nicht verwunderlich, dass sie so klingt. In der Regel kommunizieren wir jetzt über die Anwälte.

»Gut«, sage ich. »Ich habe mir eine kleine Auszeit genommen.«

»Ja, Mr. Scott erwähnte so etwas«, sagt sie und setzt rasch hinzu: »Aber er hat natürlich nicht gesagt, wohin du gefahren bist.«

Mr. Scott ist für unser Haus in London so eine Art Mädchen für alles. Er mäht den Rasen, wenn ich nicht dazu komme, kümmert sich um tropfende Wasserhähne oder ähnliches. Ich hatte ihn gebeten, während meiner Abwesenheit dort ab und zu nach dem Rechten zu sehen.

»Ich bin in Somerset«, sage ich beinahe reflexartig und könnte mir augenblicklich die Zunge abbeißen.

Es geht sie schließlich nichts mehr an, wo ich mich aufhalte.

»Oh wie schön! Es muss dort um diese Jahreszeit traumhaft sein«, erwidert Madeleine und verwundert mich mit dieser Aussage.

Denn noch vor Kurzem wäre sie mit einem Aufenthalt auf dem Land nicht zu locken gewesen.

»Ich würde auch gern ein bisschen wegfahren. Ans Meer vielleicht. Aber im Fitnessstudio ist momentan so schwer an Vertretungen zu kommen …« Sie bricht ab, räuspert sich. »Entschuldige«, fährt sie dann fort. »Das war jetzt taktlos. Ich … ich bin ein bisschen nervös.«

Ich kann sie vor mir sehen, wie sie ihre schmale Unterlippe zwischen ihre makellosen Zähne zieht und daran knabbert.

»Warum rufst du denn an?«, frage ich. »Stimmt irgendwas mit den Scheidungspapieren nicht? Dann solltest du am besten den Anwalt danach fragen.«

»Nein, nein, das ist es nicht. Es ist alles in bester Ordnung. Und genau deswegen rufe ich an.« Sie holt tief Luft. »Ich will mich bei dir bedanken.«

Vor Verblüffung fällt mir keine Erwiderung ein.

»Ich habe nachgedacht«, fährt sie fort. »Und ich glaube, ich habe mich bei unseren letzten Begegnungen dir gegenüber nicht wirklich nett verhalten. Und als ich dann die Papiere bekam mit deinen Vorschlägen für die Güteraufteilung … also, ich war ehrlich gesagt … sprachlos. Das ist wirklich großzügig von dir.«

»Mir liegt nichts mehr am Haus oder an deinem Auto«, antworte ich. »An Geld mangelt es ja nicht.«

»Ach, Fin, bitte tu nicht so, als wäre das alles ein Klacks«, sagt sie leise. »Deine Bescheidenheit in Ehren, aber merkst du nicht, wie schwer mir das hier fällt? Ich verlasse dich, benehme mich wie die Axt im Walde, und du bist großmütig und gut wie immer. Lass mich dir einfach danken, ja? Und meine Entschuldigung für mein Benehmen in den letzten Wochen nimmst du hoffentlich an?«

Jetzt zittert ihre Stimme ein wenig. Als sei sie wirklich zutiefst verunsichert.

Eine blasse Erinnerung steigt in mir herauf.

So war sie auch, als ich sie kennenlernte. Aber nachdem wir zusammengekommen waren, wurde sie immer selbstbewusster und lockerer. Keine vollkommen andere Persönlichkeit, aber sie war nicht mehr so schnell aus dem Gleichgewicht zu bringen.

Man sagt, dass zuerst zwei Menschen ein Paar machen – und danach macht das Paar zwei Menschen. Natürlich verändern wir uns, wenn wir mit jemandem Tag und Nacht, das ganze Leben teilen. Aber mir war noch nicht in den Sinn gekommen, dass wir uns womöglich unserem alten Ich annähern, wenn wir uns dann wieder trennen.

»Ja, angenommen«, antworte ich.

Ich kann sie ausatmen hören.

»Und es geht dir wirklich gut, da in Somerset?«, erkundigt sie sich dann.

»Aber ja. Es ist toll hier. Das Cottage ist urgemütlich, der Garten fantastisch angelegt, ich darf sogar ein bisschen gärtnern. Zur Miete in dem Cottage gehört auch, dass man die Pferde versorgt, die hier leben. Hätte nie gedacht, dass mir das so viel Spaß macht.«

»Huch! Kannst du das denn?«

»Bisher haben sie sich nicht beschwert.«

Sie lacht impulsiv. Doch dann wird sie gleich wieder ernst. Als sei ein Lachen zwischen uns nun irgendwie unangebracht.

»Und heute? Was wirst du machen?«, erkundigt sie sich.

Sie klingt ehrlich interessiert.

Mein Magen zieht sich schmerzhaft zusammen. Weil ich mir mit einem Male eingestehe, dass ich es höllisch vermisst habe, mit ihr solch banale, alltägliche Dinge zu besprechen.

»Zu einer Buchhandlung nach Taunton fahren und dort eine Bestellung abholen, vielleicht ein bisschen bummeln, ein paar Lebensmittel einkaufen, kochen, die Tiere versorgen, später arbeiten, lauter alltäglichen Kram.«

»Klingt toll«, erwidert sie und zögert dann.

Ich kenne sie so gut, auch ihr Schweigen. Sie will noch etwas loswerden, etwas, das ihr wichtig ist.

Aber dann sagt sie nur: »Hab einen schönen Tag, Fin!«

»Du auch, Madeleine«, antworte ich.

Als wir aufgelegt haben, stehe ich noch einen Moment mit dem Telefon in der Hand einfach so da.

Vier Monate ist es her, dass sie mir ihre Affäre mit Dustin gestanden hat und mir mitteilte, dass sie mich verlassen wird, um mit ihm zusammenzuleben.

In den ersten Tagen war mir, als würde jemand meine

Eingeweide zerfetzen. Zurück blieb nichts als eine klaffende Wunde, eine nie geahnte Leere. Aber jetzt, stelle ich fest, hat sich dieser Schmerz verändert. Er ist einer dumpfen Traurigkeit gewichen, die ich spüre, wenn ich an das denke, was wir einmal hatten, womit wir beide offenbar nicht achtsam genug umgegangen sind, was wir verloren haben, unwiederbringlich.

Norman gegenüber hatte ich behauptet, es stehe noch nicht hundertprozentig fest, dass meine Ehe mit Madeleine wirklich am Ende sei. Weil ich noch Hoffnung auf einen Neubeginn hatte – trotz allem.

Doch wenn ich ehrlich bin, habe ich inzwischen offenbar damit begonnen, mich damit abzufinden, dass dem durchaus so ist. Ich habe angefangen, die Leere, die ich empfunden habe, mit jenen Dingen zu füllen, die mir hier in Meadows Cottage begegnet sind.

Als ich vom Hof fahre, werfe ich einen Blick zurück zur Scheune, in der Faye sich gerade hingebungsvoll um ihre Jungen kümmert, wie ich weiß. Ich sehe Brandon und seinen neu gewonnenen Freund Stanley grasend nebeneinander den Hügel hinaufwandern. Ich weiß, dass Bonnie und Clyde einträchtig wie immer eng beieinander hinter dem Stall stehen. Und ich erlaube mir, auch kurz an Ambers Rückkehr hierher in wenigen Stunden zu denken.

Ist es Madeleine etwa genauso gegangen?

Hat sie sich von mir vernachlässigt, nicht mehr verstanden gefühlt? War auch in ihr ein Hohlraum entstanden, der mit unserem Alltag nicht mehr zu füllen war? Hatte sie sich deswegen auf den neuen Nachbarn eingelassen?

Sind die Tiere hier, ist womöglich auch Amber für mich eine Chance, die Leere zu füllen, die mich zermürbt hat?

Verflixt noch mal. Dieser Tag kann jetzt wirklich nur besser werden.

*

Amber hatte recht, als sie mir *Brendon Books & Maps* empfahl, der Buchladen ist wirklich charmant.

Leider ist der Inhaber, mit dem ich bei meiner Bestellung per Telefon so nett geplaudert habe, nicht da.

Aber die junge Angestellte sucht mir in Windeseile die bestellten Bücher und Zeitschriften heraus.

»Oh, ich sehe gerade, dass ich unter Ihrer Adresse hier noch ein Buch stehen habe«, sagt sie. »Für Mrs. Amber Reed?!«

»Ach ja, das kann ich gern mitnehmen. Dann spart sie sich den Weg«, antworte ich und ziehe bereits mein Portemonnaie aus der Jacketttasche.

Doch im nächsten Moment erstarre ich regelrecht in der Bewegung.

Neben meinen Büchern über Tierschutzorganisationen, vegane Ernährung und Welpensozialisation liegt ein Buch, das mir nur allzu vertraut ist.

»Stimmt etwas nicht?«, fragt die junge Buchhändlerin, der mein Schrecken offenbar nicht entgangen ist.

»Nein, nein, alles in Ordnung. Mir ist nur gerade eingefallen, dass ich die Kaffeemaschine nicht ausgeschaltet habe«, flunkere ich schnell.

Sie verzieht das Gesicht zu einer lustigen Grimasse. »Au weia. Ist mir auch mal passiert. Die war hin. Jetzt hab ich ein neues Modell, schaltet sich nach einer Weile selbst aus.«

»Vielleicht sollte ich im Elektroladen gegenüber gleich so eine mitnehmen?«, scherze ich und reiche ihr meine Karte.

Ein paar Minuten später trage ich meine neu erworbenen Bücherschätze über den Parkplatz zum Mietwagen.

Im Lebensmittelladen stocke ich unsere Vorräte auf und bin heilfroh, so geistesgegenwärtig gewesen zu sein, einen Einkaufszettel zu schreiben. Ohne den wäre ich jetzt ziemlich aufgeschmissen.

Meine Gedanken kreisen unaufhörlich um dieses eine Buch in der Papiertüte.

Als ich die Einkäufe im Wagen verstaut habe, sitze ich kurz hinter dem Steuer und starre auf die Tüte auf dem Beifahrersitz. Ich ziehe das Buch heraus und betrachte es, als könne es mir diese eine brennende Frage beantworten: *Was hat es mit dir auf sich?*

Tief in mir kenne ich die Antwort eigentlich schon.

Trotzdem tue ich auf der Fahrt zu Meadows Cottage noch so, als sei alles ganz normal.

Ich packe die Lebensmittel in Kühl- und Vorratsschrank, breite meine neuen Bücher auf dem Couchtisch aus. Und ich lege dieses gewisse Buch gut sichtbar auf den Esstisch hinter der Theke direkt neben den Kerzenhalter.

Ich sehe nach Faye und ihren Jungen, stehe eine Weile bei Bonnie und Clyde, die sich gegenseitig die Fliegen wegwedeln und sich ein bisschen Fellpflege angedeihen lassen, indem sie sich liebevoll beknabbern.

Dann tue ich etwas, von dem ich niemals gedacht hätte, dass ich es tun würde: Ich betrete ungefragt und heimlich Ambers Zimmer.

Abgesehen von dem einen oder anderen flüchtigen Blick

durch die manchmal offen stehende Tür war dieser Raum bisher für mich tabu.

Jetzt drücke ich vorsichtig die Klinke herunter und gehe so leise hinein, als könne mich ein lauter Schritt verraten.

Das Bett ist gemacht, das Zimmer aufgeräumt, aber nicht penibel ordentlich. Die bunte Tunika, die Amber so gut steht, hängt am Kleiderschrank, über dem Stuhl in der Ecke liegen ein paar T-Shirts. Auf der Wäschekommode steht eine bauchige Vase mit duftenden Rosen aus dem Garten.

Ich sehe mich um. Wo würde ich an ihrer Stelle ein Buch verbergen, von dem ich nicht will, dass mein Mitbewohner es zu Gesicht bekommt?

Mein Blick fällt auf die Wäschekommode.

Ich gehe hinüber, greife bereits nach den beiden Porzellanknöpfen der obersten Schublade. Doch da befällt mich eine Scheu, die mich innehalten lässt. Ich lasse die Knöpfe los.

Nein. Das werde ich nicht tun.

Auf diese Weise will ich nicht erfahren, ob Amber über Mary-Anne Prices *Geheimnis* Bescheid weiß.

Ich werde sie fragen. Ja, genau. Wieso diese Heimlichkeiten?

Wenn sie später wieder hier ist, werde ich ihr das Buch geben, das ich für sie mitgebracht habe, und mit einem Augenzwinkern sagen: »Du weißt doch sicher, wer hinter Mary-Anne Price steckt, oder?«

Und damit wäre dann alles geklärt. Ganz einfach. Wieso jetzt so ein Bohei darum machen?

Doch während ich hier noch stehe, höre ich in meinem Kopf wieder Madeleines Stimme. So nah, weil es nur zwei Stunden her ist, dass wir miteinander telefoniert haben.

Doch diese Worte liegen wesentlich länger zurück und dringen durch einen Nebel an Schmerz und Ohnmacht aus der Erinnerung zu mir.

Ich ertrag das einfach nicht mehr, höre ich ihre Stimme. *Dieses ewige Liebesgewäsch. Romantik. Zweisamkeit. Weißt du, Fin, wenn du deine Bücher schreibst, tust du so, als wärst du eine Frau. Und ich fürchte, das merkt man dir auch im wahren Leben langsam an.*

Es gibt im Leben so schreckliche Momente, in denen etwas, das man bereits geahnt hat, zur Gewissheit wird. Zum Beispiel, wenn jemand, den man liebt, etwas ausspricht, von dem man gehofft hat, er würde diese Worte nie in den Mund nehmen.

Ich liebe meine Arbeit. Sie ist ein wichtiger Teil von mir. Und ich selbst wäre nie auf die Idee gekommen, dass das Schreiben von tiefgreifenden, romantischen Liebesgeschichten mich irgendwie weniger männlich machen würde.

Aber seit ich zu ahnen begann, dass Madeleine das anders sieht, seit sie es dann tatsächlich aussprach, bin ich mir nicht mehr sicher, ob andere es nicht auch so sehen würden wie sie.

Wenn Amber mein Geheimnis erfährt, was wird sie dann denken – über mich?

Betroffen starre ich auf die Rosen in der Vase, die bereits ihre Hochzeit hinter sich haben. Einige verlieren Blütenblätter, die sich auf der Holzfläche hübsch angeordnet haben.

Ich bin so schockiert, weil mir gerade klar wird, was meine Furcht vor einer Entdeckung bedeutet. Nämlich, dass Amber Reed für mich sehr wichtig geworden ist. Aber wie kann das sein? Wie kann ich bei einem Anruf von Madeleine plötzlich wieder eine solche Freude empfinden und gleichzeitig Gefühle für Amber entwickeln?

Ich senke den Kopf und gehe bereits zur Tür, da fällt mir etwas ins Auge. Etwas Blaubuntes, das unter dem Bett hervorschaut. Ich beuge mich hinunter. Ein Buch. Vorsichtig spähe ich unter das Bett. Und dann ergreife ich die Flucht.

19. Amber

Wieder in Meadows Cottage anzukommen ist, als würde ein lieb gewonnenes Zuhause mich mit offenen Armen willkommen heißen.

Mein erster Weg führt mich in die Scheune zu Faye und ihren Jungen. Faye freut sich, mich zu sehen, springt auf und wuselt in ihrer typischen Euphorie leise winselnd um mich herum. Die Babys liegen kreuz und quer in ihrem kuscheligen Nest aus Heu und Finians Luxus-Badetüchern, werden wach und wollen natürlich sofort an die Milchbar. Faye, als die perfekte Mutter, legt sich zwischen ihnen zurecht und stupst alle einmal an. Hier ist also alles in bester Ordnung.

Im Haus ist Finians Tür zum Wintergarten geschlossen. Sicher arbeitet er. Ich schleiche leise zum Kühlschrank, mixe mir eine Saftschorle und …

Da liegt das Buch auf dem Küchentisch.

Der Roman von Mary-Anne Price, der mir in meiner kleinen Sammlung noch fehlte und den ich eigentlich morgen in Taunton abholen wollte.

Ich hebe den Blick. Vor den Sofas im Wohnzimmer hat Finian seine reichhaltige Beute aus dem Buchladen verteilt. Er hat *Brendon Books & Maps* also bereits einen Besuch abgestattet.

Ich schaue wieder zur verschlossenen Tür. Dann schnappe ich mir das gewisse Buch und bringe es in mein Zimmer.

Unter den Kerzenhalter auf dem Küchentisch klemme ich bei meiner Rückkehr die entsprechenden Pfundnoten.

Gerade will ich mit meinem kühlen Getränk in den Garten gehen, als Finian die Tür öffnet.

»Oh, hallo, Amber, ich hab dich gar nicht gehört«, sagt er lächelnd.

Er sieht so aus, als würde er sich sehr freuen, mich wiederzusehen. Und ich, stelle ich fest, freue mich auch, ihn zu sehen. Verrückt irgendwie. Schließlich war ich nur etwas mehr als vierundzwanzig Stunden weg.

Nur den Bruchteil einer Sekunde huscht sein Blick hinüber zum Tisch.

Dann richten seine grünen Augen sich wieder auf mich.

»Wie war Glastonbury?«

»Genial!«, schwärme ich.

»Vielleicht hast du nachher beim Abendessen Lust, davon zu erzählen? Ich wollte eigentlich nur kurz eine Flasche Wasser holen und weiterarbeiten …«

»Natürlich! Ran an die Arbeit!«, trompete ich unbeholfen.

Er greift sich eine Flasche, winkt mir damit übertrieben zu und ist schon wieder verschwunden.

Kein Wort zu dem Buch oder dem Geld auf dem Tisch. Verwirrt greife ich nach einer der Zeitschriften und gehe hinaus in den Garten.

Vielleicht sollte ich beim Abendessen ansprechen, dass ich seinem Geheimnis auf die Spur gekommen bin? Einfach, um ihn zu beruhigen und ihm zu versichern, dass *Mary-Anne Price* von meiner Seite keine Bloßstellung zu befürchten hat?

*

Aber irgendetwas daran, wie Finian sich bei der abendlichen Versorgung der Tiere und den anschließenden Essensvorbereitungen benimmt, lässt mich zögern.

Aufdringlichkeit liegt ihm von seinem ganzen Wesen her fern. Aber jetzt ist er regelrecht zurückhaltend.

Beim Abendessen fragt er mich nach meinem kleinen Glastonbury-Trip aus, ist aber selbst ungewöhnlich schweigsam.

Irgendwann nehme ich mir ein Herz und frage: »Ist alles in Ordnung, Finian?«

Vielleicht ist es ihm ja lieber, das Thema *Mary-Anne Price* selbst anzusprechen.

Doch ganz entgegen meiner Erwartung ist er offenbar weit entfernt davon, den mitgebrachten Roman zur Sprache zu bringen. Stattdessen schüttelt er entschuldigend den Kopf.

»Tut mir leid, wenn ich etwas abwesend wirke. Heute Morgen hat Madeleine angerufen, und ich … also, ich weiß nicht so recht, was ich davon halten soll.«

Er spricht fast nie von seiner Frau. Obwohl wir uns bei unseren gemeinsamen Mahlzeiten bereits so viel voneinander erzählt haben, hat er sie bisher stets ausgeklammert.

Ich habe also keine Ahnung, ob die *schwierige Phase* auch etwas mit einer dritten Person zu tun hat, einem anderen Mann, einer anderen Frau. Das geht mich schließlich nichts an.

»Weißt du nicht, was dieser Anruf von *ihrer Seite* aus bedeutet? Oder bist du dir nicht sicher, was er *bei dir* ausgelöst hat?«, erkundige ich mich vorsichtig.

Ich will ihn nicht aushorchen, aber es soll auch nicht wirken, als interessiere mich nicht, was ihn beschäftigt.

Er runzelt sie Stirn.

»Ganz ehrlich? Auch da bin ich mir nicht sicher.«

Ich lächele ihn aufmunternd an.

»Wie wäre es dann mit ein bisschen Abwechslung? Morgen soll es den ganzen Tag trocken bleiben, aber nicht zu heiß sein, wenn man der Wettervorhersage trauen darf. Wir könnten mit Brandon und Stanley den ersten kleinen Spaziergang in die Quantock Hills wagen?«, schlage ich vor.

Noch für einen Moment ruht sein Blick auf meinem Gesicht, ein wenig verwundert und … traurig?

»Okay!«, stimmt er dann mit einem Nicken zu. »Dabei wird sich herausstellen, ob Brandon Little Stanley tatsächlich als seinen neuen Kumpel akzeptiert.«

So hat Harriet es uns jedenfalls erklärt: »Für Pferde, die das nicht gewohnt sind, ist es schwierig, das vertraute Umfeld zu verlassen. Erst recht, wenn sie allein gehen müssen. Mit einem Artgenossen, den sie kennen und mögen, ist es für sie viel einfacher«, hatte sie gesagt.

Gemeinsam räumen Finian und ich den Tisch ab, er immer noch in nachdenklicher Stimmung.

»Weißt du«, sage ich mit einem spürbaren Kloß im Hals, bevor ich mich in mein Zimmer zurückziehe. »Es gibt doch da diesen Spruch, dass man weggehen soll, um anzukommen. Vielleicht ist das bei Madeleine und dir ja der Fall? Vielleicht musstest du für eine Weile weggehen, damit ihr wieder beieinander ankommen könnt?«

Finian hält in der Bewegung inne, dreht sich aber nicht zu mir um.

»Ja«, sagt er dann ein wenig heiser. »Vielleicht.«

*

Am nächsten Morgen frühstücken wir wie immer, striegeln Brandon und Stanley und machen sie dann ausgehfertig. Als Harriet das letzte Mal hier war, hat sie uns genau gezeigt, wie wir dabei vorgehen müssen.

Das Aufhalftern lassen beide problemlos geschehen.

»Stanley wirkt freudig aufgeregt«, stelle ich fest, als ich nach seinem Führstrick greife.

»Vielleicht vermisst er das Zirkusleben ein bisschen. Da war bestimmt immer was los«, mutmaßt Finian.

Stanley stößt ein schrilles Wiehern aus. Wir müssen lachen. Dieser lustige Zwerg ist aber auch zu niedlich.

Der Weg, der von Meadows Cottage den Hügel hinaufführt, ist breit genug, um mit beiden Pferden nebeneinander zu gehen.

Finian und ich gehen vorweg, Brandon und Stanley folgen uns brav am lockeren Strick.

Harriet hat uns gezeigt, wie wir die Strickenden einsetzen sollen, falls einer der beiden plötzlich nicht weiterwill, und wie wir reagieren sollen, wenn sie erschrecken und scheuen. Aber abgesehen davon, dass Stanley zwischen den Feldern mal einen kurzen übermütigen Trab versucht und Brandon findet, das Gras am Wegrand sei wesentlich delikater als auf seinen weitläufigen Wiesen, läuft alles problemlos.

Nach zwanzig Minuten sind auch wir Zweibeiner endlich so entspannt, dass wir die herrliche Landschaft genießen können.

Wir durchqueren einen kleinen Eichenwald, an den von Hecken gesäumte weite Wiesen grenzen. Immer noch blüht die Schafgarbe und verleiht dem satten Grün helle Schleier, die sich zart im Wind wiegen, der vom Bristolkanal herüberweht.

An den Steigungen, die wir zu bewältigen haben, überrascht uns Brandon. Plötzlich tritt er energisch aus, hebt den Kopf und sieht sich unternehmungslustig um. Als sei ihm auf seine alten Tage plötzlich eingefallen, dass er doch einer Rasse angehört, die speziell zur Jagd in genau diesem Terrain gezüchtet wurde.

Stanley eifert seinem bewunderten neuen Freund gleich nach.

Wir müssen über die beiden Opis lachen, wie sie so aufmerksam und gut aufgelegt dahinmarschieren.

»Lassen wir uns von der Energie der beiden nicht täuschen«, sagt Finian mit einem Blick auf die Uhr. »Wir sollten gleich umkehren. Auch wenn Spaziergänge ihre Muskeln und Bänder stärken, sollten wir nicht beim ersten Mal gleich übertreiben.«

»Nur noch kurz einen Blick über die Hochebene?!«, schlage ich vor, denn nun haben wir fast die Anhöhe erreicht.

Wenige Minuten später erreichen wir sie, und uns stockt der Atem.

»Oh mein Gott!«, bricht es schließlich aus mir heraus. »Ich hatte keine Ahnung, wie wahnsinnig schön es hier ist.«

Finian betrachtet das wundervolle Farbenspektakel, das sich vor uns ausbreitet, ebenso fasziniert wie ich.

»Jetzt begreife ich, wieso die Quantock Hills schon vor vielen Jahrzehnten zur *Area of Outstanding Natural Beauty* ernannte wurden. Schau nur, die Besenheide blüht in allen Farben. Dieses tiefdunkle Violett und das Hellrosa! Und dazu das lebensfrohe Gelb des Ginsters. Unglaublich!«

Seine Augen leuchten. Nein, der ganze Mann leuchtet.

»Du gärtnerst ja nicht nur gern, du bist auch Hobby-

Botaniker«, necke ich ihn. »Was hat der Titel zu bedeuten?«

»Dass hier besonders schützenswerte Natur zu finden ist.«

»Ich muss sagen, da hatte Wer-auch-immer-das-entschieden-hat wirklich recht!«

Wir lächeln uns an.

Als wolle sie diesen Augenblick perfekt machen, steigt über dem Grün und Bunt eine Feldlerche jubilierend hoch in die Luft.

Schweren Herzens drehen wir um und machen uns auf den Heimweg, der wegen des Gefälles für die Pferde ein wenig beschwerlicher sein wird.

Nach einer weiteren Viertelstunde kommen wir an eine herrliche Stelle, an der sich direkt neben einem kleinen Wäldchen ein leise plätschernder Bachlauf durch eine Wiese schlängelt.

Ideal, um eine Rast einzulegen.

Finian und ich lassen uns ins Gras fallen, und die Pferde beginnen begeistert, das saftige Grün zu rupfen.

Im Dickicht ist wiederholt der Ruf eines Fasans zu hören.

»Ist es nicht grässlich, dass wir all dies hier in unserem wirklichen Leben nur im Fernsehen erleben können?«, frage ich, während wir eine Singdrossel beobachten, die auf dem Weg neben uns mit einem Schneckenhaus kämpft, indem sie es immer wieder gegen einen Stein schlägt. Für die Schnecke gewiss kein angenehmes Erlebnis, zumal das letzte ihres Schneckendaseins, doch ich bin fasziniert von der Geschicklichkeit des schönen Vogels mit der gefleckten Brust.

Finian wendet sich mir zu. »Unser *wirkliches Leben?*«, wiederholt er nachdenklich. »Was ist unser *wirkliches Leben?*«

»Na ja, das in London eben. Ich zum Beispiel habe mich entschieden, mich tatsächlich selbstständig zu machen mit einem kleinen Steuerbüro. Da wartet viel Arbeit auf mich. Ich werde ein Büro brauchen, irgendwo in den Tausenden von geschäftigen Straßen. Ich werde mich jeden Morgen durch das Gewusel in der Tube quälen. Mittags in einem Imbiss einen Happen runterschlingen und abends zu müde zum Kochen sein … Ich werde irgendwie versuchen, mir ein neues Leben zu schaffen, das mit dem davor wahrscheinlich ebenso wenig zu tun hat wie mit unserer Zeit hier, denn schließlich hat zu meinem *wirklichen Leben* …«

Ich breche ab.

»Zu deinem wirklichen Leben hat auch Eddy gehört?«, hilft Finian mir mit leiser Stimme.

Ich nicke langsam. »Ehrlich gesagt weiß ich noch gar nicht, wie ich ein Leben ohne ihn hinbekommen soll.«

»Ich kann nur ahnen, wie sich das anfühlen mag«, gesteht Finian feinfühlig wie immer.

Er behauptet nicht, zu wissen, wie es mir geht. Denn das können nur die, die es selbst erlebt haben.

»Ich kann mir aber vorstellen, dass es völlig normal ist, sich so zu fühlen. Orientierungslos, meine ich. Ratlos, wie es weitergehen soll. Wahrscheinlich ist das die größte Herausforderung, vor der man steht, wenn der geliebte Mensch von einem geht.«

Ich weiß nicht genau, was mit mir passiert. Vielleicht ist Finians nachdenkliche Stimmung des letzten Abends auf mich übergeschwappt. Vielleicht ist es aber auch die berauschende Schönheit dieses Landstrichs, die mir so unmittelbar ans Herz greift.

Jedenfalls höre ich mich plötzlich sagen: »Der größte Schmerz, den ich dabei empfinde, ist noch nicht mal sein Verlust. Wir hatten Zeit, uns voneinander zu verabschieden, weißt du. Wir haben über den Tod geredet. Wir haben über unseren Glauben an das Leben danach geredet, den wir teilen, obwohl wir beide keiner Kirche angehören. Wir haben immer wieder über die schönen Zeiten geredet, die wir miteinander hatten. Aber …« Plötzlich versagt mir die Stimme. Ich muss mich räuspern.

Finian sagt nichts. Er streckt die Hand aus und legt seine kühlen Finger auf meine.

Und da kann ich es aussprechen: »Aber ich habe ihm nie gesagt, dass ich ihn liebe.«

Ich kann spüren, wie er sich ein wenig aufrichtet. Sein Blick huscht über mein Gesicht und flüchtet sich dann hinüber zu den Pferden.

Natürlich muss ihm das, was ich sage, seltsam vorkommen. Aber er ist zu feinfühlig, um es direkt anzusprechen.

»Ich habe ihn vor zehn Jahren auf einer Party kennengelernt«, erzähle ich ihm. »Es war diese berühmte Geschichte mit dem ersten Blick. So was gibt es wirklich. Er kam in den Raum, und … irgendwie stand plötzlich mein ganzes Leben still. Ich konnte nur noch ihn anschauen und sonst nichts und niemanden. Gott sei Dank war Phoebe bei mir und hat es irgendwie hinbekommen, dass ich nicht stundenlang dastand wie eine Kuh, wenn's donnert.« Ich lache kurz auf.

Doch Finian lacht nicht mit. Er spürt, wie ernst mir ist, was ich ihm hier gestehe.

»Sie hat es auch geschafft, dass Eddy und ich uns später

am Büffet wie zufällig begegneten. Tja, sie hat uns also irgendwie verkuppelt, wenn man so will. Sie wusste ja nicht – denn das sah man ihm wirklich nicht an –, dass Eddy schwul war. Und ich ahnte es auch zuerst nicht.« Ich atme tief durch. »Er war so … charmant, so wortgewandt und belesen. Wir verstanden uns auf Anhieb, mit und ohne Worte, eine zauberhafte Begegnung. ›Wir sind Seelenzwillinge‹, hat Eddy immer gesagt. Schon bei unserem zweiten Treffen hat er mich nicht im Unklaren darüber gelassen, welchem Geschlecht er ausschließlich zugetan war. Ich war mir klar, dass ich aus reinem Selbstschutz unsere Freundschaft besser nicht zulassen sollte. Aber ich wusste nicht … ich wusste einfach nicht, wie ich wieder auf ihn verzichten sollte, wo ich ihn einmal gefunden hatte.«

Eine Träne löst sich aus meinen Wimpern und hüpft über meine Wange zu Boden.

Finians Hand auf meiner ist leicht, beruhigend. Ich habe das Gefühl, er versteht.

Ich versuche ein kleines Lachen, aber es misslingt.

»Natürlich gab es in meinem Leben andere Männer. Ein-, zweimal dachte ich sogar, ich hätte mich wirklich verliebt. Doch dann verbrachte ich wieder Zeit mit meinem *Seelenzwilling* und wusste: Nein, auch diesmal ist derjenige nicht der Richtige. Als er im letzten Herbst krank wurde, dachte ich zuerst, die Welt müsste untergehen. Es war schon bald klar, dass er es nicht schaffen würde. Es ging ihm so schnell schlechter und schlechter. Als wir das letzte Mal miteinander gesprochen haben, hat er mir einen Brief gegeben. Ich sollte ihn lesen, wenn er … nicht mehr da ist. Aber ich wage es einfach nicht, ihn zu öffnen. Irgendwie habe ich das Gefühl, es könnte darin etwas Schreckliches auf mich warten.«

Nachdem ich das alles losgeworden bin, schweigen wir eine Weile.

Finian nimmt seine Hand fort, und ich spüre deswegen ein leises Bedauern. Seine Berührung hat mir gutgetan.

»Ich bin froh, dass du mir das alles erzählt hast, Amber Reed«, sagt er schließlich ernst.

Ich mochte es von Anfang an, wenn er meinen ganzen Namen ausspricht.

»Ja, vielleicht verstehst du jetzt ein bisschen mehr, wieso ich manchmal so verquer bin«, antworte ich möglichst leichthin.

Ich kann selbst hören, dass es mir nicht hundertprozentig gelingt.

»Nein«, erwidert Finian zu meiner Überraschung und wendet sich mir komplett zu. »Das meine ich nicht. Nicht für mich ist es wichtig. Es ist schließlich nicht meine Aufgabe, dich auf Teufel komm raus verstehen zu müssen. Aber ich glaube, *für dich* ist es wichtig, es erzählt zu haben.«

Ich kann spüren, wie mir wieder Tränen in die Augen steigen. Schon lange habe ich mich nicht mehr so verstanden gefühlt. Rasch wende ich den Blick ab.

»Wenn ich das noch sagen darf«, setzt Finian vorsichtig hinzu. »Ich kann mir nicht vorstellen, dass Eddy nicht geahnt hat, dass du ihn liebst. So, wie du von ihm sprichst, war er sicher ein wirklich feiner Mensch, und daher bin ich sicher: Er wusste es, aber er wollte dich nicht bloßstellen, indem er selbst es angesprochen hätte. Damit hat er Rücksicht auf eure tiefe Freundschaft genommen. Ich glaube, er war wohl wirklich dein Seelenzwilling.«

*

Den Heimweg legen wir fast schweigend zurück. Nur ab und zu machen wir uns gegenseitig auf einen besonders schönen Ausblick aufmerksam.

Finian lässt mir Zeit, zu verdauen, was gerade geschehen ist: Ich habe einem Fremden – der sich zugegebenermaßen nicht mehr wirklich fremd anfühlt – erzählt, was nur wenige Menschen in meinem Leben wissen: dass der größte Schmerz in meinem Leben darin besteht, dass ich zehn Jahre lang einen Mann geliebt habe, der mich leider auf dieselbe Art und Weise nicht zurücklieben konnte.

Im Meadows Cottage angekommen, bietet Finian mir an, dass er die Pferde allein versorgen kann. Offenbar ahnt er, dass ich dringend allein sein möchte. Also verdrücke ich mich in mein Zimmer.

Ein paar Minuten sitze ich auf dem Bett und weiß nicht so recht, wohin mit mir. Eigentlich dachte ich, ich würde nun sturzbachartig losheulen. Doch meine Augen bleiben trocken.

Aber immer wieder wandert mein Blick zur Kommode hinüber.

Schließlich stehe ich auf, öffne die oberste Schublade und nehme den blauen Umschlag heraus.

Ich setze mich in den Stuhl ans Fenster, öffne das Kuvert, ohne zu zögern, und nehme den gefalteten Briefbogen heraus.

Meine Am,
ich schreibe diesen Brief, solange ich noch dazu in der Lage bin. Wir beide wissen, dass eine Zeit kommen wird, in der dies nicht mehr der Fall sein wird. Wenn Du diesen Brief liest, wird aber auch diese letzte Zeit – vor der mich ehrlich

gesagt ein wenig gruselt – vorüber sein. Ich werde frei durch die Lüfte streifen, vielleicht als neu geborener Amor mit geladener Armbrust in den Schwulenklubs, wer weiß? Und Du wirst ebenfalls frei sein. Denn dass Du das nicht bist, das weiß ich, Am.

Hier hole ich tief Luft, bevor ich weiterlesen kann.

Erinnerst Du Dich noch, als ich damals – meine Güte, wie lange das her ist! – bei unserem dritten oder vierten Abendessen sagte, wie froh ich sei, dass ich schwul bin und Du hetero bist?
»Tatsächlich? Wieso denn?«, hast Du gesagt, mit Deinem unvergleichlichen Augenaufschlag, der mir doch schon zu denken hätte geben müssen.
Aber ich antwortete ganz ehrlich: »Wir kennen uns noch nicht lange, Am, aber ich wette, Dir ist schon klar, dass Dir hier ein Exemplar der Gattung Nie-fürs-ganze-Leben *gegenübersitzt. Wenn ich hetero wäre, würde ich mich in Dich verlieben. Das ginge gar nicht anders bei Deiner Schönheit und Klugheit. Ich würde alles dransetzen, Dich rumzukriegen. Und wer weiß? Vielleicht hätte ich Glück, und Du würdest Dich meiner erbarmen. Wir hätten eine grandiose Zeit, da bin ich sicher. Aber dann würde es irgendwann anfangen … Ich würde länger auf der Arbeit bleiben, Workshops am Wochenende erfinden. Du würdest wissen, dass ich Dich belüge und betrüge. Und es würde Dir das Herz brechen.«*
Ja, das habe ich gesagt und gelacht. Aber dann habe ich Dich angesehen, und in Deinen Augen, Am, stand etwas so deutlich und klar, dass es mich im Grund meines Herzens erschütterte.

Von da an habe ich nie wieder solch eine Bemerkung gemacht.
Aber hin und wieder, wenn Du dachtest, ich merke es nicht, habe ich diesen Ausdruck in Deinen Augen gesehen.
Ich wusste, es wäre besser für Dich, wenn ich unsere Bindung lockern würde. Wenn ich Dich dadurch ermuntert hätte, Dich ganz und gar auf einen der armen Kerle einzulassen, die im Laufe der Jahre versucht haben, bei Dir zu landen.
ABER – und ich schreibe es ganz bewusst in großen Lettern – es ist einfach ein wunderbares Gefühl, von Dir geliebt zu werden, Am. Und denk bitte nicht, dass das Morphium meinen Verstand umnebelt und ich Dir deswegen dies schreibe. Diese verflixten und zugleich heilbringenden Drogen machen nicht, dass ich Unsinn rede, sondern dass ich endlich die Wahrheit sage …
Geh fort, Am! Geh irgendwohin, wohin Du gehören kannst, irgendwo in die Natur, die Du so liebst. Und wenn Du dort Dich selbst wiedergefunden hast, nach dieser schrecklichen Zeit, in der ich Dich täglich leiden sehe, wenn Du wieder Du selbst bist, dann öffne dein Herz. Für jemand anderen.
In Liebe – ich hoffe, das weißt Du! – und für immer
Dein Eddy

Ich lasse das Papier sinken.

Seine letzten Worte haben geschafft, was gerade noch unmöglich schien: Die Schleusen sind geöffnet. Ich weine und weine. Stehe auf, laufe herum, sinke am Bett hinab. Den Briefbogen halte ich an meine Brust gepresst, an mein schmerzendes Herz, das sich plötzlich weitet und pocht.

Er hat es gewusst.

Eddy hat gewusst, dass ich ihn liebe.

Und auf seine seltsam verrückte Art hat er mich ebenso geliebt. Tiefer und inniger, als er jeden seiner unzähligen Lover hatte lieben können.

Ich schluchze haltlos, weil das Vermissen mich schier zu zerreißen droht. Aber nach einer Weile beruhige ich mich langsam. Die Tränen fließen weiterhin. Doch ihr Strom ist langsamer, beinahe ruhig.

Es sind Tränen der Liebe und der Erleichterung.

Weil ich weiß, dass es nun endlich geschehen darf: Endlich werde ich ihn loslassen können.

Ein unbeschreibliches Gefühl von Leichtigkeit ergreift mich.

Ich wandere langsam im Zimmer herum, schaue mit glasigem Blick aus dem Fenster hinaus in den Sommergarten, in dem die prächtigen Blühpflanzen gerade eine kleine Pause einlegen, um sich für den anstehenden Herbst zu wappnen. Nun leuchten und dämmern dort, je nach Sonne- oder Schattenlage, die unterschiedlichsten Abstufungen von Grün. So beruhigend. So ergreifend. So schön.

Dies, so weiß ich genau, ist ein Scheidepunkt in meinem Leben.

Ich weiß auch ganz genau, wer mir zu dieser Befreiung verholfen hat. Und neben Dankbarkeit macht sich in mir noch eine andere Empfindung breit … von der ich jetzt wirklich nicht weiß, wie ich mit ihr umgehen soll.

20. Finian

Nachdem ich Brandon und Stanley ein wenig abgerieben und dann auf die Koppel entlassen habe, stehe ich noch eine Weile bei Bonnie und Clyde.

Dann schlendere ich in die Scheune hinüber.

Die Welpen liegen schlafend auf dem bequemen Lager. Faye ist offenbar gerade draußen unterwegs, um mal ein Geschäft zu erledigen.

Ich sehe der friedlichen Idylle im Heu lächelnd zu, doch auch dieser Anblick kann mich nicht vollkommen von meinen Gedanken ablenken. Denn ehrlich gesagt weiß ich nicht, was ich jetzt denken, geschweige denn fühlen soll.

Auf die Idee, dass der Mann, um den Amber trauert, gar nicht ihr Partner, sondern ihr bester Freund war, den sie heimlich und unerwidert liebte, wäre ich nie gekommen.

Seltsamerweise erscheint mir diese Variante plötzlich noch tragischer als die, von der ich ausgegangen war.

Wie muss sich das anfühlen?

Ich denke an Madeleine. Sie und ich, wir hatten zunächst eine grandiose Zeit miteinander. Die ersten zwei, drei Jahre waren wir beide schrecklich verliebt. Wir waren ein Paar, wir gehörten zusammen und haben uns das gegenseitig auch viele Hundert Male gesagt. Egal, was nun letztendlich dabei herausgekommen ist, wir hatten auf jeden Fall eine echte *Liebesgeschichte*.

Amber und Eddy aber …

Schon als ich sie vor sechs Wochen kennenlernte, hatte ich gleich ein Gespür dafür, wie Amber ist: ihre gleichbleibende sanfte Freundlichkeit, ihr trockener Humor, ihre unendliche Geduld im Umgang mit den Tieren und ihr Bedürfnis, für andere da zu sein.

Doch nun weiß ich noch so viel mehr über sie, nämlich mit welcher Bedingungslosigkeit sie liebt.

Wenn Amber Reed ihr Herz verschenkt, dann fordert sie nichts dafür zurück. Sie würde wahrscheinlich damit argumentieren, dass sie keine andere Wahl hatte, aber ich bin davon überzeugt, dass wir uns auch bei Gefühlen immer noch *dafür* oder *dagegen* entscheiden können. Und ich glaube nicht, dass ich selbst solch einen Großmut beweisen könnte, wie Amber ihn bei Eddy an den Tag gelegt hat.

Bei dieser Einsicht bin ich gerade angekommen, als ich ihre leise Stimme am Scheunentor höre.

»Nun mach mal langsam, Mädchen«, säuselt sie. »Keine Bange. Der Napf ist noch bis zum Rand gefüllt. Du kannst gleich neben deinen Babys in aller Ruhe …«

Amber biegt mit Faye an ihrer Seite um die Ecke.

Sie erschreckt, als sie mich hier stehen sieht, räuspert sich, offensichtlich verlegen. Vielleicht wegen dem, was ich nun über sie weiß.

»Faye wollte nicht im Haus fressen«, erklärt sie mir dann und stellt den Napf neben dem Welpenlager ab.

Faye macht sich sofort mit Heißhunger darüber her.

Wir sehen ihr schweigend dabei zu.

Dann beginne ich: »Amber, du brauchst nicht …«, und will ihr sagen, dass sie keine Scheu empfinden muss, nur weil ich nun einen so wichtigen Teil von ihr kenne.

Doch in der gleichen Sekunde sagt sie: »Ich habe den Brief gelesen!«

Ich blicke forschend in ihr Gesicht.

»Du hattest recht. Er … Eddy wusste es. Es ist ein sehr liebevoller Brief. Ich bin so froh, dass ich ihn endlich lesen konnte!«, stammelt sie.

Weil sie ganz offensichtlich geweint hat, sind ihre Wangen gerötet. Ihre dunklen Augen mit den dichten Wimpern glänzen. Aber es ist nicht nur ihr Gesicht, ihr ganzer Körper scheint weich, erleichtert, liebevoll.

»Meine Güte!«, sagt sie dann und holt tief Luft. »Was musst du jetzt von mir denken?!«

Ohne groß zu überlegen, sage ich: »Ich dachte gerade, dass kein Mann es schaffen würde, nach verzweifeltem Weinen so wunderschön auszusehen wie du jetzt gerade.«

Die Worte sind bereits heraus, da wird mir klar, was ich gesagt habe. Dass ich ihr ein geradezu leidenschaftliches Kompliment gemacht habe, obwohl sie soeben gefühlsmäßig ein tiefes Tal durchschreitet.

Amber starrt mich an. Zurecht fassungslos.

»Tut mir leid«, flüstere ich schnell. »Das ist … also, es ist mir irgendwie so rausgerutscht. Ich wollte nicht …«

Doch ehe ich noch mehr sagen kann, macht Amber einen Schritt auf mich zu.

Sie hebt die Hand und einen verwirrenden Moment lang denke ich, sie will mir eine Ohrfeige verpassen. Doch dann legt sich ihre schmale Hand in meinen Nacken, und sie zieht mich zu sich.

Ihr Gesicht, schon so vertraut, mit nur wenigen Zentimetern Abstand trotzdem aufregend fremd, ist plötzlich ganz nah, ihre Lippen berühren meine.

Ich erwidere ihren Kuss, ohne auch nur einen Augenblick darüber nachzudenken.

Ein Kuss, in dem wir beide versinken.

Sie schmeckt süß und duftet nach Haarshampoo, Rosen und Pferd. In meinem Magen erhebt sich ein Heer von Schmetterlingen.

Irgendwann schwankt Amber plötzlich, und sie hält sich an mir fest. Ich fasse sie an der Schulter, um sie zu stützen, aber da haben wir uns schon voneinander gelöst.

Einen Augenblick lang sehen wir uns an.

»Verzeih mir«, haucht Amber.

Dann dreht sie sich um und ist schon verschwunden.

*

Das Beste wäre, darüber zu sprechen.

Aber wer wagt zu behaupten, dass das *Beste* auch das *Einfachste* ist?

Zwei Tage lang schleichen Amber und ich umeinander herum.

Na ja, schleichen tun wir nicht wirklich. Wir putzen morgens gemeinsam die Pferde, kümmern uns um Faye und ihre Welpen, die langsam ziemlich rege zu werden beginnen, nehmen die Mahlzeiten miteinander ein.

Aber bis auf einen verlegenen Blick hin und wieder erwähnen wir beide *den Vorfall*, wie ich den Kuss mittlerweile heimlich nenne, mit keinem Wort. Ich bezeichne ihn so in Ermangelung eines anderen Wortes für das, was da offenbar zwischen uns geschehen ist. Und weil ich mich wirklich nicht in etwas hineinsteigern will, von dem ich jetzt schon weiß, dass es nur in einer Katastrophe enden kann.

Amber ist schließlich immer noch in tiefer Trauer. Tatsächlicher Partner hin oder her, sie hat Eddy geliebt. Und ich selbst habe noch vor sechs Wochen meinem besten Freund gegenüber behauptet, das letzte Wort in Sachen endgültiger Trennung zwischen Madeleine und mir sei noch nicht gesprochen.

Amber hat es auf unserem Spaziergang in die Hügel sehr gut ausgedrückt, indem sie von unserem *wirklichen Leben* in London im Gegensatz zu diesem hier sprach.

Wir beide sind hierhergekommen, weil wir uns in einem Ausnahmezustand befanden – und womöglich immer noch befinden. Und dieser Ort hat etwas mit uns gemacht. Somerset hat seinen ganz besonderen Zauber über uns gelegt. Meadows Cottage hat uns ein Heim geboten, in dem wir unsere Wunden lecken und neue Kraft tanken konnten.

Ist es da verwunderlich, dass wir uns auch ein klein wenig zueinander hingezogen fühlen?

Meine eigene zarte Zuneigung hatte ich mir ja bereits eingestanden. Aber bis zum *Vorfall* in der Scheune war mir nicht bewusst gewesen, dass auch Amber mich auf diese gewisse Weise mag. *Dass* sie das tut, hat die Zärtlichkeit und Leidenschaft ihres Kusses mir deutlich gezeigt.

Doch wohin soll uns das führen?

Ist dieses Gefühl, das wir offenbar beide füreinander empfinden, vielleicht einfach nur die Hoffnung, dass wir einander auf unerwartete Weise *heilen* könnten?

Und selbst wenn es denn geschehen würde, wenn wir denn geheilt wären … Könnten wir dann, zurück in unserem *wirklichen* Leben, weitermachen wie bisher, oder würde einer von uns mit erneut gebrochenem Herzen zurückbleiben?

Ich habe keine Ahnung, ob Amber sich ähnlich viele Gedanken macht wie ich.

Aber ich bin froh, als es uns am Wochenende gelingt, wieder lockerer miteinander umzugehen.

Und natürlich spielen dabei die Tiere mal wieder die maßgebliche Rolle: Bonnie überrascht uns nämlich damit, dass sie uns auf der kleinen Weide hinter dem Stall fröhlich wiehernd entgegentrabt und mit freundlich aufgestellten Ohren um eine Möhre bettelt.

»Wenn sie nicht so ein garstiges Gesicht zieht, ist sie richtig hübsch«, stelle ich verblüfft fest, während die Stute zufrieden den Leckerbissen kaut.

»Vielleicht ist sie auch deswegen so gut drauf, weil es Clyde endlich besser geht«, mutmaßt Amber. »Er hatte seit ein paar Tagen keinen Schleimauswurf mehr, dank Harriets tollem Hustensaft. Schätze, so steigen die Chancen der beiden erheblich, an eine gute Endstelle vermittelt zu werden.«

»Bleibt zu hoffen«, erwidere ich.

»Ja, wahrscheinlich wäre es dem Besitzer von Meadows Cottage nicht recht, wenn er zukünftig für vier Pferde aufkommen muss«, antwortet sie. »Das wird schon eine Aufgabe, ihm klarzumachen, dass Brandon auf seinen kleinen Stanley nicht mehr wird verzichten können, nachdem der Knirps ihn aus seiner Lethargie gerissen hat.«

Für dieses Gespräch mit dem Eigentümer des Anwesens habe ich mir eine rührende Geschichte zu Stanleys Einzug zurechtgelegt. Harriet wird bereitstehen, um diese Entscheidung aus tierärztlicher Sicht zu befürworten, und die Kosten für Stanleys Unterbringung werde gerne ich übernehmen. So wird Brandons Besitzer hoffentlich nichts gegen die neue Wohngemeinschaft im Pferdestall einzuwenden haben.

»Es sind nur noch sechs Wochen, in denen wir uns um sie kümmern können«, setzt Amber noch hinzu.

Das macht uns offenbar beide nachdenklich.

»Finian«, sagt sie schließlich. »Was da in der Scheune passiert ist … zwischen uns … das tut mir leid. Ich hätte das nicht machen sollen. Aber ich war so durcheinander. Unser Gespräch am Hügel, deine Anteilnahme an meinem Schmerz und dein Verständnis, das so gutgetan hat. Eddys Brief. Das alles hat mich vollkommen umgeworfen. Ich wollte dir nicht zu nahetreten. Es wird nicht wieder vorkommen.«

»Es war keineswegs unangenehm«, sage ich schmunzelnd.

Da muss sie lachen.

»Du bist wirklich ein Charmeur. Ist es wieder …? Ich meine, ist es wieder okay zwischen uns?«

Ihre Worte klingen wie eine Entschuldigung für das, was sie getan hat. War ihr spontaner Kuss also nur eine Reaktion auf diese emotionale Achterbahnfahrt, die sie erlebt hat? Hat er nicht mehr zu bedeuten?

Einen Moment zögere ich, möchte sie danach fragen. Doch sie schaut mich so flehend an, dass mich der Mut verlässt.

»Vollkommen okay!«, antworte ich.

*

Am Samstagnachmittag unternehmen wir noch mal einen Spaziergang mit Brandon und Stanley. Als wir den Hof verlassen, schreiten die beiden sofort munter aus. Unser Ausflug neulich scheint ihnen gefallen zu haben. Anfangs begleitet uns Faye für ein paar Hundert Meter, und wir machen Witze darüber, dass ihr bei ihren Kleinen wahrscheinlich langsam die Decke auf den Kopf fällt. Doch plötzlich duckt sie sich auf dem Weg ab, als sei sie mit einem Mal über irgendetwas furchtbar erschrocken. Sie dreht um und rennt zum Hof zurück, wo wir sie in der Scheune verschwinden sehen.

»Hoppla!« Amber grinst. »Da ist wohl gerade jemandem eingefallen, dass zu Hause vier Kinder warten.«

Wir lachen gemeinsam darüber und setzen unseren Weg fort.

Zwischen uns läuft alles wieder in normalen Bahnen. Wir plaudern über die neuesten Nachrichten der Weltpolitik, verstricken uns in eine hitzige Diskussion zu den Beatles und vermeiden großräumig alle Themen, die mit Büchern, Liebe oder Küssen zu tun haben. Man sollte meinen, dass es ausreichend andere Gesprächsinhalte gibt – doch seltsamerweise geraten meine Gedanken immer mal wieder ausgerechnet dorthin, und ich muss aufpassen, dass mir nicht versehentlich etwas dazu entschlüpft.

Als wir eine halbe Stunde später an eine Wegkreuzung zwischen den Feldern kommen, sieht Amber zum Himmel hinauf.

»Schau mal, die Wolken dahinten gefallen mir gar nicht. Lass uns lieber den Weg hier nehmen, dann sind wir in zwanzig Minuten wieder am Stall.«

»Sieht für mich nicht nach Regen aus«, entgegne ich, auch weil ich den Spaziergang sehr genieße und lieber noch weitergehen würde. »Aber wie du meinst, schließlich bist du *die Lady*.«

Amber grinst breit.

Und *die Lady* soll recht behalten.

Wir sind gerade am Stall angekommen und haben unseren beiden so unterschiedlichen Jungs die Halfter abgenommen, damit sie wieder auf die Weide können, als noch in weiter Entfernung ein erster Blitz über den Himmel zischt. Der Donner grollt wenig später irgendwo ein paar Meilen südlich.

Doch bereits die Ankündigung eines Gewitters reicht offenbar aus, um bei Amber Unbehagen auszulösen.

»Ich werd lieber reingehen«, sagt sie und ist schneller fort, als ich »Ich komme mit« sagen kann.

Im Haus finde ich sie im Wohnzimmer in eine Sofaecke gepresst, mit einer Zeitschrift auf den Knien, in der sie jedoch nicht liest. Stattdessen richtet sie alle naselang ihren Blick ängstlich aus dem Fenster.

Ich krame in der Küche herum und beobachte sie heimlich.

Gerade will ich sie fragen, ob sie allen Ernstes Angst vor einem kleinen Unwetter hat, als Amber fragt: »Hältst du es für möglich, dass Faye vorhin schon gespürt hat, dass es gewittern wird?«

Ich gehe zu ihr hinüber und sehe aus dem Fenster.

Der Himmel hat sich verdüstert. Die Wolken hängen bereits regenschwer über uns. Noch herrscht die sprichwörtliche Ruhe vor dem Sturm.

»Kann durchaus sein«, antworte ich. »Hütehunde haben ja angeblich ein fantastisches Gehör. Deswegen ist sie bei lauten Geräuschen ja auch so schreckhaft. Vielleicht hat sie schon weit entfernt etwas grollen hören? Soll ich mal nach ihr sehen?«

»Würdest du das tun?«

»Schon unterwegs!«

Amber hatte den richtigen Riecher: Faye zittert am ganzen Körper, als ich zu ihr in die Scheune komme. Ihre Pfoten, die einzige Stelle ihres Körpers, wo sie schwitzen kann, sind schweißnass.

Die Kleinen sind auch aufgeregt, krabbeln an ihrem Bauch herum und finden offenbar bei ihrer klappernden Mama keine Ruhe.

Mein erster Impuls ist, Faye zu streicheln und ihr gut zuzureden. Doch erst gestern noch habe ich in den Büchern zur Welpensozialisation gelesen, dass man Angstverhalten auf keinen Fall durch positive Zuwendung bestärken soll.

Ratlos starre ich einen Moment auf die aufgeregte Familie hinab und wende mich schließlich zum Gehen. Vielleicht hat Amber eine Idee?

Doch ich bin noch nicht am Scheunentor, als Faye hechelnd neben mir steht. Hektisch schaut sie zurück zu ihren Babys und dann wieder mich an, als wolle sie mich um Hilfe bitten.

»Okay«, sage ich. »Aber versprich dir nichts davon. Ehrlich gesagt weiß ich selbst nicht, wie ich dir zeigen soll, dass ein Gewitter kein Weltuntergang ist.«

Behutsam lege ich alle vier Welpen auf das größte Badetuch, greife alle vier Zipfel, hebe das Bündel langsam hoch und fasse vorsichtig unter die kostbare Fracht. Dann eile ich durch die ersten, dicken Tropfen des einsetzenden Regens hinüber zum Cottage.

Faye rennt mir vorweg, ist blitzschnell ums Haus herum gewetzt und durch die offen stehende Terrassentür geschlüpft.

»Faye!«, höre ich Amber drinnen rufen.

Als ich hineingehe, sitzt Faye dicht an Amber gepresst auf dem Sofa.

Ich bin für einen Moment lang völlig baff, aber dann muss ich lachen.

»Was denn?«, will Amber wissen, die einen Arm um ihren Schützling gelegt hat.

Sie muss selbst kurz grinsen. Aber nur bis zum nächsten Blitz, der die gesamte Szenerie draußen unwirklich erhellt und auf den schon etwas rascher der Donner folgt.

Amber zuckt zusammen, und Faye verbirgt ihr haariges Gesicht zwischen ihr und der Sofalehne.

Ich unterdrücke den erneuten Impuls zu lachen, gehe möglichst ruhig zu ihnen hinüber und breite das Badetuch mit den vier fiependen Welpen neben Faye auf dem Sofa aus. Sie beginnen sofort herumzukrabbeln.

Aus der Küche hole ich eine Flasche Wasser, eine Flasche Wein und mehrere Gläser, die ich alle auf dem Couchtisch abstelle.

»So!«, sage ich. »Ein bisschen Angsttherapie gefällig?«

Amber schüttelt den Kopf. »Nein, danke, ich kann jetzt nichts trinken.«

»Wieso nicht? Hast du Angst, dass du dich dann nicht mehr so fürchtest?«

Sie seufzt, schwer damit beschäftigt, die zappelnden, herumkriechenden Welpen daran zu hindern, vom Sofa zu fallen.

»Also gut, aber nur einen Schluck … Faye, du musst jetzt mal stillliegen, sonst stürzen deine Kinder hier ab!«, sagt sie zu der Hündin.

Der nächste Blitz erhellt den Raum, der Donner lässt die Fensterscheiben zittern. Faye versucht, auf Ambers Schoß zu krabbeln. Oder ist es Amber, die Faye an sich zu ziehen versucht?

»Leute, so wird das nichts!«

Ich schnappe mir die Sitzauflagen des gegenüberliegenden Sofas und baue damit vor Ambers Couch eine bequeme Sitzlandschaft, die ich mit Kissen und Decken ausstatte. Dann setze ich einen Welpen nach dem anderen hinunter. Faye folgt ihnen.

»Na, komm schon«, fordere ich Amber auf, die immer noch steif in der Sofaecke hockt.

Während sie sich mühsam aus ihrer Deckung schält und zu Faye hinunterrutscht, ganz offensichtlich erstarrt vor Angst, schenke ich uns zwei Gläser Wein ein.

Amber links, ich rechts, zwischen uns die Hundefamilie, reiche ich ihr das Weinglas.

»Hier, drei große Schlucke dürften für den Anfang reichen.«

Sie nimmt das Glas und trinkt gehorsam. Dann atmet sie tief ein und wieder aus. Faye hebt den Kopf und schaut sie ängstlich an.

»Lass dir nichts anmerken«, rate ich. »Sie richtet sich nach dem, wie du dich benimmst. Wenn du Angst hast, wird sie sich auch fürchten.«

»Wie soll ich das machen? Selbst wenn ich schauspielere, riecht sie meine Angst doch«, entgegnet Amber ratlos.

»Erzähl irgendetwas, vielleicht woher du diese Gewitterangst hast?«

Amber schüttelt den Kopf. »Ach, das ist eine völlig alberne Geschichte.«

»Wunderbar! Ich liebe alberne Geschichten!«

Sie sieht mich prüfend an, und kurz denke ich an die Bücherstapel unter ihrem Bett. Oh, nein, bitte nicht davon anfangen!

Aber dann sagt sie: »Ich war vielleicht fünf oder sechs Jahre alt. Phoebe war noch nicht auf der Welt. Grandma Reed war zu Besuch, Dads Mum. Sie war eine tolle Oma, kannte etliche Spiele und Märchen, hatte immer Süßkram dabei, so halt. Aber dann zog ein heftiges Gewitter auf. Ach, was sag ich, ein echtes Unwetter! Der Regen strömte durch den Garten, riss Blumen und Gemüse mit sich und ließ auf der Straße die Kanaldeckel auf Fontänen tanzen. Der Sturm zerrte an den Büschen und Bäumen. Und dann fiel die große Birke am Ende unseres Gartens einfach um – bumm! –, mitten ins Dach des Nachbarhauses. Mum und Dad rannten rüber und halfen unsren Nachbarn, ihr Hab und Gut in Sicherheit zu bringen, denn der Baum hatte etliche Schindeln heruntergerissen und zwei Fenster zerdeppert. Ich blieb mit Grandma zurück. Aber irgendwie war sie nicht mehr die Oma, die ich kannte. Als junges Mädchen hatte sie erlebt, wie ein Freund ihres Bruders auf dem Fußballfeld von einem Blitz erschlagen wurde. Seitdem hatte sie schreckliche Gewitterangst. Weil sie gläubige Christin war, steckte sie an diesem gewissen Abend eine Kerze an und betete und betete. Darum, dass Mum und Dad bei ihrer nachbarschaftlichen Hilfe vom Blitz verschont würden, dass unser Haus nicht in Flammen aufgehen möge und so weiter. Davor hatte ich Gewitter eher spannend gefunden, aber plötzlich dachte ich, die Welt würde untergehen. Tja, und irgendwie scheint das kleben geblieben zu sein. Ich kann einfach nichts dagegen unternehmen.«

»Da siehst du es«, sage ich, nehme noch möglichst gelassen einen Schluck Wein und versuche zu ignorieren, dass sowohl Amber als auch Faye beim nächsten Donner gleichermaßen zusammenschrecken. »Du hast eine ziemlich negative Prägung erfahren. Super Beispiel dafür.«

Amber betrachtet kurz die zitternde Faye, die ihre Welpen besorgt an ihrem Bauch hin und her schiebt.

»Dann sollte ich besser nach nebenan gehen«, schlägt sie kläglich vor. »Wenn ich meine eigenen Gefühle auf Faye und die Babys übertrage, lege ich hier wahrscheinlich gerade die Basis für eine weitere Generation gewitterängstlicher Hunde.«

Sie macht bereits Anstalten aufzustehen.

»Nein, warte!« Ich greife nach ihrem Arm. Lasse sie aber sofort wieder los, denn die Berührung löst noch eine ganz andere Art von elektrischer Spannung aus, als ein Gewitter es könnte. »Wenn du aus dem Raum gehst, kriegt Faye einen Herzinfarkt. Du bist doch immer ihr Halt. Sie war gerade in der Scheune nicht auf meine Gesellschaft erpicht, sondern wollte eindeutig zu dir. Kannst du nicht versuchen, dich um ihretwillen zusammenzureißen?«

»Und wie?«, fragt sie zweifelnd.

Ich zucke mit den Schultern. »Denk einfach nicht dran, was da draußen gerade abgeht. Ist doch vollkommen egal.«

Amber lacht kurz auf. Es klingt leicht hysterisch.

Da fällt mir etwas ein.

»Warte!«

Ich springe auf, schiebe den Couchtisch und den Fernsehwagen zur Seite, rolle den Flickenteppich ein und sause in den Wintergarten, wo ich diverse Musik-CDs neben einem transportablen Abspieler stehen habe. Manchmal mag ich es gern, beim Schreiben Musik zu hören – das ist dann wie musikalische Untermalung zu dem, was ich aufs Papier bringe … na ja, in den Laptop tippe. Ich schnappe mir die Musiksammlung und den CD-Player und bin schon wieder im Wohnzimmer.

Amber sieht mir skeptisch zu, wie ich eine CD auswähle, sie einlege und auf Play drücke.

Es ist ein Album mit Soundtracks, die vom London Symphony Orchestra in Szene gesetzt wurden.

Keine Ahnung, aus welchem Film das erste Stück stammt, aber es ist ein langsamer Walzer. Ich stelle die Musik laut, trete zum Sofa und strecke Amber meine Hand entgegen.

»Darf ich bitten, die Dame?«

Sie zögert kurz. Wirft einen Blick zu Faye hinunter. Doch dann ergreift sie meine Hand und lässt sich von mir hochziehen.

»Wie Sie wissen, habe ich Nachholbedarf in Sachen Führtechniken. Vielleicht könnten Sie mir da mit ein paar Tipps behilflich sein?«, säusele ich.

Amber grinst schwächlich, schaut zum Fenster, dann wieder mich an.

»Okay, also, erste Regel …«

Es blitzt, der Donner folgt rasch darauf, Amber hält starr inne.

»Die erste Regel?«, hake ich nach.

Sie räuspert sich. »Der Führende beginnt beim Walzer immer mit dem rechten Fuß nach vorn, das heißt für die Geführte: mit dem linken Fuß zurück. So.«

Sie macht es vor.

Ich schaue auf ihre Füße.

»Nicht auf die Füße gucken!«, korrigiert sie mich sofort.

Dann greift sie wieder nach meiner Hand, wie sie es im Tanzsaal neulich auch getan hat, legt meine andere ganz selbstverständlich auf ihren Rücken und ihre an meine Schulter. Und so beginnen wir zu tanzen.

21. Amber

Im den ersten Minuten halte ich Finians Idee für einen ausgesprochen liebenswürdigen, aber selbstverständlich vergeblichen Versuch, gegen meine strohdumme, aber leider eingefleischte Gewitterangst anzugehen. Schließlich habe ich in Sachen Ablenkung schon einiges versucht. Und dieses Unwetter da draußen gibt sich wirklich mächtig Mühe. Es blitzt und donnert und schüttet wie aus Kübeln. Ans Weiterziehen denken die Wolken noch lange nicht.

Ob Finian wirklich glaubt, dass ich sein Bemühen um offensichtliche Tollpatschigkeit beim doch recht einfachen Walzer nicht durchschaue?

Wir halten uns eine Weile beim Ausbau des Grundschritts auf, ich erkläre ihm etwas, wir versuchen es, es geht schief, wir lachen, aber irgendwann klappt es, und ich überlasse ihm die Führung im zwar großen, aber für eine Tanzfläche doch räumlich eher beschränkten Wohnzimmer. Abgesehen von ein, zwei kleinen Startschwierigkeiten macht er es prima. Und als wir uns dann den schwierigeren Parts zuwenden, stelle ich überrascht fest, dass es mir schon gar nicht mehr so schwerfällt, ihm tatsächlich die Führung zu überlassen.

Außerdem – die Verwunderung darüber setzt mich für ein paar Sekunden schachmatt – habe ich aufgehört, hinauszulauschen und mich auf jeden neuen Blitz oder Donner vorzubereiten, um dann doch zusammenzuzucken.

Ein Blick zum Fenster hinaus sagt mir jedoch, dass das Unwetter noch nicht vorbeigezogen ist. Als ich verdutzt zu Finian aufsehe, nickt der schmunzelnd mit dem Kopf in Richtung Sofa.

Dort liegt Faye, den Kopf eingedreht zu ihrem Bauch, an dem sich ihre Welpen gemütlich aneinanderkuscheln, und döst.

Ein neuer Song beginnt.

»Hey, Cha-Cha-Cha kann ich gut!«, ruft Finian und dreht mich schwungvoll wieder in seine Richtung.

Tatsächlich klappen hier auf Anhieb ein paar schwierigere Schrittkombinationen. Vielleicht ist das der Fall, weil man die lateinamerikanischen Tänze auf Distanz tanzt. Die Arme halten den korrekten Abstand, während die Füße die schnellen Schritte ausführen.

Wahrscheinlich kommt das unserer momentan irgendwie besonderen Situation entgegen. Zwar hat Finian meine kleine Entschuldigung für den Überfall in der Scheune angenommen, aber trotzdem ist mir nicht entgangen, dass wir seitdem beide darauf achten, uns auch nicht zufällig länger als nötig zu berühren.

Nachdem wir in Sachen Cha-Cha-Cha eine ziemlich heiße Sohle aufs Wohnzimmerparkett gelegt haben, brauchen wir beide eine kleine Atempause, lassen uns neben Faye und den Kleinen vorsichtig auf dem Lager nieder, trinken Wein und knabbern Chips, die Finian aus irgendeiner Ecke gezaubert hat.

Ich erzähle ihm von einem Tanzwettbewerb, bei dem Eddy und ich einmal mitgemacht haben. Wir hatten uns darauf exorbitant gut vorbereitet und waren wild entschlossen, den Pokal mit nach Hause zu nehmen. Doch als wir vor Ort waren, stellte sich heraus, dass unsere Konkurrenz in erster Linie aus weißhaarigen Paaren aus dem nahe gelegenen Altenstift bestand. Es waren sogar zwei Paare dabei, bei denen aus Mangel an einem männlichen Tanzpartner zwei uralte Damen miteinander tanzten.

»Eddy und ich hatten eine Startnummer weit hinten gezogen. Wir saßen da und sahen unseren Konkurrenten zu, die sich da übers Parkett schoben. Es war unglaublich, wie diese teilweise hochbetagten Menschen bei der Musik aufblühten und den Saal zum Kochen brachten. Es war das Highlight des Jahres für sie. Viele von ihnen hatten wirklich Rhythmus im Blut. Man sah, dass sie das Tanzen liebten. Aber natürlich waren sie eingeschränkt. Ihre Bewegungen waren nicht mehr so geschmeidig, die Figuren wirkten ein wenig eckig, der eine oder andere Arm ließ sich nicht mehr hoch genug heben. Es war ganz offensichtlich, dass Eddy und ich sie von der Platte fegen würden«, erzähle ich und muss in Erinnerung an diesen Abend leise lächeln.

Da ist immer noch der feine Schmerz in mir, wenn ich an Eddy denke. Doch wie durch ein Wunder kann ich nun von diesem schönen Abend sprechen, ohne dass es mich zu zerreißen droht.

»Und dann?«, will Finian wissen.

Während ich erzählte, hatte er an meinen Lippen gehangen, was sich ein wenig seltsam anfühlte, weil wir doch gerade beim Tanzen bewusst in unsere jeweilige Tanzrichtung geblickt hatten.

Jetzt zucke ich mit den Schultern.

»Eddy und ich haben uns nicht abgesprochen oder so. Als unsere Startnummer aufgerufen wurde, haben wir uns nur angesehen, und damit war irgendwie alles geklärt. Wir hatten eine tolle Nummer einstudiert, bei der er mich auch einmal um seine Hüfte herumwirbelte. Ein paar Sekunden davor fing ich seinen fragenden Blick auf. Und ich nickte kurz. Tja, ich hatte hinterher ein paar blaue Flecken … Habe einfach zwischendrin eine seiner Hände losgelassen. Wir sind gestrauchelt, ich landete auf meinem Allerwertesten, und als ich wieder stand, hatten wir kurz Schwierigkeiten, wieder in den Takt zu finden. Das reichte natürlich aus, um uns in der Platzierung weit nach hinten zu katapultieren. Gewonnen hat am Ende ein über achtzigjähriges Ehepaar. Stell dir vor, sie waren an dem Tag seit sechzig Jahren verheiratet! Das hat ihnen wohl Glück gebracht«, schließe ich.

»Das und das liebevolle Mitgefühl ihrer jungen Turniergegner«, ergänzt Finian.

»Diese Menschen miteinander tanzen zu sehen war mehr wert als ein Pokal im Regal«, sage ich.

Unser Blick dauert an. Schon viel zu lange, oder? Rasch schaue ich zu Faye.

»Muss es nicht herrlich sein, beinahe das ganze Leben mit einer Person zu teilen, die man von Herzen liebt und mit der man noch in hohem Alter gemeinsam tanzt?«, sinniere ich.

»Ja, davon träumen wahrscheinlich alle, die sich das Ja-Wort geben«, erwidert Finian nachdenklich.

Ich kann aus dem Augenwinkel sehen, dass er mich immer noch anschaut.

»Hast du nie …?«

»Nein.« Ich schüttele den Kopf. »Es war irgendwie nie der Richtige. Und als ich dann dachte, genau den gefunden zu haben, stellte sich raus, dass der es ganz sicher auch nicht war …«

»Aber du könntest doch jetzt immer noch jemanden treffen, der … na ja, *richtig* für dich ist«, gibt er zu bedenken.

Ich muss schlucken.

»Bevor das möglich ist, muss ich mich wohl erst komplett von dem lösen, was ich mir so gewünscht habe, was aber nicht sein konnte. Es war für mich in den letzten Jahren mit Eddy schwierig, mich auf jemand anderen einzulassen. Das klingt vielleicht merkwürdig, aber andere Männer haben mich einfach nicht interessiert. Manchmal kommt es mir vor, als habe ich mich in der Zeit mit meinem *Seelenzwilling* ein Stück weit selbst verloren. Und sein … Tod hat auch mich mitgerissen. Ich fühlte mich so … so …«

»Leblos?«

Ich schaue überrascht auf. »Ja. Ja, genau so!«

Wieder sehen wir uns viel zu lange an.

»Aber das ist jetzt nicht mehr so«, sagt Finian.

Es ist keine Frage. Sein Blick scheint in mich hineinzugleiten und deutlich zu erkennen, wie es da drinnen aussieht.

»Meadows Cottage, die Pferde, Faye … All das hat dich wieder lebendig gemacht.«

So, wie er es sagt, mit seiner warmen, leisen Stimme, klingt es zärtlich und voller Verständnis.

In meinem Bauch setzt unvermittelt ein Ziehen ein, erst schwach, dann immer heftiger. Über meinen Rücken steigt eine Gänsehaut bis hinauf in den Nacken.

Ich ertrage es nicht mehr, Finian anzusehen, und schaue stattdessen aus dem Fenster.

»Das Gewitter ist weitergezogen«, raune ich.

Doch diesmal geht er nicht auf mein kleines Ablenkungsmanöver ein.

»Was müsste passieren, damit du dich ganz wiederfindest, Amber Reed?«

Sein Blick auf meiner Haut kribbelt. Ich wage es nicht, den Kopf zu drehen.

Es wird nicht wieder vorkommen, habe ich zu ihm gesagt. Und es war als Versprechen an einen trotz Ehekrise immer noch gebundenen Mann gemeint.

Aber ich kann nichts dagegen tun, dass mit einem Mal alles in mir zu ihm will.

Ich will wieder seine Lippen auf meinen spüren, seinen Atem auf meiner Haut, möchte ihn schmecken und riechen, meine Arme um ihn schlingen, seine um mich fühlen.

»Es tut mir leid, ich sollte wohl besser …«, murmele ich und stehe auf.

Doch ehe ich auch nur einen Schritt in Richtung Flur tun kann, um die Flucht in mein Zimmer anzutreten, steht Finian bereits vor mir.

»Amber, ich wollte dir nicht zu nah treten. Du musst wirklich nicht gehen, nur weil ich so ein Trottel bin.«

»Aber du bist doch gar kein Trottel!« Ich wedele wirr mit den Händen. »Du durchschaust mich einfach nur. Und wahrscheinlich weißt du genau, dass ich …« Ich breche ab.

»Dass du was?«

»Dass ich dich unentwegt küssen möchte, Finian Anderson!«, platze ich heraus.

Für ein, zwei Sekunden zeichnet sich blankes Erstaunen auf Finians Gesicht ab.

Ich erwarte fast, dass jetzt genau der Satz fallen wird, der mir seit unserem Kuss in der Scheune ständig im Kopf herumgeistert: »Ich bin ein verheirateter Mann!«

Doch Finian sagt nichts dergleichen.

Stattdessen beugt er sich sacht vor und küsst mich.

Es ist ein zarter Kuss, viel weicher und vorsichtiger als mein Überfall vor ein paar Tagen.

Ein Zittern durchläuft mich.

Als Finian seinen Mund wieder von meinem löst, bleibt dieses leise Beben zurück, und das Gefühl, als hätte er ein Stückchen von sich bei mir gelassen.

»So in etwa?«, raunt er.

»Nein«, flüstere ich. »Eher so.«

Und nun küsse ich ihn.

Und er mich.

Wir beginnen sanft, ohne dass unsere Körper sich berühren. Doch dann werden meine Knie weich, und ich sinke gegen ihn, spüre seine Brust, seine Arme, die mich halten, und sofort wird mir noch schwindeliger.

Was tun wir hier? *Von verheirateten Männern lässt man besser die Finger*, hat Phoebe gesagt.

Aber ich bringe einfach nicht den Willen auf, mich zu lösen, zu entscheiden, dass wir jetzt aufhören sollten. Viel zu schön ist das, was ich fühle.

Während er mich mit dem einen Arm an sich gedrückt hält, gleitet Finians andere Hand über meine Schulter zu meinem Hals, hinein in mein Haar.

Ich möchte in ihn eintauchen, seinen Duft aufsaugen, bedecke sein Gesicht und seinen Hals mit kleinen, schnellen Berührungen meiner Lippen.

»Ich weiß nicht, was deine Knie sagen«, wispert Finian atemlos. »Aber meine versagen gerade …«

Damit zieht er mich mit sich aufs Sofa, sodass ich auf ihm zu liegen komme.

Eng aneinander geschmiegt küssen wir uns innig, lassen unsere Hände über den Körper des anderen spazieren. Schließlich finden meine Fingerspitzen den Weg unter sein Hemd. Und als ich erst seine warme, weiche, glatte Haut gespürt habe, ist mir klar, dass es kein Zurück mehr gibt.

Ich weiß nicht, wie lange ich mich danach gesehnt habe, genau dies zu fühlen: vor Verlangen fast zu zerbersten und alle meine Wünsche ausgebreitet vor mir liegen zu sehen.

*

Ich erwache, weil mich das frühe Morgenlicht, das durchs Fenster hereinfällt, regelrecht an der Nase kitzelt.

Irgendwann gestern Abend sind wir in Finians Bett getaumelt – und da befinde ich mich immer noch.

Schlafend liegt er neben mir, entspannt auf dem Rücken, die Decke nur bis zum Bauch hochgezogen, die nackte Brust hebt und senkt sich unter seinen ruhigen Atemzügen.

Ganz versunken betrachte ich sein Gesicht, die gerade Nase, die hohen Wangenknochen, die braunen Haare, die ihm nun wirr um den Kopf stehen.

Zärtlichkeit regt sich in mir, und ich widerstehe nur mühsam der Versuchung, ihm mit den Fingerspitzen über die Schläfen zu streichen.

Die Nacht war wunderschön. Finians Liebkosungen, seine Leidenschaft – ein reiner Genuss. Es war wundervoll, von ihm geliebt zu werden und ihn zu lieben.

Schon währenddessen spürte ich, wie seine Berührungen, der Klang seiner Stimme, wenn er mir Kostbarkeiten ins Ohr flüsterte, die Hitze seines Körpers mich auf eine nicht geahnte Weise gesund machten. Als würde ich unter seinen Händen und Lippen Stück für Stück heilen, auch an

Stellen, an denen ich mich noch vor Kurzem für ewig versehrt hielt.

Es war nicht nur die schiere Gier, die uns aufeinanderprallen ließ. Zwischen uns geschah noch so viel mehr. Etwas, das in uns etwas in Gang setzte, das wir beide vermisst haben. Dessen Magie zuerst ungezähmt und dann immer ruhiger in uns zu wirken begann. Ein Zauber, der uns beiden wohl gefehlt hatte, breitete sich über uns.

Auch jetzt ist er noch zu spüren. So klar und rein, dass ich mir sicher bin: Er wird von Dauer sein.

Ich fühle mich frisch, wie erneuert.

Diese Nacht hat mir vieles gezeigt, über Finian, aber auch über mich: Sie hat gezeigt, dass ich mich einem anderen Mann als Eddy wieder vollkommen öffnen kann. Und dieses befreiende Gefühl kann mir jetzt niemand mehr nehmen – egal wie es zwischen ihm und mir nun weitergehen wird. Ich wusste schließlich von Anfang an, dass Finian zu einer anderen gehört. Und auch jetzt will ich so etwas wie Hoffnung auf eine gemeinsame Zukunft nicht aufkeimen lassen – denn das würde all das Schöne nur wieder zerstören.

Der Augenblick zählt. Und der ist einfach unvergesslich schön.

Finian regt sich neben mir.

Seine schlanke Hand, mit der er so wunderbare Geschichten schreiben kann und die letzte Nacht über meinen Körper getanzt ist, tastet über das Laken. Sie findet meine Seite, meinen Bauch. Meine Gänsehaut.

Er schlägt die Augen auf.

»Hallo«, nuschelt er.

»Hallo«, erwidere ich lächelnd.

»Ich hab was wirklich Schönes geträumt«, murmelt er.

»Erzähl mal!«

Doch er betrachtet mich nur aus verschlafenen Augen, als sei er vollkommen entzückt. Dann schwingt er sich aus dem Bett und tapst ins Badezimmer, wo ich ihn kurze Zeit später gurgeln und mit der Zahnbürste hantieren höre.

Gute Idee! Nackt, wie ich immer noch bin, flitze ich über den Flur in mein Zimmer, vollziehe auch die nötige Katzenwäsche, werfe mir ein knielanges, übergroßes Schlafshirt über, weil mich plötzlich so etwas wie verspätete Scheu erfasst, und will schon durch den Türspalt zurück in sein Zimmer huschen, als am Flurende etwas kniehohes Haariges auftaucht.

»Oh, Faye …«

Meine Güte, die arme Maus hab ich ja vollkommen vergessen!

Ich laufe barfuß durchs Wohnzimmer, während sie um mich herumwuselt und freudig fiept, und öffne ihr die Terrassentür. Blitzschnell witscht sie hinaus, um sich irgendwo auf dem Rasen zu erleichtern.

Das Welpenlager vor dem Sofa sieht … nun ja, ziemlich desolat aus.

»Erst mal bei den Kindern aufräumen?«

Finian erscheint in Boxershorts in der Tür.

Wir lächeln uns ein wenig verlegen an.

»Ja, wäre wahrscheinlich fair«, antworte ich.

Und so machen wir uns zu zweit ans Werk.

Es ist, ehrlich gesagt, eine ziemliche Sauerei … Aber wir lächeln beide, während wir kleine Häufchen entsorgen und Tücher mit Pipiflecken zur Seite räumen.

»Wir sollten die Bande gleich wieder in die Scheune umziehen lassen«, schlägt Finian vor, während er mit spitzen

Fingern eine Decke auf die Terrasse trägt. »In ein paar Tagen machen die Kleinen die Augen auf, und dann würden sie hier heilloses Chaos anrichten.«

Ich nicke zustimmend.

»Harriet hat gesagt, dass sie uns so einen kleinen flexiblen Zaun besorgen kann. Damit können wir ihren Bewegungsdrang in der Scheune erst mal etwas einschränken.«

»Amber?«

»Hm?«

Da steht er. Barfuß in Boxershorts. Groß, schlank, mit gut definiertem Oberkörper, glatter Brust und lustig wirkender T-Shirt-Bräune.

Was für ein Sahneschnittchen, höre ich regelrecht Eddys Stimme in meinem Kopf. Und zum ersten Mal vergleiche ich einen Mann nicht mit ihm, sondern wünsche mir sehnlichst, ich könnte meinem Seelenzwilling von ihm erzählen.

»Das war eine ganz wundervolle Nacht«, sagt Finian ein wenig heiser.

Er kommt auf mich zu.

Ich kann nur daran denken, dass unsere Hände wahrscheinlich mit Welpenpipi kontaminiert sind und mir das so was von egal ist …

Da huscht Faye wieder durch die Terrassentür herein und genau zwischen uns hindurch. Sie schaut sich besorgt um.

Wir sehen beide zur Tür.

Draußen in der Einfahrt schlägt eine Wagentür zu.

Finian und ich sehen uns an und grinsen beide etwas schief.

»Ich geh schon, zieh mir nur schnell was über«, murmelt er.

Genau wie er schlüpfe ich rasch in mein Zimmer, steige

in die Jeans, die über der Stuhllehne hängt, und schlüpfe in BH und frische Bluse. Noch ehe ich zur Bürste greifen kann, nach der mein Haar dringend verlangt, höre ich Finians Zimmertür klappen und die Haustür beim Öffnen quietschen.

Im Spiegel betrachte ich mein Gesicht. Ich sehe verändert aus. Butterweich. Von innen heraus strahlend. Glücklich? Ja, glücklich! Fasziniert bestaune ich mein Spiegelbild.

Durchs gekippte Fenster kann ich Finian draußen reden hören.

Eine Frauenstimme antwortet ihm.

Harriet? Sara? Wollen sie nach den Welpen schauen? Oder gibt es womöglich Interessenten für Bonnie und Clyde?

Beschwingt bürste ich rasch mein Haar aus, schüttele es offen über die Schulter und gehe auch hinaus.

Dicht hinter Finians Mietwagen steht in der Auffahrt ein teuer wirkendes Cabriolet mit zurückgeklapptem Verdeck. Daneben steht eine im Stil der Fünfziger bestens in ein enges Kostüm gekleidete große, schlanke Frau, die ihre Haare mit einem hellen Kopftuch à la Grace Kelly gegen den Fahrtwind geschützt hat. Die große, stilechte Sonnenbrille hat sie nach oben auf den Kopf geschoben.

Finian, nun in Jeans, Turnschuhen und T-Shirt, hat die Hände in die Taschen seiner Hose gebohrt. Irgendwas an seiner Haltung sieht merkwürdig aus.

Als ich ein paar Schritte über den Kies auf die beiden zugehe, dreht er sich um und schaut mir entgegen. Sein Gesicht starr, eine glatte Fläche, auf der keine Emotion zu lesen ist.

»Hallo?«, sage ich.

»Hallo«, antwortet die Fremde.

»Da ist Amber ja schon«, sagt Finian zu ihr, als habe er mit ihr bereits über mich gesprochen.

Eine dunkle Ahnung krallt sich in meine Eingeweide.

»Amber, das hier ist Madeleine, meine Frau.«

22. Finian

Niemand könnte überraschter über Madeleines unerwartetes Auftauchen sein als ich selbst.

Im ersten Moment weiß ich wirklich kaum, was ich denken, geschweige denn sagen soll.

Amber, die ihre Gefühle so gar nicht verbergen kann, sieht aus, als wäre sie hier im schönen Somerset versehentlich auf eine Klapperschlange getreten.

Madeleine versteckt sich wie immer hinter ihrer perfekten Aufmachung.

Die allein bringt mich schon völlig aus der Fassung. Sie weiß, wie sehr ich auf die Fünfzigerjahre stehe. Cary Grant war früher mein großes Vorbild. *Über den Dächern von Nizza* haben wir gemeinsam ungefähr zwanzig Mal angeschaut. Sie hat sich früher hin und wieder nur für mich derart in Schale geschmissen, wohl wissend, dass ich ihr dann nicht widerstehen konnte. Doch in den letzten Jahren hat sie sich nicht mehr so gekleidet. Warum heute? Warum hier?

»Ich hätte mich vorher ankündigen sollen«, sagt sie jetzt mit dünner Stimme, der ich anhöre, dass sie innerlich ebenso erschüttert ist wie ich.

»Du kannst mit uns frühstücken«, erwidere ich dümmlich. »Oder, Amber?«

»Natürlich!«, sagt die viel zu rasch und laut. »Ich bringe nur schnell die Hunde in die Scheune rüber.«

»Soll ich dir helfen?«

»Ach was, das geht schon. Ich nehme für die Kleinen den Einkaufskorb.«

Damit ist sie verschwunden.

Madeleine sieht mich betroffen an.

»Oh, scheiße, Finian. Das war ein Griff ins Klo, einfach herzukommen, oder?«

»Komm erst mal rein. Dann können wir uns in Ruhe unterhalten.«

Ich frage nicht nach dem Grund ihres Überraschungsbesuches. Das Telefonat neulich. Ihre Unsicherheit in unserem Gespräch. Ihr unerwartetes Auftauchen in genau dieser Aufmachung. Ich vermute, dass ich den Grund bereits weiß.

Seltsamerweise spüre ich an der Stelle, von der ich noch vor wenigen Wochen glaubte, dort in diesem Fall der Fälle einen Freudentaumel zu erleben, nur pure Verwirrung.

»Woher kennst du die Adresse?«

»Das war nicht schwierig. Ich kann doch googeln. Du hast das Cottage so wunderbar beschrieben, dass ich es richtig vor mir gesehen habe. Nähe Taunton. Pferd zur Pflege inklusive … Ich hab mit dem Verwalter telefoniert und ihm was von einem Überraschungsbesuch erzählt. Na, der ist mir ja gelungen.« Sie zuckt mit den Schultern und greift nach der Handtasche auf dem Beifahrersitz. Doch dann zögert sie. »Bist du sicher? Ich meine, ich kann auch einfach wieder fahren und …«

»Unsinn. Komm rein.«

Ich lasse ihr den Vortritt, erinnere mich dann aber schlagartig daran, dass sie solche Gesten in der letzten Zeit eher verachtet hat. Doch da ist sie bereits mit einem beinahe schüchternen Lächeln hineingegangen. Der schwache Duft ihres vertrauten Parfüms schwebt an mir vorbei.

Als wir in den Flur treten, kommt uns Amber mit dem Einkaufskorb voller Hundebabys entgegen.

Madeleine schaut hinein und kann einen Entzückensquietscher nicht unterdrücken.

»Oh, nein! Wie niedlich!«

Sie streckt die Hand aus, zieht sie aber sofort wieder zurück.

»Sie können sie ruhig streicheln«, sagt Amber. »Die Kleinen sind das gewohnt, ständig von uns angetatscht zu werden.«

Das *uns* in ihrem Satz lässt Amber kurz innehalten. Wir sehen uns an, doch ihr Blick flieht sogleich wieder.

Madeleine streicht sanft mit den Fingerspitzen über das dichte Fell der Hundekinder, die fiepend herumkrabbeln.

»Wie lustig, der Graue hier sieht aus wie ein kleiner Maulwurf«, sagt sie lächelnd.

»Man sieht jetzt schon, dass der der Temperamentvollste ist«, werfe ich rasch ein.

Froh, überhaupt irgendetwas sagen zu können, in dieser abstrusen Situation.

Da taucht in der Tür zur Küche Faye auf.

Ich erwarte fast, dass sie sich beim Anblick der fremden Person hier im engen Flur gleich wieder scheu zurückzieht, doch der Drang, bei ihren Welpen zu bleiben, ist größer. Sie schleicht an der Wand entlang und lässt Madeleine nicht aus den Augen.

»Und das ist die Mama, ja?«, erkundigt die sich mit instinktiv leiser Stimme und zeigt damit, dass sie ein echter Hundemensch ist.

Sie hockt sich hin und streckt eine Hand in Fayes Richtung aus.

Die Hündin weicht kurz zurück, zögert, kommt dann vorsichtig näher und schnuppert mit langem Hals an Madeleines Hand. Sacht wedelt sie mit dem Schwanz.

»Sie mag Sie.« Ambers Stimme klingt belegt.

»Tatsächlich?« Madeleine lächelt.

»Ja, sonst würde sie Sie nicht so nah ranlassen.«

Das Gequengel der Welpen im Korb wird lauter.

»Sie haben wohl Hunger. Na, dann komm, Faye.«

Amber setzt ihren Weg fort, gefolgt von der eifrigen Hundemama.

»Ich komme gleich nach zu den Pferden und bringe Clydes Hustensaft mit«, kündige ich an.

Amber nickt über ihre Schulter, sieht mich aber nicht richtig an.

Madeleine und ich schauen ihr kurz nach, dann bitte ich sie ins Wohnzimmer.

Dort verzieht meine Frau dezent das Gesicht. Auch ich rümpfe die Nase. Es ist noch zu deutlich, dass hier vier kleine, längst nicht stubenreine Hundekinder übernachtet haben.

Wir sehen uns an und müssen beide lachen.

»Okay«, sage ich. »Lass uns lieber in den Wintergarten gehen.«

Nachdem ich hinter uns die Tür geschlossen habe, sieht Madeleine sich neugierig um. Sie geht zur Tür, die hinaus in den Garten führt, schaut hinaus, streicht mit den Fingerspitzen kurz über den improvisierten Schreibtisch, auf dem mein zugeklappter Laptop wartet.

»Hier arbeitest du also?«, erkundigt sie sich.

»Ja. Es klappt besser, als ich anfangs erwartet hatte. Norman plant schon eine große PR-Kampagne.«

Sie lächelt mich an. »Da freut mich, Fin. Worum geht es in deinem neuen Buch?«

Ich zögere. Schon seit Langem hat sie mich nicht mehr nach meinen aktuellen Manuskripten gefragt.

»Es spielt auf einem alten Bauernhof, der mehr oder weniger unfreiwillig zu einer Zufluchtsstätte für misshandelte Tiere wird«, erkläre ich schnell, ohne näher auf die Liebesgeschichte des Romans einzugehen, die natürlich das zentrale Thema ist.

Madeleine nimmt ihr Kopftuch ab und schüttelt ihr Haar aus. Eine Wolke aus hellem Blond weht um ihr Gesicht.

Sie ist immer noch so schön wie damals. Natürlich haben die Jahre in ihrem Gesicht Spuren hinterlassen. Doch das hat es für mich schon immer nur umso interessanter gemacht.

»Klingt sehr bewegend«, sagt sie ohne jede Spur von Ironie. »Wie bist du darauf gekommen?«

Es ist seltsam fremd, sie hier stehen zu sehen. Vielleicht, weil ich nie auf die Idee gekommen wäre, sie mir hier auch nur vorzustellen, geschweige denn damit zu rechnen, dass sie wirklich herkommen könnte.

Ihr Interesse an meiner Arbeit ist mir jedoch vertraut – aus lang vergangener Zeit zwar, aber gerade deswegen so sehr vermisst und wieder herbeigesehnt.

Ehe ich michs versehe, habe ich ihr von unseren Anfängen mit Brandon erzählt, von Bonnie und Clyde, Stanley, Faye und den Hundebabys. Ich erzähle von Doc Moore, dem ungeliebten Nachbarn Cox, Harriet und Sara und ihrer Tierschutzgruppe.

Sie hört mir aufmerksam zu, umwölkt mitfühlend ihre Stirn, lacht über manche meiner Schilderungen.

Ich höre mich selbst lachen. Höre die Zärtlichkeit in meiner Stimme, wenn ich von den Tieren spreche.

Madeleine stellt Fragen, und ich spüre, dass sie am liebsten gleich losgehen und sie alle kennenlernen würde. Früher hätte sie meine Hand gegriffen und mich mit sich gezogen. Doch was geschehen ist, lässt sie jetzt in Distanz verharren.

Aber sie ist hier. Bei mir.

Genau das habe ich mir gewünscht. Dass sie zurückkommt.

»Was ist passiert, Madeleine?«, will ich irgendwann wissen.

Sie schluckt und lässt sich auf der Kante des Sofas nieder, das hier aus dem Metallgestell eines alten Bettes errichtet worden ist.

»Ja, Fin, was ist passiert?«, wiederholt sie leise. »Du glaubst nicht, wie oft ich mich das gefragt habe. Schon lange, bevor Dustin nebenan einzogen ist. Was ist passiert – mit *uns?*«

Als sie den Kopf hebt, sehe ich, dass in ihren Augen Tränen stehen, die sie aber zurückzuhalten versucht. Der Anblick greift mir ans Herz. Denn ich verstehe sofort, was sie meint.

»Wieso haben wir es nicht geschafft, das festzuhalten, was wir hatten, Fin?«

Auch in meinem Hals sitzt plötzlich ein Kloß. Wegen der vergeudeten Zeit, die wir miteinander so schön hätten gestalten können, wegen der Resignation, die sich wohl in uns beiden ausgebreitet hatte, wegen der Schmerzen, die ein Betrug immer verursacht. Aber auch wegen Amber, die gerade in der Scheune bei Faye sitzt und sich sicherlich fragt, was all das zu bedeuten hat.

»Ich weiß es nicht«, antworte ich schließlich beklommen. »Wir haben beide zugelassen, dass uns das Leben auseinanderdriften ließ. Haben als selbstverständlich angesehen, was doch eigentlich wie ein Wunder hätte behandelt werden sollen. Und dann … hast du … gehandelt.«

Leider kann ich nicht vermeiden, dass die letzten Worte bitter klingen.

Doch Madeleine reagiert nicht mit hilflosem Zorn wie noch vor ein paar Wochen, sondern nickt bedächtig.

»Ich habe wirklich geglaubt, es sei aus und vorbei mit uns«, sagt sie. »Weißt du noch, was wir immer gesagt haben? Wenn einer von uns den anderen betrügt, dann bedeutet das die Trennung.«

»Natürlich weiß ich das noch«, erwidere ich zögerlich. »Denkst du jetzt anders?«

»Ja«, antwortet sie, ohne zu zögern. »Und genau deswegen bin ich hier. Ich möchte dich um Verzeihung bitten.«

Das verschlägt mir jetzt wirklich die Sprache.

»Ich erwarte nicht, dass du mir sofort eine Antwort gibst«, setzt Madeleine rasch hinzu. »Dazu hab ich dir zu viel angetan, das ist mir durchaus bewusst. Aber du sollst wissen, dass es zwischen Dustin und mir vorbei ist – egal, wie deine Antwort ausfällt.«

Ich erstarre.

Sie sieht es, spricht aber weiter, als wolle sie das, was sie zu sagen hat, unbedingt loswerden: »Als ich das Schreiben von deinem Anwalt bekam, da war es, als würde mir ein Schleier vom Gesicht gerissen. Es ist nicht das Geld, das mich umgehauen hat. Es war deine menschliche Großzügigkeit. Und als ich mir vorstellte, vielleicht ohne dich in unserem Haus zu leben …« Sie bricht ab, schüttelt den Kopf. Eine Träne löst sich aus ihren Augen, aber sie wischt sie beinahe ärgerlich fort. »Ich weiß, Fin, ich habe nicht das Recht, jetzt wieder hier aufzutauchen und auf deine Vergebung zu hoffen. Aber ich will, dass du weißt: Mir ist klar geworden, dass ich einen schrecklichen Fehler begangen habe. Und ich möchte ihn wiedergutmachen.«

Der Kloß in meinem Hals ist zu einer Art Medizinball angewachsen.

Das alles hier kommt mir vor wie ein Traum.

Es ist genau das eingetreten, wovon ich so lange geträumt habe. Meine Frau ist zurück. Und zwar nicht, weil sie von ihrem Liebhaber frustriert ist, sondern weil sie begriffen hat, dass der nur die Folge von dem war, was zwischen uns schiefgelaufen ist. Weil sie begriffen hat, dass Dustin nicht der Richtige für sie ist, und gleichzeitig spürt, dass ich dieser Richtige sehr wohl immer noch sein kann.

Alles, was sie sagt, so, wie sie ist, weckt die Hoffnung, dass wir womöglich wirklich eine reale Chance haben könnten.

Wenn sie mich immer noch wahrhaftig liebt.

Und wenn ich …

Ein Bild von Amber taucht vor meinem geistigen Auge auf. Ihr Gesicht letzte Nacht, wie es ganz nah an meinem auf dem Kissen lag und ich glaubte, mein Herz müsse schier zerspringen vor Glück.

Als hätte Madeleine meine Gedanken erraten, sagt sie: »Du sagst nichts. Hm. Vielleicht hat sich für dich inzwischen alles geändert?«

Ich hebe die Brauen.

Sie macht ein Geräusch zwischen Schnauben und Seufzen.

»Deine Diskretion in allen Ehren, Fin, aber ich hab Augen im Kopf. Amber ist eine Schönheit. Und wie ihr euch anseht … Oder eben nicht anseht …«

Sie muss nicht mehr sagen. Und es wäre mir sowohl Amber als auch ihr gegenüber falsch vorgekommen, jetzt etwas abzustreiten.

»Das war jetzt ziemlich viel auf einmal«, gestehe ich. »Ich muss darüber nachdenken.«

Sie nickt und lächelt mich schief an.

»Und du solltest endlich mit dem Hustensaft zu dem kranken Pony gehen.«

Als ich zögere, scheucht sie mich mit einer Geste zur Tür.

»Wenn ich darf, ruhe ich mich ein, zwei Stunden hier bei euch aus. Dann fahre ich wieder zurück nach London.«

Ich will widersprechen. Doch sie schüttelt den Kopf.

Ihre Unsicherheit, die ich am Telefon spürte, ist verschwunden. Als habe allein der kurze Kontakt mit mir ausgereicht, um sie wieder zu festigen. Oder vielleicht auch, weil sie ausgesprochen hat, was ihr schon damals im Kopf herumging.

»Okay«, sage ich. »Wahrscheinlich hast du recht, dass es so wohl erst einmal das Beste ist. Ich versorge die Pferde und bin gleich wieder da.«

»Nimm dir die Zeit, die es braucht«, sagt Madeleine. »Darf ich?«

Sie deutet zur Tür in den Garten.

»Sicher. Sieh dich um.«

Ich springe die Stufen in die Küche hinauf, nehme von

der Anrichte in der Küche die Medizin und will hinüber in den Stall eilen.

Doch als ich aus dem Haus stürze, fährt gerade der Wagen des alten Doc Moore auf den Hof. Er selbst und Cox steigen mit düsteren Mienen aus. Das sieht nach Ärger aus.

Am liebsten würde ich laut fluchen. Dieser Morgen hat es wirklich in sich.

»Hallo!«, rufe ich ihnen stattdessen betont fröhlich zu. »Kann ich helfen?«

»Davon gehen wir aus«, erwidert Cox knurrig und kommt neben seinem Kumpel, dem Doc, mit steifen Schritten heran.

»Worum geht's?«, erkundige ich mich, immer noch höflich.

Hat er etwa doch erneut Verdacht geschöpft, was Fayes wahre Identität angeht?

Er streckt den Arm aus.

Verblüfft sehe ich, dass er in der Hand die Flasche irischen Whiskey hält, die ich ihm geschenkt habe.

»Oh, ist etwas damit nicht in Ordnung?«

»Ich will sie nicht«, brummt Cox und drückt sie mir in die Hand. »Nicht von Ihnen.«

Scheibenkleister. Was ist denn hier los?

»Haben Sie in der letzten Zeit meine Assistentin gesehen?«, will Doc Moore ohne große Vorrede wissen.

»Ihre …?«

»Meine Assistentin Doctor Harriet Fisher. Sie steht in Verdacht, in illegale Handlungen verwickelt zu sein. Diebstahl von Pferden.«

Ruhig, Finian! Sie können nicht wissen, dass wir hier am

Hof zwei dieser Pferde verstecken. Können sie doch nicht wissen, oder?

»Tatsächlich? Kann man damit Geld verdienen?«, versuche ich einen Scherz.

»Sie wissen genau, wovon ich spreche!«, bellt der Doc mich plötzlich an, und seine scharf geschnittene Nase rötet sich. »Wir wissen Bescheid. So viele Medikamente, wie in der letzten Zeit aus unserer Praxisapotheke verschwunden sind, kann der eine alte Kläpper hier gar nicht schlucken.«

»Wir haben die Medikamente bezahlt«, werfe ich ein, doch er wischt meinen Einwand mit einer Handbewegung weg.

»Darum geht's nicht. Ich lass mich von so einem jungen Ding nicht in illegale Geschäfte reinziehen. Mag sein, dass man das in London anders sieht. Aber wir hier in Bridgwater dulden keine Kriminellen, verstanden?«

»In Ordnung, in Ordnung«, sage ich und hebe beschwichtigend die Hände.

Mein Hirn arbeitet fieberhaft. Was, wenn sie in den Stall wollen, um sich davon zu überzeugen, dass wir hier außer Brandon keine anderen Pferde beherbergen? Wie soll ich sie davon abhalten? Bonnie und Clyde stehen auf der kleinen Weide direkt hinter dem Stall, unübersehbar, sobald man um das Gebäude herumgeht.

»Sie meinen aber doch wohl nicht den kleinen Shetlandwallach, den wir für Brandon als Beistellpony gekauft haben? Er stammt aus einem Zirkus und wurde ordnungsgemäß bezahlt. Ich kann Ihnen die Papiere zeigen.«

Der Doktor sieht plötzlich verunsichert aus.

Doch Cox lässt sich nicht ablenken.

»Papperlapapp!«, schnauzt er. »Der Jagdaufseher hat

mehrere größere Pferde gesehen. Nicht eins, nicht zwei, sondern mehrere. Wir rechtschaffenen Bürger hier halten nämlich zusammen, müssen Sie wissen.«

»Meinen Sie den Jagdaufseher, der neulich Ihre Hündin auf unserem Hof zu sehen glaubte?«, kann ich mir leider nicht verkneifen zu sagen.

Cox' Kopf nimmt einen dunklen Rotton an und ähnelt damit einer riesigen Tomate .

»Jetzt werden Sie nicht auch noch frech! Wenn Sie keine anderen Pferde außer dem alten Wallach und dem Pony hier haben, dürfen wir uns doch sicher mal kurz umsehen?!«

Er tut bereits einen Schritt in Richtung Stall.

»Es wäre besser, wenn Sie …«, beginne ich.

Da ertönt von der Hausecke her eine glockenhelle Stimme.

»Guten Tag, die Gentlemen!«

Wir drehen uns alle drei überrascht um.

Madeleine steht am Gartentor und ist einer lächelnden Offenbarung ähnlicher denn je. Sie hat die Sonnenbrille hoch in ihr offenes Haar geschoben und die Lippen rot nachgezogen. Mit elegantem Hüftschwung kommt sie durchs Törchen auf uns zu.

Cox bleibt wortwörtlich der Mund offen stehen.

Doc Moore scheint den weiblichen Reizen gegenüber jedoch weit weniger anfällig zu sein als sein Pubfreund. Er runzelt nur überrascht die Stirn.

»Ach, Madeleine, hier sind die beiden Herren, von denen ich dir schon erzählt habe«, sage ich und werfe ihr einen bedeutungsschwangeren Blick zu. »Unser Nachbar Mr. Cox und der örtliche Tierarzt Doctor Moore. Darf ich vorstellen, Madeleine Anderson.«

Madeleine reicht den beiden mit strahlendem Lächeln die manikürte Hand und deutet dann vage in die Landschaft.

»Wie schön Sie es hier haben!«, trillert sie. »Ich bin selbst ja gerade erst angekommen, aber ich weiß schon jetzt: Davon können wir in London nur träumen!«

Es ist wirklich zum Brüllen. Ich glaube, dass Cox allen Ernstes so gut wie vergessen hat, weshalb er gerade noch so in Rage war. Auf seinem aufgequollenen Gesicht zeichnet sich tatsächlich ein unbeholfenes Lächeln ab.

Doch leider hat er den Doc dabei. Und der nickt zwar höflich, wendet sich dann aber wieder Richtung Stall, seine Mission nach wie vor fest im Visier.

»Wir wollten nur nach den Pferden sehen«, erklärt er ein wenig schwammig.

»Ach, die sind unten am Bach«, sagt Madeleine und weist in Richtung des Hangs. »Hab sie gerade am Garten vorbei in die Senke gehen sehen. Hübsche Tiere.«

»Wie viele?«, will der Doc sofort wissen.

Madeleine tut, als müsse sie überlegen.

»Hab sie nur kurz von hinten gesehen. Ich weiß nicht recht, zwei? Oder waren es drei?«

Sie knabbert an ihrer Unterlippe.

Mir bleibt fast das Herz stehen. Doch dann fängt sie für den Bruchteil einer Sekunde meinen Blick auf und zwinkert mir zu.

»Gehen Sie doch runter und schauen Sie nach«, schlage ich daher mutig vor.

»Sie kommen mit!«, entscheidet Doc Moore und marschiert los.

Cox wartet, bis ich mich auch in Bewegung setze, und

wir gehen gemeinsam zwischen den Weiden hindurch, durchs nächste Gatter und dann über die größte der Koppeln in Richtung Talsenke. Kurz bevor wir den Hof aus der Sicht verlieren, drehe ich mich noch einmal um. Gerade noch sehe ich, wie Madeleine im Laufschritt um die Ecke des Stalles herum verschwindet.

*

»Sie finden das wohl witzig?!«, grunzt Cox, als wir unten am Bach angekommen sind und auch hinter der letzten Baumgruppe keine Spur der Pferde zu entdecken ist.

Ehrlich gesagt hätte ich bestimmt Probleme, mir das Lachen zu verkneifen, wenn ich mir nicht solche Sorgen darum machen würde, wie das Ganze hier denn nun weitergehen soll.

Doc Moore ist bereits umgedreht und stakst in seinem komischen Storchengang den Berg wieder hinauf.

»Es tut mir wirklich leid«, beteuere ich. »Aber Madeleine sieht manchmal nicht gut. Sie ist ein bisschen eitel und setzt die Brille nicht gern auf, wissen Sie. Und da hat sie vielleicht …«

»Wir lassen uns von Ihnen nicht für dumm verkaufen!«, donnert Cox, während er neben mir die Steigung hinaufschnauft.

Darauf weiß ich erst mal nichts zu sagen.

Schneller, als mir lieb ist, kommen wir am Stall an.

Die beiden alten Herren stürzen beinahe hinein. Sie gehen einmal durch den ganzen Stall, schauen in jede Box, in den Offenstallbereich, auf den Paddock hinaus.

Jeden Moment rechne ich damit, dass einer von ihnen

»Aha! Da sind sie ja!« oder so etwas Ähnliches ruft. Doch es bleibt aus. Dabei ist von hier die kleine Weide, auf der Bonnie und Clyde gestern Abend noch standen, bestens einsehbar.

Je länger sie suchen, desto wütender scheinen unsre beiden Besucher zu werden. Sie schießen gemeinsam mit einer Geschwindigkeit aus dem leeren Stall, die ich ihnen – zumindest nach der Klettertour zum Bach und zurück – wirklich nicht zugetraut hätte. An der Ecke bleibt Doc Moore wie angewurzelt stehen. Cox rennt fast in ihn hinein.

Oh, nein! Jetzt ist es so weit.

Aber als ich selbst um die Ecke biege, muss ich mich zusammenreißen, um mir meine eigene Überraschung nicht anmerken zu lassen.

Brandon ist an einem der Halteringe angebunden, und Amber ist dabei, ihn ausgiebig zu striegeln.

Daneben steht Madeleine, deren schicke Klamotten mit einem Mal ein wenig staubig wirken, und streichelt den kleinen Stanley, der ihre Stirnmassage wohlig schnaubend genießt.

»Ach herrje!«, ruft Madeleine, als sie uns erblicken. »Tut mir schrecklich leid. Ich hab mich wohl geirrt. Hier sind die beiden Schlingel! Es sind zwei«, setzt sie an Doc Moore gewandt hinzu, als könne er das nicht selbst sehen.

Cox ist sprachlos.

Doc Moore jedoch wird plötzlich gefährlich leise.

»Ich weiß nicht, wie Sie das gemacht haben, aber ich weiß, dass Sie da mitdrinstecken, Sie alle drei!«, zischt er bedrohlich. »Und das eine sage ich Ihnen: Das wird ein Nachspiel haben!« Damit wendet er sich bereits zum Gehen, dreht sich aber noch einmal um, ein süffisantes Grinsen auf dem Gesicht. »Ach so, falls Sie Harriet Fisher sehen, sagen Sie ihr doch bitte, dass sie fristlos gekündigt ist.«

23. Amber

Faye scheint ganz zufrieden damit, mit ihren Babys wieder in die Scheune umzuziehen. Sofort richtet sie das Lager behaglich her und scharrt ihre Kinderchen um sich. Dann sieht sie mich fragend von dort unten an und klopft zaghaft mit dem Schwanz auf den Boden.

»Das verstehst du nicht, Süße«, flüstere ich ihr zu und streiche ihr noch einmal an der Schulter entlang. »Aber es ist schön, dass du spürst, dass mit mir etwas nicht stimmt.«

Sie leckt über meinen Handrücken, als wolle sie mir sagen, ich solle den Kopf nicht hängen lassen, und widmet sich dann ihren Welpen.

Im Licht des voranschreitenden Morgens, das den Nebel aus dem Tal herauftreibt, trete ich aus der Scheune.

Das gelbe Cabriolet in der Auffahrt wirkt wie ein Fremdkörper. Oder nehme nur ich das so wahr? Schließlich habe ich letzte Nacht mit aller Macht zu verdrängen versucht, dass es die Fahrerin dieses schicken Wagens überhaupt gibt.

Dabei war mir doch eigentlich die ganze Zeit über bewusst, dass Finian ein Ehemann ist, dass eine Frau zu ihm gehört und er zu ihr – egal, welche Schwierigkeiten die beiden gerade durchleben.

Schon allein, dass er die Gründe hierfür nie auch nur ansatzweise erwähnt hat, zeigt doch, dass er ihr gegenüber immer noch Loyalität empfindet.

Und jetzt ist sie hier. Madeleine. Wunderschön, elegant und trotzdem ein wenig schüchtern.

Darüber nachdenken, was jetzt wohl in Finian vorgeht, will ich nicht. Es fällt mir ja schon schwer, meine eigenen Gefühle zu sortieren. Denn ich weiß, dass damit auch ein Eingeständnis einhergehen wird, dem ich bisher ausgewichen bin: die Gewissheit, dass die Zeit mit Finian ein Ende haben wird.

Wir hatten so viel Spaß miteinander, haben uns verstanden, oft auch ohne Worte, die Liebe zu *unseren* Tieren verbindet uns, und … ja, es hat sich wirklich verdammt gut angefühlt, letzte Nacht.

Aber im Grunde wusste ich die ganze Zeit, dass dieser wunderbare Zauber auf diesen Ort beschränkt sein wird. Das Haus in den Weiden, Meadows Cottage. Der blühende Garten. Die hügelige Landschaft um uns herum. Die Quantock Hills.

Hier sind Finian und ich zusammen. Nicht aber in unserem *wirklichen* Leben in London.

Auf der kleinen Weide hinter dem Stall stehen Bonnie und Clyde gemeinsam an der Wassertränke. Direkt nebenan grasen Brandon und Stanley. Seit die beiden zu Kumpels geworden sind, hat Bonnie nicht mehr versucht, sie irgendwie zu attackieren. Es ist, als hätten sie miteinander einen Deal: Wenn ihr zwei zusammen abhängt, haben wir hier unsre Ruhe. Basta.

Ich ziehe Brandon das Halfter auf, und als ich mit ihm zum Putzplatz gehe, kommt Stanley automatisch mit uns – als sei es schier unmöglich, ohne seinen großen Freund zurückzubleiben.

Als ich gerade den Strick durch den Anbindering an der

Stallmauer ziehe, schießt jemand um die Ecke. Es ist Madeleine.

Brandon erschreckt kurz und springt zur Seite, doch dann beruhigt er sich sofort.

»Sorry«, keucht Madeleine. »Notfall! Cox und der Tierarzt sind aufgekreuzt! Sie wissen von Bonnie und Clyde. Wir haben sie ausgetrickst, aber nur ein bisschen Zeit gewonnen! Sie suchen die Ponys gerade unten am Bach.«

Wir sehen beide zur angrenzenden Weide, wo Bonnie und Clyde friedlich grasen.

Mir wird schwindelig.

»Oh Gott! Und jetzt?«

»Wir müssen die beiden verstecken!«

Madeleines veilchenblaue Augen sind aufgerissen.

»Aber wo? Im Stall gibt es keine Möglichkeit. Wenn sie da reingehen, finden sie sie auf jeden Fall und –«

»Was ist mit der Scheune?«, unterbricht sie mich.

Ich stürze in die Sattelkammer und bin schon wieder mit den Halftern für die beiden Ponys zurück.

Gemeinsam klettern wir durchs Gatter, und ich bete, dass Bonnie heute einen guten Tag hat und nicht erst vor uns Reißaus nimmt.

»Bleib am besten kurz zurück. Sie kennen dich nicht«, bitte ich Madeleine.

Sie nickt.

Langsam nähere ich mich Bonnie, wobei ich darauf achte, nicht gerade auf sie zuzugehen, sondern mich eher zu ihrer Schulter auszurichten.

Sie hebt den Kopf und schaut mir kauend entgegen.

»Na, meine Hübsche, was hältst du von einer ganzen Scheune voller Heu?«, locke ich sie.

Obwohl die Zeit drängt, versuche ich, mich ruhig und sicher zu bewegen.

Bonnies Ohren spielen nervös. Doch sie lässt mich an sich heran.

In den Tiefen meiner Jeanstasche finde ich noch ein paar Pferdeleckerchen und reiche sie ihr durch den Einstieg ins Halfter. Es klappt!

Clyde lässt sich immer problemlos aufhalftern. Meine Finger zittern jedoch, als ich den Karabiner einhake.

Ich wende mich mit den Pferden zum Ausgang. Madeleine hat bereits flink den Riegel am Gatter zurückgelegt und öffnet es weit für uns.

Dann läuft sie so schnell, wie ich nie auf hohen Sandalen rennen könnte, vorweg, um die Ecke und zur Scheune.

Das große Tor lässt sich nicht leicht bewegen, und sie stemmt sich gerade mit aller Kraft dagegen, als ich mit den Pferden um die Ecke komme.

Klappernd und grollend setzt sich das Tor in Bewegung.

»Das reicht so«, rufe ich ihr leise zu. »Wir müssen es auch wieder schließen, wenn die beiden drin sind.«

Möglichst gelassen und selbstsicher gehe ich auf die Scheunentoröffnung zu. Clyde folgt wie immer brav, doch Bonnie bleibt kurz vor dem Eingang plötzlich wie angewurzelt stehen.

»Oh, nein, Schätzchen, komm schon! Da drin gibt's jede Menge Heu. Das wird dir gefallen«, säusele ich und fasse das Halfter, worauf sie mit dem Kopf schlägt.

»Ehm … ich glaube, sie muss da mal was … erledigen«, sagt Madeleine und deutet hinter uns.

Tatsächlich hebt Bonnie den Schweif und äppelt mitten in den Weg.

»Scheiße!«, entfährt es mir spontan. »Eine deutlichere Spur hättest du nicht legen können, Mädel!«

»Du bringst sie rein und suchst eine geeignete Stelle zum Anbinden, und ich kümmere mich hierum!«, entscheidet Madeleine und sieht sich ein wenig ratlos um.

»Auf dem Paddock steht eine Schüppe mit Feger«, sage ich.

Sofort rennt sie wieder los.

Ich führe Bonnie und Clyde in die Scheune. Sie folgen mir eher neugierig als ängstlich. Gott sei Dank!

Als wir um die Ecke des großen Heustapels biegen, schaut Faye auf und beugt dann sofort den Kopf über ihre Welpen.

»Keine Angst, Süße, wir gehen nur vorbei. Da hinten ist es gut.«

An der hinteren Seite der Scheune, nahe dem zweiten, fest verschlossenen Tor, ist ein Traktor geparkt. Beide Ponys beäugen ihn nervös, deswegen mache ich einen großen Bogen darum.

Dahinter befindet sich ein schwerer Stützbalken, wie geschaffen für unsere kleine Verschwinde-Aktion. Mit fliegenden Fingern binde ich die Führstricke daran fest, vergewissere mich, dass Bonnie und Clyde nicht mit den Beinen hineingeraten können, und ziehe einen großen Ballen Heu zu ihnen herüber, den ich an den Balken lehne.

Sofort machen die beiden sich darüber her, als hätten sie seit Tagen nichts zu fressen bekommen.

»So, ihr zwei, ich lass euch mal kurz allein. Dauert bestimmt nicht lange, aber ihr müsst wirklich sehr leise sein, kapiert?!«, raune ich ihnen zu.

Ich weiß, es ist dumm, das zu sagen, aber irgendwie habe

ich das Gefühl, dass ich ihnen das auf jeden Fall klarmachen sollte.

Das Heu scheint zu schmecken. Bonnie nickt mit dem Kopf, und ich werte das als gutes Zeichen.

Als ich wieder am Tor ankomme, ist Madeleine dabei, die letzten Krümel Pferdeäpfel in den Sammler zu schieben. Ihre Frisur sieht ein wenig desolat aus, die Sonnenbrille hat sie sich mit dem einen Bügel in den Ausschnitt gesteckt.

»Sauber?«, fragt sie und betrachtet die Stelle kritisch.

»Super!«

»Okay, komm, zu den anderen. Bestimmt haben die Kerle schon entdeckt, dass ich geflunkert habe.«

Brandon und Stanley stehen ein wenig verwundert am Putzplatz und schauen uns entgegen. Fast muss ich über ihre Gesichter lachen.

Madeleine schüttet Bonnies Pferdeäpfel auf den Misthaufen und lässt den Sammler gleich dort stehen. Dann läuft sie zum immer noch offen stehenden Gatter der Weide und schließt es sorgfältig.

»Ich muss sagen, in der momentanen Situation hast du deutlich stärkere Nerven als ich«, stammele ich.

»Für dich steht mehr auf dem Spiel«, sagt sie schlicht und mit einem Lächeln.

Sie drückt mir den Striegel in die Hand und deutet auf Brandon.

»Ich würde dir helfen. Aber ich fürchte, ich mache mich ziemlich verdächtig, wenn ich in diesem Kostüm ein Pferd putze«, sagt sie.

Also beginne ich, *unseren* Braunen mit kräftigen Strichen zu bürsten. Schon nach kurzer Zeit lässt er Kopf und Unterlippe genüsslich hängen. Er liebt diese Massage.

Madeleine steht einfach neben Stanley, krault ihm den Mähnenkamm und sieht nicht die Spur so aus, als hätte sie gerade gestohlene Ponys evakuiert. Und das ist ganz hervorragend so.

Denn keine zwei Minuten später können wir bereits die aufgebrachten Stimmen der Männer hören, die über den Hof zum Stall herüberkommen. Sie verschwinden darin.

Madeleine und ich lächeln uns kurz nervös an.

Es dauert nicht lange, bis die Männer das leere Gebäude inspiziert haben und um die Ecke biegen.

»Ach herrje!«, ruft Madeleine da aus, ganz bestürzte Blondine.

Wenn ich sie nicht gerade ungerührt mit den Pferdeäpfeln hätte jonglieren sehen, würde ich ihr die Rolle voll abnehmen.

»Tut mir schrecklich leid. Ich hab mich wohl geirrt. Hier sind die beiden Schlingel! Es sind zwei.«

Doc Moore sieht aus, als wolle er am liebsten ausspucken, während Cox nur schnaufend neben ihm steht.

»Ich weiß nicht, wie Sie das gemacht haben, aber ich weiß, dass Sie da mitdrinstecken, Sie alle drei!«, schäumt der Tierarzt. »Und das eine sage ich Ihnen: Das wird ein Nachspiel haben!«

Ich will schon aufatmen, weil er bereits auf dem Rückzug ist, als er sich umdreht: »Ach so, falls Sie Harriet Fisher sehen, sagen Sie ihr doch bitte, dass sie fristlos gekündigt ist.«

Damit marschiert er um die Ecke, gefolgt von dem rotgesichtigen Cox.

Wir drei tauschen vorsichtige Blicke aus. Finian sieht mich an, als wolle er mich für mehr als nur eine Sache um Entschuldigung bitten.

Ich lächele ihn an, um ihm zu zeigen, dass es nichts gibt, was verziehen werden muss.

Madeleine ist es schließlich, die die Situation irgendwie rettet.

»Sympathische Leute hier in Somerset«, sagt sie trocken.

*

Wie kultiviert wir doch sind, denke ich, während wir zu dritt frühstücken, nachdem wir Bonnie und Clyde in den Offenstall gebracht haben, wo sie vor neugierigen Jagdaufseheraugen sicher sind. *Ein gemeinsamer Brunch auf der Terrasse von Ehefrau, Ehemann und Geliebter oder One-Night-Stand oder wie auch immer ich mich in dieser Dreiecksgeschichte selbst bezeichnen will. Wo sieht man das schon?*

Ob Finian und Madeleine zwischendurch auch solche Gedanken hegen? Zur Sprache kommt es jedenfalls nicht.

Wir sind vollauf mit Bonnie und Clyde und der Sicherung ihrer Zukunft beschäftigt.

Finian erreicht Harriet auf ihrem Handy, erzählt vom Überfall ihres ehemaligen Chefs und übermittelt ihr die frohe Botschaft ihrer Kündigung.

Ich kann sie durchs Telefon aufschreien hören. Aber dann lässt sie offenbar sehr schnell ihre eigenen Belange links liegen und widmet sich ebenfalls der Frage, wie wir die Ponys in Sicherheit bringen können.

Finian lauscht ein paar Minuten ihren Ausführungen, sieht auf die Uhr und sagt: »Ja, das passt.«

Dann legt er auf, sieht mich an und sagt: »Harriet und Sara sind in etwa zwei Stunden hier. Es gibt gute Neuigkeiten: Benedict hat eine Endstelle für Bonnie und Clyde aufgetan. Zwar nicht ganz ideal, weil oben in Wales – die Fahrt wird für Clyde ziemlich anstrengend –, aber immerhin besser als wieder zurück in diesen Reitstall, wo schon der Abdecker auf die beiden wartet.«

»Super!«, sage ich hocherfreut. »Aber ist es sicher für die Ponys, wenn die Tierschutzgruppe hier am helllichten Tag mit einem Transporter auftaucht?«

»Oh, nein, Sara und Harriet kommen erst mal nur vorbei, um die Feinabstimmung zu besprechen. Eigentlich war der Transport für kommende Woche geplant. Aber jetzt sollten wir wohl etwas Gas geben. Vielleicht klappt es schon in zwei Nächten. Da muss im Vorfeld einiges geklärt und abgesprochen werden.«

»Sicher. Vielleicht sollte auch der Hufschmied noch mal kommen? Mit frisch versorgten Hufen kann Clyde die Fahrt bestimmt besser überstehen.«

Finian nickt zustimmend. »Das können wir ja gleich mit den beiden klären.«

Madeleine hat während unseres Gespräches zwischen uns hin und her gesehen.

Jetzt, da Stille eintritt, sagt sie: »Hört mal, kann ich mich vielleicht im Bad ein bisschen zurechtmachen? Ich fühle mich ziemlich zerrupft und würde mich vor der Rückfahrt gern duschen und in bequeme Sachen springen.«

Sie sieht wirklich müde aus. Ich schätze, sie hat sich ihre Ankunft hier vollkommen anders vorgestellt. Und eine so baldige Rückreise nach London hatte sie sicher auch nicht geplant.

»Aber natürlich!«, sagt Finian und springt auf.

Dann zögert er.

Denkt er genau wie ich an sein Bett, auf dem die Laken

und Decken nach unserer gemeinsamen Nacht sicher noch zerwühlt sind?

»Nimm mein Badezimmer«, schlage ich vor.

In meinem Zimmer ist das Bett gemacht.

»Da hast du auch die ganzen Schminksachen, die Frauen so brauchen.«

»Vielen Dank!«, sagt Madeleine warm.

Finian begleitet sie ins Haus, um ihr die richtige Tür zu zeigen.

Er ist schnell wieder zurück, setzt sich an den Tisch und starrt in den Garten. Lange Zeit sprechen wir kein Wort.

Ich folge seinem Blick. Mir fällt die Toastscheibe ein, die mir am ersten Morgen hier aus der Hand geflogen und im Beet gelandet ist, als er so unvermittelt auftauchte. Das scheint mir nicht sechs, sieben Wochen, sondern eine halbe Ewigkeit her zu sein. Es kommt mir vor wie ein anderes Leben. Ein anderes Ich.

»Fahr mit ihr«, höre ich mich sagen, obwohl sich in mir alles dagegen sträubt.

»Bitte?«, fragt Finian, als habe er nicht richtig verstanden.

»Ja.« Ich nicke. »Fahr mit ihr zurück nach London. Dass sie hier auftaucht, bedeutet doch, dass sie dringend mit dir sprechen will. Nutz die Chance!«

Ich kann spüren, wie er mich nun von der Seite ansieht.

Aber ich bringe es nicht über mich, seinen Blick zu erwidern. Zu groß ist die Angst, dass ich dann etwas Unüberlegtes tun würde. Zum Beispiel in Tränen ausbrechen. Oder mich ihm an den Hals werfen und ihn bitten, bei mir zu bleiben, für immer bei mir zu bleiben.

»Meinst du das ernst?«, flüstert Finian.

Ich kann nicht erkennen, ob er erleichtert oder entsetzt ist.

Ich beherrsche mich, so gut ich kann.

»Es war … wunderschön mit dir hier, Finian Anderson«, sage ich mühsam. »Du hast mich gefragt, was passieren muss, damit ich mich endlich wiederfinden kann. Ich glaube, dass genau *dies* passieren musste: Ich musste neu verzaubert werden, um die alte Sehnsucht endlich abstreifen zu können. Dafür werde ich dir immer dankbar sein.«

Ich kann ihn schlucken hören.

»Ich kann dich doch jetzt nicht hier allein lassen. Ich meine, die Tiere … Bonnie und Clyde …«

»Aber ich will es so, hörst du?!«, erwidere ich eindringlich. »Außerdem bin ich nicht allein. Harriet und Sara kommen gleich her. Du kennst die beiden doch. Die werden das Kind schon schaukeln. Alles kommt in beste Ordnung.«

»Nein«, widerspricht Finian. »Wir haben das Ganze zusammen angefangen. Ich finde, wir sollten es auch zusammen beenden. Das ist einfach richtig so.«

»Oh, Finian, du sagst und tust immer genau das Richtige«, seufze ich. »Aber denk jetzt an deine Ehe, an deine Frau und dich.«

So wie ich, will ich hinzusetzen, tue es aber nicht. Das klänge genau so, wie ich mich fühle: ziemlich kläglich.

»Aber, Amber, ich …«, beginnt er zögernd.

Doch ich unterbreche ihn. Wenn ich es jetzt nicht tue, habe ich gleich vielleicht nicht mehr die Kraft dazu.

»Finian, ich mag dich auch deswegen so wahnsinnig gern, weil das einfach ein Teil von dir ist. Du bist kein Mann, der eine fünfzehn Jahre währende Ehe einfach wegwirft. Auch das macht dich in meinen Augen gerade so liebenswert.«

Darauf antwortet er eine ganze Weile nichts.

Aber ich kann ihn regelrecht denken hören.

Schließlich sagt er: »Du hast recht, ich sollte Madeleine nicht allein nach London zurückschicken. Ich glaube auch, dass sie und ich dringend etwas Zeit miteinander brauchen.«

Ich nicke.

Obwohl das genau das ist, was ich ihm gerade gesagt habe, tut es weh, es aus seinem Mund zu hören. Ich versuche, es mir nicht anmerken zu lassen.

»Aber ich will dich auch nicht den Abschied von Bonnie und Clyde ganz allein durchziehen lassen«, fährt er fort.

In meiner Brust flattert etwas, als hätte jemand darin einen kleinen Vogel eingesperrt.

»Ich fahre gleich mit Madeleine nach London. Aber morgen Abend bin ich wieder hier. Ich nehme den Zug nach Taunton und von dort ein Taxi. Wir stemmen das zusammen, okay?«

»Okay«, sage ich und schaffe es endlich, ihn anzusehen.

Seine Augen, die gestern Abend so hell geleuchtet haben, liegen im Schatten der Markise. Und doch kann ich den Ausdruck in ihnen erkennen: Obwohl er wiederkommen wird, um mit mir zusammen die Pferdesache zu Ende zu bringen, steht darin ein Abschied.

Ich wende mich ab.

»Tja, dann werde ich Madeleine mal Bescheid sagen«, sagt er und verschwindet im Haus.

Die Verabschiedung in der Einfahrt kurze Zeit später ist sonderbar.

Madeleine gibt mir sehr förmlich die Hand, beinahe feierlich. Sie trägt bequeme Leinenhosen und eine seidige

Bluse, Kopftuch und Sonnenbrille hält sie bereits in der Hand.

»Alles Gute, Amber«, sagt sie.

Kein Auf Wiedersehen. Wieso auch? Es gibt keinen Grund, aus dem wir uns wiedersehen sollten.

»Dir auch, Madeleine«, antworte ich.

Die beiden steigen ins Cabriolet. Finian lässt den Motor an. Langsam rollen sie vom Hof. In der Einfahrt dreht sich Madeleine noch einmal zu mir um und lächelt mir zu.

Ein warmherziges Lächeln, in dem kein Vorwurf liegt.

Es ist kein wahnsinnig erfreulicher Gedanke, das muss ich gestehen, aber ich finde wirklich, dass sie eine tolle Frau ist. Verrückterweise hätte es mich wohl enttäuscht, wenn Finian mit einer Frau verheiratet wäre, die so gar nicht dem Bild einer *Lady* entsprochen hätte.

Eddys Liebhaber waren oft nicht mehr als hübsche Hüllen mit knackigen Hintern. Aber hin und wieder war auch einer dabei, den ich mir für ihn als langfristigen Partner hätte vorstellen können: einer mit Verstand, der Eddy auch mal Widerstand bot, der nicht nur einen schönen Körper, sondern auch Klugheit und Menschlichkeit besaß. Sie waren es, die länger blieben, sodass ich mich an sie gewöhnte, den einen oder anderen lieb gewann. Aber auch sie schafften es nicht, den notorischen Fremdgeher von seiner Jagdleidenschaft zu erlösen. Früher oder später gab es einen anderen, und die großen Hoffnungen endeten mit einem Paukenschlag oder versickerten im Sand.

Eddy war aber auch ein ganz anderer Typ als Finian.

Finian ist …

Ich halte bestürzt inne. Herrje, vergleiche ich nun also Finian mit Eddy?

Während das Motorengeräusch des Cabrios in der Ferne verklingt, wird mir klar, dass Madeleines Auftauchen und Finians Abreise mich vor etwas Schrecklichem bewahrt haben.

Beinahe wäre ich nämlich wieder in dieselbe Falle getappt: nämlich mich Hals über Kopf in einen Mann zu verlieben, den ich nicht haben kann. Ein Mann, der nie zu mir gehören wird.

24. Finian

Kurz vor der Autobahnauffahrt fahre ich links ran und schließe das automatische Verdeck.

Erst jetzt ist eine richtige Unterhaltung möglich, mehr als nur hin und wieder nach rechts oder links zu deuten und »Guck mal, ist das nicht herrlich?!« zu rufen.

Trotzdem dauert es eine Weile, bis wir den rechten Anfang finden.

Schließlich frage ich: »Weiß Dustin, wo du bist?«

Madeleine schnaubt undamenhaft und sieht aus dem Seitenfenster.

»Ich bin schon vor ein paar Tagen wieder zu Hause eingezogen. Es geht ihn nichts mehr an, wo ich bin.«

»Hattet ihr Streit?«

Sie wägt offenbar ab, denn ihre Antwort kommt verzögert: »Sagen wir mal so: Mir ging glasklar auf, was mir vorher schon gedämmert hatte, nämlich, dass ich einen riesengroßen Fehler begangen habe.«

»Hoffentlich hast du ihn an dem Prozess teilhaben lassen und hast ihn nicht auch einfach vor vollendete Tatsachen gestellt?«, kann ich mir nicht verkneifen.

»Fin, ich will mich nicht wieder streiten«, sagt sie seufzend.

»Ich auch nicht«, erwidere ich.

Stelle verwundert fest, dass das tatsächlich stimmt. Auch

ich bin der Auseinandersetzungen rund um ihren Betrug und meinen eigenen Anteil an unserer Entfremdung müde.

»Und jetzt? Wie stellst du dir die nächste Zeit vor?«, will ich wissen.

Denn weiter als ein paar Wochen will ich gerade nicht denken.

Wieder lässt Madeleine sich mit ihrer Antwort Zeit.

»Meinst du, wir haben noch eine Chance nach *all dem?*«, erwidert sie dann statt einer Antwort leise.

Es misshagt mir, dass sie damit Muskelprotz Dustin und Amber in einer Umschreibung zusammenfasst. Aber was soll ich dagegenhalten? Natürlich steht es zur Diskussion, ob unsere Ehe noch zu retten ist, nachdem wir beide uns auf andere Menschen einzulassen bereit waren.

»Vor ein paar Wochen hätte ich sofort mit einem Ja geantwortet«, sage ich. »Ich habe geradezu darauf gewartet, dass du das fragst und ich mit einem Ja antworten kann, entgegen aller Theorien, die wir gemeinsam vertreten haben. Und ehrlich gesagt hätte ich mir nicht vorstellen können, dass irgendetwas geschieht, was das ändern könnte …«

Ich verstumme.

»Aber dann hast du in Meadows Cottage Amber getroffen«, setzt Madeleine an meiner Stelle hinzu.

Es klingt sehr einfach.

Wie kann etwas so einfach klingen, obwohl es sich so kompliziert anfühlt?

Ich muss nichts erwidern. Irgendwie ist ja alles klar.

»Ist sie auch verheiratet?«, will Madeleine wissen.

»Nein.«

»Aha.«

»Wie? Aha?«

»Nur so. Ich dachte gerade, dass es dann natürlich mit ihr auch sehr viel angenehmer wäre. Ein Neustart ohne Altlasten klingt verlockend. Aber …«

»Aber?«

Sie wendet sich mir zu und sieht mich ernst an.

»Das habe ich ja auch gedacht, Fin. Aber es war ein Trugschluss. Das Herz hat immer noch mitzureden, egal ob angenehm simpel oder anstrengend kompliziert.«

Ich nicke.

»Das Herz hat immer noch mitzureden«, wiederhole ich. »Klingt wie ein Satz aus einem meiner Bücher.«

Jetzt lacht sie laut heraus.

»Das *ist* ein Satz aus einem deiner Bücher! Das, das in Schottland spielt.«

»Die verlorene Braut?!«

»Genau.«

»Du erinnerst dich daran?«

Sie wird wieder ernst.

»Ich erinnere mich an vieles, Fin.«

Das muss ich erst mal verdauen.

Ganz zaghaft, nebulös, wie aus einem pastellfarbenen Schleier sich herauskristallisierend tauchen vor mir verschwommene Bilder und Gefühle auf.

Ob sie aus der Vergangenheit stammen oder eine verklärte Vision der Zukunft sind, kann ich nicht sagen. Aber darin stehen Madeleine und ich uns nah. Wir haben dieselben Ziele im Leben und gehen Seite an Seite darauf zu, Hand in Hand.

Ich weiß, dass es einmal tatsächlich so war.

Und ich weiß, dass ich mich noch vor Kurzem danach verzehrt habe, es möge wieder so sein.

»Wir sollten das Haus verkaufen«, höre ich mich sagen.

Madeleine ist davon genauso erschrocken wie ich selbst und hält spürbar die Luft an.

»Irgendwo ganz neu anfangen, meine ich. Ich glaube, wir würden uns dort beide nicht mehr wohlfühlen. Oder?«

Sie hebt die Hand und legt die Finger kurz an die Lippen.

»Meinst du damit …«, beginnt sie beinahe ängstlich. »Meinst du, wir sollten es noch mal miteinander versuchen?«

»Ich weiß es selbst nicht so recht«, gebe ich ganz ehrlich zu. »Möchtest du es?«

»Ja!«, sagte sie ohne Zögern. »Ja. In einem anderen Haus, in einem anderen Stadtteil von London. Vielleicht Chelsea? Oder …?«

»Oder irgendwo weit außerhalb?«, schlage ich vor. »Ganz ohne Nachbarn.«

Sie sieht mich verblüfft an.

»Fin! War das etwa ein Scherz? Du kannst über Nachbarn Scherze machen?!«

»Sieht so aus«, antworte ich, selbst erstaunt.

»Du bist weiter, als ich dachte«, sagt sie.

Vielleicht hat sie damit recht.

»Aber was ist mit meinen Büchern?«, erkundige ich mich. »Die werde ich weiterhin schreiben. Mary-Anne Price wird mich sicher noch lange begleiten. Das ist dir doch klar?!«

»Mit *dieser* anderen Frau in deinem Leben komme ich zurecht«, antwortet sie lächelnd. »Solange sie mir gestattet, lieber Krimis anstelle ihrer neuesten Werke zu lesen.«

Ein Bild taucht blitzartig vor meinem geistigen Auge auf: ein Stapel Bücher, versteckt unter einem altmodischen Bettgestell. Ich blinzele es weg.

»Da werdet ihr euch sicher einig«, erwidere ich.

Daraufhin haben wir beide erst einmal nichts mehr zu sagen.

Viel zu schwerwiegend ist das, was nun hier zwischen uns geschieht.

»Fährst du noch heute oder erst morgen zurück?«, will sie schließlich wissen, als wir bereits in London unterwegs sind und uns unserem Zuhause nähern.

»Wahrscheinlich morgen.«

»Und du übernachtest …?«

»Im Hotel«, sage ich.

»Du kannst auch zu Hause schlafen«, bietet sie an. »Wir müssen nicht … Ich meine, ich kann ins Gästezimmer ziehen.«

»Nein. Ich glaube, ich brauche ein bisschen …«

»Abstand?«

Ich lenke den Wagen in unsere Einfahrt und stelle den Motor ab.

»Das geht alles ein bisschen schnell für mich, Madeleine. Ich weiß nicht, ob ich da gefühlsmäßig so hinterherkomme.«

»Ich versteh schon«, antwortet sie. »Das ist doch vollkommen okay.« Die Hand bereits am Türöffner, hält sie noch einmal inne. »Du weißt, dass du dir dort alle Zeit nehmen darfst, die du brauchst?«

Ich muss nicht fragen, was sie damit meint.

»Weißt du, ich möchte nämlich nicht, dass du nur aus Pflichtgefühl zu mir zurückkommst, Fin.«

»Mad-«

»Nein, sag jetzt nichts! Das hier fällt mir schwer genug. Ich kenne dich doch. Dich und deine hehren Ansprüche an dich selbst. Ja, wir sind verheiratet. Und ja, ich weiß nur zu gut, was wir uns damals versprochen haben. Aber ein Neuanfang ist nicht die einzige mögliche Lösung. Wir wären nicht das erste geschiedene Paar, das noch freundschaftlichen Kontakt zueinander hat. Ich will dich nur, wenn du mich auch willst, okay?«

Ihre helle Stimme zittert.

Was muss sie dies für eine Anstrengung gekostet haben?

»Hast du keine Angst, dass ich dort bleiben könnte?«, frage ich beinahe verwundert.

»Große«, antwortet sie prompt. »Aber sagt man nicht, wenn du jemanden liebst, sollst du ihn freilassen, und nur, wenn er zu dir zurückkommt, gehört er ganz zu dir?«

»Ja«, sage ich. »Das sagt man wohl.«

Und wieder sehe ich Ambers Gesicht vor mir, wie sie sagt: »Fahr mit ihr!«

Als wir aussteigen und ich Madeleines Gepäck aus dem kleinen Kofferraum nehme, wird nebenan die Haustür aufgerissen. Mit einer Geschwindigkeit und Behändigkeit, die ich einem Muskelprotz wie Dustin gar nicht zugetraut hätte, sprintet er über den Rasen und setzt über die niedrige Hecke, um sich vor mir aufzubauen.

»Aha, so läuft das also, denkst wohl, du kannst Madeleine mit ein paar Aktien vor der Nase rumwedeln und sie kommt wieder zurückgelaufen?«, brüllt er, obwohl er doch genau vor mir steht

»Aktien?«, wiederhole ich ehrlich verblüfft.

»Oder mit welchen Papieren auch immer du den ganzen Schotter machst«, blafft Dustin und wedelt mit beiden Händen vor meinem Gesicht herum.

»Aber ich …«, setze ich an, doch dann sehe ich Madeleines Gesicht hinter seinen breiten Schultern.

Ihre blauen Augen sind riesig groß, als wolle sie mir am liebsten etwas zurufen. Beinahe unmerklich schüttelt sie den Kopf.

Und da begreife ich, dass sie mich nicht verraten hat. Sie hat mein Geheimnis um Mary-Anne Price für sich behalten.

»Sorry, aber mit Madeleines Entscheidung, wie sie leben will und wie nicht, habe ich nicht das Geringste zu tun«, sage ich, wende mich ab und will schon zum Haus gehen, als er mich mit seiner mächtigen Pranke an der Schulter packt.

Ehe ich michs versehe, hat er mich herumgerissen und mir mit der freien Hand eine verpasst.

Madeleine kreischt auf.

Eine Sekunde lang sehe ich Sternchen. Doch dann schießt in mir etwas herauf, das ich in mir gar nicht vermutet hätte. Ich bin doch ein friedlicher Mensch, eher pazifistisch veranlagt, immer der Meinung, Konflikte seien niemals über Gewalt zu regeln. Doch von Null auf Hundert bin ich derartig wütend, dass es mir wirklich egal ist, wie das Ganze hier zwischen uns ausgeht.

In nur einer Sekunde lasse ich Madeleines Tasche fallen, balle die Fäuste und versetze dem Klotz mir gegenüber einen heftigen Schwinger in den Magen. Dustin ächzt und klappt kurz zusammen. Nur um dann meine andere Faust auf seiner Nase landen zu spüren.

Ich hole bereits wieder aus, als er mich am Hals zu fassen bekommt. Sein Daumen drückt meine Kehle zu. Ich schnappe nach Luft.

»Aufhören!«, schreit Madeleine und schlägt wie in einem billigen Vierzigerjahrestreifen mit der Handtasche auf ihn ein. »Hört sofort auf! Alle beide!«

Wir rangeln kurz zu dritt miteinander, doch dann lockert sich der Griff an meinem Hals, und Dustin lässt keuchend von mir ab.

Auch ich bin völlig außer Atem.

Auf der anderen Straßenseite sind ein älterer Mann und sein Terrier stehen geblieben und starren uns an.

»Soll ich die Polizei rufen?«, ruft der Mann, das Handy bereits in der Hand.

Ich schaue Dustin an.

Der hebt die Hände, als Geste, dass er mich nicht noch einmal angreifen wird.

»Danke, nicht nötig«, krächze ich zurück.

Der Mann nickt und zupft seinen glotzenden Terrier weiter.

»Wie kannst du nur!«, geht Madeleine Dustin an und lässt noch einiges mehr ab.

Ich bin noch mit Luftholen und meiner pochenden, linken Gesichtshälfte beschäftigt. Vorsichtig taste ich über meinen Wangenknochen und die Schläfe. Er hat mich ganz schön erwischt, aber offenbar ist nichts gebrochen. Was man womöglich von seiner blutenden Nase nicht behaupten kann.

Ich lasse die zeternde Madeleine beim plötzlich zerknirscht wirkenden Dustin zurück, gehe ins Haus und spritze mir im Gästebad kaltes Wasser ins Gesicht.

Schließlich taucht Madeleine in der Tür auf.

»Ach, Fin, das tut mir so leid!«

Sie ringt die Hände.

Natürlich könnte ich jetzt sagen, dass sie doch nichts dafür kann, wenn sich ihr Ex-Lover derart danebenbenimmt.

Aber was ich dann schließlich schief grinsend herausbringe, ist: »Und wenn sich in einem meiner Bücher mal zwei Männer um eine Frau prügeln, sagst du immer, das passiert im wirklichen Leben nicht.«

*

Das wirkliche Leben, denke ich, als ich später im Hotelzimmer am Fenster stehe und auf die viel befahrene Straße hinuntersehe, *ist das genau hier und jetzt? Ist dies meine Zukunft?*

Ich kann sie nicht sehen. Obwohl ich mir meine Zukunft früher in leuchtenden Farben ausmalen konnte, bleibt mir das jetzt plötzlich versagt. Es ist, als hielte mir jemand mit sanften Händen die Augen zu.

Vielleicht, damit ich sie nicht benutze, damit ich stattdessen in mich hineinspüre?!

Ich schließe die Augen. Versuche, den Autolärm von unten auszublenden.

Und da fühle ich es.

Eine leise Sehnsucht. Der sanfte Wunsch, umgeben von Ruhe und Grün zu sein. Mitten in einem blühenden Garten. Inmitten saftiger Weiden. Mit Pappeln und Eichen und Kastanien und einer Trauerweide, unter der eine Bank steht.

Meadows Cottage. Das ist der Ort, der vor meinem inneren Auge erscheint, wenn ich nur hinzuspüren wage.

Zum ersten Mal, seit ich heute Morgen mit Madeleine aus Somerset aufgebrochen bin, traue ich mich, an all das zu denken, was ich dort zurückgelassen habe. Nicht nur das kleine Haus, das mir ans Herz gewachsen ist, die Pferde, Faye und ihre Jungen, sondern natürlich auch … Amber Reed.

Wie einfach es geklungen hatte, vorhin im Auto, als Madeleine so kurz und treffend zusammenfasste, warum sich für mich in den letzten Wochen so viel geändert hat.

Vielleicht ist es aber auch tatsächlich so einfach?

Vielleicht hat mich alles, was geschehen ist, dahin geführt, wo ich jetzt stehe – an einer entscheidenden Wegkreuzung meines Lebens.

Vielleicht hat alles mit jenem Moment angefangen, in dem ich um die Hausecke im Garten trat und die fremde Frau am Tisch vor Schreck ihre Toastscheibe ins Beet segeln ließ.

Ich stelle mir vor, wie Amber sich wohl gerade fühlt, in dem kleinen Haus in den Weiden. Nach diesem gemeinsamen Abend, nach dieser gemeinsamen Nacht.

Wir sind nicht einmal dazu gekommen, uns gegenseitig zu sagen, was genau uns diese kostbaren Stunden bedeuten.

Ist es wirklich wahr, dass für Amber unsere Begegnung eine wertvolle, aber nur kurzzeitige Verzauberung ist, die sie endlich aus der Jahre währenden Falle ihrer eigenen Gefühle erlöst hat? Oder wollte sie mir ihre wahren Gefühle für mich, die ich letzte Nacht so deutlich zu spüren glaubte, nur nicht eingestehen, weil sie meiner Ehe nicht im Weg stehen will?

Ehe ich michs versehe, halte ich mein Handy in der Hand und tippe auf ihren Kontakt.

Nach dem zweiten Freizeichen geht sie ran.

»Finian?«

Sie klingt atemlos.

»Ich wollte nur hören, ob alles okay ist bei dir«, sage ich.

»Leider nicht«, antwortet sie, und mir bleibt fast das Herz stehen. »Harriet und Sara waren bis gerade hier. Wir haben versucht, den Transporter für Bonnie und Clyde schon für heute Nacht zu organisieren. Sara kennt eine DI beim Police Department, und die hat durchblicken lassen, dass Doc Moore wegen der gestohlenen Ponys Anzeige erstattet hat und ein Antrag auf einen Hausdurchsuchungsbefehl vorliegt. Wahrscheinlich dauert die Bewilligung ein paar Tage. Aber trotzdem wären wir alle beruhigter, wenn Bonnie und Clyde so schnell wie möglich hier verschwinden.«

Ich könnte mir augenblicklich selbst auch die andere Wange blau schlagen. Hier stehe ich träumend herum, hänge tiefschürfenden Gedanken zu Liebe und Zukunftsvisionen nach, während Amber mit existenziellen Sorgen für die Lebewesen beschäftigt ist, für die wir gemeinsam zumindest einen Teil Verantwortung tragen. In Somerset geht also der Teufel ab – ganz real und just in diesem Moment.

»Hat es geklappt mit dem Transport?«, erkundige ich mich schnell.

»Nein! Es ist wie verhext!«

Es klingt, als würde Amber mit der flachen Hand auf eine Tischplatte klatschen.

»Soll ich …? Ich meine, ich könnte einen Transporter bezahlen, der …«

»Geld ist nicht das Problem«, unterbricht sie mich. »Wir brauchen nicht nur den Transporter, sondern auch einen Fahrer, der dabei mitmacht. Aber das klappt erst morgen Nacht. Ein gemietetes Fahrzeug, das zur Verschiebung von Diebesgut benutzt wird …«

Sie lässt den Rest des Satzes in der Luft hängen.

Selten habe ich mich derart hilflos gefühlt.

»Kann ich sonst irgendetwas tun?«, frage ich ratlos.

»Ich glaube nicht … Ach, verflixt.«

Ich kann vor mir sehen, wie sie verzweifelt den Kopf schüttelt.

»Ich mag gar nicht daran denken, was passiert, wenn wir jetzt versagen. Bonnie hat mir vorhin zum ersten Mal die Hufe gegeben, und Harriet sagt, Clyde ist in Kürze wieder ganz gesund. Aber wenn sie zurückmüssen ...«

»Ich weiß, was du meinst«, sage ich.

Auch mir ist diese Vorstellung ein Gräuel.

»Wenn wir es nur schaffen, sie in Sicherheit zu bringen. Irgendwie zu verhindern, dass ihnen erneut Schlimmes widerfahren kann«, sagt Amber.

Zwei, drei Sekunden lang stutze ich bei ihren Worten.

Und plötzlich, wie aus dem Nichts, kommt mir eine vollkommen verrückte Idee.

»Hör mal, Amber, ich muss auflegen«, sage ich rasch. »Aber ich bin jederzeit auf dem Handy erreichbar, okay? Jederzeit!«

»In Ordnung«, antwortet sie. »Aber ich wüsste nicht, was das helfen sollte.«

»Das weiß man vorher nie«, erkläre ich vage. »Bis morgen, Amber Reed.«

»Bis morgen, Finian Anderson«, sagt sie und legt auf.

Ich lausche kurz auf das Tuten aus dem Apparat, dann lege auch ich auf.

Aber nur, um sofort wieder einen neuen Kontakt anzuwählen.

»Du bist doch nicht etwa schon fertig mit dem Buch?«, meldet sich Norman.

»Das nicht, aber mir ist etwas anderes eingefallen. Du suchst doch nach einem geeigneten Aufhänger für eine neue, sensationelle PR-Story?«, falle ich mit der Tür ins Haus.

Mein bester Freund lässt sich nicht lange bitten. »Lass hören!«

Ich erkläre ihm in aller Kürze, was mir gerade noch vollkommen unausgegoren durch den Kopf geschossen ist. Gemeinsam feilen wir ein wenig an ein paar Einzelheiten. Doch letztendlich ist der Plan, so irre er auch sein mag, ebenso schlicht wie genial.

»Wow! Das wird funktionieren!« Norman freut sich. »Dann muss ich jetzt nur noch …«

»Den Anruf erledige ich, wenn es dir recht ist«, unterbreche ich ihn.

»Gute Idee! Das gibt dem Ganzen noch mehr Gewicht«, stimmt er zu.

Wir verabreden ein Treffen und legen auf.

Ohne Zögern wähle ich erneut.

»Hallo?«, meldet sich eine geschmeidige Frauenstimme.

»Hallo Joline«, sage ich aufgeräumt. »Raten Sie mal, wer hier spricht …«

25. Amber

Die Nacht quält mich.

Ich kann nicht schlafen, werfe mich von einer Seite auf die andere. Die Sorge um Bonnie und Clyde lässt mich immer wieder aufschrecken.

Ich stehe auf, trinke in der Küche etwas Wasser.

Auf dem Weg zurück ins Bett verirre ich mich irgendwie ins falsche Schlafzimmer und krieche unter die immer noch zerwühlten Decken und Laken in Finians Bett.

Lange liege ich dort, während das Mondlicht durchs Fenster hereinfällt und alles in unwirkliches Licht taucht: den Koffer an der Wand, den Anzug, der ordentlich am Schrank hängt, Notizblöcke, eine Schale voller Schokokram auf der Kommode, Stifte, Bücher, Finians Sachen eben.

Als ich mich dabei ertappe, wie ich am Kopfkissen schnuppere und mein Magen sich bei seinem ganz eigenen Duft zusammenzieht, ergreife ich die Flucht.

Ich schlüpfe in eine Jogginghose und Turnschuhe, ziehe mir eine lange Strickjacke über und schleiche zur Terrassentür hinaus, als könne ich im Haus jemanden wecken.

Dabei ist außer mir niemand hier. Ich bin allein.

Meine Taschenlampe habe ich im Zimmer liegen gelassen, aber das Mondlicht spendet ausreichend Helligkeit, sodass ich den Weg gut erkennen kann.

Ich gehe mit raschem Schritt den Feldweg hinter dem

Haus hinauf, durch das kleine Waldstück, in dem es links und rechts neben mir im Gebüsch raschelt.

Angst habe ich keine. Wovor sollte ich mich hier, mitten auf dem Land, nachts im Wald, fürchten? Es gibt in England keine großen Raubtiere, die es auf mich abgesehen haben könnten.

Und die wirklichen Gefahren des Lebens liegen doch sowieso ganz woanders.

Sie liegen dort, wo ich denen, die von mir abhängig sind, vielleicht nicht werde helfen können.

Und sie liegen in mir, wo sich ein Gefühl, von dem ich dachte, es sei noch klein und unscheinbar, verschwindend schwächlich, plötzlich streckt und reckt und größer und schwerer wird – sodass es mich allmählich ganz und gar auszufüllen scheint.

Ich erreiche Fayes Bank, über die die Trauerweide ihre Zweige tief herabhängen lässt. Fröstelnd setze ich mich darauf, ziehe die Beine unter den Körper, blicke über die unwirklich wunderschön in Wellen vor mir liegende Landschaft. Meadows Cottage schlummert mittendrin, eingebettet wie ein geliebtes Etwas in einem zärtlichen Arm.

Ich betrachte es, wie man etwas anschaut, das man von Herzen liebt, von dem man aber weiß, dass es nicht zu einem gehört.

So, wie ich Finian letzte Nacht angesehen habe.

»Falls du mich hörst, Eddy«, flüstere ich. »Es ist endlich geschehen, was ich mir immer gewünscht habe. Was auch du mir gewünscht hast: Ich habe einen Mann getroffen, der sich nicht mit dir messen muss. Weil ihr nebeneinander sein könnt. Du, mein Seelenzwilling, und er …«

Meine Stimme verklingt im Blätterrauschen.

Damit ich nicht weiter darüber nachsinnen muss, was denn Finian zukünftig für mich sein kann, stehe ich auf und nehme den Weg zurück zum Haus.

Bonnie hebt den Kopf, als ich den Stall betrete, und schnaubt leise, als sie mich erkennt. Clyde steht dösend neben ihr, die Augen fast vollständig geschlossen. Er verlässt sich voll auf seine Freundin. Sie passt auf ihn auf.

Brandon und Stanley haben sich für die Nacht unter die Bäume am anderen Ende der Weide zurückgezogen. Ich kann ihre schemenhaften Umrisse dort erkennen: ein großer und daneben ein sehr kleiner.

In der Scheune ist alles ruhig. Faye winselt freudig und klopft mit dem Schwanz auf den Boden, als ich mich ihrem Lager nähere. Die Welpen schlafen selig. Ich setze mich zu ihnen und betrachte dieses friedliche Bild. Schon in ein paar Tagen werden die Kleinen ihre Augen öffnen, und dann wird hier täglich eine einzige, lustige Kindergeburtstagsparty stattfinden. Spielende, tobende, sich balgende Hundekleinkinder. Faye wird alle Pfoten voll zu tun haben, die Rangen beisammen zu halten. Sicher wird sie froh sein, wenn ich ihr dabei zur Seite stehe.

Und in wenigen Wochen werden die Welpen zu ihren neuen Familien ziehen. Harriet und Sara sind bereits auf der Suche nach geeigneten Adoptiveltern. Wenn ich nach London zurückkehre, sind hoffentlich alle in gute Hände vermittelt, und Faye darf zum Hufschmied Will ziehen, der bereits zwei Hunde besitzt und mit dem Faye sich gleich gut verstanden hat.

Irgendwie werde dann nur ich übrig bleiben, wie es scheint. Ohne Pferde, ohne Hunde, mit einem Leben, von dem ich noch nicht ahne, was es für mich bereithalten wird.

Die kleine helle Hündin, die mir besonders ans Herz gewachsen ist, ist auf den Rücken gekippt und zuckt im Traum mit den winzigen Pfoten. Vorsichtig fahre ich mit dem Finger über ihren noch nackten Bauch. Sie wacht davon nicht auf. So einen festen Schlaf wünsche ich mir auch.

Und als würde der Gedanke daran allein ausreichen, muss ich herzhaft gähnen. Offenbar hat der Mondscheinspaziergang doch endlich Müdigkeit in meine Knochen gezaubert.

Ich ziehe mir eine der Decken heran, die Finian vorsorglich hier gestapelt hat – »falls es einmal kalt werden sollte« – und kuschele mich neben Faye ins Heu.

Natürlich fällt mir dabei wieder jene Nacht ein, als die Welpen zur Welt kamen. Wie ich hier schlief. Und Finians Gesicht sah, als ich die Augen aufschlug. Da war es mir wahrscheinlich zum ersten Mal klar geworden – auch wenn ich es selbst nicht wahrhaben wollte … Ist das wirklich erst zwei Wochen her?

Ich wünschte, ich könnte Eddy von all dem erzählen.

Auch von der spinnerten Idee, die in den letzten Tagen in mir immer mal wieder Gestalt angenommen hat.

Der sehnsüchtige Traum einer von der großen Stadt gefrusteten Steuerberaterin, einen immerwährenden Urlaub zu genießen: die Vorstellung, hier im Haus in den Weiden zu leben, aktiv Tierschutz zu betreiben und fern vom Londoner Trubel die Natur zu genießen.

Ja, es ist schade, dass ich niemandem von dieser Idee erzählen kann. Aber vielleicht ist es auch gut so. Denn wie bei allen Dingen, die man sich vergeblich wünscht, ist es zu schmerzhaft, sie tatsächlich auszusprechen.

*

Ich wache auf, weil Faye, die offenbar bereits draußen unterwegs gewesen ist, sich wieder zu ihren Welpen legt und diese lautstark nach Frühstück verlangen.

Bei diesem Geschrei und Gefiepe kann auch eine völlig erschöpfte Hunde-Co-Mutti nicht weiterschlafen.

Immer noch schrecklich müde, setze ich mich auf, reibe meine schmerzenden Glieder und stelle mit der angebrachten Portion Selbstironie fest, dass ein Bett doch die bequemere Schlafstätte ist.

Ein Blick auf die Armbanduhr sagt mir, dass ich trotzdem lange geschlafen habe. Wir haben bereits nach acht.

Gähnend schlurfe ich zum Cottage hinüber und stelle mich unter die Dusche. Das warme Wasser auf der Haut tut gut. Es macht munter für den Tag. Gemeinsam mit meinem Kreislauf steigt aber auch die Nervosität.

Wenn Finian irgendwann später wieder hier ankommt, wie wird es dann sein zwischen uns? Werden wir reden? Über uns? Darüber, was wir empfinden? Und werde ich dabei ehrlich sein können, oder werde ich ihn belügen – so, wie ich Eddy so lange und so vergeblich belogen habe?

Nachdenklich trockne ich mich ab, als ich draußen in der Einfahrt eine Autotür schlagen höre.

Dann noch eine.

Rennschritte ums Haus.

Ich beeile mich, in Unterwäsche, Jeans und Bluse zu schlüpfen, da ruft Harriet im Flur: »Amber? Wo bist du?«, während sie bereits energisch an meine Zimmertür klopft.

Ich stolpere ohne Socken aus dem Bad, die nassen Haare wirr um den Kopf.

Im selben Augenblick erscheint auch Sara hinter der jungen Tierärztin.

Die beiden Frauen scheren sich nicht im Geringsten um meinen unfertigen Aufzug.

»Wir müssen sofort die Ponys wegbringen!«, ruft Harriet. »Die sind in ein paar Minuten hier! Komm!«

Sie fasst mich am Handgelenk und zieht mich hinter sich her.

»Wer sind *die?*«, will ich wissen.

»Meine Freundin bei der Polizei hat mich gerade angerufen. Der Durchsuchungsbefehl ist schon bewilligt«, teilt Sara mir hektisch mit, während ich im Flur in meine Turnschuhe schlüpfe und mit fliegenden Fingern die Schnürbänder knote.

»Was? Schon? Aber es hieß doch, ein paar Tage …?«

»Offenbar behandelt Doc Moore das Jagdpferd vom Chief Superintendent.«

Sara rollt mit den Augen.

»Au shit!«, entfährt es mir. »Wo sollen wir die Ponys denn bloß hinbringen?«

Harriet zuckt verzweifelt mit den Schultern, die Hand bereits an der Klinke der Haustür.

»Keine Ahnung. Hoch in den Wald? Einfach nur weg erst mal … Wenn sie …«

Doch es ist bereits zu spät.

Als wir aus der Tür schießen, fahren gerade zwei Streifenwagen auf den Hof.

Sie halten hinter dem Mini Cooper und Finians Leihwagen.

Oh, Finian, wärest du doch hier!

Ich weiß nicht wieso, aber ich habe das unerschütterliche Vertrauen in ihn, dass er die Lage schon irgendwie in den Griff kriegen würde – mit einer seiner Geschichten.

Aber er ist weit weg in London, in seinem *wirklichen* Leben, und kann uns nicht helfen.

Den Polizeiwagen entsteigen vier uniformierte Beamte, Tierarzt Doctor Moore und unser Nachbar Mr. Cox.

Harriet stöhnt leise.

»Mrs. Amber Reed?«, wendet sich der älteste der Polizisten an mich.

Ich nicke.

»Ich bin DI Johnson von der Dienststelle Bridgwater. Das hier sind DS Barnes, DS Kelly und DS Parker.«

Sie alle halten ihre Dienstausweise hoch.

»Mrs. Reed, Sie sind die derzeitige Mieterin des Meadows Cottage?«

Wieder nicke ich. In mir ist alles zu Eis gefroren. Ich bringe kein einziges Wort heraus.

»Ist Mr. …« Der Beamte sieht auf den Zettel in seiner Hand. »Mr. Anderson auch zugegen?«

»Nein, er ist in London«, bringe ich mühsam heraus.

»Hat sich schon aus dem Staub gemacht«, höre ich Cox seinem Kumpel Doc Moore zuraunen.

»Mrs. Reed«, fährt der Inspector fort. »Gegen Sie liegt der begründete Verdacht auf Mitwisserschaft und Deckung von Diebstahl fremden Eigentums vor. Wir haben hier einen Durchsuchungsbefehl für das gesamte Gelände.«

Er hält mir ein offiziell aussehendes Schreiben hin, doch die Zeilen verschwimmen vor meinen Augen.

»Der Eigentümer des Anwesens wurde bereits informiert und hat sein Einverständnis telefonisch erteilt. Kelly, Parker.« Damit nickt er den zwei jüngsten Sergeants zu, und die machen sich mit strammem Schritt sogleich auf den Weg zum Stallgebäude.

Doctor Moore schiebt sich an den Inspector heran.

»Die eigentliche Missetäterin steht auch vor Ihnen, Inspector«, trompetet er und ist sich nicht zu blöde, mit dem ausgestreckten Finger auf die arme Harriet zu zeigen. »Das wird Folgen für Sie haben, Miss! Ich werde dafür sorgen, dass Ihnen die Zulassung entzogen wird. Leute wie Sie dürfen nicht praktizieren!«

Harriet wendet den Kopf ab, vergeblich um eine coole Haltung bemüht. Leider ist ihr nur allzu deutlich anzumerken, dass sie innerlich vor Angst und Aufregung schlottert.

DI Johnson konsultiert seinen Zettel.

»Doctor Harriet Fisher?«

»Und Sara Scott. Wir gehören zusammen«, erklärt Sara in einem tapferen Anflug von Solidarität mit ihrer Liebsten und greift nach Harriets Hand.

Cox fallen fast die Augen raus.

»Wenn das so ist, Doctor Fisher«, sagt der Inspector und nickt seinem verbliebenen Sergeant zu.

Der tritt mit wichtigtuerischer Miene vor und rattert an Harriet gewandt herunter: »Doctor Harriet Fisher, hiermit nehmen wir Sie fest unter dem begründeten Verdacht auf …«

»Moment!«, falle ich ihm ins Wort.

Sowohl die beiden Polizeibeamten als auch Harriet und Sara sehen mich verblüfft an.

»Ich glaube, ich muss hier etwas klarstellen. Es war nicht Harriets Idee. Ich allein trage für die Entführung der beiden Ponys die Verantwortung«, höre ich mich sagen. »Und wenn Sie die bedauernswerten Tiere gesehen hätten, in welchen Zustand sie in diesem sogenannten Reitstall waren, würden

Sie auch verstehen, wieso man sie da unbedingt rausholen musste.«

»Amber …«, sagt Harriet schwächlich.

»Nein, Harriet, lass gut sein!«, fahre ich ihr über den Mund. »Es war wunderbar von dir, mir so zur Seite zu stehen und die Pferde medizinisch zu betreuen. Aber das hier kann ich nicht zulassen!«

Ich sehe sie eindringlich an.

Sie wechselt einen Blick mit Sara. Beide scheinen nicht zu wissen, wie sie jetzt reagieren sollen.

Auch der Inspector wirkt verwirrt und wendet sich an den Tierarzt.

»Sagten Sie nicht …?«

»Glauben Sie der doch nicht!«, donnert Cox dazwischen. »Die hatte doch von nichts eine Ahnung, als die aus London hier ankam! Ist doch nur eingespannt worden von diesen sogenannten Tierschützern!«

Doctor Moore nickt zu den Worten seines Kumpels.

DI Johnson sagt jedoch beherrscht: »Vielen Dank, Mr. Cox, aber ich würde meine Ermittlung gern selbst durchführen, wenn Sie gestatten. Darf ich Sie bitten, am Auto zu warten?«

In diesem Augenblick erscheinen die beiden jungen Polizisten wieder an der Stallecke. Schon von Weitem nicken sie ihrem Vorgesetzten zu.

»Aha«, macht der und sieht jetzt zwischen Harriet und mir hin und her. »Wollen wir drinnen in Ruhe über alles sprechen?«

Ich wende mich zum Haus und gehe voraus.

Hinter mir höre ich noch, wie der Inspector sagt: »Barnes, rufen Sie in der Zentrale an und fragen Sie, ob bei der Reiterstaffel ein Transporter frei ist, der baldmöglichst hier sein kann.«

Mir sinkt das Herz.

Ich stelle mir vor, wie pferdeunerfahrene Uniformierte auf Bonnie zugehen und versuchen, sie in den Transporter zu bekommen. Mein hübsches Schimmelmädchen, das gerade in den letzten Tagen so zutraulich geworden ist und endlich ihr grundsätzliches Misstrauen gegen Menschen zumindest Finian und mir gegenüber abzulegen scheint. Clyde geht es zwar besser, sein Husten ist fast vollständig weg, aber reitbar ist er nicht mehr. Egal, ob gesund oder hustend, er wird gewiss den Weg zum Abdecker nehmen. Und der Verlust ihrer großen Pferdeliebe wird auch Bonnie das Herz brechen.

Wir sind gescheitert.

Jetzt gibt es nur noch eins, was ich tun kann – auch wenn ich nicht sicher bin, ob ich damit durchkomme: Wenn ich alle Schuld auf mich nehme, wird das der Polizei nicht ausreichen. Ich muss eine wirklich gute Geschichte parat haben. Eine Story, wie Finian sie erfinden würde, für eine Figur in meiner Lage.

DI Johnson schließt die Tür des Wintergartens hinter uns und nickt DS Barnes zu, der sein Notizbuch zückt.

»Dann erzählen Sie mal, Mrs. Reed«, sagt er.

Ich räuspere mich.

»Tja, also, es ist so, dass ich hierhergekommen bin, weil ich in London eine unglückliche Liebesgeschichte erlebt habe«, beginne ich ins Blaue hinein.

Die beiden Beamten sehen mich reglos an.

»Eine unglückliche Liebesgeschichte mit einem Reitlehrer«, setze ich rasch hinzu. »Genauer gesagt, einem Reitlehrer, der sich für den Tierschutz engagiert …«

Ich versuche, eine glaubwürdige Story zurechtzuspinnen, die erklärt, wieso ich auf die Idee kam, zwei Ponys aus schlechter Haltung zu befreien. Und wie ich zu dem Zweck, einen Mann zu beeindrucken, auch gleich noch Harriet und Sara zu dieser Straftat anstiftete.

Doch ich bin nicht Finian. Ich liebe seine Bücher, aber ich könnte sie nicht schreiben. Im Erfinden logischer Zusammenhänge bin ich offenbar nicht gut, genauso wenig wie im Lügen.

Während DI Johnson mich mit DS Barnes neben sich befragt, warten die beiden anderen Sergeants mit Harriet und Sara im Wohnzimmer.

Verflixt, so wissen die beiden nicht, was ich hier aus dem Hut zaubere.

Mein anfänglich aufbrodelnder Mut der Verzweiflung bekommt Risse, als mir die Unabwendbarkeit des Ausgangs unseres Tierschutzabenteuers klar wird: Bonnie und Clyde verloren, Harriet ohne Zulassung und mit einer Strafanzeige, ich mit einer Anzeige wegen Mitwisserschaft …

»Mrs. Reed«, sagt DI Johnson schließlich kopfschüttelnd und hebt beide Hände. »Sie merken bestimmt selbst, dass Ihre Geschichte hinten und vorne nicht stimmen kann.«

Ich schweige verstockt.

»Könnte es sein, dass bei der Befragung von Doctor Fisher eine ganz andere Variante herauskommen wird?«, hakt er nach.

Mein Atem steckt irgendwo fest. Ich weiß, dass ich keine noch so kleine Chance habe, wenigstens Harriet das Schlimmste für ihre Zukunft zu ersparen. Aber ich will einfach nicht aufgeben. Da ist so ein knallharter, gerechter Zorn in mir, der nicht klein beigeben will.

Gerade öffne ich den Mund für eine wahrscheinlich trotzig klingende Erwiderung, als es an die Tür klopft.

Der jüngste Sergeant steckt den Kopf herein.

»Ehm, Sir, darf ich stören, Sir?«

»Haben Sie bereits, Kelly«, kommentiert der Inspector, ohne mit der Wimper zu zucken.

»Mr. Anderson ist hier, Sir«, sagt Sergeant Kelly.

Mein Herz macht einen so heftigen Sprung, dass ich mir erschrocken an die Brust greife.

DI Johnson seufzt und geht zur Tür. Da er nichts im Sinne von »Sie bleiben solange hier!« oder ähnliches sagt, folge ich ihm.

Tatsächlich: Mitten im Wohnzimmer steht Finian.

Im ersten Augenblick spüre ich, wie mir bei seinem Anblick trotz allem ein leichtes Lächeln in die Mundwinkel huscht. Doch dann stockt mir der Atem …

»Finian!«, rufe ich erschrocken und möchte am liebsten zu ihm stürmen. »Was ist passiert?«

Er sieht schrecklich aus. Nicht nur, dass der schicke Anzug, in dem er gestern von hier abgereist ist, jetzt so zerknautscht wirkt, als hätte er darin geschlafen. Nein, seine linke Gesichtshälfte ist blau und rot, das linke Auge geschwollen. Der Bartschatten lässt ihn endgültig wie einen vagabundierenden Schläger aussehen.

»Hallo Amber Reed«, sagt er in einem Tonfall, der droht, mir den sowieso schon entschieden schwankenden Boden unter den Füßen wegzuziehen.

Dass er meinen Namen sagt.

Dass er meinen vollen Namen auf diese Weise sagt.

Und mit diesem kleinen, verschmitzten Lächeln, das ich trotz seiner schauderhaften Blessuren erkenne.

Doch nach dieser kleinen Begrüßung wendet Finian sich sehr geschäftlich DI Johnson zu.

»Inspector, mein Name ist Finian Anderson. Ich denke, ich muss hier ein paar Dinge aufklären.«

26. Finian

»Ich verstehe immer noch nicht ganz«, sagt der junge Sergeant, der sich auf Johnsons Order hin während meines erklärenden Monologes ein paar Notizen machen soll. »Sie sind der Besitzer der Pferde, die da im Stall stehen?«

»Der Besitzer von zweien von ihnen«, stelle ich richtig. »Die Schimmelstute und der Braune, der bei ihr steht.«

»Also wurden die jetzt doch nicht aus dem Reitstall in Yeovil gestohlen?«

Er runzelt die sonst noch so glatte Stirn.

»Kurzfristig … entwendet«, schlage ich als Formulierung für seine Unterlagen vor.

Er schreibt es auf.

»Was aber jetzt keine Rolle mehr spielt, weil der Hof gestern Abend in meinen Besitz übergegangen ist«, setze ich dann hinzu.

Ich zwinkere Amber, Sara und Harriet zu. Nach meiner kleinen Eröffnung stehen die drei wie vom Donner gerührt im Zimmer.

Der Inspector, der diese ganze Untersuchung leitet und wahrscheinlich schon einige skurrile Fälle gesehen hat, wendet sich an den Sergeant. »Kelly, Sie können das Gekritzel lassen. Mr. Murphy, der den Diebstahl der Pferde gemeldet hat, ist nicht länger der Eigentümer der Reitanlage. Ich nehme an, der neue Eigentümer sieht von einer Anzeige bezüglich der … *kurzfristigen Entwendung* der besagten Pferde ab?«

Er sieht mich mit hochgezogenen Brauen an.

»So ist es!«, stimme ich ihm vergnügt zu.

»Gut!« Der Inspector reibt sich die Hände. »Damit ist die Anzeige von Doctor Moore auch hinfällig. Fall erledigt. So spart man Steuergelder. Kelly, Sie schreiben den Bericht. Kommen Sie, Sergeants.«

»Jawohl, Sir«, sagt Kelly diensteifrig, während seine beiden Kollegen dem Chef stumm hinaus folgen.

Als sich die Haustür hinter ihnen geschlossen hat, dauert es ein paar Sekunden, bis jemand sich rührt.

Dann lacht Sara plötzlich laut auf, Harriet schreit unterdrückt auf und fliegt mir an den Hals, um mich so fest zu umarmen, dass ich deutlich spüre, welche Rippen dieser Klotz von Dustin mir gestern gequetscht hat.

»Vorsicht, bitte! Ich bin lädiert«, sage ich lachend und schiebe sie in sichere Entfernung.

»Wo hast du die Prügel bezogen?«, will Sara breit grinsend wissen, während Harriet auf der Stelle auf und ab hüpft und ihr Glück offenbar nicht fassen kann. »War Mr. Pferdeschinder-Murphy etwa nicht einverstanden, dass du seinen Hof kaufen wolltest?«

»Nein, dahinter steckt eine andere Geschichte, die hier nicht hingehört«, antworte ich vage.

Mein Blick sucht den Ambers.

Sie starrt mich immer noch an. Mit einer Mischung aus Freude, Faszination und Ungläubigkeit. An ihrer Stelle würde ich wahrscheinlich ebenso gucken.

Ich kann mich kaum losreißen vom tiefdunklen Braun ihrer Augen.

»Und für Mr. Murphy ist gestern Abend wohl ein Traum in Erfüllung gegangen. Für seinen total maroden Hof mit etlichen kranken, unterernährten, ungepflegten Ponys und völlig heruntergewirtschafteten Weiden habe ich ihm einen Preis geboten, bei dem er sofort zugegriffen hat. Na ja, vielleicht hat die Gegenwart der bekannten Journalistin Joline Baker, die ihn nach dem Zustand der bei ihm einstehenden fünfzehn Schulpferde befragte, auch ein bisschen dazu beigetragen. Da schien es ihm vielleicht besser, beim ersten Angebot einfach einzuschlagen«, erzähle ich. »Er wusste ja nicht, dass ich durchaus bereit gewesen wäre, noch weit mehr zu zahlen.«

»Finian!«, kreischt Harriet erneut. »Bist du irgendwie ein Scheich, oder was? Kein normal Sterblicher geht hin und kauft einfach so an einem Abend einen ganzen Pferdehof!«

»Kein Öl, nein«, erwidere ich verschmitzt. »Ich mache mein Geld mit … Papieren.«

In Erinnerung an Dustins Ausspruch gestern muss ich schon wieder grinsen. Mein Herz ist einfach so leicht und glücklich.

»Und es traf sich einfach ganz wunderbar, dass eine liebe Kollegin von mir just dabei ist, eine Stiftung zu gründen. Die Mary-Anne-Price-Stiftung wird sich um in Not geratene Tiere kümmern, Pferde, Hunde, Katzen, Kleintiere, wer auch immer Hilfe braucht, soll sie bekommen. Da passte dieser grässliche Hof fantastisch dazu. Ihr könnt Näheres dazu schon bald in sämtlichen Klatschblättern lesen – nur mein Name wird da nicht auftauchen.«

»Mary-Anne Price?«, wiederholt Sara verwundert. »Ist das nicht diese Schriftstellerin?«

»Exakt.«

»Ich wusste nicht, dass sie so eine Tierfreundin ist.«

»Oh, doch!« Ich nicke energisch. »Sie lebt vegan und so.«

»Dass das alles so zusammenfällt … spooky!«, murmelt Harriet mit einem geradezu überirdisch glücklichen Lächeln.

Amber hat bisher noch gar nichts gesagt. Sie steht nur da und sieht mich an.

Nach den Aufregungen und Anstrengungen des gestrigen Tages und Abends und der letzten Nacht möchte ich so gern mit ihr allein sein.

Ich will ihr sagen, über was Madeleine und ich gesprochen haben, als wir nach London fuhren, will ihr sagen, was in London mit mir geschah, in meinem Hotelzimmer über der Stadt und will sie fragen …

Es donnert an die Haustür.

Wir vier sehen uns an. Dann gehen wir gemeinsam in den schmalen Flur, und ich öffne die Tür.

Davor stehen Doc Moore und Cox.

Die Polizeiwagen fahren bereits zwischen den Feldern davon.

»Wie auch immer Sie das gemacht haben«, meckert Cox mich an. »Damit kommen Sie nicht durch!«

»Ich fürchte, das bin ich schon«, antworte ich freundlich.

»Mag sein. Aber wir zwei haben uns noch nicht das letzte Mal gesprochen«, zischt der Tierarzt Harriet zu. »Sie werden in ganz Somerset keine neue Stelle finden, dafür sorge ich!«

Harriet schluckt, hält sich aber tapfer, indem sie das Kinn reckt und »Das werden wir ja sehen!« erwidert.

»Tatsächlich hat Doctor Fisher bereits eine neue Anstellung«, mische ich mich ein.

Wieder sehen alle mich an.

»Die Mary-Anne-Price-Stiftung braucht dringend eine fähige Tierärztin, die sich um die Tiere der Stiftung kümmert.«

»Stiftung?«, wiederholt Doctor Moore verächtlich. »Was soll das nun wieder sein?«

»Sie werden in Kürze davon hören«, verspreche ich ihm, und dann schließe ich die Tür vor seiner Nase.

*

Erst Stunden später, als unsere jeweiligen Geschichten mehrmals erzählt – meine mit ein paar kleinen Auslassungen, versteht sich – und alle Details besprochen worden sind, fahren Harriet und Sara in Harriets klapprigem Wagen quietschvergnügt und voller Tatendrang davon.

Sie werden noch heute alle Hebel in Bewegung setzen, um den ersten Mary-Anne-Price-Stiftungsort in Augenschein zu nehmen. Dort werden sie mit weiteren Tierschützern aus ihrer Gruppe eine sorgfältige Erstversorgung leisten und Pläne zur medizinischen Betreuung der dort lebenden Tiere aufstellen sowie eine Mängelliste erstellen, an der zu sehen sein wird, ob der Hof noch zu retten ist oder ob ein neues Zuhause für die ehemaligen Schulpferde gesucht werden sollte.

Als wir endlich allein sind, die Zeit für Amber und mich gekommen ist, haben wir es beide nicht eilig.

Beinahe feierlich entlassen wir Bonnie und Clyde aus dem Offenstall auf die große Weide, die hinunter an den Bach führt, und sie begleiten uns den Hügel hinab bis zu diesem schönen, verwunschenen Ort im Tal.

Amber lässt sich im saftigen Gras am murmelnden Bach nieder und blickt ins glitzernde Wasser.

So schön, wie sie jetzt aussieht, hatte ich sie gar nicht in Erinnerung – und das will schon etwas heißen.

»Du siehst aus, als wolltest du hier nie wieder fort«, sage ich und setze mich zu ihr, mit einem nicht zu großen Abstand zwischen uns.

»Das kommt nur davon, weil meine Knie immer noch so weich sind. Ich *könnte* gar nicht hier weg – selbst wenn ich wollte«, erklärt sie lächelnd und streicht das dunkle Haar zurück, in dem ein paar silberne Strähnen wehen.

»Aber du willst nicht?«, frage ich.

»Ach, Finian«, sagt sie, plötzlich traurig.

Ist dies schon der rechte Augenblick, um ihr von der anderen Sache zu erzählen? Dem zweiten großen Vorhaben, das mich seit gestern Abend ununterbrochen beschäftigt und das mein Herz selbst voller Vorfreude und Aufregung schneller schlagen lässt – so wie große Entscheidungen das immer tun?

Nein, erst sollte ich wohl besser beim gestrigen Tag bleiben und erzählen, wie er für mich weiterging, nachdem wir uns verabschiedet hatten.

»Madeleine und ich«, beginne ich und kann spüren, wie sie sich kaum merklich aufrichtet, als wolle sie sich wappnen. »Wir haben tatsächlich viel geredet gestern. Auf der Fahrt nach London ging es hauptsächlich darum, ob wir uns beide einen Versuch vorstellen können, unsere Ehe zu retten. Tja, was soll ich sagen … Irgendwie kam ein *Unentschieden* heraus.«

Ich versuche ein Lachen, aber es gelingt nicht richtig.

Amber erwidert nichts, wartet ab.

Daher fahre ich fort: »Die Begegnung mit ihrem Ex-Lover hat die Situation auch nicht gerade entspannt. Sie hat ihn vor ein paar Tagen verlassen, und er war wohl der Meinung, dass ich dabei eine nicht unerhebliche Rolle gespielt habe.« Ich deute auf meine linke Gesichtshälfte. »Jedenfalls … als ich dann im Hotel war, da habe ich mir vorgestellt, wie es sein würde, wieder dort zu sein, in London … Weißt du noch, als wir über unsere *wirklichen* Leben dort gesprochen haben?«

Amber nickt nervös.

»Ich will das nicht mehr«, platze ich heraus, obwohl ich noch sehr viel mehr sagen wollte, vorbereitende, einleitende Worte.

Aber ich halte es einfach nicht mehr aus.

»Wie?«, fragt Amber auch tatsächlich. »Was meinst du damit?«

»Als ich mit Norman und Joline Baker diese PR-Aktion gestern mit echt heißen Nadeln gestrickt hatte, bin ich noch mal zum Haus gefahren, weißt du. Madeleine hat auf mich gewartet. Als hätte sie gewusst, dass ich an dem Abend noch einmal vorbeikomme. Sie hatte gekocht, mein Lieblingsgericht, für zwei. Aber irgendwie haben wir dann beide nichts runtergekriegt … Sie hat es irgendwie gleich gewusst, als ich da vor ihr stand.«

»Was hat sie gewusst?«, will Amber wissen, zwischen Ungeduld und Furcht schwankend.

»Dass ich dort war, um mich zu verabschieden«, sage ich.

Sie hält die Luft an, und ich setze rasch hinzu: »Ich meine, es wird natürlich kein Abschied für immer sein. Madeleine und ich haben so viele Jahre geteilt, sie wird immer ein Teil meines Lebens sein – ich hoffe, dass wir das irgendwie hinkriegen, nach einer Weile. Aber in dieser einen gewissen Hinsicht ist es ein endgültiger Abschied gewesen. Und nun bin ich hier und will dich fragen … Ich will dich fragen …«

»Ja?«

Ihre dunklen Augen, unergründlich, warm und plötzlich wieder sprühend, so, wie ich sie in der letzten Zeit erlebt habe.

»Möchtest du mit mir zusammen Teil eines Elternpaares sein?«, frage ich sie.

Verdutzt weiten sich ihre Augen, und zwischen ihren Brauen erscheint eine feine Falte des Erstaunens.

»Na ja, Faye wird bei uns bleiben wollen, oder? Und die kleine helle Hündin, mit der du am liebsten von allen kuschelst, ganz sicher auch. Da wären dann noch Brandon und Stanley und all die anderen, die vielleicht noch kommen werden … Du hast doch gesagt, dass es so ist, als wären wir Eltern, oder?«

Amber sieht mich einen Moment lang an. Eine Sekunde, zwei, vielleicht sind es sogar Minuten, die es braucht, bis der Sinn dessen, was ich gerade gesagt habe, zu ihr durchdringt.

In meinem Magen schlägt eine kleine Trommel.

Was ist, wenn ich mich getäuscht habe? Was, wenn sie nun sagt, dass das ein schönes Angebot ist, dass sie es aber durchaus ernst gemeint hat mit dem, was sie über die Erlösung durch Verzauberung gesagt hat? Dass sie nicht mehr von mir braucht und möchte als nur dies?

»Würde es bei der Antwort helfen, wenn ich hinzusetze, dass ich gestern meinen Anwalt damit beauftragt habe, mit unserem Gastgeber Kontakt aufzunehmen und ihm ein gutes Angebot für Meadows Cottage samt Stall, Scheune und

Weiden zu machen und der nicht abgeneigt ist, die Verantwortung hier endlich loszuwerden?!«

Jetzt klappt Amber tatsächlich der Mund auf, und einen Moment lang sieht sie einfach zum Auflachen komisch aus, aber natürlich ist mir überhaupt nicht nach Auflachen, und ich bin trotzdem – nein, gerade deswegen! – einfach hingerissen von ihr.

»Finian«, haucht sie dann.

Eine Erinnerung schießt in mir herauf, ich denke daran, wie sie auch vorletzte Nacht meinen Namen geflüstert hat. Und plötzlich kann ich es kaum noch ertragen, sie nicht in meine Arme zu ziehen.

»Bevor ich dir darauf antworte, muss ich dir noch etwas gestehen«, sagt Amber da mit deutlich zerknirschtem Gesichtsausdruck.

»Das klingt dramatisch«, sage ich heiser, und sofort schießen mir hundert Schreckensvisionen durch den Kopf, was sie mir jetzt mitteilen wird.

»Ist es auch.« Sie nickt. »Unter meinem Bett liegen nämlich diverse Männer, die mir – neben dir – durchaus gefährlich werden könnten. Ich finde, du solltest von ihnen wissen.«

Unter ihrem Bett liegen …?!

Moment mal!

Der Groschen fällt – gleichzeitig mit dem Stein von meinem Herzen.

»Solange sie drunter bleiben und ich der Einzige bin, der es hineinschafft, ist das völlig in Ordnung, Amber Reed«, sage ich.

Und dann kann ich sie endlich, endlich in meinen Armen halten.

27. Amber

Der späte Herbst beutelt uns ganz schön in diesem Jahr.

Der freundliche Farmer Beckett von der anderen Seite des Hügels meint, es habe schon seit Jahrzehnten nicht mehr so gestürmt.

Seit wir ihm geholfen haben, in den letzten Augusttagen knapp vor einem gewaltigen Regenguss die Heuernte einzuholen, ist er unser Freund und spricht überall davon, dass »die Leute von dieser Price-Stiftung« das Herz auf dem rechten Fleck haben, wie alle »echten Bewohner Somersets«.

Einen solch beliebten Fürsprecher zu haben ist Gold wert.

In Aisholt werden Finian und ich, aber auch Harriet, Sara und die beiden weiteren, neu eingestellten Pferdepflegerinnen Anne und Georgina überall freundlich empfangen.

Nach warmen Tagen, die uns selbst im Oktober noch hin und wieder geschenkt werden, mischt sich unter die Herbststürme auch hin und wieder ein Gewitter. Dann holen wir Faye und ihre beiden Töchter Runa und Pip ins Wohnzimmer, wo Finian und ich miteinander tanzen oder eines dieser Brettspiele spielen, zu denen man nicht mehr als Kerzenlicht benötigt, aber trotzdem aus dem Lachen nicht herauskommt.

Faye ist immer noch schrecklich unruhig, wenn es draußen blitzt und kracht, aber ihre beiden Töchter sind cool und tollen währenddessen sogar miteinander herum. Harriet und Sara, bei denen Fayes schwarzer Sohn lebt, berichten, dass Popeye keinerlei Angst vor Donner zeigt. Er ist sowieso nicht nur der dickste, sondern auch der bravste der vier Faye-Kinder. Sein grauer Bruder Riley stellt sein neues Frauchen vor immer neue Erziehungsaufgaben: Madeleine, die das Londoner Haus inzwischen verkauft hat und nach Bath gezogen ist, muss tatsächlich alle naselang Einzeltraining bei einem der Trainer im Hundezentrum Glastonbury buchen. Allerdings könnte Rileys Tatendrang auch nur ein Vorwand sein, wie June Harrison meint. Denn ganz offenbar bahnt sich zwischen dem Trainer Thomas und Madeleine etwas an.

Seit Finian davon weiß, ist er noch ein wenig gelöster und fröhlicher als sowieso schon. Selbst, wenn drüben am Herrenhaus mit den Handwerkern mal wieder etwas schiefläuft, kann ihm das seine gute Laune nicht verhageln.

Insgesamt schreiten die Umbauarbeiten ja auch kräftig voran. Gott sei Dank liegt das Haupthaus weit genug vom Cottage entfernt, sodass wir hier nicht viel davon mitbekommen. Aber es ist nah genug, damit Finian jederzeit rasch hingehen und nach dem Rechten sehen kann.

Als der letzte in London ansässige Spross der alten Adelsfamilie ihm nicht nur das Cottage, sondern auch das Haupthaus zum Kauf angeboten hatte, hatte Finian die geniale Idee, aus dem wieder instandgesetzten Haus ein ökologisch geführtes Bed & Breakfast zu machen.

Schon jetzt gibt es über die Website etliche Anfragen. Denn wer von den Gästen ein bisschen am Glamour der geheimnisvollen Bestsellerautorin teilhaben möchte, wird auch gern auf dem ersten offiziellen Hof der Mary-Anne-

Price-Tierschutzstiftung mithelfen. Genug zu tun gibt es immer: Boxen für mittlerweile zwanzig Pferde ausmisten, Heu verteilen, die Ponys striegeln und auf leichten Ausritten oder Spaziergängen bewegen. Der Hühnerstall, den Finian und ich gemeinsam in einer etwas überstürzten Aktion für dreißig Hennen aus einem Legebetrieb gezimmert haben, muss noch ausgebessert und gestrichen werden.

Seine nun langsam wieder mit Federn versehenen Bewohnerinnen und zwei vor dem Bräter gerettete Hähne verbreiten überall auf dem Hofgelände die heimelige Atmosphäre eines altenglischen Bauernhofes, auf dem die Welt noch in Ordnung ist.

Vielleicht spricht sich das nicht nur bei den zweibeinigen Bewohnern Somersets herum, sondern auch bei den vierbeinigen? Vor drei Wochen brachen nämlich unter bislang unbekannten Umständen drei Milchkühe aus der Anbindehaltung unseres Nachbarn Mr. Cox aus.

Wir fanden sie am Morgen friedlich grasend auf der anderen Seite des kleinen Teiches unten im Tal. Sie ließen sich problemlos von uns einfangen und auf die benachbarte Pferdekoppel bringen. Selbstverständlich wollte Mr. Cox die Kühe zurückhaben. Schließlich ließ er sich jedoch darauf ein, dass wir Betty, Mary und Brenda von ihm freikauften. Möglicherweise spielte dabei auch Harriets dezenter Hinweis auf Mr. Cox' lässige Handhabung der gesetzlichen Regelung zu Futtermittelzusätzen eine Rolle, wer weiß.

Es stellte sich heraus, dass Brenda tragend ist. Aufgrund des Alters der Kuh schätzt Harriet, dass dies ihr siebtes Kalb sein wird. Und das erste, das sie nach der Geburt wird riechen, belecken und säugen dürfen. Niemand wird ihm die Milch streitig machen, die die Natur für es vorgesehen hat.

Und es wird natürlich bei ihr bleiben, so, wie es sich für ein Kind und seine Mutter gehört.

Manchmal lachen Finian und ich darüber, wie wir uns anfangs selbst als *Eltern* für die bei uns untergekommenen Mitgeschöpfe bezeichnet haben. Unsere *Familie* ist enorm gewachsen, und wir müssen uns bremsen, um nicht auf alle Hilfegesuche von Tierschützern prompt mit einer Einladung an die Vierbeiner oder geflügelten Zweibeiner zu reagieren. Alle Tiere, die bei uns ein Zuhause finden, benötigen schließlich eine besondere Betreuung, mitunter spezielles Futter, Medizin und Pflege. Daher haben wir nun bis zum Frühjahr erst mal einen Aufnahmestopp vereinbart.

Heute hat der Wind endlich ein wenig nachgelassen. Gut für das Fernsehteam, mit dem Joline Baker angerückt ist, um direkt vor Ort von den Fortschritten beim Aufbau der ersten Mary-Anne-Price-Farm für Gnadenhoftiere zu berichten.

Während Geschäftsführerin Sara Cole und Tierärztin Doctor Harriet Fisher das Team herumführen, sehe ich aus sicherer Entfernung vom Garten aus zu.

Als die kleine Gruppe über die Weide zum Wald hinauf verschwindet, gefolgt vom immer neugierigen Stanley und seinem Freund Brandon, biegt Finians Kombi in die Einfahrt und hält vor dem Haus.

Ich sehe ihm zu, wie er den Kofferraum öffnet und zwei offenbar schwer gefüllte Einkaufstaschen heraushebt.

Immer noch schlägt mein Herz bei seinem Anblick schneller, so, als könne es sich nicht an den Gedanken gewöhnen, dass dieser aufrechte, attraktive Mann tatsächlich zu mir gehört.

Finian scheint meinen Blick irgendwie zu spüren, denn er dreht sich um und schaut genau in meine Richtung.

Als er mich hier im Garten stehen sieht, lächelt er sein kleines Gentlemanlächeln, und ich könnte vor Glück zerspringen.

Wir treffen uns in der Küche, wo er die Einkaufstaschen auf die Arbeitsfläche wuchtet.

»Wie läuft es mit dem Fernsehteam?«, erkundigt er sich.

»Toll! Sie wuseln überall herum, und Joline wird ungefähr alle zwei Minuten von ihrer Maskenbildnerin abgepudert. Das Sensationellste ist aber: Harriet trägt ein Kleid!«

»Oh verflixt! Und ich hab es jetzt verpasst!«

»Sie kommen bestimmt gleich noch mal her. Was hast du da denn alles eingekauft?«, frage ich, während ich ihm helfe, die Taschen auszuräumen.

»Ich dachte, ich koch gleich zur Feier des Tages was Leckeres für uns vier. Joline will bestimmt nicht bleiben, sie ist immer schwer beschäftigt.«

»Super Idee!« Ich betrachte die Dose, die ich gerade herausgezogen habe. »Ehm … Du hast versehentlich Katzenfutter gekauft.«

»Tatsächlich?«, erwidert er und schielt zu mir herüber.

»Finian?!«, sage ich mit gespielt drohendem Unterton.

Er grinst schief.

»Erinnerst du dich an die kleine getigerte Katze, die wir neulich zwischen den Feldern oben an der Weide gesehen haben?«, fragt er.

»Hm?!«

»Bin ziemlich sicher, dass sie gestern um die Scheune gehuscht ist. Und ich dachte so: Eine Katze, die sich um die Mäuse kümmert, wäre doch nicht übel.«

Ich versuche, einen strengen Gesichtsausdruck hinzukriegen.

Es klappt nicht.

»Also doch kein Aufnahmestopp?«, frage ich schmunzelnd.

»Nur eine kleine Ausnahme?«, schlägt Finian vor. »Eine kleine getigerte?«

Ich muss lachen und nicke.

Dann sehe ich ihm zu, wie er die Dose öffnet und mit dem Inhalt einen kleinen Napf befüllt. Und gemeinsam machen wir uns auf den Weg zur Scheune, um einen Platz zu suchen, an dem wir unsere neue Mitbewohnerin willkommen heißen können.

*

Es gibt da diesen Spruch. Dass man weggehen muss, um anzukommen. Ein guter Spruch. Er gilt für diejenigen, die plötzlich feststellen, dass ihre Wurzeln nicht länger in der Erde stecken, die sie umgibt.

Diejenigen aber, die an einem Ort sind, an dem sie gebraucht werden – gebraucht von denen, mit denen sie wie über eine Nabelschnur verbunden sind –, können diesen Rat getrost überhören. Für sie kommt Weggehen nicht infrage. Denn sie sind genau dort, wo sie hingehören. So wie Finian, Faye und deren Töchter Pip und Runa. So wie Brandon und sein kleiner, aber so hartnäckiger Freund Stanley. Und all die anderen. So wie auch ich, in Meadows Cottage in Somerset.

ENDE

Wer kann da noch Nein sagen?

Sandra Grauer
SOMMERGLÜCK
AUF FEHMARN
Roman
320 Seiten
ISBN 978-3-404-17695-3

»Emily, glaub mir. Ich bilde mir das nicht ein: Das Hotel steckt in großen Schwierigkeiten.« Der unerwartete Hilferuf ihrer Mutter und die Bitte, rasch nach Hause zu kommen, bringen Emily völlig aus dem Konzept. Zwar hat sie Fehmarn vor Jahren den Rücken gekehrt, das kleine Familienhotel am Strand liegt ihr aber noch immer am Herzen. So aufgeregt ist Emily, dass ihr erst viel später auffällt, dass ihr Freund ihr gerade einen Antrag machen wollte. Nicht das beste Vorzeichen für ihren Plan, die »Strandperle« in ein Romantikhotel umzuwandeln und Verliebten bei der Organisation des perfekten Heiratsantrags zu helfen …

Bastei Lübbe